Yの悲劇

エラリー・クイーン
越前敏弥＝訳

角川文庫
16459

THE TRAGEDY OF Y
1932
By Ellery Queen
Translated by Toshiya Echizen
Published in Japan
by Kadokawa Shoten Publishing Co., Ltd.

目次

第二幕

第三幕

ふたたび、読者への公開状

親愛なる読者諸氏へ。

『Xの悲劇』を読んだが、それに付された「読者への公開状」は読んでいないとか、あるいは、そもそも『Xの悲劇』を読んでいない——ならば、もちろん「読者への公開状」も読んだはずがない——人たちのために、エラリー・クイーンとバーナビー・ロスのふたりが同一人物である事情について説明しておこう。

(それ以外の読者は、このまま『Yの悲劇』の本編へ進んでもらってかまわない)

『Yの悲劇』は——ドルリー・レーン四部作の他の三作と同じく——当初はバーナビー・ロスという変名によって刊行された。

そのころにはすでに、あの知性あふれる気どり屋の青年探偵エラリー・クイーン氏の活躍を讃《たた》える一連の小説が、推理小説のにぎやかな市場で人気商品となっていた。探偵エラリー・クイーン氏の登場する作品は、エラリー・クイーンとして知られる謎めいたふたり組の著者によって書かれていたが、新しい連作はまったく別の探偵——ドルリー・レーン氏——の活躍を讃えるものだったため、エラリー・クイーンという筆名の陰に隠れたふたりの若者は、言ってみれば新たなふたり組の作家を創出する必要を感じ……そしてただちにそれを実行して、自分（たち）自身をバーナビー・ロスと命名した。

以上の説明がわかりにくいとしたら、それは英語ということばが複数の人間のからんだややこしい話を説明するのに適していないからである。

このシチューを煮詰めてこんなふうに言えば、少しは飲みこみやすくなるかもしれない。われわれはこれまで十三年にわたってエラリー・クイーンの名のもとに作品を書いてきたが、その途中のある時期に新たな主人公を創り出し、バーナビー・ロスという新たな筆名で世に発表した。バーナビー・ロスはそのためだけに生まれ、そして死んだのである。

このたび、バーナビー・ロスによるドルリー・レーン四部作が、われわれの真の筆名であるエラリー・クイーンの名義で、エラリー・クイーンの版元から再刊行されることになった。われわれはこの四部作が大好きで、とりわけドルリー・レーン氏には大いなる愛着がある。そして、読者諸氏もまた、過去や現在や未来のわれわれに劣らず、この四部作とレーン氏を気に入ってくれるものと信じてやまない。

ともあれ、すぐに『Yの悲劇』に飛びこんでもらいたい。作者の正体など、どうでもよいではないか。

一九四一年春、ニューヨークにて

エラリー・クイーン

ハッター家の見取り図

Two Floors Of The HATTER HOUSE

3階

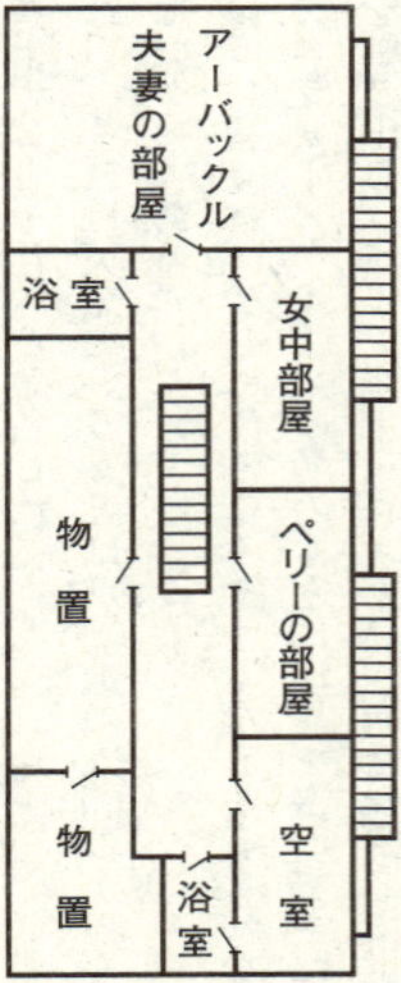

2階

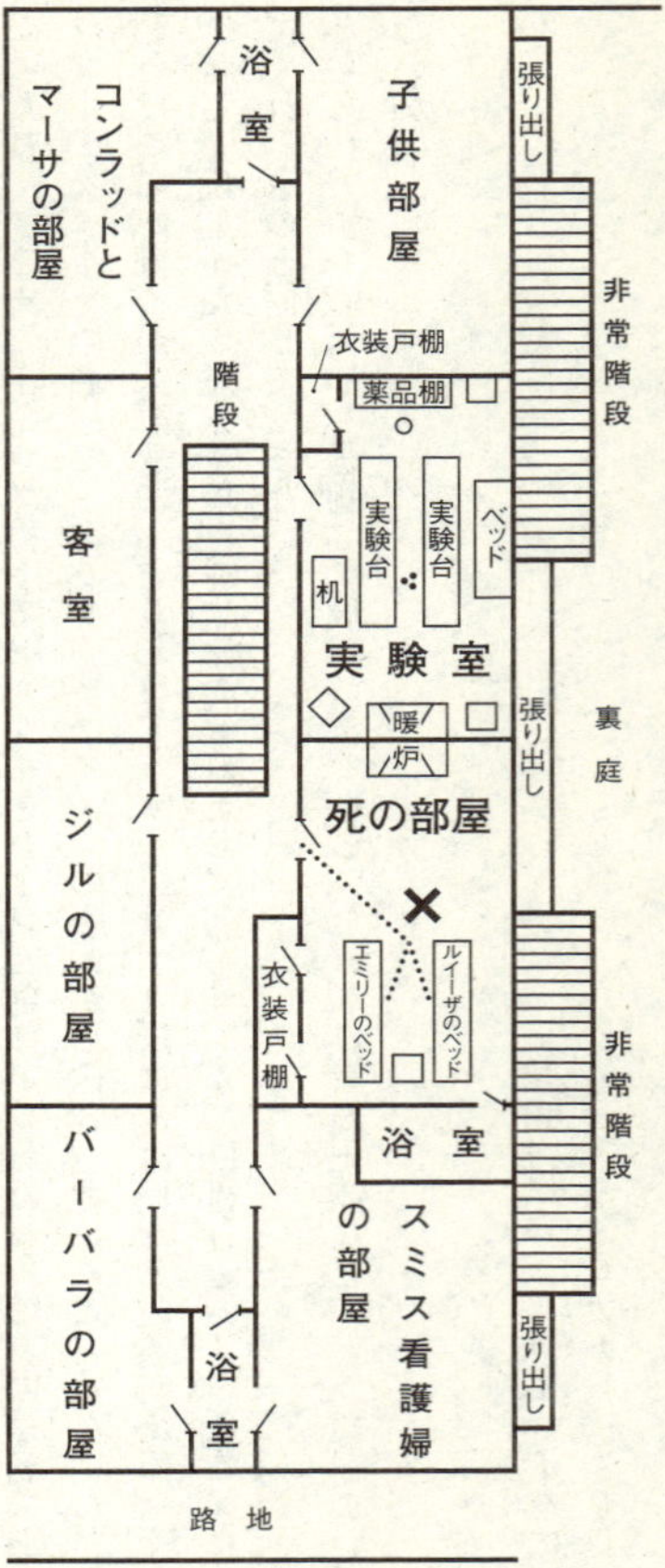

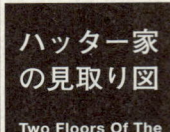

《主な登場人物》

ヨーク・ハッター　化学者
エミリー・ハッター　その妻
ルイーザ・キャンピオン　エミリーの先夫との娘
バーバラ・ハッター　長女。奇才の詩人
ジル・ハッター　次女。不良娘
コンラッド・ハッター　長男。遊蕩児《ゆうとうじ》
マーサ・ハッター　その妻
ジャッキー・ハッター　コンラッドとマーサの息子。十三歳
ビリー・ハッター　コンラッドとマーサの息子。四歳
エドガー・ペリー　ジャッキーとビリーの家庭教師
トリヴェット　引退した船長。ハッター家の古くからの友人
メリアム　ハッター家の主治医
ジョン・ゴームリー　コンラッドの共同事業主
チェスター・ビゲロー　ハッター家の顧問弁護士
アーバックル夫人　ハッター家の家政婦兼料理人
ジョージ・アーバックル　その夫。ハッター家の雑用係兼運転手

ヴァージニア　老女中
スミス　看護婦。ルイーザの世話係
ブルーノ　地方検事
サム　警視
シリング　検死医
ドルリー・レーン　探偵、元俳優
クエイシー　レーンの扮装《ふんそう》係
フォルスタッフ　レーンの執事
ドロミオ　レーンの運転手

舞台　ニューヨーク市とその近郊

プロローグ

〝演劇は晩餐《ばんさん》に似て……プロローグは食前の祈り〟（ジョージ・ファーカー *The Inconstant* のプロローグ冒頭より）

第一場　死体保管所

二月二日　火曜日　午後九時三十分

その二月の午後、深海トロール船〈ラヴィニアD〉――醜いブルドッグ――がはるばる大西洋の荒波を抜け、サンディー・フック岬を過ぎてフォート・ハンコックのあたりでうなりをあげたあと、口もとに泡を漂わせて尾をまっすぐ突き出しつつ、ニューヨーク下湾へと泳ぎ進んでいった。漁の獲物は乏しく、甲板は荒れ放題で、船は大西洋の烈風に大きく揺るがされていたので、船員たちは船長を呪い、海を、魚を、鉛色の空を、左舷《さげん》に見えるスタテン島のわびしい岸辺を呪った。酒瓶が手から手へと渡される。男たちはしぶきを浴びた防水コートの下で身を震わせていた。

ひとりの大男が手すりにもたれて、まだらな蒼浪《そうろう》のうねりを憂わしげに見つめていたが、急に体をこわばらせて、潮焼けした赤ら顔の目をむき、大声をあげた。その指さす方向を船員たちは見やった。湾内の百ヤードかなたに、何やら小さくて黒いもの、人間らしき、死体らしきものが浮いている。

船員たちは跳びあがらんばかりだった。「取《と》り舵《かじ》いっぱい！」舵手《だしゅ》が悪態をついて体を傾ける。

〈ラヴィニアD〉はすべての継ぎ目をきしませて、ぎこちなく左舷へかしいだ。用心深い獣のように、円を描きつつその物体との距離を少しずつ縮めていく。興奮して生き生きとした船員たちは、この日の漁で最も奇妙な獲物をなんとしても捕らえるべく、潮風のなかへ鉤竿《かぎざお》を振りかざした。

十五分後、それは濡《ぬ》れた甲板で、悪臭を放つ海水にまみれて横たわっていた。ふやけきって崩れ、原形をとどめていないが、男の死体だった。その惨状から察するに、深海で何週間も揉《も》まれたにちがいない。船員たちはいまや口を閉ざし、両手を腰にあてて大股《おおまた》で甲板を踏みしめていた。死体にふれる者はいなかった。

こうして、死せる鼻孔に魚と潮風のにおいを満たしつつ、ヨーク・ハッターは最後の旅に出ていった。棺台は薄汚いトロール船、葬送者はうろこだらけの作業服を着た無精ひげの荒くれ者たち、鎮魂歌は男たちの低い罵《のの》り声とナローズ海峡を吹き渡る風の音だった。

〈ラヴィニアD〉は泡立つ海面を濡れた鼻先で押し分けて進み、バッテリー・パークに近い小さな船着き場に停泊した。思いがけぬ積み荷を海から持ち帰っての帰港だった。船員たちは跳びはね、船長は声を嗄《か》らして叫び、港の職員たちはうなずいて濡れた甲板を一瞥《いちべつ》する。バッテリー・パークの小さな事務所は、電話のやりとりで騒然となった。そのあいだ、ヨーク・ハッターは防水帆布の下で静かに横たわっていた。

さほど時間はかからなかった。救急車が早々に到着し、白衣の男たちがずぶ濡れの積み荷をかつぎあげた。葬列は海を離れ、鳴り響くサイレンが弔いの歌となる。ヨーク・ハッターはブロードウェイの南から死体保管所へと運ばれていった。

ヨーク・ハッターの末路は奇妙であり、これまでのところ謎に包まれていた。去年の十二月二十一日、あと四日でクリスマスという日に、老妻のエミリー・ハッターが、ニューヨーク市のワシントン・スクエア北通りにある自宅から夫が失踪《しっそう》したと届け出た。その朝、巨財をおさめた聖遺物箱を思わせるハッター家の赤煉瓦《あかれんが》造りの邸宅から、だれに別れを告げるでもなく、ひとりで出かけたきり姿を消したという。

その後の足どりは不明だった。雲隠れの理由は老夫人にも心あたりがなかった。警察の失踪人捜査課は、身代金目当てで誘拐されたという説を唱えた。しかし、裕福な一家のもとへ拉致《らち》犯が連絡してくることはついぞなく、この説はみごとに否定された。新聞には諸説が載せられた。氏は殺害された、ハッター家なら何が起こってもおかしくない、とある新聞が書いたが、一家はこれを頑《かたく》なに退けた――ヨーク・ハッターは温和でもの静かな人間で、知り合いが少なく、わかっているかぎりでは敵などいなかった、と。またある新聞は、ハッター一族の波乱に満ちた奇異な歴史ゆえに、氏は単に逃げ出した——狷介《けんかい》な妻と、風変わりで癪《しゃく》に障る子供たちと、神経を磨《す》り減らす家事全般から逃走したにすぎない——という考えを主張した。この仮説もやはり、本人の銀行預金が手つかずだと警察が明らかにすると、力を失った。〝事件の陰に女あり〟という苦しまぎれの憶測も、同じ理由からすぐに立ち消えになった。この憶測に憤慨したエミリー・ハッターは、夫は六十七歳で、もはや女の色香に惑わされて家や親族や財産を捨て去る年配ではないと突き放した。

五週間にわたって懸命の捜索をおこなった警察は、一貫してひとつの見解を保持していた——自殺である。そして、こんどばかりは警察が正しいように見えた。

ニューヨーク市警殺人課のサム警視は、ヨーク・ハッターの手荒な葬送の儀式には似合いの司祭役だった。体はどこもかしこも大きく醜い。怪獣像《ガーゴイル》のようないかめしい顔、ひしゃげた鼻、つぶれた耳、大きな胴に大きな手と足。かつてヘビー級のプロボクサーだったのではないかと見まがう風貌《ふうぼう》で、犯罪現場での数々の激闘から、こぶしは節くれ立って変形していた。頭と顔では、灰色と赤が幅をきかせている。白いものの交じった髪、粘板岩の色の目、赤色砂岩を思わせる顔。質実剛健という印象を周囲に与え、頭脳も持ち合わせていた。警察官としては一本気で実直な部類に属する。そして、ほとんど望みのない戦いのうちに歳を重ねてきた。

だが、今回の件はちがっていた。ある男の失踪、不首尾に終わった捜索、魚につつかれた死体の発見。しかも、身元を示す証拠は山ほどある。何もかも明白で、不審な点はなかったが、かつて他殺説がささやかれたこともあって、疑いの余地をすっかり消すことが自分の責務だとサムは考えていた。

ニューヨーク郡の検死医であるシリング医師が助手に合図をすると、裸の死体が解剖台から台車の上へもどされた。シリングは大理石の洗面台の前で、ゲルマン系の太った短躯《たんく》を折り曲げた。手を洗い、消毒してから、入念にぬぐう。肉づきのよい小さな手のひらが納得のゆくまで乾くと、使い古した象牙《ぞうげ》の楊枝《ようじ》を取り出し、思案げに歯をせせりだした。サムは深く息をついた。検死が終わったらしい。シリングが虫歯を探しはじめたら、話し合いの時間だ。

ふたりは台車に従って、安置室まで歩いた。どちらも口をきかない。ヨーク・ハッターの死体が安置台の上におろされた。助手が物問いたげに振り返る。移動しますか？　シリングは首を横に振った。

「それで、先生？」

検死医は楊枝をしまった。「月並みなケースだよ、サム。この男は水面にぶつかるのとほぼ同時に死亡した。肺の状態からわかる」

「つまり、すぐに溺死《できし》したと？」

「いや《ナイン》。溺死じゃない。死因は毒物だ」

サムは安置台をにらみつけた。「では、これは他殺で、警察はまちがっていたわけですか。遺書も偽物かもしれない」

シリングの小さな目が古風な金ぶち眼鏡の奥で光った。灰色のくたびれた布の帽子が、禿《は》げあがった頭に珍妙な恰好《かっこう》で載っている。「単純なやつだな、サム。毒物で死んだからといって他殺とはかぎらんよ……。たしかに体内からは青酸が検出された。しかし、それがどうした？　船の手すりの前に立って青酸を口にし、水中へ落ちたか飛びこんだかしたんだろう。正確には海水のなかだ。これが他殺だって？　自殺だよ、サム。おまえさんたちは正しかった」

警視の顔は晴れやかになった。「よかった！　では、海に落ちるのとほぼ同時に死んだ──死因は青酸ということですね？　すばらしい」

シリングは安置台にもたれかかった。眠そうに目をしばたたいている。この医師はいつも眠たげだった。「他殺は考えられんね。犯罪をにおわせる痕跡《こんせき》はない。骨の損傷と皮膚の擦過傷が数か所あるにはあったが──海水には防腐作用があるんだが、無知なおまえさんは知るまい──それは明らかに海中の何かにぶつかってできたものだ。ありふれた傷だよ。魚にとってはいいごちそうだったろう」

「なるほど。たしかに顔も判別できないほどだ」近くの椅子に置いてある衣服も、裂かれたり噛《か》まれたりで寸断されている。「こんな状態になるまで見つからなかったのはなぜだろう。死体が五週間も漂いつづけるものですかね」

「簡単なことだよ、まったく。その目は節穴かね」シリングは死体から脱がせたずたずたの濡れたコートを手にとって、背中の部分にある大きな裂け目を指さした。「魚が食いちぎった？　まさか！　この穴をあけたのは大きくてとがったものだ。死体は海底の沈み木に引っかかっていたんだよ、サム。それが潮流か、何か別の強い力によってはずれた。たぶん二日前の嵐だな。

五週間見つからなくても不思議はない」

「なら、死体が見つかった位置からして」考えをめぐらしつつサムは言った。「筋を通すのは簡単ですね。毒を飲んで、そう、スタテン島のフェリーから海へ飛びこみ、ナローズ海峡の外へと流されていった……。遺留品はどこです？　もう一度見ておきたい」

サムとシリングはゆっくりとテーブルへ歩み寄った。さまざまなものが上に置いてある。判別できないほどふやけて破れた紙類、喫煙用パイプ、湿ったマッチ箱、鍵束《かぎ》、海水の染みた札入れ、種々の硬貨ひとつかみ。一方の端には、死者の左手の環指、すなわち薬指からはずした大ぶりの印台指輪が載っていて、銀の印台にはYHの文字が彫られている。

だが、回収物のうち、サムが興味を示したのはただひとつ——刻み煙草入れだった。鮫皮《さめがわ》でできていて耐水性があるため、中の煙草は濡れていない。そこから、塩水の侵入を受けることなく、折りたたんだ紙が一枚見つかっていた。サムはあらためてその紙をひろげた。活字のように整然とした几帳面《きちょうめん》な字で、非の打ちどころのない体裁の文面が油性インクで記されている。

中身は一文だけだった。

一九——年十二月二十一日

関係者各位
わたしは自殺するが、精神状態はまったく正常である。
ヨーク・ハッター

わたしは自殺する。わたしは正常だ。ほかに何も要らないな。たった一行の小説だよ、サム」

「簡にして要を得ている」シリングが評した。「好感の持てる男だよ。

「やめてください。泣き叫びたいくらいだ」サムは不快そうに言った。「おや、奥方のお出ましだ。身元確認に来るよう伝えたんです」死体安置台の下から厚いシーツをつかみとり、すばやく亡骸《なきがら》を覆う。シリングはドイツ語で何やらつぶやき、目を光らせてかたわらで待った。

無言の一団が死体安置室にはいってきた。女ひとりに男三人だ。なぜ女が男たちを従えているのかは怪しむまでもない。その女には、つねに先頭に立ち、手綱を握り、命令をくだしていると感じさせるものがあった。高齢で、木の化石さながらに老いて干からびている。鼻は海賊の手鉤《てかぎ》を思わせる。髪は白く、目は冷ややかな青みを帯び、禿げ鷹《たか》のように瞬きひとつしない。頑丈な顎《あご》は、けっして屈服して揺らいだりはしまい……。この女こそがエミリー・ハッター夫人であり、二世代にわたる新聞読者に、ワシントン・スクエアの〝図抜けた金満家〟〝奇人〟〝鉄の意志を持つ老女傑〟としてよく知られている人物だった。六十三歳だが、十歳は上に見える。服装はひどく古めかしく、ウッドロー・ウィルソンの大統領就任時でさえ時代遅れだった代物だ。

夫人の目は、シーツに覆われた塊の載る安置台だけを見据えていた。戸口からの足どりは揺るぎなく、法官や運命の女神を思わせる。背後にいるひとり――金髪で背が高く神経質そうな、顔立ちが夫人と酷似している男――が力なく引き止めたが、夫人は一顧だにせずにそれを振り切ると、安置台に歩み寄ってシーツをめくり、識別のつかぬほど崩れた顔をまじろぎもせずに見おろした。

サムはそれを妨げず、夫人が淡々と物思いにふけるにまかせた。しばらくその顔を見つめてから、かたわらに控える男たちに目を転じた。金髪で背の高い神経質そうな男――三十二歳ぐらい――は、ヨークとエミリー夫妻のひとり息子、コンラッド・ハッターだろう。その顔は母親に似て捕食動物のようだが、弱々しく、退廃の影を帯び、どことなく人生に倦《う》んだふうに見受けられる。気分が悪そうなコンラッドは、死体の顔を一瞥《いちべつ》しただけで床へ目を落とし、右の靴を揺らしはじめた。

その横にはふたりの老人が立っている。ヨーク・ハッターが失踪《しっそう》した時点の捜査で、サムは両方と顔見知りになっていた。ひとりはハッター家の主治医でメリアム医師といい、白髪頭で背が高く、やせたなで肩をして、七十歳をゆうに超えている。死体の顔を凝視しても動じる様子は見せなかったが、明らかに鬱然《うつぜん》としていて、それは故人との付き合いが長かったせいだろうとサムは考えた。もうひとりは実に奇妙な外見の持ち主だった――背筋が伸びて矍鑠《かくしゃく》としているが、体は異様に細く骨張っている。引退した船長で、ハッター家の古くからの友人であるトリヴェットだ。そのとき、サムは意外な発見に衝撃を受けた。恥ずかしいことだが、なぜきょうまで気づかなかったのか――右足があるべき場所に、革を先端につけた義足が青いズボンの裾《すそ》から突き出ている。トリヴェット船長は、喉《のど》の奥に何かがつかえているのか、大きな咳払《せきばら》いをした。

それから、老いて潮焼けした手をぎこちなくハッター夫人の腕に置いた。夫人は無愛想に腕をひと振りして、それを払いのけた。トリヴェット船長は赤面して一歩退いた。

夫人はようやく死体から目を離した。「これでは……なんとも申せませんね、サム警視」

サムはコートのポケットから両手を出して、咳払いをした。「ええ。無理もありません。損傷がひどいですから……。さあ、では、服や所持品を見てください」

老夫人はそっけなくうなずいた。サムのあとを追って、濡《ぬ》れた衣類の載った椅子へ歩み寄ったとき、はじめて感情の一端をのぞかせた――ごちそうを食べ終えた猫のように、薄く赤い唇をなめたのだ。メリアム医師が夫人に代わって無言で死体安置台のそばに立ち、コンラッド・ハッターとトリヴェット船長を手ぶりで遠ざけてからシーツを持ちあげた。シリング医師は同業者らしい懐疑の目でそれを見守った。

「服はヨークのものです。失踪した日に着ていました」夫人の声は口もとと同じくきつく引きしまっていた。

「それと、こちらが所持品です」サムは夫人をテーブルの前へ導いた。夫人は印台指輪をゆっくりとつまみあげ、冷ややかな目を遺留品へと走らせた。パイプ、財布、鍵束……。

「これもヨークのものです」夫人は乾いた声で言った。「この指輪。わたしが贈って――これは何?」にわかに興奮して例の紙をつかみ、ひと目で内容を読みとった。すぐに平静を取りもどし、ほとんど無関心のていでうなずいた。「ヨークの筆跡にまちがいありません」

コンラッド・ハッターが自信のない足どりで近づいてきた。落ち着き先が定まらないかのように、物から物へと視線をさまよわせている。この男も手紙に興味を引かれたらしい。内ポケットを手探りして何かの書類を取り出し、つぶやいた。「やっぱり自殺だったのか。そんな度胸はないと思っていたのにな。あの老いぼれが――」

「筆跡の見本ですか」サムは鋭くさえぎって言った。確たる理由はないが、急に腹立たしくなっていた。

コンラッドが書類を手渡し、サムは気むずかしい顔でそれを仔細《しさい》に観察した。ハッター夫人は夫の死体にも所持品にも二度と目をくれず、細い首に巻いた毛皮のマフラーを整えはじめた。

「たしかに同じ筆跡だ」サムは低い声で言った。「よし。これで決まりだろう」それでも、手紙と筆跡見本の両方をポケットに突っこんだ。安置台へ目をやると、メリアム医師がシーツをもとの位置にもどしていた。「どうですか、先生。あんたは本人をご存じだ。これはヨーク・ハッターですか？」

老医師はサムを見ずに答えた。「そうでしょうね。ええ」

「男性、六十歳以上」シリング医師がだしぬけに言った。「手足が小さい。かなり古い虫垂炎の手術跡。胆石と思われる六、七年前の手術跡。一致しますかね」

「はい。虫垂は十八年前にわたしが切除しました。もうひとつは――肝管結石です。重症ではありませんでした。ジョンズ・ホプキンズ大学病院のロビンズ医師が執刀しました……。これはヨーク・ハッターです」

老夫人が言った。「コンラッド、葬儀の準備をなさい。密葬よ。新聞に短い告知を載せて。

花は要りません。すぐに取りかかって」戸口のほうへ歩きだすと、トリヴェット船長が落ち着かない様子でそろそろとあとを追った。コンラッド・ハッターが承諾のことばらしきものをつぶやいた。

「ちょっと待ってください、ハッター夫人」サムは呼び止めた。夫人は立ち止まってサムをにらむ。「そうお急ぎにならずに。ご主人はなぜ自殺なさったんでしょうか」

「それはまだ――」コンラッドが弱々しく言いかけた。

「コンラッド！」息子は負け犬のように引きさがる。老夫人はサムのもとへ引き返し、かすかに饐《す》えたような吐息が感じられるほど近くに立った。「ご用は何？」棘《とげ》のある声できっぱりと言う。「夫はみずから命を絶った。それでご満足でしょう？」

サムは呆気《あっけ》にとられた。「ええ、まあ――そのとおりですが」

「でしたら、この件はすみました。もう二度と煩わせないように願うわ」敵意に満ちた一瞥を最後に投げかけて、夫人は歩き去った。トリヴェット船長がほっとした様子であとにつづく。

コンラッドは息を呑《の》み、いまだに気分の悪そうな顔でふたりを追った。やせた肩をいっそう落としたメリアム医師も、何も言わずに出ていった。

「やれやれ」ドアが閉まると、シリング医師が言った。「おまえさんも身のほどを知らされたな」忍び笑いを漏らす。「いやあ、たいした女だよ」そう言って、死体安置台を壁のくぼみに押し入れた。

サムは力なくうなり、ドアへ突進した。

部屋の外に出ると、明るい目をした若い男がサムの太い腕をつかんでいっしょに歩きはじめた。「警視さん！ これは、これは。こんばんは、ご機嫌いかがですか。聞いたところじゃ――ハッターの死体が見つかったそうですね」

「あのくそ女め」

「ええ」新聞記者は愉快そうに言った。「さっき出ていくのを見ましたよ。あの顎！ ジャック・デンプシー（一九二〇年代にヘビー級世界チャンピオンとして人気絶頂であったボクサー）そっくりだ……。ところで、警視さんがこへいらっしゃったのにはたいした理由はない――ええ、それは承知してます。でも、何が起こってるんです？」

「何もない。腕を放せ、ばか野郎」

「怒りん坊だな、警視さんは……。他殺の疑いあり、と書きましょうか」

サムはポケットに両手を突っこみ、記者をにらみつけた。「そんなことをしたら、体じゅうの骨を一本残らずへし折ってやる。おまえらは満足することがないのか？ 自殺だよ、自殺！」

「思うに、警視さんの見解はそれとはちがって――」

「失《う》せろ！ たしかな証拠があるんだ。さっさと行かないと、その尻《しり》を蹴《け》飛《と》ばすぞ」

サムは死体保管所の前の階段をおりて、タクシーをつかまえた。記者は物思わしげにそれを見守った。笑みは消えている。

男がひとり、二番街のほうから息を切らして走ってきた。「おい、ジャック！」大声で言う。

「ハッター事件で新しい動きがあったのか？　あの悪魔みたいなばあさんを見たのか？」

サムに食いさがっていた記者は肩をすくめ、タクシーが歩道を離れていくのを目で追った。

「動きはあったようだな。第二の質問の答はイエスだが、収穫は何もない。ともあれ、なかなかの追跡記事になりそうだ……」そう言って深く息をついた。「まあ、殺人だろうがそうでなかろうが、これだけは言える――変人ぞろいのハッター家に感謝すべし！」

第二場　ハッター家

四月十日　日曜日　午後二時三十分

いかれた帽子屋《マッド・ハッター》……。何年も前、ハッター家にまつわる報道が紙面を騒がせていた時期に、ある想像力豊かな記者が懐かしい『不思議の国のアリス』を思い起こして、一家をそんなふうに命名した。それは理不尽な誇張だったかもしれない。異常さにかけてはあの名高い帽子屋《ハッター》の半分もなく、愛嬌《あいきょう》は億兆分の一も具《そな》えていなかったのだから。この一家は、さびれつつあるワシントン・スクエアの住人たちがささやき交わすところでは、〝感じの悪い人たち〟だった。そして、その界隈《かいわい》で有数の旧家であるにもかかわらず、周囲になじむことがなかった。どんなときも、グリニッチ・ヴィレッジの上流階級の輪から一インチはずれていた。

異名は根を張り、育っていった。つねに家族のだれかの名が新聞種となっていた。金髪のコンラッドが大酒のあまり闇酒場をつぶそうとしていないときは、才気煥発《さいきかんぱつ》のバーバラが新たな詩の発表会を華々しく開いたり、文芸批評家たちにもてはやされてパーティーを催したりする。あるいは、美しいが底意地の悪い末娘のジルが、貪欲《どんよく》な嗅覚《きゅうかく》で興奮を追い求めて羽目をはずす。阿片《あへん》の世界に足を踏み入れたという噂が流れたこともあれば、週末にアディロンダックの山中で乱痴気騒ぎに興じたという話が伝わったこともあった。ふた月ごとに、決まって大金持ちの息子とジルの〝婚約〟が発表されたが、興味深いことに、相手が名家の子息だったことは一度もない。

三人はよい新聞種であるばかりか、そろって変わり者だった。奇抜で、騒ぎ好きで、突飛で、つかみどころがないが、そうは言っても、母親のかつて馳《は》せた悪名をしのぐ者はいない。末娘のジルよりも放埒《ほうらつ》な娘時代を過ごしたハッター夫人は、中年期を迎えたころには、ボルジア家も顔負けの、傲岸《ごうがん》で鉄の意志を持つ抗しがたい女傑となっていた。その社交能力で御しきれぬ〝時流〟などはなく、したたかで賭《か》け事好きの熱い血をもってすれば、複雑で危険な市場操作も恐れるに足りなかった。ウォール街で大きな痛手を負ったとか、裕福で利に聡《さと》いオランダ人の家系で代々受け継いだ巨万の資産が夫人の投機熱でバターさながらに溶けてしまった、という風説が流れたことが何度かある。だれひとり――顧問弁護士ですら――財産の正確な額を把握していなかった。大戦後のニューヨークでタブロイド紙が隆盛期を迎えると、夫人はしじゅう〝全米一裕福な女性〟と呼ばれた。むろん、それは真実ではない。破産寸前だと書き立てられたこともあるが、それもまたまったくの作り話だった。

そうしたすべて――家族、行跡、出自、忌まわしい経歴――のせいで、エミリー・ハッター老夫人は新聞記者にとって苦悩と歓喜、両方の源だった。記者たちは、どうにも鼻持ちならない性格ゆえに夫人をきらう一方で、ある大新聞の編集長がかつて言ったように、〝ハッター夫人のいるところ、珍事あり〟という理由で愛してもいた。

ヨーク・ハッターについては、ニューヨーク下湾の冷たい水に身を投げる以前から、いつか自殺するのではないかと公然と取り沙汰《ざた》されていた。人間の肉体では――ヨーク・ハッターのような善良な肉体では――もはや耐えられまいということだ。この男は四十年近くにわたって猟犬のごとく鞭《むち》打たれ、馬のごとく駆り立てられてきた。鞭さながらに責め苛《さいな》む妻の毒舌のせいで、萎縮《いしゅく》し、自我を失い、目覚めているあいだじゅう、最初は恐怖に、ついで自棄に、最後には絶望に取り憑《つ》かれた亡霊と成り果てた。ヨーク・ハッターの悲劇は、感受性と知性を具えたごくふつうの人間が、邪《よこしま》で不合理な、そして苛烈《かれつ》で常軌を逸した環境につながれたことだった。

ヨークはつねに〝エミリー・ハッターの夫〟だった――少なくとも、三十七年前の結婚式の日以来ずっとそうだった。聖獣グリフィンを使った装飾が流行し、椅子の背覆いが居間に欠かせなかった往時、きらびやかなニューヨークで式をあげたのち、ワシントン・スクエアの屋敷――むろんエミリーの所有する家――に帰り着いたまさにその日に、ヨーク・ハッターはおのれの運命を悟った。そのころはまだ若く、妻の締めつけや激情や倨傲《きよごう》に抗《あらが》ったかもしれない。

実直だった先夫トム・キャンピオンからかなり不可解な状況で離婚された事実を思い出させようとしたことや、多少とも思慮が身につき、社交界に出たときからニューヨークを騒がせてきた無軌道なふるまいがおさまったのは、ありていに言って二番目の夫である自分のおかげだと告げたこともあったかもしれない。だとしたら、それこそがヨークの運命を決定づけた。自分に逆らう者に容赦のないエミリー・ハッターが、甘んじて指図を受けたはずがない。かくしてヨークの命運は決し、約束されていた輝かしい未来は打ち砕かれた。

ヨーク・ハッターは化学者だった。若く、貧しい、駆け出しの学者ではあったが、いずれは世を揺るがす研究を手がけると嘱望されていた。結婚当時は、ヴィクトリア朝末期の化学界ではだれも夢想だにしなかった方法で、コロイドを使った実験に取り組んでいた。しかし、コロイドも経歴も名声も、妻の猛々《たけだけ》しい個性に蹂躙《じゅうりん》されてしぼんでしまった。月日が流れ、ヨークはますます陰気になり、ついには、エミリーの許可を得て自室に造った名ばかりの実験室でいたずらに過ごすだけで満足するようになった。もはやうつろな抜け殻以外の何物でもなく、哀れにも裕福な妻の資産にすがって暮らすばかりで（しかも絶えずそのことを恩に着せられ）、妻の血を引いた変わり者の子供たちに対しては、父親でありながら女中程度にしか首根っこを押さえることができなかった。

バーバラはハッター家の子女の最年長で、エミリーの奇異な血筋のなかでは最も人間味を具えていた。三十六歳の独身で、ほっそりと背が高く、淡い金髪を持つバーバラは、腐った乳を飲まされていない唯一の子供だった。生きとし生けるものに深い愛情を注ぎ、自然に対して並々ならぬ共感をいだいているところが、ほかの者とは大きく異なっている。三人の子供のなかで、バーバラだけが父親の資質を受け継いでいた。麝香《じゃこう》の臭跡のように母親に付きまとう異常なにおいと無縁だったわけではないが、バーバラの場合、異常性は紙一重のところで天才の域にあり、詩作の世界で発揮されていた。すでに当代随一の詩人と目されて、文壇ではむしろ賞賛をこめて〝詩の破壊者〟と呼ばれ、プロメテウスの魂を持つ自由人、天与の詩才を持つ知識人と見なされている。才気と謎に満ちた詩を数多く作り、英知をたたえた悲しげな緑の瞳《ひとみ》を持つバーバラは、ニューヨークの知識階級のあいだでデルフォイの巫女《みこ》となっていた。

バーバラの弟のコンラッドには、異常性を相殺するほどの芸術の才はなかった。コンラッドはズボンを穿《は》いた母親そのもので、ハッター家の典型と呼ぶべき荒くれ者だった。三つの大学で札つきの不良として過ごし、邪悪で向こう見ずな愚行を働いて相次いで放校された。契約不履行のかどで法廷に二度引きずり出されている。ロードスターの無謀運転で歩行者を轢《ひ》いて死なせたこともあり、母親の弁護士たちがすみやかに大金を用立ててどうにか火の粉を払った。酒で異常な血が猛《たけ》るたびに、おとなしいバーテンダー相手にハッター家特有の癇癪《かんしゃく》を幾度となく爆発させた。これまでに鼻の骨を折ったことが一度（その後、整形手術でていねいに修復された）、鎖骨にひびを入れたことが一度あり、掻《か》き傷や打撲は数えきれなかった。

しかし、そのコンラッドもまた、母親の強靭《きょうじん》な意志の前では無力だった。老夫人はコンラッドの襟首をつかんで泥から引きずりあげ、ジョン・ゴームリーという謹直で非の打ちどころのない若者と共同で事業をはじめさせた。それでもコンラッドが歓楽街から遠ざかることはなく、株式仲買の仕事を堅実なゴームリーの手に押しつけて、遊興の世界に頻繁に舞いもどっていた。

いくぶん真っ当に過ごしていた時期に、コンラッドは不運な若い女とめぐり会って結婚した。結婚後も、その無鉄砲な生き方が変わったはずはない。妻のマーサはコンラッドと同い歳の控えめな小柄の女で、ほどなくおのれの悲運のほどを悟った。老女傑の仕切るハッター家で暮らすことを強いられ、夫からは軽蔑《けいべつ》と黙殺をもってあしらわれたせいで、溌剌《はつらつ》としていた顔にはたちまち恐怖の表情が張りついて消えなくなった。義父のヨーク・ハッターと同じく、マーサの魂は地獄に迷いこんだ。

哀れなマーサは、移り気な夫との結婚生活に一片の楽しみも見いだせなかった。わずかななぐさめは、ふたりの子供たち、十三歳のジャッキーと四歳のビリーだったが、それも無上の喜びとはいかなかった。ジャッキーは激しやすくわがままで早熟な子供で、悪巧みや残酷な遊びを思いつく才能に恵まれ、絶えず騒ぎを起こして、母親ばかりか、伯叔母《おば》たちや祖父母をも悩ませていた。幼いビリーが兄の真似をするのは当然のことで、打ちひしがれたマーサの人生は、子供たちを破滅から救う壮絶な闘いと化していた。

ジル・ハッターについては……バーバラがこう言っている。「ジルはいつまでも浮かれた小娘よ。刺激だけを求めて生きている。あれほど堕落した女はほかに知らないわ。美しい唇とみだらな姿態で約束したことを果たさないのだから、二重に性質《たち》が悪い」ジルは二十五歳だった。「海の妖女《ようじょ》カリュプソから魔力を抜いたような女よ。まったく見さげ果てた人間ね」ジルはつぎつぎと男を替え、当人の言うところの〝本物の人生〟を満喫した。ひとことで言えば、母親の申し分のない新装版だった。

変人ぞろいの一家の紹介はこれまでだと思う者もいるかもしれない。頂点に立つ狷介《けんかい》な老女、疲れ果てて自殺に追いこまれた哀れなヨーク、奇才バーバラ、遊蕩児《ゆうとうじ》コンラッド、異端の不良娘ジル、臆病者《おくびょう》のマーサ、悲惨なふたりの子供たち。だが、まだ終わりではない。この一家にはあとひとり、ほかの者たちが平凡に見えてしまうほど、あまりに異様で、あまりに痛ましい悲劇を背負った女性がいた。

ルイーザだ。

ルイーザ・キャンピオンという名前なのは、母親はエミリーだが、父親がヨーク・ハッターではなく、エミリーの前夫トム・キャンピオンだったからだ。歳は四十。小柄で太っていて、周囲の喧騒《けんそう》にも平静を保っている。精神の面ではなんの異常もなく、辛抱強く穏やかで、不平ひとつこぼさない善良な女性である。にもかかわらず、悪名高いハッター一家のなかにありながら、隅へ追いやられるどころか、家族のだれよりも広く名を知られていた。誕生の瞬間から囂々《ごうごう》たる世の反響を呼び、その余韻が以後の暗く奇異な生涯に否応《いやおう》なく付きまとったほどだ。

というのも、エミリーとトム・キャンピオンのあいだにできたルイーザは、この世に生まれ落ちたとき、まったく目が見えず、口もきけなかったからだ。そのうえ耳にも障害の兆候があり、医師の見立てによると、成長につれて難聴が進み、やがてはすっかり聞こえなくなるとのことだった。

医師のことばは非情にも的中した。十八歳の誕生日に――運命を支配するらしい邪悪な神からの一種の贈り物として――ルイーザ・キャンピオンは最後の一撃をこうむり、完全に聴覚を失った。

性根の弱い者なら、こんな仕打ちにはとうてい耐えきれまい。ほかの娘たちが情熱に満ちた世界を見いだす夢見がちな年ごろに、ルイーザは自分ひとりの孤独な星に取り残された。音も形も色もない世界。形容も表現もできない世界。社会との最後の架け橋として頼っていた聴覚までが、邪悪な神にみごとに焼きつくされ、過去のものとなった。もはや引き返すことはできず、ルイーザは虚無と喪失と干からびた人生に向き合った。感覚機能について言えば、死者も同然となっていた。

とはいえ、しがみつき、怯《おび》え、途方に暮れ、無力も同然でありながらも、生来具《そな》えていた鉄の強さ――おそらくは、邪悪を撒《ま》き散らす母親から受け継いだ唯一の恩恵――に支えられ、ルイーザはすばらしい勇気に基づく落ち着きをもって、希望のない世界に立ち向かった。なぜこれほど苦しむことになったのかを察していたとしても、そんなそぶりはけっして見せず、不幸をもたらした張本人とも、ごくふつうの母娘でさえこれ以上望みようのないほどの関係を築いていた。

苦難の源が母親にあることは、恐ろしいほど明らかだった。ルイーザが生まれた当時は、父親のトム・キャンピオンに咎《とが》があるにちがいない、その血に悪いものがあって、子供に遺伝したのだろうとささやかれた。しかし、キャンピオンと別れたエミリーがのちに再婚し、〝マッド・ハッター〟一家の悪魔の子女を産むと、世の人々は問題が母親の側にあったと信じるようになった。キャンピオンには先妻とのあいだにまったく正常な息子がひとりいることを考え合わせると、その確信はいっそう強まった。新聞から忘れ去られたキャンピオンは、エミリーとの不可解な離婚の数年後にこの世を去り、息子は消息不明となった。そしてエミリーは、哀れなヨーク・ハッターを力強く胸にとらえ、最初の結婚でもうけた発育不全の果実を、ワシントン・スクエアに建つ先祖代々の屋敷に引きとった。その屋敷こそが、数十年にわたって悪名をとどろかせたのち、それまでの出来事が何もかもささやかな序幕にすぎなかったと感じさせるほどの、陰惨で忌まわしい悲劇の舞台となるのだった。

悲劇の幕が開いたのは、ヨーク・ハッターの死体が湾で引きあげられてからふた月余りたったころだった。

発端はごくありふれていた。ハッター家の家政婦兼料理人であるアーバックル夫人は、日課として、昼食後にルイーザ・キャンピオンに飲ませるエッグノッグを作っていた。これは老夫人の自己満足にほかならない。心臓がいささか弱いことを除けば、ルイーザの健康状態は良好で、ふくよかな四十歳の体はさほどたんぱく質を必要としていなかった。けれども、ハッター夫人の決めたことには逆らえない。アーバックル夫人は使用人であり、その事実を絶えず思い知らされていた。そしてルイーザは母の鋼鉄の指に導かれるがまま、毎昼食後になると素直に一階の食堂へ行って、母の勧める飲み物を口にした。この長年の習慣が、のちに重要な意味を持つことになる。アーバックル夫人は女主人の命をたがえようとは毫も思わず、食堂にあるテーブルの南西の隅、端から二インチの位置に細長いグラスを毎日欠かさず置いた――すると、ルイーザはまちがいなくグラスを探りあて、手にとって、まるで目が見えるかのように躊躇《ちゅうちょ》なく飲みほした。

悲劇が――正確には、悲劇寸前の出来事が――起こったのは四月の穏やかな日曜日で、すべてがふだんどおりに進んでいた……ある時点までは。二時二十分に――これは、のちにサム警視が入念に割り出した正確な時刻だが――アーバックル夫人が屋敷の奥の調理室で例の飲み物を用意し（材料は、アーバックル夫人が警察の取り調べを受けて憤然と差し出した）、それをいつもの盆に載せてみずから食堂へ運び、テーブルの南西の隅、端から二インチの位置に置くと、用がすんだので食堂を出て調理室へもどった。本人の証言によると、はいったときに食堂にはだれもおらず、エッグノッグを置くまでのあいだに現れた者もなかったという。そこまではっきりしている。

その後何があったのかを述べるのは、さほど簡単ではない。証言に不たしかなところがあったからだ。大騒ぎになったため、位置や発言や出来事を正確に記憶できるほど冷静でいられた者はひとりもなかった。二時三十分ごろ――と、サム警視もすっかり得心したわけではないが――ルイーザは角々しい老婦人にともなわれて寝室から階下へおり、エッグノッグの待つ食堂へ向かった。ふたりは戸口で足を止めた。そのあとから一階におりてきていた詩人のバーバラ・ハッターも、ふたりのすぐ後ろまできたところで、やはり室内へ目を向けた。その理由について、のちにバーバラは、ただなんとなくいやな感じがしたから、としか語っていない。同じころ、コンラッドの小心の妻マーサも、後方から重い足どりで廊下を歩いてきていた。弱々しい声で「ジャッキーはどこかしら。あの子ったら、また庭の花を踏み荒らして」と言ったあと、やはり戸口でほんの一瞬ためらって足を止め、中をのぞきこんだ。

そのとき偶然にも、第五の人物も食堂内を見やり、中央にいる人影に視線を注いでいた。ハッター家の隣人、一本脚の老トリヴェット船長だ。二か月前、遺体の確認のためにハッター夫人とコンラッドとともに保管所へ出向いたその人である。トリヴェット船長は食堂にあるふたつの入口のうち、別のほうに現れた――主廊下へ通じる戸口ではなく、隣の書斎へ通じる戸口だ。

一同の目に映ったのは、それ自体は意外なものではなかった。中にはただひとり、マーサの長男である十三歳の小柄な少年、ジャッキー・ハッターがいた。エッグノッグのはいったグラスを手に持って見つめている。ハッター夫人がその険しい目をいっそう険しくし、口を開いて何か言いかけた。そのときジャッキーが後ろめたそうに振り返り、自分が注目を集めているのを瞬時に悟った。地の精《ノーム》のように顔を醜くゆがめ、興奮した目にいたずらっぽい決意の色をみなぎらせるや、ジャッキーはグラスを口もとへ運び、どろりとした液体をすばやく飲みこんだ。

そのあとの出来事ははっきりしない。すぐさま――ハッター夫人が駆け寄って孫の手を乱暴に叩《たた》き、「それはルイーザおばさんのだと知っているだろう、いたずら坊主め！　おばさんのを盗《と》るんじゃないって、なんべん言ったらわかるんだい！」と怒鳴ると当時に――ジャッキーが手からグラスを落とし、とがった小さい顔に驚愕《きょうがく》の色を浮かべた。グラスが床にあたって砕け、食堂の煉瓦《れんが》模様のリノリウムの床に中身が飛び散る。それからジャッキーは庭いじりで汚れた手を口にあて、荒々しい金切り声をあげた。大人たちはみな呆気《あっけ》にとられていたが、それが反抗の叫びではなく、本物の激痛に襲われているのだと悟った。

細くしなやかな体が引きつり、ジャッキーは両手を痙攣《けいれん》させながら苦悶《くもん》に体を折った。息が荒く、顔が異様なほど黒ずむ。なおも悲鳴をあげながら、ジャッキーは床にくずおれた。

それに応えるように、戸口から悲鳴があがった。マーサが蒼白《そうはく》な顔で飛びこんできて膝《ひざ》を突き、苦痛にゆがむ息子の顔を怯えた目で一瞥《いちべつ》するや、そのまま気を失った。

これらの悲鳴で家じゅうが騒然となった。アーバックル夫人が駆けつけ、夫で雑用係兼運転手のジョージ・アーバックルも現れた。つづいて、長身でやせた老女中のヴァージニア。そして、日曜の早くからの酒で顔を赤くした、だらしない風体のコンラッド・ハッター。哀れなルイーザのことはすっかり忘れられていた。ルイーザは戸口へ押しやられて立ちつくし、途方に暮れている。第六感で異変を察したのか、鼻をひくつかせながらよろよろと前へ進み出て、手探りで母親を見つけ出し、その腕を激しく引っ張りはじめた。

ジャッキーの発作とマーサの昏倒《こんとう》の衝撃から最初に立ちなおったのは、案の定ハッター夫人だった。失神したマーサの体を押しのけてすばやくジャッキーのそばに寄ると、その首をつかみ――顔はいまや黒ずんだ紫に変色している――硬直した口を強引にこじあけて、骨張った指を喉《のど》へ突き入れた。ジャッキーはあえぎ、すぐに嘔吐《おうと》した。

瑪瑙《めのう》のような目が光った。「アーバックル！　すぐにメリアム先生に電話をなさい！」と鋭く言う。ジョージ・アーバックルが急いで食堂から出ていった。夫人はいっそうきびしい目で、少しも臆《おく》することなく応急処置を繰り返し、ジャッキーはまた吐いた。

残りの面々は、トリヴェット船長を除いて、まったく動けずにいるようだった。老夫人と苦悶する少年をただ呆然《ぼうぜん》と見ている。だがトリヴェット船長はハッター夫人のスパルタ式の処置に満足そうにうなずくと、部屋を大きくまわって、三重苦のルイーザに歩み寄った。ルイーザは自分の柔らかな肩に手が置かれるのを感じて、船長だとわかったらしく、その手をしっかりと握った。

けれども、この惨劇の最も重要な部分には、まだだれも気づいていなかった。耳に斑《まだら》模様のある子犬——幼いビリーの飼い犬——がおぼつかない足どりで人知れず食堂へ歩み入っていたのだが、リノリウムの床にこぼれたエッグノッグを見ると、うれしそうに吠《ほ》えて走り出し、小さな鼻をその液体に押しつけた。

やにわに女中のヴァージニアが叫びをあげ、子犬を指さした。

子犬は床の上で弱々しくあがいていた。身震いし、体をわずかに引きつらせている。それから四肢を異様な形で硬直させる。腹を一度だけ大きくうねらせ、そのまま動かなくなった。この子犬が二度とエッグノッグをなめられないのは明らかだった。

近隣に住むメリアム医師が五分もせずに到着した。ハッター家の茫然自失《ぼうぜんじしつ》の面々に掛かり合うような時間の無駄はしなかった。老齢の主治医は一家のことをよく知っているのだろう。犬の死体と、身を震わせて嘔吐する少年をひと目見て、医師は唇を引き結んだ。「すぐに二階へ。さあ、コンラッド、連れていくのを手伝ってくれ」金髪のコンラッドは、いまや酔いの醒《さ》めた目に怯《おび》えの色を浮かべつつ、息子をかかえあげて部屋から運び出した。すでに診察用の鞄《かばん》をあけていたメリアム医師がすばやくあとを追った。

バーバラ・ハッターがぎこちなく膝を突き、ぐったりしたマーサの両手をさすりはじめた。ハッター夫人は何も言わず、皺《しわ》の刻まれた顔を石のように硬くしていた。

キモノに身を包んだジル・ハッターが、眠そうな目をして部屋に現れた。「いったい何があったの？」あくびをする。「あの藪《やぶ》医者がコンラッドと悪がきといっしょに二階へあがるのを見たけど……」目を大きく開き、急に足を止めた。床の上で動かない子犬と、飛び散ったエッグノッグと、気を失ったマーサに目を向けている。「これは……」だれもそれに気づかず、返事もしなかった。ジルは椅子に沈みこみ、血の気を失った義姉の顔を見つめた。

小ぎれいな白衣を着た、長身で肉づきのよい中年女がはいってきた。ルイーザの世話をしているスミス看護婦だ。のちにサム警視に話したところによると、二階の自室で読書をしていたという。ひと目でこの場の様子を見てとるや、実直そうな顔に恐怖とおぼしきものをたたえた。岩のように立つハッター夫人を見やり、トリヴェット船長のかたわらで身を震わすルイーザへ視線を移す。深く息をついたのち、バーバラを押しのけてひざまずき、気絶したマーサの手当てを玄人らしい冷静な手つきではじめた。

だれもひとことも発しなかった。共通の衝動に駆られるかのごとく、みな一様にハッター夫人へ不安げな顔を向けた。しかし、その表情からは何も読みとれない。夫人はルイーザの揺れる肩に腕をまわし、看護婦がマーサを手際よく介抱するさまを淡々と見守っていた。

一世紀もたったかというころ、一同はわれに返った。階段をおりるメリアム医師の重い靴音が聞こえてくる。医師はゆっくりと歩み入って鞄をおろすと、スミス看護婦の手当てで生気を取りもどしつつあるマーサに目をやってうなずき、それからハッター夫人に向きなおった。

「ジャッキーは危機を脱しましたよ、奥さま」静かに言った。「あなたのおかげです。落ち着いて処置をなさいました。致死量は飲んでいませんでしたが、すぐに吐かせたおかげで重症にならずにすんだのはまちがいありません。じきに治ります」

ハッター夫人は傲然《ごうぜん》とうなずいた。そして顎《あご》を突き出し、冷たい好奇の目で老医師を射すくめた。医師の口調から容易ならぬものを感じとっていた。だがメリアム医師は背を向けて、死んだ子犬を調べたあと、床にこぼれた液体のにおいを嗅《か》ぎ、鞄から取り出した小瓶にそれを少しすくいとり、栓をしてからしまいこんだ。立ちあがり、スミス看護婦の耳に何やらささやく。看護婦はうなずいて部屋から出ていった。ゆっくりと階段をのぼる足音が聞こえた。ベッドでジャッキーがうなる二階の子供部屋へ向かっていく。

つづいてメリアム医師はマーサの上にかがみこんで助け起こし、墓場さながらの静寂のなか、しっかりした声で呼びかけた。温順なマーサはふだんとかけ離れた異様な表情を浮かべて、よろめきながら食堂を抜け出し、スミス看護婦のあとを追って二階の子供部屋へとのぼっていった。途中で夫とすれちがったが、互いに口をきかなかった。コンラッドは危うい足どりで食堂へはいってきて、腰をおろした。

まるでそれを待ち構えていたかのごとく、コンラッドがもどったのが合図だと言わんばかりに、ハッター夫人がテーブルを叩いた。一同は慄然《りつぜん》とし、ルイーザは母親の腕にいっそう強くすがりついた。

「さあ！」ハッター夫人は叫んだ。「いったいどういうことなのか、やっと話ができるね。メリアム先生、あの子の具合が悪くなったのは、エッグノッグに何がはいっていたからなの？」

メリアム医師は小声で言った。「ストリキニーネです」

「毒ね？　そう思ったわ、犬を見て」ハッター夫人は数インチ伸びあがるようにして一家の面々をにらんだ。「かならず決着をつけるからね、この恩知らずども！」バーバラが小さくため息をつき、ほっそりした長い指を椅子の背に置いてもたれかかる。夫人は凍りつく声で辛辣《しんらつ》につづけた。「あのエッグノッグはルイーザのだよ。ルイーザは毎日、同じ時間に同じ場所であれをグラスに一杯飲む。そのことはおまえたち全員が知ってるね。アーバックルが食堂のテーブルにグラスを置いてから、あのいたずら小僧が横どりするまでのあいだに、だれかが毒を入れた。だれであれ、そいつはルイーザが飲むことを知っていたんだよ！」

「お母さん」バーバラが言った。「お願い、やめて」

「だまりなさい！　ジャッキーが意地汚かったせいでルイーザは命拾いしたけれど、飲んだ本人は危うく死ぬところだった。かわいそうなルイーザが助かったと言っても、だれかが毒殺を謀ったことに変わりはないんだ」そう言って、聾唖《ろうあ》で盲目の娘を胸に抱き寄せた。ルイーザは得体の知れない小さな鼻声を発している。「よし、よし」老夫人はルイーザに聞こえているかのように、なだめる口調で言い、髪をなでつけた。それからふたたび鋭い声で言う。「エッグノッグに毒を入れたのはだれ？」

ジルが鼻を鳴らした。「大仰な言い方はよしてよ」

コンラッドが弱々しく言った。「ばかげてるよ、母さん。おれたちのだれも、そんなことをするはずがな――」

「だれも、だって？　全員がやりかねないさ！　この子を見るのだっていやがるくせに！　わたしのかわいそうなルイーザ……」夫人は娘を両腕でいっそう強く抱きしめた。「さあ、どうなんだい」老軀《ろうく》を激情に震わせて怒鳴る。「言いなさい！　だれがやった？」

メリアム医師が口を開いた。「奥さま」

夫人の激しい怒りが影をひそめ、その目に疑念が宿った。「あなたの意見が必要なときにはね、メリアム、こちらから訊《き》きます。ほうっておいてちょうだい！」

「いえ」メリアム医師は冷たく言い放った。「残念ですがそうはいきませんな」

夫人の目が険しくなった。「それはどういう意味？」

「つまり」メリアム医師は答えた。「わたしには義務がありましてね。これは犯罪ですよ、奥さま。選択の余地はありません」

医師は食堂の隅へ歩きだし、電話機が載った戸棚のほうへ向かった。

老夫人は息を呑《の》んだ。顔が先刻のジャッキーのように紫色に変わっていく。ルイーザを振り払って突き進み、メリアム医師の肩をつかんで乱暴に揺さぶりはじめた。「やめなさい！」と叫ぶ。「冗談じゃないよ、このお節介焼きが！　公にするつもり？　これ以上世間に騒がれたら――それにさわるんじゃないよ、メリアム！　さもないと――」

逆上した夫人が腕をつかみ、白髪頭に罵倒《ばとう》の声を浴びせてきたが、メリアム医師はそれをものともせず、静かに受話器を取りあげた。

そして警察本部を呼び出した。

第一幕

〝殺人は舌を持たぬが、いとも不思議な器官がかわりに語りはじめる〟(『ハムレット』第二幕第二場)

第一場 ハムレット荘

四月十七日 日曜日 午後〇時三十分

サム警視は思った。神ははじめに天と地を創造されたというが、ニューヨークから数マイル離れた、このウェストチェスター郡のハドソン川のあたりでは、とりわけすばらしい仕事をなさったものだ、と。

このすぐれた警視は、公務を取り仕切るというきわめて重い責務を広い肩に否応《いやおう》なく背負わされているため、宗教的な感慨や風雅な気分に浸ることはめったにない。しかし、そんなふうに俗世の物事で頭がいっぱいのサムでさえ、ここでは景観の美しさに長く無関心ではいられなかった。

サムの車は曲がりくねった細い道を、上へ上へと、空をめざすかのように進んでいった。前方には、木々の緑に囲まれて青空と白い雲を頂いた胸壁や城壁や尖塔《せんとう》が、精緻《せいち》な夢幻郷めいた景観を作り、それとは好対照をなすように、はるか眼下では、青くさざめく川面《かわも》に白いボートの小さな点をちりばめたハドソン川が、きらめきながらゆったりと流れている。サムが肺いっぱいに吸いこんだ空気は、森や松葉や花や甘い土の香りに満ちていた。真昼の陽光が力強く降り注ぎ、冷たさの残る四月のそよ風が半白の髪をなびかせる。犯罪があろうとなかろうと、この場は生きる喜びを感じさせてくれる——思いがけず現れた曲がり角でハンドルを切りながら、サムはしみじみと感慨を覚えた。ドルリー・レーン氏の風変わりな住まいであるハムレット荘を訪ねるのはこれで六度目になるが、来るたびにこの奇怪な場所が肌になじんでくる気がした。レーン氏の敷地の前哨地《ぜんしょうち》にあたる見慣れた小橋の手前で、サムは音を立てて車を止め、橋の番をしている赤ら顔の小柄な老人に向かって、いささか子供じみたふうに手を振った。老人は顔をほころばせ、前髪を引っ張って挨拶《あいさつ》をした。

「やあ」サムは言った。「この天気のいい日曜日に、レーンさんはご在宅かね」

「はい」甲高い声で橋番は答えた。「たしかにいらっしゃいますよ。お進みください、警視さま。いつでもお通しするようドルリーさまから言いつかっております。こちらへどうぞ！」橋へ駆け寄ると、きしる門扉をつかんで大きく開き、警視の車を古風な木の小橋へと促した。

サムは深い安堵《あんど》の息をつき、アクセルを踏みこんだ。よし、きょうはなんとすばらしい日か。ここはなじみの場所だった。非の打ちどころのないこの砂利道。青々と茂るこの木立。そして、気まぐれな夢のごとく唐突に、城のある光景が現れる。この城は、ハドソン川の上に数百フィートにわたってそそり立つ断崖《だんがい》の頂にあるだけでなく、ドルリー・レーン氏の願望の絶頂でもあった。城の趣向は当代の批評家から嘲笑《ちょうしょう》を浴びていた。そびえ立つ鉄塔や堅牢《けんろう》なコンクリートの要塞《ようさい》の製図板にしか向かったことのない、マサチューセッツ工科大学を卒業したての若者たちは、この建物をせせら笑い、設計した人物を〝老いぼれ〟〝時代錯誤〟〝見栄っ張りの老役者〟とさまざまに蔑《さげす》んだ。最後の悪罵《あくば》は辛辣で知られる新進劇評家が放ったもので、その男に言わせれば、ユージン・オニール以前の劇作家とレスリー・ハワード以前の俳優はみな、〝俗悪〟で〝大味〟〝蒼然《そうぜん》〟として〝陳腐〟ということになった。

けれども、それはたしかにそこにあった。どこまでもひろがる手入れされた庭や、刈りこまれたイチイの木々や、エリザベス朝風の村落さながらの切妻屋根の建物や、玉石や小道や堀や跳ね橋に囲まれて、控え壁を具《そな》えた壮大な石造りの城が見えた。それは、十六世紀から切りとられた一片の脂身、古き英国の断片、シェイクスピアの世界の一部であり……豊饒《ほうじょう》な過去の思い出のなかで静かに暮らす老紳士には欠くべからざる舞台装置だった。不朽の戯曲を後世に伝えることに惜しみなく貢献し、天賦の才とも呼ぶべきものを演劇への奉仕に捧《ささ》げたその過去は、どんなに手きびしい批評家でも否定できるものではなく、多大な富と名声、そして私生活においても計り知れぬ幸福をもたらしていた。

そして、これが演劇界の帝王の座を退いたドルリー・レーン氏の現在の住まいだった。先刻とは別の老人が、城郭をなす高い石塀に造られた大きな鉄の扉をあけるのを見ながら、サム警視は考えた——街の落ち着きのない愚か者たちがどう評そうと、これこそが平穏そのもの、美そのものであり、ニューヨークの目のくらむ喧騒《けんそう》から逃れうる場だ。

サムが急にブレーキを踏みつけ、車は音を立てて停まった。二十フィート左に、ひどく奇怪なものが見えた。チューリップの花壇の中央で、アリエル（シェイクスピア『テンペスト』に登場する空気の精）の石像が笑みを浮かべて水を吐き出している……が、サムの目をとらえたのは、節くれ立った茶色い手で水盤の水をはね散らかしている男の姿だった。ドルリー・レーン氏とその住まいを知るようになって久しいにもかかわらず、警視はこの小鬼のような老人を見るたびに、いまだに異様な非現実感を覚えた。小柄で肌が茶色く、皺《しわ》だらけで、頭髪は後退し、頰ひげを生やし、小ぶりな背中がこぶのように盛りあがっている。とうてい現実のものとは思えないその老人が革の前掛けをしたさまは、鍛冶《かじ》職人の戯画を思わせた。

背中の曲がった老人は顔をあげ、小さな目を輝かせた。

「やあ、クエイシー！」サムは叫んだ。「何をしている？」

ドルリー・レーン氏の過去の主たる生き証人であるクエイシー――四十年にわたってレーン氏のかつら作りと化粧を担当してきた扮装《ふんそう》係――は、小さな手を曲がった細い腰にあてた。

「金魚を見ておりました」老人特有の甲高く聞きとりづらい声で、クエイシーは丁重に言った。

「ずいぶんお久しぶりですね、サム警視」

サムは車からおりて、大きく伸びをした。「たしかにな。ご老体はお元気かね」

クエイシーの手が蛇のようにすばやく前へ伸び、身をくねらせる小さなものを滴とともに水中から引きあげた。「美しい色です」そう言って、なめし革のような唇を合わせて音を立てた。

「ドルリーさまのことですか？　ええ、とてもお元気です」急にことばを継いで、クエイシーは心外そうな顔をした。「ご老体ですって？　あなたよりお若いのですよ、サム警視、ご存じでしょう。ドルリーさまは六十歳ですが、走ればあなたを追い抜くでしょうよ――そう、兎のようにね。けさは向こうのあの――おお、ぞっとする――氷並みに冷たい湖で、たっぷり四マイル泳がれました。あなたにおできになりますか」

「ふむ、無理だろうな」サムはにやりと笑い、チューリップの花壇を注意深く避けて脇に立った。「で、どちらにいらっしゃる？」

金魚が元気を失い、急に動かなくなったのがはっきりと見てとれた。後悔したのか、背中の曲がった男はそれを水盤へ投げもどした。「イボタノキの向こうです。ちょうどいま、刈りこんでいましてね。たいそうきれい好きですからね、ドルリーさまは。あの庭師たち――」

サムは楽しげに笑いながら老人の脇を通り過ぎたが、通り過ぎざまに如才なくその曲がった背をなでた。クエイシーはけたたましく笑い、両手を鉤《かぎ》のようにして水へ突っこんだ。

美しく剪定《せんてい》されたイボタノキの茂みを掻《か》き分けると、その奥から、すばやく小刻みにはさみを動かす音と、心地よい深みを帯びたレーン独特の声が聞こえてきた。サムは茂みを抜け、庭師の一団に囲まれたコーデュロイ服姿の長身痩躯《そうく》の男に微笑みかけた。

「まさかドルリー・レーン氏みずからがなさっているとは」サムは大きな手を差し出した。

「これは、これは。あなたは歳をとらないのですか？」

「警視さん！」レーンが喜びの声をあげた。「うれしい驚きですよ。またお目にかかれて光栄です」大ぶりの剪定ばさみを置いて、サムの手を握った。「どうしてここがわかったのですか。あるじを見つけ出すのに何時間もハムレット荘をさまよい歩く羽目になる人が多いのに」

「クエイシーですよ」サムは待ちかねていたかのように、すばらしい芝生にすわりこんだ。

「ああ、いい気持ちだ！　あっちの噴水のあたりで会いましてね」

「金魚をいじめていたにちがいない」レーンは含み笑いをした。細いばねのように体を曲げて、サムの隣に腰をおろす。「警視さん、少し太られたようですね」たしなめるように言って、サムの巨体に目をやった。「もっと運動をなさらなくてはね。この前お会いしたときから十ポンドは増えていますよ」

「まさしくおっしゃるとおりです」サムは愚痴っぽく言った。「言い返せないのが悔しいですよ。あなたのほうは壮健そのものですな」

サムは愛情にも似たまなざしでうらやましげに相手を見つめた。レーンは背が高く引きしまった体躯《たいく》を持ち、どことなく生気を感じさせる。首にかかる豊かな白髪がなければ、六十歳ならぬ四十歳で通るだろう。古典的なまでに端正な顔は、皺ひとつなく若々しい。灰緑色の目は鋭く深みをたたえ、老いの気配を微塵《みじん》も感じさせなかった。折り返した白いシャツの襟からのぞく喉《のど》はたくましく筋肉質で、赤銅色に日焼けしている。穏やかで動じることがなく、それでいて生き生きと表情を変えうる顔は、人生の盛りにある力強い男のそれだった。声さえも朗々と張りがあって、必要とあらば剣の鋭さをはらみ——かつておおぜいの観客の耳に心地よく鳴り響いた声のままで——その身に重ねた歳月を信じがたいものにしている。まぎれもなく非凡な人物そのものだった。

「どうやら」ドルリー・レーン氏は目を光らせて言った。「ニューヨークからはるばる足を運んでくださったのは、ご機嫌うかがいのためだけではなさそうですね、警視さん。簡単な推理ですよ。この冬じゅう音沙汰《おとさた》がなかったのですから。そう、ロングストリート事件（『Xの悲劇』の事件）を解決して以来ですよ。あなたの忙しい脳のなかでうなりをあげているのはどんな問題でしょうか」すべてを見透かすような視線がサムの唇に据えられた。この老優は近年に耳が遠くなって演劇界からの引退を余儀なくされ、いまでは聴力をすっかり失っていた。しかし、新たな状況に適応する類《たぐ》い稀《まれ》なる能力を発揮して、すぐさま読唇術を身につけたため、その巧みさゆえに、話をした相手のほとんどが障害に気づかなかった。

サムはきまりが悪そうにした。「いえ、そんな。そういうつもりではないんですよ、レーンさん……ただ、ニューヨークでちょっとした出来事が起こって、困っているのは事実です。それで、お力を貸してくださらないかと考えたわけでして」

「犯罪ですね」レーンは考えながら言った。「ハッター家の事件ではありませんか？」

サムの顔が輝いた。「新聞記事をお読みなんですね。そう、あのとんでもないハッター家の件です。老夫人が最初の結婚で産んだ娘――ルイーザ・キャンピオンの毒殺未遂ですよ」

「耳と目が不自由で、口もきけないのでしたね」レーンは沈んだ表情で言った。「その女性には格別に興味を引かれます。人間が身体の障害を乗り越える力を示した、驚嘆すべき実例ですから……。では、やはり、うまくいっていないのですか」

「ええ」サムは不機嫌そうに言って、地面から芝をひとつかみ手にとった。周囲の穏やかな美景から、ふいに安らぎが失われたかのようだった。「すっかり行き詰まってしまいましてね。手がかりが皆無です」

レーンは強い視線を向けた。「新聞で報じられたことにはすべて目を通しました。おそらく細部は不正確でしょうし、全貌《ぜんぼう》が語られたわけでもありますまい。それでも、あの家族のことや、毒入りのエッグノッグのこと、貪欲《どんよく》な少年が危らく命を落としかけたこと——表面的な事実はひととおり知っています」すばやく立ちあがる。「警視さん、昼食は召しあがりましたか」

サムは青々とした顎《あご》を掻いた。「その……あまり腹が減っては……」

「そんなことを！」レーンはサムのたくましい腕をつかんで引っ張った。意外にもサムの体が芝生から半ば浮きあがった。「ばかげたことをおっしゃらずに、こちらへどうぞ。何かつまんで、冷たいビールを飲みながら、その問題を話し合いましょう。むろんビールはお好きですね？」

サムは喉の渇きを隠しきれぬ顔で腰をあげた。「好きとは言いませんが、苦手というわけでも……」

「そうだと思いました。あなたがたはみなそうです。用心深く、望みをなかなか口に出さない。執事のフォルスタッフに頼んで、そう、マーテルのスリースターでも出させましょうか」

「信じられない！」警視は熱っぽく叫んだ。「ああ、すばらしいですよ、レーンさん！」

ドルリー・レーン氏は両脇に球根植物の並ぶ道をゆったりと歩きながら、客の目が輝きはじめるのを含み笑いしてながめた。

ふたりは木々のあいだを抜けて、城を取り巻く封建時代そのものの村落へ向かっていった。低く赤い屋根、玉石敷きの通り、細い小道、とがった屋根、切妻壁。何もかもが魅力に富んでいる。サムは呆然《ぼうぜん》とまばたきを繰り返した。二十世紀の衣服を身につけた男女を数人見かけて、ようやく落ち着きを取りもどす。ハムレット荘は何度も訪れていたものの、この村落に足を踏み入れたのはこれがはじめてだった。

ふたりは低い褐色の建物の前で立ち止まった。縦仕切りのついた窓が並び、前で看板が揺れている。「人魚亭《マーメイド・タバーン》をご存じでしょう? シェイクスピア、ベン・ジョンソン、ローリー、フランシス・ボーモントといった人々が集った場所です」

「聞いたことがある気がしますな」警視は考えながら言った。「ロンドンにあって、そういう連中がたむろしたりパーティーを催したりした店だとか」

「そのとおり。チープサイドのブレッド・ストリートにありました――フライデー・ストリートの近くです。日曜紙の世界で名前を見かける、この上なく風変わりな面々が集まっていました。これは――」ドルリー・レーン氏は優雅に頭をさげてつづけた。「その滅ぶべからざる酒場を忠実に再現したものです。はいりましょう、警視さん」

サム警視の顔に笑みが浮かんだ。天井に角材を渡した空間には、煙と話し声と上等な強いエールの香りが満ちていた。サムは賛嘆をこめてうなずいた。「レーンさん、こういう場所に三、四百年前のその面々がかよっていたなら、わたしも常連になりますよ。すごい!」

驚くほどの赤ら顔をした太鼓腹の小男が、染みひとつない白い前掛けを腹の上につけた姿であわただしく迎えに出てきた。

「フォルスタッフを覚えていらっしゃいますか。何者にも代えがたい、わがフォルスタッフを」背の低い老人の禿《は》げ頭に手をやって、レーンは尋ねた。

「ええ、もちろん！」フォルスタッフは——フォルスタッフとは！（シェイクスピア『ヘンリー四世』に登場する肥満の道化者の名）——会釈して微笑んだ。「ドルリーさま、大ジョッキで？」

「ああ、サム警視にも一杯と、ブランデーを一本頼むよ。それと、何か食べるものを。こちらへどうぞ、警視さん」

レーンは食事中のにぎやかな客たちに笑顔でうなずきかけながら、混み合った店内を進んでいった。ふたりは空いている一画を見つけ、教会の会衆席に似た長椅子にすわった。まさしく酒場の主人そのもののフォルスタッフが、風味の豊かな軽食をきびきびと用意させ、みずから運んできた。サムは深々と息を吐いて、泡立つジョッキに不恰好《ぶかっこう》な鼻を突っこんだ。

「では、警視さん」サムが料理の最後のひと口を嚙《か》みこなし、ブランデーの瓶を空にすると、レーンは切り出した。「何に頭を悩ませていらっしゃるかをお聞かせください」

「それが厄介でしてね」サムはこぼした。「たいした話はできませんよ。新聞をお読みなら、知っていることはあなたとわたしで大差がないはずだ。あの女主人の夫が数か月前に自殺したこともご存じでしょう？」

「ええ。むろんどの新聞もヨーク・ハッターの失踪《しっそう》について書き立てていましたからね。あなたが現場に着いたときのことを話してください」

「はい、では」サムは長椅子の上で、クルミ材の高い背もたれに寄りかかった。「最初に取り組んだのは、エッグノッグにストリキニーネが混入された正確な時間を割り出すことでした。料理人で家政婦のアーバックル夫人が食堂のテーブルにグラスを置いたのが二時二十五分ごろで、わかっているかぎりでは、その五分から十分後に、ハッター夫人がルイーザを連れてやってきて、いたずら小僧のジャッキーが伯母の飲み物に口をつけているのを見つけたんです。目新しい情報はないでしょう?」

「ありませんね」レーンは言った。「新聞で読んだ状況からして——あなたが記者たちに説明なさったのだと思いますが——飲み物に毒を入れる機会はだれにでもあったことになります。正確にはいつ食堂へはいったのか、その子供に尋ねましたか」

「もちろん尋ねましたが、相手は子供なんでね。たいした答は期待できますまい? 祖母とルイーザ伯母が来る直前に部屋へはいったという返答でした。そして、ジャッキーより前にだれが食堂に忍びこんだかは判明していません」

「なるほど。その子供はすっかり回復したのですか」

サム警視は鼻を鳴らした。「回復したどころか! ひと口くらいの毒じゃ死にやしません。たいした小僧ですよ。絞め殺してやりたくなる手合いだ。エッグノッグを横どりするつもりなんかぜんぜんなかった、と言い張るんです——ええ、そうでしょうとも! なぜ飲んだのか、自分でもわからない、とまで言ってのける。〝エミリーおばあちゃんがびっくりさせるから、つい飲んじゃったんだ〟――それだけなんです。もう少し飲まなかったのが残念なくらいだ」

「あなたも小さいときに小公子だったわけではないはずですよ、警視さん」レーンはくすくすと笑った。「エッグノッグに毒が入れられたにちがいない時刻に、ほかの面々はどこにいたのでしょうか。新聞にははっきり載っていませんでしたが」

「まあ、ご想像のとおり、混乱のきわみでしてね。船長のトリヴェットは、すぐ隣にある図書室で新聞を読んでいました。けれど、なんの物音も聞かなかったと言っています。それから、ジル・ハッター――こちらは二階の自分の部屋にいて、ベッドでうたた寝をしていたそうです。昼の二時半にですよ！」

「前の晩に出歩いていたのでしょう」レーンは淡々と言った。「その手の人たちに言わせれば、夜を満喫していたわけです。なかなかの変わり種ですね。ほかの人たちは？」

サムは憂鬱《ゆううつ》そうな視線をブランデーグラスへ向けた。「で、あのルイーザは――障害のある娘ですが――ふだんから昼食のあとに少し眠ることになっています。老夫人と同じ二階の寝室を使っていましてね。ともあれ、ハッター夫人は庭でだれかを叱りつけていたようですが、その後二階へあがってルイーザを起こし、二時半きっかりにエッグノッグを求めてふたりで一階へおりてきたんです。道楽者のコンラッドは――あの子供の父親ですが――屋敷の東側の路地を、煙草を吸いながらぶらついていたそうです。ひどい頭痛がして――おおかた二日酔いでしょう――外の空気を吸いたかったと言っています。詩を書く長女のバーバラ・ハッターは――

あれはずいぶん大物で、一族のなかでただひとり人間味がありますな。才気あふれる好ましい女性だと思いますが——二階の書斎で書き物をしていたそうです。ルイーザ専属のスミス看護婦は、ルイーザの寝室の隣に東の路地に面した部屋を与えられているんですが、そのときは自室で新聞の日曜版を読んでいたと言っています」

「そのほかは？」

「あとはほとんど問題になりません。家政婦のアーバックル夫人は、裏の台所で女中のヴァージニアといっしょに昼食の片づけをしていました。その夫のジョージ・アーバックルは、裏手の車庫で車を磨いていました。だいたいこれで全部です。望み薄でしょう？」

レーンはうなずいた。その目はサムの唇にじっと据えられている。「義足のトリヴェット船長ですが」ようやく口を開いた。「興味深い人物です。この人はパズルのどこにおさまるのでしょうか。日曜の二時半に、あの家で何をしていたのです？」

「ああ、あの男ですか」サムは不機嫌そうに言った。「船長だったのは昔のことです。長年ハッター家の隣に住んでいます——仕事を辞めたときに家を買ったんですな。調査済みですから、ご心配には及びません。しこたま稼いだんですよ——三十年にわたって自前の貨物船で海へ出ていましたから。南大西洋でひどい嵐に出くわして、隠退を余儀なくされたそうです。大波に足をすくわれて、脚を何か所か折ったらしい。一等航海士が雑な処置をして、港に着いたときには切断せざるをえなかったとか。なかなか気骨のある老人ですよ」

「まだ質問に答えてくださっていませんよ、警視さん」レーンは穏やかに言った。「どうして船長はあの家にいたのですか」

「まあ、待ってくれませんか」サムはうなり声で言った。「申し訳ない。すっかりいい気分だったところに、急に事件の話を持ち出されたものですから……。トリヴェットはしじゅうハッター家に入り浸っているんです。ヨーク・ハッターの唯一の親友だったらしい。孤独で偏屈な老人ふたりがさびしさゆえに寄り合ったというところですかな。トリヴェットにはヨーク・ハッターの失踪と自殺がずいぶん応えたはずです。それでも屋敷にかようのはやめませんでした。どうやらルイーザ・キャンピオンに近づきたいらしくてね。あれほどの不自由な体なのに文句ひとつこぼさない素直な娘ですし、自分自身が脚を片方失ったのも関係しているんでしょう」

「そうでしょうね。身体の不完全さは互いの絆《きずな》を結ぶものです。では、船長はただルイーザ・キャンピオンのご機嫌をうかがいに来ていただけなのですか」

「まさしくそうです。日参しているんですよ。ふたりは気が合うようで、さすがのあの鬼婆も喜んでいるようです。対話のできない娘を気にかけてくれる人物がいるのは大歓迎なんでしょう――ほかの者は無視同然ですからね。船長は二時ごろにやってきて、ルイーザが二階で眠っているとアーバックル夫人から聞かされ、図書室で待っていたそうです」

「ふたりはどうやって会話をするのですか。そのかわいそうな女性は聞くことも見ることも話すこともできないのに」

「ああ、何か方法を見つけたようですよ」サムは低い声で言った。「十八歳までは耳は聞こえたわけですから、そのあいだにあれこれ学んだんですね。もっとも、トリヴェット船長はたいていたとき、ただすわってルイーザの手を握っているんです。ルイーザのほうも慕っています」

「痛ましい話ですね。ところで、警視さん、毒のことをお尋ねします。ストリキニーネの出所は調べたのでしょうか」

サムは苦い笑みを浮かべた。「うまくいきませんでした。その線は最初から追いましたよ。当然です。でも、結局のところ徒労でしてね。このヨーク・ハッターというのは化学への情熱を捨てきれなかった男で――若いころはひとかどの研究者だったようです。自室の一部を実験室に改造して、一日じゅうそこで過ごしていました」

「つらい現実からの逃避ですか。さもありなん、ですね。では、ストリキニーネはその実験室から持ち出されたのですか」

サムは肩をすくめた。「おそらくそうでしょう。しかし、その点でも壁にぶちあたっていまして。ハッターの失踪後に夫人が実験室に鍵《かぎ》をかけてしまったんです。だれもはいってはならぬと、きつく命じてね。思い出に捧《ささ》げるというか、その手の思いゆえでしょう。夫が去ったときのまま残しておきたかったんです――二か月前に本人の体が見つかって、死亡が確認されてからは特にね。おわかりでしょう？　鍵はひとつしかなく、つねに夫人が持ち歩いていました。実験室にほかの入口はなく、窓には鉄格子がはめられています。もちろん、実験室のことを聞いてすぐに、飛んでいって調べましたが――」

「鍵はハッター夫人から預かったのですか」

「はい」

「夫人がいつも鍵を持ち歩いていたのはたしかですね？」

「本人はそう言っています。ともあれ、ハッターがしつらえた棚に並んでいた瓶のひとつから、ストリキニーネの錠剤が見つかりました。ですから、毒の出所はその瓶だろうとわれわれは考えたわけです。粉末や液体を持ち歩くより、錠剤のほうがエッグノッグに入れるのは簡単ですからね。しかし、犯人はいったいどうやって実験室へはいったんでしょう？」

レーンはすぐには答えなかった。長くて白く、見るからにたくましい指を曲げて、フォルスタッフに合図をした。「ジョッキにおかわりを頼むよ……。そもそも答の出ない質問ですね、警視さん。窓に鉄格子ですか——ハッターは唯一の避難場所を懸命に守ろうとしていたにちがいありません。そして、ドアには錠があり、ひとつきりの鍵はいつも夫人の手もとにあった。ふむ……。しかし、かならずしも突飛な説明は必要ありますまい。たとえば、蠟《ろう》で鍵穴の型をとるなど」

「もちろんです」サムは怒鳴るように言った。「そんなことをわれわれが考えつかなかったとでも？　わたしの見たところ、筋の通る説明が三つあります。まず、犯人がヨーク・ハッターの失踪以前に、実験室からストリキニーネを盗み出していた場合です。そのころはまだドアが施錠されておらず、だれでも出入りできました。そして、この日曜まで毒薬をとっておいた」

「おみごとです」レーンは言った。「つづけてください、警視さん」

「第二は、いまご指摘なさったように、何者かが蠟で錠の型をとって、鍵を作った場合。そうやって実験室に侵入し、未遂事件の直前に毒を手に入れた」

たくさんばかりに泡立つジョッキを

「そして第三は、毒薬をまったく別の経路で入手した場合です」サムはあふれんばかりに泡立つジョッキをフォルスタッフから受けとって、勢いよく飲みほした。「すばらしい」喉《のど》を鳴らして言う。「ビールのことですよ。とにかく、できるかぎりのことをしました。合い鍵説についてはいま調査中で、鍵屋や金物店を片っ端からあたっていますが……まだ成果はありません。外で手に入れた説も調べていますが、こちらもいまのところ空振りです。現状はそんなところですよ」

レーンは思案げにテーブルを軽く叩《たた》いた。客の数は少なくなり、人魚亭にいるのはふたりきりも同然だ。「こう考えてみましたか」レーンが沈黙を破った。「エッグノッグに毒が入れられたのは、アーバックル夫人が食堂へ運んでくる前だったかもしれないと」

「おやおや、レーンさん」サムは不満そうに言った。「わたしを何者だとお思いです？　むろん考えましたよ。台所を調べましたが、ストリキニーネであれ犯人であれ、痕跡《こんせき》は見あたりませんでした。ただ、アーバックル夫人がエッグノッグを台所のテーブルに数分間置いたまま、食器室で探し物をしたのは事実です。女中のヴァージニアはその少し前から客間で掃除をしていました。ですから、何者かが台所へ忍びこんで、アーバックル夫人の目を盗んで飲み物に毒を混入した可能性は否定できません」

「お困りの理由がわかってきました」レーンは物憂げな笑みを浮かべた。「そして、わたしも同じ気分になりつつありますよ、警視さん。その日曜の午後にハッター家にいたのは、その人たちだけですか」

「判明したかぎりでは、ほかにひとりもいませんでした。しかし玄関は施錠されていませんでしたから、何者であれ、見とがめられずに侵入して出ていった可能性はあります。毎日二時半に食堂でエッグノッグを飲む習慣のことは、ハッター家の関係者ならだれもが知っていますから」

「事件の起こったとき、家人のひとりが外出していたようですね。エドガー・ペリーという、コンラッド・ハッターのふたりの息子の家庭教師です。この人物についてはお調べになりましたか」

「もちろんです。ペリーはふだん日曜に休みをとっていて、この前の日曜は朝からセントラル・パークを散歩していたと言っています——ひとりだけでね。家にもどったのは午後の遅くになってからで、すでにわたしが着いていました」

「毒殺未遂の話を聞いて、どんな様子でしたか」

「驚いたふうでしたよ。それに、話を知らされて何やら不安げに見えました。なんの説明もありませんでしたがね」

「どうやら」レーンの彫りの深い顔から笑みが消え、眉間《みけん》に皺《しわ》が寄った。「霧のさらに奥深くへ迷いこんでしまいましたね。では、動機は？　そこに重要な手がかりがあるかもしれません」

力を持て余した猛者《もさ》のように、サム警視は臆面《おくめん》もなくうなり声をあげた。「動機ならひとり残らず持ち合わせています。ハッター家は異常な人間だらけだ——心底いかれた連中の集まりですよ、たぶんあの詩人のバーバラ以外はね。だがあの女だって、変人なのは同じで、それが詩才として表れただけでしょう。おわかりでしょうが、ハッター夫人は三重苦の娘に日々かかりきりです。母虎さながらの世話焼きぶりですよ。同じ部屋で眠り、手ずから物を食べさせ、着替えを手伝う——ルイーザの暮らしを少しでもまともなものにするために、全人生を捧げているんです。あの性悪婆のただひとつ人間らしいところですな」

「そして、当然ながらほかの子供たちはおもしろくない」レーンは目を灯火のごとく光らせてつぶやいた。「そうでしょうね。気性が激しく、わがままで、道徳観に縛られることなく暴力に走る傾向がある……。なるほど。あなたのおっしゃりたいことがわかってきました」

「一週間にわたってあの一家を見ていますが」サムは強い口調で言った。「ルイーザに対する老婦人のかまい方が度を超しているので、ほかの子供たちはひどく怒り、妬《ねた》んでいますよ。やさしさと明るさに満ちた、〝ママ、大好き！〟という関係にはほど遠い」意地悪く笑みを浮かべる。「あれが愛なのかどうか疑わしいものですな。ただの自尊心と、ある種のひがみです。それに、ルイーザについて言えば——そう、実の姉ではなく、胤《たね》ちがいですからね」

「それは少なからず影響するでしょうね」レーンはうなずいた。

「大変な問題ですよ。たとえば、末娘のジルはルイーザといっさいかかわりを持とうとしません。ルイーザがいるせいで家じゅうが陰気になって友達が寄りつかない、妙にふるまうからみんなが不愉快になる、と言い張るんです。妙にふるまう？　やむをえないことなのに、ジルには同情のかけらもありません。そういう女です。わたしの娘でなくてよかった」サムは自分の太腿《ふともも》を叩いた。「コンラッドも受け止め方は同じで——どこかの施設に預けて追い出してしまえないかと、いつも母親と言い争っています。ルイーザがいるとふつうの生活ができないと言うんです。ふつうとはね！」辛辣《しんらつ》に笑う。「あの男の考えるふつうの生活とは、テーブルの下に酒箱を置いて、両膝《りょうひざ》に踊り子をひとりずつ乗せることでしょうよ」

「では、バーバラ・ハッターは？」

「これはやはり少々ちがいますな」バーバラには特別の思いがあるのか、サム警視はビールをひと口飲んで唇をなめてから、レーンの問いかけるような視線に応じて、急にあたたかみのある声音で話しだした。「そう——あれはいい娘ですよ、レーンさん。分別がある。聾啞《ろうあ》の姉を愛しているとまでは言いませんが、これまであれこれ観察したところ、バーバラは同情心を持って、ルイーザの人生が少しでも楽しいものになるよう心を砕いています。まさに性根のやさしい女性のすることですよ」

「バーバラはあなたの心をつかんだようですね」レーンは言って、立ちあがった。「行きましょうか、警視さん。外の空気を吸いましょう」

サムは大儀そうに立ちあがり、ベルトをゆるめてから、先に立って風変わりな細い道へ出た。ふたりはゆっくりと庭園へ引き返していった。レーンは考えにふけり、目を曇らせて口を引き結んでいる。サムは不機嫌そうに重い足どりを進めた。

「コンラッドの夫婦はあまりうまくいっていないようですね」ようやくレーンは口を開き、丸木のベンチに腰をおろした。「すわってください、警視さん」

サムは考えることに疲れたように、力なく従った。「そのとおり。いがみ合って暮らしています。妻のマーサは、この〝おぞましい家〟からなるべく早く子供ふたりを連れ出すつもりだ、とわたしに言っていましたよ――ひどく興奮してね。ルイーザの面倒を見ているスミス看護婦からおもしろいことを聞きましたよ。二週間ほど前に、マーサと老夫人が大げんかをしたそうです。夫人が子供たちを叩いて、マーサが逆上したらしい。夫人を〝鬼婆〟呼ばわりして、口うるさい出しゃばりだと罵《ののし》り、死んでしまえと叫んだそうです。頭に血がのぼると女がどうなるかはご存じでしょう？　なんにせよ、髪をつかみ合わんばかりの大騒ぎだったそうです。スミス看護婦が子供たちを部屋から連れ出して――ふたりとも怯《おび》えて身をすくませていたとか……。マーサは羊並みにおとなしい女ですが、怒ると手がつけられません。いくぶん気の毒になりますよ、おかしな人間に囲まれて暮らしているんですから。自分の子供をあんな環境で育てたくはありませんね、はっきり言って」

「それに、ハッター夫人は裕福です」サムの話に興味を覚えなかったかのように、レーンは考えに沈んで言った。「背後には金銭がらみの動機があるのかもしれない……」刻一刻と表情を曇らせていく。

ふたりは黙したまま坐《ざ》していた。庭は涼しく、小さな村落から笑い声が聞こえてくる。サムは腕を組んでレーンの顔を見据えた。その表情にとうてい満足できず、うめくように言った。

「で、ご意見はいかがですか、レーンさん。何かひらめきましたか」

ドルリー・レーン氏はため息をつき、かすかに笑みを漂わせてかぶりを振った。「残念ですが、わたしは超人ではないのですよ、警視さん」

「と、おっしゃいますと――」

「なんの手がかりも思いつきません。だれがエッグノッグに毒を入れたのか？　見こみのありそうな仮説ひとつ立てられませんね。事実が――これはという仮説を立てるには、事実が不足しています」

サムは悲しげな顔をした。こうなる気がしていたし、それを恐れてもいた。「何か指針は？」

レーンは肩をすくめた。「では、注意をひとつだけ。毒殺を試みた者は、かならずもう一度試みます。ルイーザ・キャンピオンの命がふたたび狙われるのはまちがいありません。もちろん、すぐにではないでしょう。しかし、いつか、犯人が安全と見なした日に……」

「全力で阻止しますよ」サムはあまり自信がなさそうに言った。

老優が引きしまった長身を突然伸ばして立ちあがったので、サムは驚きつつそれを見守った。レーンは無表情だった――脳裏で何かの考えがひらめいたときの常だ。「警視さん、メリアム医師は食堂の床にこぼれた毒入りのエッグノッグを採取したはずです」サムはいぶかしげにうなずく。「検死医はそれを分析したのですか」

サムは緊張をゆるめた。「ああ、そのことですか。シリング先生に鑑識で検査してもらいました」

「分析結果は出ましたか」

「おや、おや！」サムは言った。「何か問題でも？　おかしなことはありませんでしたよ、レーンさん。もちろん結果の報告がありました」

「エッグノッグに混入された毒が致死量かどうかは書かれていましたか」

警視は鼻を鳴らした。「致死量？　まちがいなく致死量でしたよ。あれだけあれば、五、六人は殺せるとのことでした」

一瞬の間があり、レーンの顔はいつもの穏やかさを取りもどしたが、かすかに失望の色に染まっていた。灰緑色の目が見こみはずれだと物語っている。「では、警視さん、長旅の成果としては物足りないでしょうが——わたしが申しあげられるのはひとつだけです」ドルリー・レーン氏は言った。「マッド・ハッター家の監視をけっして怠らないでください」

第二場　ルイーザの寝室

六月五日　日曜日　午前十時

ハッター家の事件は、最初からゆるやかな音調で奏でられていたと言えるだろう。犯罪に次ぐ犯罪、立てつづけに起こる事件、すばやく振りおろされる死の鉄槌《てっつい》などとは無縁だった。ゆっくりと、ゆっくりと、怠惰なまでの歩みで進み、その異様な緩慢さゆえに、ジャガンナート神の山車《だし》の行列のような苛酷《かこく》さが感じられた。

ある面で、この遅々とした展開には深い意味があったのだが、この時点では、ドルリー・レーン氏も含めて、だれひとり真実を推察する域に達していなかった。ヨーク・ハッターの失踪《しっそう》が十二月、死体の発見が二月、ルイーザの毒殺未遂が四月、そして、そのまもなく二か月後になるかという、六月のある晴れた日曜の朝……

レーンはハドソン河畔にある城郭風の隠れ家で悠々と過ごし、ハッター家の事件のこともサム警視の来訪のことも忘れてしまっていた。毒殺未遂へ向けられた新聞各紙の大きな関心もしだいに薄れ、ついには紙面に何も載らなくなった。サム警視が懸命の捜査をつづけたものの、毒殺を試みた者の特定につながる手がかりはまったく見つかっていない。騒ぎが静まるにつれ、警察の熱意も失われていった。

この六月五日までは。

その知らせをドルリー・レーン氏は電話で受けた。城の胸壁の上に裸体を横たえて日光浴をしていたとき、老クエイシーが小塔の螺旋《らせん》階段をぎこちない足どりでのぼってきた。激しく動いたせいで、小鬼めいた顔が紫色になっている。

「サム警視です！」クエイシーは荒い息で言った。「お電話ですよ、ドルリーさま！　あの──あの……」

レーンは驚いて体を起こした。「どうした、クエイシー」

「あのかたによると」老人はあえいだ。「ハッター家で何かあったそうです！」

レーンは褐色の体を揺すって前へ乗り出し、引きしまった腰を落としてすわった。「とうとう起こったか」ゆっくりとつぶやく。「いつ？　だれが？　警視はなんと言っている？」

クエイシーは額の汗をぬぐった。「何もおっしゃいません。取り乱していらっしゃいまして。わたしを怒鳴りつけたんですよ。この歳になるまで、あんな仕打ちは――」

「クエイシー！」レーンは立ちあがった。「手短に話しなさい」

「はい、ドルリーさま。すべてをご覧になりたいなら、すぐにハッター家までお越しくださいとのことでした。ワシントン・スクエア北通りだそうです。おいでになるまで、そのままにしておきますが、お急ぎください、と！」

レーンはすでに小塔の階段を跳ねるようにおりはじめていた。

二時間後、いつも笑みを浮かべているドロミオという若者の運転で――ここでは使用人はシェイクスピアの作中人物の名で呼ばれる――レーンの乗った黒いリンカーンのリムジンが五番街の南寄りの渋滞を縫うように進んでいた。八丁目の交差点を過ぎると、ワシントン・スクエア・パークに群がる人々の姿が見てとれた。警察に規制されながらも、アーチの下の車道にまでひろがっている。バイクに乗った警官ふたりがドロミオを止めた。「ここは通行禁止です！」一方が叫んだ。「引き返して迂回《うかい》してください！」

太った赤ら顔の巡査部長が駆け寄ってきた。「レーンさんの車ですね？　サム警視からお通しするように指示されております。おい、通していいぞ。公用だ」

ドロミオがゆっくりと車を進めて角を曲がり、ウェイヴァリー・プレイスの通りへはいっていった。警察の非常線が張られていて、スクエアの北にあたる、五番街とマクドゥーガル通りにはさまれた一画が封鎖されている。大通りを隔てた公園内の遊歩道は野次馬でいっぱいだった。新聞記者やカメラマンが蟻のようにうごめいている。巡査や重い足どりの私服刑事がそこかしこにいた。

騒ぎの中心がすぐに見つかり、ドロミオがその前にリムジンを停めた。それは明るい赤の煉《れん》瓦《が》でできた三階建ての箱形の屋敷だった。見るからに蒼然《そうぜん》とした旧式の建物で、界隈《かいわい》を馬が行き交っていたころの遺物だ。大きな窓には重たげなカーテンがかかり、屋根の軒蛇腹には帯状の装飾が施されている。白い石でできた高い正面階段には、両側に鉄の手すりが配され、その最上部では古びて緑に変色した鋳鉄製の雌ライオンが二匹鎮座している。階段にはおおぜいの刑事たちの姿がある。白い羽目板張りの幅広のドアがあけ放たれていて、歩道から小さな玄関の内側が見えた。

レーンは悲しげにリムジンからおり立った。涼しそうな亜麻布の服に麦わら帽、白い靴といういでたちで、籐《とう》の杖《つえ》を携えている。建物を見あげてため息をついてから、石段をのぼりはじめた。ひとりの男が玄関から顔をのぞかせた。「レーンさんですね？　どうぞこちらへ。サム警視がお待ちかねです」

不機嫌きわまりない顔を紅潮させたサムがみずから出迎えた。家のなかは静まり返っていた。ひんやりとした広い廊下が奥深くまで伸びていて、閉まったドアが並んでいる。廊下の中央では、古風なクルミ材の階段が上階へ通じている。外の騒々しさとは打って変わり、館内は墓場さながらに静かだった。人っ子ひとり見あたらない――レーンの見るかぎり、警官すらいなかった。

「そう」サムは沈痛な声を発した。「とうとうです」それだけ言って、ことばを詰まらせた。それだけ口にするのが精いっぱいらしい。

「ルイーザ・キャンピオンですか」レーンは尋ねた。むなしい質問だと言えた。二か月前に命を狙われたのがルイーザ・キャンピオンなのに、ほかにだれがいるというのか。

サム警視はうなるような声で答えた。「ちがいます」

レーンの驚きようは滑稽《こっけい》なほどだった。「ルイーザ・キャンピオンではない！」叫び声をあげる。「では、いったい……」

「老夫人ですよ。殺害されたんです！」

ふたりは涼しい廊下で向き合ったが、見つめ合ったところでなんの気休めにもならなかった。

「ハッター夫人が」レーンは三度目のつぶやきを漏らした。「それは奇妙ですね、警視さん。まるでだれかが、特定の個人ではなくハッター家全体に殺意をいだいているようだ」

サム警視は気ぜわしく階段へ向かった。「そうお考えですか」

「思いつきが口に出ただけです」レーンはいくぶんそっけなく言った。「どうやら同意なさらないようですね」ふたりは並んで階段をのぼりはじめた。

警視は体が痛むかのように大儀そうに階段をのぼった。「反対してもいませんよ。ただ、どう考えればいいのか見当もつかないだけで」

「毒殺ですか？」

「いえ。少なくとも、そうは見えませんな。まあ、ご自分でご覧になってください」

階段をのぼりきったところでふたりは足を止めた。レーンの目が鋭くなる。そこから長い廊下がつづいていた。両側の壁に閉まったドアが並び、それぞれの前に警官が立っている。

「寝室ですか、警視さん」

サムはうなり声で答え、階段上の木の手すりをまわりかけた。そこで急に立ち止まって身をこわばらせたので、レーンはその背中にぶつかった。廊下の北西の隅にあるドアに小太りの警官が寄りかかっていたのだが、いきなりドアが引きあけられて後ろによろめき、突然「うわっ！」と叫んだからだった。

サムは力を抜いた。「またあの坊主どもだ」そう言ってから、声を張りあげる。「ホーガン、なぜ悪がきどもを子供部屋に閉じこめておけないんだ！」

「ええ、はい」ホーガンは困った様子であえぎながら答えた。ひとりの少年が歓声をあげて警官の太い脚のあいだをくぐり抜け、まっしぐらに廊下を駆けていった。ホーガンがどうにか体勢を立てなおしたとき、こんどはもっと小さな、まだ幼児でしかない男の子が、最初の少年の真似をして、大はしゃぎで叫びつつ脚のあいだを走り抜けた。ホーガンが猛然と追いかけるあとを、疲れきった顔の女が金切り声をあげて追った。「ジャッキー！　ビリー！　あなたたち――だめだと言ったでしょう！」

「マーサ・ハッターですか」レーンがささやいた。美しい女性だが、目尻《めじり》に皺《しわ》が寄り、若さはとうに色あせている。サムはうなずき、しかめ面で騒ぎを見守った。

ホーガンが十三歳のジャッキーを敢然と押さえこんだ。叫び声から察するに、ジャッキーは何が起こっているかを見たがっているらしい。わめきながらホーガンの脚を蹴《け》りつけるので、ホーガンは痛みで弱り果てている。兄の真似をしてホーガンの足首をでたらめに力いっぱい蹴っていた幼児を、マーサ・ハッターが捕まえた。手脚を振りまわし、顔を真っ赤にして髪を振り乱しながら、四人は子供部屋へ消えていった。ドアの奥から漏れる絶叫からすると、単に戦場が移動しただけなのは明らかだった。

「あれこそが」サムが苦々しげに言った。「この家が変人と死人の住みかである好例です。あの小さい悪魔たちにはほとほと手こずらされますよ……。さあ、こちらです、レーンさん」

階段をのぼると、すぐそこにドアがあった。東へ伸びる廊下の壁が少しせばまっている部分から五フィートと離れていないところだ。ドアはわずかにあいていた。サムは陰鬱《いんうつ》そうにそれを開き、脇へ退いた。レーンは何物も見逃さぬ鋭い光を目にみなぎらせて戸口に立った。

そこはほぼ正方形の寝室だった。ドアの向かい側の壁に張り出し窓がふたつあり、屋敷の北にあたる裏手の庭を見おろせる。サムの説明によると、東の壁の窓寄りについたドアは専用の浴室へ通じているという。レーンとサムが立っている戸口は寝室と廊下を隔てる壁の左寄りにあり、右側には長く奥行きのある衣装戸棚が作りつけられているのが見てとれる。そのせいで、階段の上あたりから廊下がせまくなって、衣装戸棚のぶんだけへこんだまま東へ伸び、その先には別の部屋があった。

レーンの位置からは二台のベッドが並んでいるのが見えた。右の壁に頭側を向けて並べられ、あいだには大きなナイトテーブルが、両側に二フィートずつの隙間をあけて置いてある。手前のベッドには頭板に読書灯がついているが、窓側のベッドに明かりはない。左手の壁には、ベッドと向き合うような形で、大きな古めかしい石造りの暖炉があるが、そばの壁に鉄の道具一式がかかっているものの、使われていないらしかった。

こうした観察は一瞬のうちにすばやくおこなわれた。レーンは家具の配置をひと目見ただけで、すぐにベッドへ視線をもどした。

「一年前に捕まえた鯖《さば》を上まわる死にざまですよ」サム警視は戸枠に寄りかかり、うなるように言った。「よく見てください。みごとじゃありませんか」

ドアに近いほうのベッド――明かりの具《そな》わっているほう――にハッター夫人が横たわっていた。サムの辛辣《しんらつ》な評は無用のものだった。乱れた寝具にうずまった体はねじ曲がり、ガラスのような目は大きく見開かれ、紫に変色した顔には静脈が浮きあがって、生命の気配は微塵《みじん》も感じられない。額にはすこぶる奇妙な跡が見えた――血のにじむ傷跡がくしゃくしゃの黄ばんだ白髪のなかへ達している。

レーンは目を細めて当惑顔でその傷跡を見やってから、もうひとつのベッドへ注意を向けた。そちらは空っぽで、清潔な寝具がまるめて置かれている。

「ルイーザ・キャンピオンのベッドですね」

サムはうなずいた。「そこで眠るんですが、すでにこの部屋から連れ出しました。けさ早く、ここの床で気絶しているのが発見されまして」

レーンのつややかな白い眉《まゆ》があがった。「襲われたのですか」

「たぶんちがいますな。あとで全部お話ししますよ。いまは隣のスミス看護婦の部屋にいて、手当てを受けているところです」

「では、キャンピオンさんは無事なのですね」

サムは意味ありげに笑った。「おかしいでしょう？　これまでのいきさつを見れば、この屋敷で騒ぎを起こしているのが何者であれ、ルイーザを狙うと考えるのが自然です。ところが、ルイーザは無事で、やられたのは老夫人だった」

背後の廊下から足音が響き、ふたりはすばやく振り返った。レーンの顔が輝いた。「ブルーノさん！　これはすばらしい」

ふたりはあたたかい握手を交わした。ニューヨーク郡の地方検事であるウォルター・ブルーノは、中背でがっしりとした体格の男で、謹厳そうな顔にふちなし眼鏡をかけている。ブルーノは疲れているようだった。「お会いできてうれしいですよ、レーンさん。どうも、だれかが地獄に送りこまれないとわれわれは顔を合わせられないようですね」

「あなたがいけないのですよ。サム警視と同じで、この冬はすっかりお見限りでしたから。いつごろこちらへ？」

「三十分ほど前です。どうお考えになりますか」

「まだなんとも」レーンの目は死の部屋をさまよいつづけていた。「正確なところ、何が起こったのですか」

ブルーノは戸枠にもたれた。「キャンピオンという女性にいま会ってきました。気の毒な話です。死体はけさの六時にスミス看護婦が発見しました。看護婦の部屋はこのすぐ隣で、裏庭と東の路地の両方を見おろせまして……」

「まず間取りですか、ブルーノさん」レーンはつぶやいた。

ブルーノは肩をすくめた。「重要なことかもしれません。ともかく、ルイーザはかなりの早起きなので、スミスはいつも六時に起きて、何か用がないかとこの部屋に来ます。そこで、ハッター夫人がご覧の状態でベッドにいるのを発見したというわけです。ルイーザはベッドとあの暖炉の半ばあたりの床に倒れていました。頭を暖炉のほうへ向け、脚をふたつのベッドのあいだに投げ出してね。やってみましょうか」部屋へはいろうとしたが、レーンがその腕に手を置いた。

「だいたい想像できます」レーンは言った。「あまり床を歩きまわらないほうがいいでしょう。話をつづけてください」

ブルーノは不思議そうにレーンを見た。「ああ、この足跡のことですか！　そう、それで、スミスはひと目で老夫人に息がないと見てとり、ルイーザも死んでいると思ったんです。それで叫び声をあげ――やはり女ですね――その声でバーバラとコンラッドが目を覚ましました。

ふたりは駆けこんできて、一瞥《いちべつ》して事態を悟り、何も手をふれぬまま――」

「それはまちがいありませんか」

「まあ、互いにそう認めていますから、信じるほかないでしょう。何も手をふれぬまま、夫人の死を確信しました。すでに体の硬直がはじまったようです。けれども、ルイーザのほうはただ気を失っているとわかったので、隣の部屋へ運びました。コンラッドが主治医のメリアム医師と警察に電話をかけ、その後はだれもここにはいれなくなっています」

「メリアム医師は夫人の死亡を確認したあと、スミス看護婦の部屋へ行って」サム警視がつづけた。「ルイーザの介抱をしています。いまもいますよ。まだわれわれはルイーザと話ができていません」

レーンは考えながらうなずいた。「キャンピオンさんはどんな状態で発見されたのですか。もっとくわしく教えてください、ブルーノさん」

「手脚を伸ばして、うつぶせに倒れていました。医師によると、失神していたそうです。額にこぶができていますが、メリアム医師の見立てでは、昏倒《こんとう》したときに床にぶつけたということなので、手がかりにはなりませんね。いまは意識がもどっていますが、朦朧《もうろう》としています。母親の身に何が起こったかを理解しているかどうかは疑問です。メリアム医師から、まだ知らせるなと言われているので」

「遺体はもう調べたのですか」

「医師が最初に見ただけです。ごく簡単なものでしょう」ブルーノが言い、サムがうなずいた。

「検死医が来るのを待っているんですよ。シリングののんびりぶりは悪名高くてね」

レーンは深く息をついた。それから決然と部屋に顔を向け、床を見おろした。床に敷き詰められた毛足の短い緑色の絨毯《じゅうたん》に、目が釘《くぎ》づけになる。レーンの位置から、白い粉らしきものでできた爪先《つまさき》と踵《かかと》の跡が間隔をあけていくつもついているのが見えた。二台のベッドのあいだに端を発するようだが、遠くて判然としない。爪先の跡は廊下のドアのほうを向いており、緑の絨毯に最も明瞭《めいりよう》に見えるのは死んだ夫人のベッドの脚のあたりで、そこからドアへ近づくにつれて跡は薄くなっていた。

レーンは足跡を避けつつ部屋へ歩み入った。二台のベッドにはさまれたあたりの正面で立ち止まり、じっくり観察した。緑の絨毯に白い粉が大量にこぼれていて、足跡はそこからはじまっている。粉の正体はまもなくわかった。白いタルカムパウダーの大きな円柱形の紙箱が、ほとんど空になって、ルイーザ・キャンピオンのベッドの脚の近くに落ちていた。入浴後パウダー、と箱に記されている。ふたつのベッドのあいだの絨毯には、ほぼ一面にこのタルカムパウダーが散っていた。

足跡とパウダーを注意深く避けながら、レーンはベッドの隙間へはいりこみ、ナイトテーブルと床がよく見える位置に立った。タルカムパウダーの箱がもともとナイトテーブルの端に置かれていたことがすぐにわかった。テーブルの表面に白い粉が薄く積もっており、一方の隅に輪の形が残っていて、落ちる前に箱があったことを示している。粉の輪から数インチ奥を見ると、何か鋭いものが強くあたったと思われる、できたばかりのへこみ傷が天板についていた。

「どうやら」レーンは言った。「蓋《ふた》が少しゆるんでいたようですね。箱がひっくり返った拍子にはずれたのでしょう」身をかがめて、ナイトテーブルの足もとからタルカムパウダーの箱の蓋を拾った。「もちろん、とうにお気づきでしょうね」サムとブルーノは力なくうなずいた。

白い紙蓋のふちのあたりには、細い筋が何本か平行についていた。赤い筋だ。レーンは問いかけるように視線をあげた。

「血です」サムが言った。

血の筋が付着している部分は折れ曲がっていた。何かが強くぶつかって筋をつけたとき、蓋のへりをつぶしたらしい。レーンはうなずいた。

「疑問の余地はありませんね」レーンは言った。「箱は一撃によってテーブルから払い落とされたにちがいない。そしてテーブルと蓋に跡が残り、箱はキャンピオンさんのベッドの脚のあたりに落ちて、蓋がはずれたせいでタルカムパウダーが飛び散った」

レーンはひしゃげた蓋をもとの場所へもどし、視線を休みなく動かした。見るべきものはたくさんあった。

レーンはまず足跡から調べた。ベッドにはさまれた床の、パウダーが最も厚く積もっているあたりには、およそ四インチの間隔でベッドとほぼ平行に爪先の跡が並び、死んだ夫人の枕側から足側へ、そして暖炉のある壁へと向かっている。パウダーの散っている部分の端の近くに、靴の爪先の跡がふたつ、濃くくっきりと残っていた。そのあたりで足跡は向きを変え、ベッドの脚をまわってドアへ向かっており、そこからは爪先と踵の両方の跡がはっきり見てとれる。

そして歩幅はかなり大きく変わっていた。

「ここからわかるのは」レーンはつぶやいた。「足跡を残した人間が、ベッドをまわりながら駆け出したことです」

駆け足の跡はパウダーの散っていない絨毯だけに残っている——つまり、靴底に付着したパウダーによるものだ。

「とりあえずは、警視さん」レーンは顔をあげた。「運に恵まれているようですね。これは男の足跡ですよ」

「恵まれているのか、いないのか」サムはこぼした。「どうもこの足跡の様子が気に入りません。できすぎですよ！　ともあれ、はっきり残っているいくつかの足跡から測定したところ、靴はサイズが七インチ半、八インチ、八インチ半のいずれか、爪先の細い型で、両足とも踵が磨り減っています。あてはまる靴を部下が屋敷じゅう探しているところです」

「案外単純な事件かもしれませんね」レーンは言い、ベッドのあいだの空間に向きなおった。「キャンピオンさんが倒れていたのは、ベッドの足側のパウダーが散っている境目あたり、足跡の向きが変わっている位置ということでしたね」

「そうです。本人の足跡もパウダーのなかに残っていますよ。見えるでしょう」

レーンはうなずいた。タルカムパウダーの上に、ルイーザが倒れていたところまで女の裸足《はだし》の跡が残っている。それはルイーザのベッドの脇の、寝具がめくられたあたりではじまり、ベッドに沿って足側へつづいていた。

「どうやらそのようですね」

「まちがいありません」ブルーノが答えた。「ルイーザ・キャンピオンの足跡だと確認されました。再現するのは簡単ですよ。ルイーザはベッドから這《は》い出して、足側へ歩いていったはずです。そこで失神するような何かが起こった」

ドルリー・レーン氏の眉《まゆ》が寄った。何かが気にかかるらしい。レーンは慎重な足どりでハッター夫人のベッドの頭側へ歩いていき、身をかがめて遺体をていねいに観察した。レーンの関心は、先刻気づいた額の奇妙な傷跡にしばし向けられた。傷は何本かの細くて深い縦方向の筋からなり、それらは長さがさまざまだが平行で、わずかに一方へ――ナイトテーブルの側へとこすれている。額全体についているのではなく、眉と髪の生え際の中間あたりからはじまって、硬い白髪のなかへ達する。

風変わりな傷からは血がにじみ出ていた。レーンは何かを確認するかのようにナイトテーブルの下に視線をさまよわせ、それからうなずいた。

そこには、テーブルに半ば隠れるような形で、壊れた古いマンドリンが弦を上に向けて落ちていた。

レーンはまたかがみこみ、目を凝らしたのち、連れのふたりを振り返った。ブルーノ地方検事が苦い笑みを浮かべて言う。「見つけましたね。凶器です」

「ええ」レーンは小声で言った。「そのようです。スチール弦の下のほうに血の跡が見えます」弦は一本が切れて残りはすべて錆《さ》び、長らく弾かれていないらしいが、血の緋色《ひいろ》の新しい染みは見逃しようがなかった。

マンドリンを拾いあげるとき、レーンは散乱したタルカムパウダーの上にそれが落ちているのを見てとった。粉のなかにマンドリンの跡がくっきりと残っている。調べると、楽器の下部の片側に擦り傷がついていて、テーブルの天板にあった傷と一致しそうだった。

「まったく、みごとな凶器じゃありませんか、レーンさん」サム警視がうなるように言った。「マンドリンとはね！」今後どんな犯罪が起こるものかと言いたげにかぶりを振る。「つぎはユリの花でも使うんだろうな」

「奇妙です。実に奇妙だ」レーンは淡々と言った。「勇ましいハッター夫人が、マンドリンで額を殴られるとは……。ここで大事なのは、凶器がなんだったかではなく、傷の深さを見るかぎり、これで死に至らしめることはとうていできないという点です。そう、奇妙きわまりない……。シリング先生がいてくださると助かるのですが」

レーンはマンドリンを絨毯のもとの位置へ正確にもどし、もう一度ナイトテーブルへ注意を向けた。不審なものは何も見つからない。果物の鉢（ルイーザのベッドに近い側にある）、置き時計、覆ったタルカムパウダーの箱の跡、古い聖書を立てかけた一対の重そうなブックエンド、しおれかけた花の挿さった花瓶。

果物の鉢にはりんごがひとつ、バナナが一本、早生《わせ》のぶどうがひと房、オレンジがひとつ、そして梨が三つはいっていた。

ニューヨーク郡の主任検死医であるレオ・シリング医師は、めったに情に流されない男だった。検死医としての経歴を彩るおびただしい数の遺体の列——自殺者、殺害事件の被害者、身元不明者、麻薬中毒者、実験解剖用のほか、もろもろ不審な状況で死に出くわし、襲われ、呑《の》みこまれた者たちの遺体——がシリングを無感覚にしたとしても不思議はない。〝繊細〟ということばを毛ぎらいし、その神経は外科用メスを操る指と同じく強靭《きょうじん》だった。同僚たちはよく、職業人の鎧《よろい》の下にあたたかみのある心臓が脈打っているさまを想像したが、まだそれを証明できた者はいない。

シリングはエミリー・ハッター夫人が永久《とわ》の眠りについた部屋へ勢いよく歩み入ると、気のないていでブルーノにうなずき、サムにうなり声を発し、ドルリー・レーン氏に甲高い声で何やら聞きとりがたいことばをかけたあと、寝室をざっと見まわして、当然ながら絨毯の白い足跡に目を注ぎ、それから鞄《かばん》をベッドへほうった。それが重い音を立てて老夫人の硬直した脚にぶつかったので、ドルリー・レーン氏は一驚を喫した。

「足跡を踏んでもいいか」シリングが鋭く言った。

「かまいません」サムが言った。「すべて撮影ずみですから。ところで、先生、つぎからはもう少し早く来てもらえませんかね。連絡してからゆうに二時間半はたって——」

「エス・イスト・アイネ・アルテ・ゲシヒテ、ドッホ・ブライブト・ジー・インマー・ノイ」ずんぐりした医師はにやりとした。「古い物語だが、いつでも新しい……まあ、ハイネの言語はもっと優雅だがね。いらつくのはやめるんだな、警視。亡きご婦人のほうがずっと辛抱強い」

シリングは布の帽子の前つばを引きさげて――頭が卵のように禿《は》げていて、それをかなり気にしていたからだが――ベッドをまわり、パウダーのついた足跡を無頓着《むとんちゃく》に踏み荒らして作業をはじめた。

丸々とした小さな顔から笑みが消えていき、古風な金ぶち眼鏡の奥でまなざしが真剣になった。夫人の額についた傷の縦線を見て腫《は》れぼったい唇をとがらせ、床のマンドリンを一瞥《いちべつ》してうなずく。それから、小さいが肉づきのよい両手で夫人の白髪頭をつかみ、髪を掻《か》き分けてすばやく頭蓋《ずがい》を触診した。何か不審な点があったらしく、医師は表情を硬くし、丸まった寝具をはねのけて遺体を綿密に調べはじめた。

三人は無言でシリングを見守った。検死医がますます当惑しているのはたしかで、「ちくしょう《デアトイフェル》！」とたびたびつぶやき、頭を振ったり、唇をなめたり、妙な鼻歌を歌ったりしている……。と、ふいに三人を振り返った。

「このご婦人の主治医はどこだね」

サム警視が部屋を離れ、二分後にメリアム医師を連れてもどった。医師ふたりが決闘でもはじめるかのように堅苦しい挨拶《あいさつ》を交わしたあと、メリアム医師がふだんの悠々たる足どりでベッドをまわりこみ、それからふたりで死体の上へ身を乗り出し、薄手のナイトガウンを引っ張りあげて、遺体を検分しながら低い声で話し合った。しばらくすると、ルイーザ・キャンピオンづきの太ったスミス看護婦が足早に部屋へはいってきて、ナイトテーブルから果物の鉢をひったくり、またあわただしく出ていった。

サム、ブルーノ、レーンはひとことも発さずに目を注いでいた。

ようやく医師ふたりが立ちあがったが、メリアムの品のよい年老いた顔には内心の不安が浮かんでいた。シリングは汗ばんだ額に布帽子をさらに深く引きさげた。

「結論はいかがですか、先生」ブルーノが尋ねた。

シリング医師は顔をしかめた。「死因は殴打の衝撃によるものじゃない」ドルリー・レーン氏が得心したようにうなずく。「メリアム医師と意見が一致したんだが、その一撃自体では気絶させるのが関の山だったろうよ」

「だとしたら」サム警視がうなるように言った。「いったい死因はなんですか?」

「まったく、おまえさんはいつも先を急ぐ」シリング医師は苛立《いらだ》たしげに言った。「何を心配している? マンドリンが死をもたらしたのはたしかだよ、間接的にではあるがね。ああ、そうとも。どうやって? 精神に強烈な打撃を与えたんだ。なぜか? この婦人は高齢――六十三歳だよ。それにメリアム医師が言うには、心臓が悪かったそうだ。そうですね《ニヒト・バー》、先生《ヘル・ドクトル》?」

「なるほど」サムはほっとしたようだった。「わかりました。何者かが夫人の頭を殴りつけ、そのせいでもとから危うかった心臓が壊れて死に至った。それなら、眠っているときに死んだ可能性もある!」

「それはないと思います」ドルリー・レーン氏が言った。「眠っていたどころか、しっかり目が覚めていたのですよ」ふたりの医師がそろってうなずいた。「理由は三つ。まず、夫人の目をご覧ください。大きく見開かれて、恐怖が浮かんでいます。意識があったのですよ……。第二に、夫人はきわめて珍しい表情をたたえています」その言い方は控えめだった。エミリー・ハッターの老いた死に顔は、極度の苦痛と大きな驚きでゆがんでいた。「手も、何かをつかもうとするように半ば握られています……。第三に、少々わかりにくいのですが」レーンはベッドの脇へ行き、冷たくなった額に残された、マンドリンの弦による血の跡を指さした。「この傷の位置から、襲われたときにハッター夫人がベッドの上に腰かけていたと断言できます！」

「どうしてわかるんですか」サム警視が問い返した。

「ええ、単純なことです。襲われたときに眠っていたのなら——つまり、この姿勢から考えて、仰向けに身を横たえていたのなら——弦の跡は額の上側だけでなく、下のほうや、さらには鼻や、おそらく唇にも残ったでしょう。傷跡が上側だけにあるのですから、夫人はすわっていたか、体を起こしかけていたはずです。もしそうなら、夫人は目を覚ましてもいたとただちに結論できます」

「実にみごとです」メリアム医師が言った。体を硬くして立ち、白く長い指を神経質そうにより合わせている。

「ほんの初歩ですよ。ではシリング先生、ハッター夫人が亡くなったのは何時ごろでしょうか」

シリング医師は胴着のポケットから象牙《ぞうげ》の楊枝《ようじ》を引き抜いて、歯の隙間をせせりはじめた。

「死後六時間経過。そう、死亡したのはけさの四時ごろだ」

レーンはうなずいた。「ハッター夫人を襲ったときに、犯人が立っていた位置を正確に特定することが重要でしょうね。この点について、はっきりしたご意見をうかがえますか」

シリング医師は思案げに目を細めてベッドを見た。「特定できると思うね。犯人はふたつのベッドのあいだに立っていた。夫人のベッドの向こう側ではない。遺体の位置と、額の血痕《けっこん》の角度から判断するとな。どうだね、メリアム先生」

老いた医師は驚いたふうだった。「ああ──そのとおりでしょう」あわてて言う。

サム警視はがっしりした顎《あご》を苛立たしげに掻いた。「マンドリンで殴るなんて……どうもわけがわからない。要は、心臓が弱っていようといまいと、マンドリンの一撃で夫人を殺すことが可能だったかどうかですよ。人を殺すつもりなら、たとえ妙な凶器を使うにしても、目的にかなう道具を選ぶはずです」

「ああ、まちがいなく用は足りるよ、サム」シリングは言った。「マンドリンのようなかなり軽い凶器でも、力いっぱい殴れば、ハッター夫人のように健康状態のよくない高齢の女性なら殺すことは可能だ。ただし、今回は殴り方がやや弱いな」

「遺体には、ほかに暴力を受けた跡はありませんか」レーンが尋ねた。

「ないね」

「毒はどうです」ブルーノが尋ねた。「何か痕跡《こんせき》は？」

「何もない」シリング医師は慎重に答えた。「とはいえ──まあ、解剖はするとも。すぐにな」

「なんとしてもお願いしますよ、ゲルマン人の名にかけて」サム警視が強く言った。「今回は毒が使われたわけではないと確認するためだけにでもね。まったくこの事件は解せない。最初は聾唖《ろうあ》の女性の毒殺を謀り、こんどは鬼婆を殴り殺すとはね。毒の痕跡がないか、あたりを調べますよ」

ブルーノの鋭い目が光った。「むろんこれは謀殺ですよ。殴打そのものが直接の死因ではなく、精神的な衝撃が死を招いたのだとしてもね。殺意があったことは確実ですから」

「では、なぜこんな弱い殴り方をしたのですか、ブルーノさん」レーンは淡々と言った。ブルーノは肩をすくめる。「それに」レーンはつづけた。「どうして妙な凶器を選んだのか――マンドリンですよ！　頭を殴ってハッター夫人を殺すことが目的なら、この部屋にはもっと重いものがいくつもあるのに、なぜあえてマンドリンを選んだのでしょう」そう言って、暖炉のそばにかかった鉄の道具一式の棚や、ベッド脇のナイトテーブルに置かれた重そうなブックエンドを指し示す。

「なるほど、それは考えもしなかったな」サムはつぶやいた。

レーンは背中で軽く手を組みながら、部屋を少し歩いてまわった。シリング医師は苛《いら》ついた様子を見せはじめ、メリアム医師は検閲を受ける兵士のように身を硬くして立っている。ブルーノとサムはますます当惑顔になっていった。

「ところで」ついにレーンが低い声で言った。「マンドリンはもとからこの部屋にあったのですか」

「いえ」サムが答えた。「階下の図書室のガラスケースから持ち出されたんです。ヨーク・ハッターが自殺したあと、老夫人がそこへ置きましてね。亡き夫の形見のひとつというところでしょう。ハッターの持ち物でしたから……そうか、そう考えると――」

サムが口をつぐんだのは、ドルリー・レーン氏が険しい目になってすばやく手を動かしたからだった。シリング医師が夫人の遺体へ寝具を引きあげている。布を強く引っ張った拍子に、何やら小さなものが窓からの光を受けて輝きつつ、寝具のひだからパウダーだらけの床へ落ちた。

レーンは駆け寄って、それを床から拾いあげた。

空の皮下注射器だった。

重大な発見に活気づいて、一同が集まってきた。レーンはピストンの端をつまんで注意深く持って、汚れた注射針のにおいを嗅《か》ぎ、それから光にかざした。

シリング医師がレーンの手から注射器をぞんざいに受けとり、メリアム医師とともに窓のそばへ向かった。

「空の注射器か」シリングはつぶやいた。「ここに書いてある六番というのは何かな。筒のなかの沈殿物は、たぶん――たぶん……」

「なんでしょうか」レーンが熱をこめて尋ねた。

シリング医師は肩をすくめた。「調べてみないことにはな」

「遺体に注射の跡はありませんでしたか」レーンはさらに尋ねた。

「ないな」

すると突然、レーンは銃で撃たれたかのように姿勢を正し、灰緑色の目を鋭く光らせた。サムが口をあんぐりあけた。ドルリー・レーン氏が恐ろしく興奮した表情で、戸口へ駆け出しながら叫んだからだ。「看護婦の——あの部屋へ——」

全員があとを追った。


スミス看護婦の寝室は死の部屋に隣接していた。一同がなだれこむと、なんとも穏やかな情景が目に飛びこんだ。

ベッドには、視力のない目を開いて、ルイーザ・キャンピオンがふくよかな体を横たえていた。その脇の椅子に、恰幅《かっぷく》のよい年配の看護婦が腰かけて聾唖の女の額をなでている。ルイーザは単調にぶどうの粒を房からむしりとって、味わうふうでもなく口を動かしつづける。ベッドのかたわらのテーブルには、ほんの少し前にスミス看護婦が死の部屋から持ってきた果物の鉢が置かれている。

ドルリー・レーン氏は無駄なことばを発することなく、部屋を一気に突っ切って、ルイーザの手からぶどうを奪いとった。乱暴なふるまいにスミスが悲鳴をあげて跳びあがり、ルイーザはベッドですばやく身を起こした。唇をわななかせ、ふだんは表情のない顔に、凍りついた恐怖の色を浮かべている。ルイーザは異様なまでに獣じみた鼻声を発しはじめ、スミスの手を探りあてるや、すぐさま握りしめた。不安で体が震え、両腕の肌がたちまち粟立《あわだ》った。

「いくつ食べましたか」レーンは鋭く言った。

看護婦は青ざめていた。「驚かせないでください！ その――ひと握りです」

「メリアム先生！ シリング先生！ この人は無事ですか」レーンは訊《き》いた。

メリアム医師がベッドへ駆け寄った。医師の手が額にふれるのを感じて、ルイーザは鼻を鳴らすのをやめた。

メリアムはゆっくりと言った。「まったく異状はないようです」

ドルリー・レーン氏はハンカチで額をぬぐった。その指ははた目にもわかるほど震えている。

「手遅れかと心配しました」かすれた声で言った。

サム警視が両のこぶしを握りしめて足を大きく踏み出し、果物の鉢をにらみ据えた。「毒ですね？」

一同が鉢へ目をやった。りんご、バナナ、オレンジ、そして三個の梨が何事もないかのように盛られている。

「はい」レーンは言った。声は静かで深みがある。「まちがいありません。そして、こうなると、事件の様相が……すっかり変わってしまいました」

「それはつまり――」ブルーノが当惑して言いかけた。レーンは、いまはこれ以上話す気がないと伝えるかのように、ぼんやり手を振った。じっとルイーザ・キャンピオンを見つめている。

メリアム医師に指でさすられて落ち着きを取りもどしたルイーザは、そのまま力なく身を横たえていた。その柔和な顔には、四十年に及ぶ苛烈《かれつ》な日々の痕跡がほとんど見受けられない。見ようによっては魅力的とさえ言えた。鼻は小さくて少し上を向き、唇は繊細な曲線を描いている。

「かわいそうな人だ」レーンはつぶやいた。「何を考えているのか……」そして、きびしい目つきで看護婦のほうを向く。「あなたは少し前に、この果物の鉢を隣の部屋のナイトテーブルから持ってきましたね。あの部屋にはふだんから果物が置いてあるのですか」

「ええ」スミスは不安そうに言った。「ルイーザは果物が大好きなので。いつも鉢に入れて、ナイトテーブルに置いてあります」

「キャンピオンさんが特にお好きな果物はありますか」

「いいえ。季節の果物ならなんでも好きです」

「わかりました」レーンは何かが気がかりなようだった。口を開こうとしたが、気を変えて唇を嚙《か》み、うつむいて考えこんだ。しばらくして言った。「では、ハッター夫人は？　鉢の果物を食べたことはありますか？」

「ときどき」

「いつもではない？」

「はい」

「では、ハッター夫人も果物に好ききらいはなかったのですか」声は穏やかだったが、ブルーノとサムはそこにひそむ重みに気づいた。

スミス看護婦もそれを感じとり、ゆっくりと答えた。「まあ、おかしなことをお訊きですわね。いえ、奥さまにはひとつ、ひどく苦手な果物がありました。梨がおきらいだったんです――もう何年も召しあがっていませんでした」

「なるほど」ドルリー・レーン氏は言った。「それはおもしろい。そして、この家の人たちはみな、そのことを知っていたのでしょうか」

「ええ、もちろん。以前からみなさんの笑い話の種になっていました」

ドルリー・レーン氏は得心したようだった。何度かうなずいて、スミスへあたたかい視線を向けたあと、ベッド脇のテーブルに近づいて、ルイーザ・キャンピオンの部屋にあった果物鉢を観察した。

「夫人は梨がきらいだった」レーンはつぶやいた。「そこに注目してください、警視さん。この梨をくわしく調べる必要がありますね」

鉢に入れられた三個の梨のうち、二個はなんの問題もなかった。黄金色に熟し、硬そうに見える。だが三個目は……。レーンは興味深げに指でひっくり返した。それは腐って傷んでいた。皮には茶色の斑点《はんてん》がいくつもあり、どの部分も柔らかくてつぶれそうだ。レーンは小さく驚きの声をあげ、梨を右目から三インチのところまで近づけた。

「思ったとおりだ」レーンは小声で言い、いささか得意そうなしぐさをしてシリング医師へ向きなおった。「ご覧ください、先生」検死医に三個の梨を手渡す。「わたしの勘ちがいでなければ、腐っている梨の皮に注射針の跡が見えます」

「毒を入れたのか！」サムとブルーノが同時に叫んだ。

「先走るのはよくありませんが——おそらくそうでしょう。ええ……。念のため三個とも分析をお願いします、先生。毒の種類が判明したら、傷んでいる梨の腐敗は毒によるものなのか、それとも毒が注射される前から腐っていたのかを教えてください」

「よしきた《ヤボール》」シリングはそう言って、三個の梨を貴重品のごとくかかえ持ち、ゆっくりと部屋を出ていった。

サム警視が言った。「どうも妙だな……。つまり、毒がはいっていたのが梨で、老夫人は梨を食べないんだとしたら——」

「ハッター夫人が殺されたのはおそらく偶然で、もとから計画されたことではなかった——そして、毒入りの梨はこの気の毒な女性を狙ったものだった!」ブルーノがあとをつづけた。

「そうだ!」警視は叫んだ。「そのとおりですよ、ブルーノさん! 犯人は部屋へ忍びこんで、梨に注射針を打ちこんだが、そのとき老夫人が目を覚ました——そうでしょう? 毒を入れた人間の正体にも気づいたのかもしれない——だからあんな形相をしていたんだ。で、それから? マンドリンで頭を一撃され、人生は幕引きと相成ったわけだ」

「ああ、そうだ。わかりかけてきたよ。梨に毒を入れたのは、二か月前にエッグノッグに毒を入れたのと同じ人物のしわざにちがいない」

ドルリー・レーン氏は何も言わなかった。眉間《みけん》にかすかな困惑を漂わせている。スミス看護婦はうろたえているようだった。ルイーザ・キャンピオンはと言えば、自分の命がふたたび狙われたと当局が断定したことを知る由もなく、闇と絶望に突き動かされて、メリアム医師の指に懸命にすがりついていた。

第三場　図書室

六月五日　日曜日　午前十一時十分

しばし幕間《まくあい》の時間となった。捜査の人間がそこかしこを歩きまわり、そのひとりが真剣な顔つきでサムのもとに来て、注射器からもマンドリンからも指紋が検出されなかったと告げた。シリング医師は忙しげにしながら、声を張りあげて遺体を運び出す指示を与えていた。

搬出作業があわただしく進むなか、ドルリー・レーン氏は静かに思索にふけり、そのほとんどのあいだ、謎の答を求めるかのようにルイーザ・キャンピオンの表情のない顔に目を凝らしていた。どこにも指紋が見あたらないので犯人は手袋をしていたにちがいない、というブルーノ地方検事のことばにも、ほとんど注意を傾けなかった。

ようやく騒ぎがおさまりはじめ、シリング医師が遺体とともに立ち去ると、サムがスミス看護婦の部屋のドアを閉めた。すぐさまドルリー・レーン氏が口を開いた。「キャンピオンさんにはもう伝えたのですか」

スミスが首を横に振り、メリアム医師が言った。「もう少し待つほうがよいかと――」

「いまは健康上の心配はないのですね」

メリアムは薄い唇をすぼめた。「知ったらショックを受けるでしょう。心臓が弱いもので。しかし興奮状態はほぼ脱していますし、いずれ教えなくてはなりませんから……」

「どのようにして伝えるのですか」

スミスが無言でベッドへ近づいて枕の下を探り、奇妙な道具を手にして立ちあがった。どことなく子供用の計算盤に似た溝つきの平たい盤と、大きな箱だった。スミスは箱の蓋《ふた》をあけた。中にはドミノ牌《パイ》を思わせる金属の小さなブロックがいくつもあり、それぞれの裏面に盤の溝にはまる突起がついていた。表面には、少し大きめの盛りあがった点が独特のさまざまな配列で並んでいる。

「点字ですか」レーンは尋ねた。

「ええ」スミスが答えた。「それぞれのブロックにアルファベットの各文字が点字で記されているんですわ。これはルイーザのために特別に作られたもので……本人はどこへでも持っていきます」

視覚障害者のための〝記された〟言語を解読できない者たちのために、ブロックの表面には、盛りあがった点のほかに、点字の表すアルファベットが白で描かれていた。

「みごとですね」レーンは言った。「もしよろしければ、スミスさん……」レーンはそっと看護婦を押しのけ、盤とブロックを手にとって、ルイーザ・キャンピオンに目を向けた。

その場にいた全員が感じたとおり、これは運命の瞬間だった。きわめて特殊な境遇にあるこの女性は、何を明かすのだろうか。部屋に満ちた緊張はすでに感じとっているらしい。白く美しい指先が絶え間なく動きつづけている——少し前に、その手はメリアム医師の手から引き抜かれていた。それらの指の動きが、知覚に揺るぎつつ光明を求めてうごめく昆虫の触角に似ていることに気づき、レーンはかすかに身震いした。頭は不安げにせわしなく左右に振られ、昆虫めいた印象をいっそう強めている。瞳孔《どうこう》は大きいが、どんよりとしてうつろで、何も映さぬ目だとわかる。全員の注意が向けられたこの瞬間、ルイーザの外見の大半がごくふつうで、好ましくさえあること——身長五フィート四インチに満たないふくよかな体軀《たいく》を持ち、髪は豊かな茶色で肌つやはよいこと——は一同の意識から消えていた。強烈な印象を与えるのは、その珍しい特徴ばかりだ——魚を思わせる目、生気を欠いた静かでうつろな表情、うごめく指……。

「興奮しているらしい」サム警視がつぶやいた。「指の動きを見てください。恐ろしくなってくる」

スミス看護婦がかぶりを振った。「あれは——あれは神経が高ぶっているのではありません。話をしているんです。質問しています」

「話しているのか！」ブルーノが声をあげた。

「ええ、そうです」レーンが言った。「聾啞者《ろうあ》が使う手話ですよ、ブルーノさん。こんなに熱をこめて、何を尋ねているのですか、スミスさん」

太り肉《じし》の看護婦は急に椅子にすわりこんだ。「わたし——つらくなってきました」かすれた声で言う。「こう言っています。繰り返し繰り返し。〝何があったの？　何があったの？　お母さまはどこ？　なぜ答えてくれないの？　何があったの。お母さまはどこ？〟」

沈黙がひろがるなか、レーンは深く息をつき、ルイーザの手を自分の力強い手で包みこんだ。ルイーザは手を激しく動かして抗《あらが》ったが、やがておとなしくなり、相手のにおいを嗅《か》ぎあてるべく鼻孔をひくつかせた。不思議な光景だった。レーンのふれ方に心を落ち着かせるものがあったのか、それともすべての動物に具《そな》わっていながら、たいていの人間には感じとれぬかすかな霊気のせいなのか、ルイーザは緊張を解き、指をレーンの手からそっと引き抜いた……。

──何があったの？　お母さまはどこ？　あなたはだれ？

レーンは箱からブロックをいくつか手早く取り出し、それを並べて一連の単語を作った。盤が膝《ひざ》に置かれると、ルイーザの手がしっかりとそれをつかんだ。指が金属のブロックの上を行き来する。

「わたしは友人です」レーンの文句はそう読めた。「あなたを助けたい。残念なことをお話ししなくてはなりません。勇気を出して聞いてください」

ルイーザは、喉《のど》が詰まったような、哀れを誘う悲痛な音を立てた。サム警視が眉《まゆ》を寄せ、顔を半ばそむける。メリアム医師はルイーザの後ろで身を硬くしている。やがてルイーザ・キャンピオンは大きく息を吸って、ふたたび指を動かしはじめた。

スミスが弱々しく通訳した。

──はい、はい、勇気はあります。何があったの？

レーンの指が箱を探り、文字を並べなおして新しい文章を作った。手でふれられそうなほどの静寂が部屋に満たされた。

「あなたの人生は勇気を謳《うた》いあげる叙事詩です。そのままでいてください。大変悲しいことが起こりました。ゆうべお母さまが殺害されたのです」

めまぐるしく動いていた手が、盤の上で大きく引きつった。膝から盤が落ち、小さな金属のブロックが床に散らばる。ルイーザは気を失っていた。


「さあ、出ていってください、全員です！」目に同情をたたえて近づきかけた面々に、メリアム医師が叫んだ。「スミスさんとわたしにまかせてもらいます」

一同は足を止め、ルイーザのぐったりした体を年老いた医師が懸命に椅子から抱きあげるのを見守った。

気がかりを残しつつ、ドアへと急ぐ。

「キャンピオンさんのこと、頼みましたよ」サム警視がメリアムに言った。「片時も目を離さないように」

「出ていってもらわなければ、なんの責任も負えません！」

みな指示に従い、最後にレーンが部屋を出た。レーンはそっとドアを閉めてから、長々と考えこんでいた。そして、疲れたような奇妙なしぐさで両のこめかみに指をあて、首を振って力なく両手をおろすと、ブルーノとサムにつづいて階下へ向かった。

ハッター家の一階の図書室は食堂の隣にある。革のにおいが漂う古びた部屋で、蔵書のほとんどは科学と詩に関するものだった。頻繁に人が出入りしている気配があり、使いこまれた家具が配されている。すこぶる居心地のよい部屋で、レーンは満足の吐息を漏らして肘掛《ひじか》け椅子に身を沈めた。

サムとブルーノも腰をおろし、三人は無言で顔を見合わせた。邸内は静かで、サムが立てる荒い息の音しか聞こえない。

「さてと」サムがついに口を開いた。「これは難問ですな」

「とはいえ興味深い難問ですよ、警視さん」レーンが言った。さらに深く椅子に身を沈め、長い脚を伸ばす。「ところで、ルイーザ・キャンピオンは、二か月前に命を狙われたことを知っているのでしょうか」

「いいえ。教えても意味がないでしょう。ただでさえつらい人生ですし」

「ええ、たしかに」レーンは一考した。「残酷な仕打ちかもしれません」同意してから、ふいに立ちあがって部屋を横切り、ガラスのケースを支える台座のようなものをじっくり見た。ケースは空だった。「おそらく、このケースにマンドリンがおさめられていたのですね」

サムがうなずいた。「そう」険しい表情で言う。「指紋は出ませんでしたよ」

「しかし」ブルーノ地方検事が言った。「毒入りの梨のおかげで——毒がはいっていればだが——事はずいぶん単純になったと言える」

「梨にこだわりますな？　犯人が狙ったのがルイーザだったとだけはわかりましたがね」サム

がうなるように言った。「では、はじめましょう」

サムは立ちあがり、廊下に面したドアへ歩いていった。「おい、モーシャー」部下を呼んだ。「バーバラ・ハッターを連れてきてくれ。少し話をしたい」

レーンは肘掛け椅子へとゆっくり引き返した。


バーバラ・ハッターは、刊行物の写真で見るよりもはるかに感じのよい容姿の持ち主だった。写真では、輪郭の線が際立つ特性ゆえに、やせた顔立ちがことさらに強調されてしまう。実物には細身ながら女性らしい柔らかさが具わっていて、端正そのものなのだが、著名な写真家カートがその神秘的な資質を引き立たせるために、そういう面をあえて無視したのだった。バーバラはかなりの長身で落ち着きがあり、三十代であることを自然に受け入れている。身のこなしは優美で小気味よい。内に秘めた炎が外見へ輝き出るとともに、あらゆるしぐさにあたたかみを与える。詩人バーバラ・ハッターは、知性に加えて繊細な情熱をも持ち合わせた稀有《けう》の人物だという印象を醸し出していた。

バーバラはサムにうなずきかけ、ブルーノにも会釈をした。その美しい目がレーンの姿を認めて見開かれた。「レーンさん！」よく響く穏やかな声でバーバラは言った。「あなたもこの一家の私生活の暗部を探りにいらっしゃったの？」

レーンは顔を赤くした。「お叱りを受けてしまいましたね。不幸にも、好奇心が旺盛《おうせい》なものですから」肩をすくめる。「おすわりになりませんか。いくつかお尋ねしたいのです」初対面にもかかわらず、バーバラが自分を知っていて名前を呼びかけたことに、レーンは驚いていないようだった。しじゅうあることだからだ。

バーバラは腰をおろし、怪訝《けげん》な様子で眉を大きくあげて、取り調べの場を見まわした。「では」バーバラは軽くため息を漏らした。「こちらはいつでもかまいません。はじめてください」

「ハッターさん」サム警視がだしぬけに話しはじめた。「ゆうべの件でご存じのことを話してください」

「たいしたことはお話しできません。きのうは午前二時ごろに帰ってきました――出版社の社長のお宅であった退屈なパーティーに出ていたんです。ご出席の紳士がたは、マナーを忘れてしまったのか、お酒が少しばかり過ぎたのかしら。ともかく、ひとりで帰宅しました。家じゅう静かでしたよ。ご存じでしょうけど、わたしの部屋は表側の、ワシントン・スクエアを見おろせる場所にあって、廊下をはさんだ向こうが――母の寝室です。二階の部屋のドアが全部閉まっていたことは断言してもいい……。疲れていたので、すぐにベッドにはいりました。けさは六時まで眠っていて、スミスさんの悲鳴で目が覚めたんです。これだけですね」

「ふうむ」サムは渋い顔をした。

「ええ、たしかに」バーバラは疲れた笑みを浮かべた。「この朗読会はあまりぱっとしませんね」

質問を待ち受けるかのように、バーバラはドルリー・レーン氏のほうへ顔を向けた。だが、発せられた質問の内容に驚いたらしく、眉を寄せてレーンを凝視した。「ハッターさん、あなたと弟のコンラッドさんがけさお母さまの寝室へ駆けつけたとき、あなたがたのどちらかが二台のベッドのあいだを歩きましたか？」

「いいえ、レーンさん」バーバラは動じることなく答えた。「ひと目で死んでいるのがわかりましたから。ルイーザを床から助け起こすときには、ドアまでつづいている足跡を避けて、ベッドのあいだへは行かないようにしました」

「弟さんもそうだったのはたしかですか」

「まちがいありません」

ブルーノ地方検事が立ちあがり、痛みはじめた太腿《ふともも》の筋肉をほぐしてから、バーバラの前を行きつもどりつしはじめた。バーバラは辛抱強く質問を待っている。「ハッターさん、率直にお話しします。あなたは非常に聡明《そうめい》な人ですから、おそらくご家族の幾人かの——その——異常性にお気づきのはずです。気づいたうえで、それを嘆いてもいらっしゃるにちがいない……。しかし、いましばらく、ご家族への義理立てなどはいっさい忘れていただきます」ブルーノはバーバラの瞬きひとつしない静かな顔つきを見てことばを切った。自分の発言に意味がないことを察したらしく、急いで付け加える。「むろん、望まないときは答えてくださらなくてけっこうです。ただ、二か月前の毒殺未遂と昨夜の殺人について、何かお考えがおありなら、ぜひお聞かせ願いたい」

「まあ、ブルーノさん」バーバラは言った。「どういう意味でしょうか。だれが母を殺したかをわたしが知っているとおっしゃりたいの？」

「いえ、そうではなく――状況を整理する助けになればと……」

「なんの考えも浮かびません」バーバラは白く長い指へ目をやった。「母があのとおりひどい暴君だったことはだれもが知っていました。刃向かいたい衝動に駆られた人もたくさんいたと思います。でも、殺すなんて……」身を震わす。「わかりません。信じられないことです。人の命を奪うなんて――」

「なるほど」サム警視が静かに言った。「では、夫人の殺害を望む人間がいたとお考えなんですな」

バーバラははっとして、目に強い光をたたえて警視を見あげた。「何が言いたいんですか、警視さん。母が殺された以上、当然だれかがそういう意図を……あっ！」短く叫んで椅子の座面をつかむ。「まさか――恐ろしい人ちがいだったと？」

「まさにそういうことです、ハッターさん」ブルーノが言った。「われわれはお母さまが殺されたのは偶然だったと――その場のはずみだったと考えています。犯人が寝室に侵入した目的は、お母さまではなく、義理の姉のルイーザさんを亡き者にすることだったと信じているのです！」

「それにしても」バーバラが平静を取りもどす前に、ドルリー・レーン氏が割ってはいった。「だれにせよ、なぜ二階にいるあの気の毒な女性に危害を加えようとするのでしょうか、ハッターさん」

バーバラは急に手をあげて目もとを覆った。じっと動かない。手をおろしたとき、その表情は憔悴《しょうすい》して見えた。「かわいそうなルイーザ」バーバラはつぶやいた。「かわいそうなルイーザ」部屋の反対側にあるガラスケースの台座へ、見るともなく目を向ける。「むなしく残酷な人生。いつも虐げられて」バーバラは唇を引き結び、異様に力のこもったまなざしで男たちを見た。「ブルーノさん、あなたがおっしゃったとおり、家族の——わたしの家族の——絆《きずな》は忘れることにします。あの無力な人を傷つけようとする者には、同情のかけらも与える必要がありませんから。聞いてください、レーンさん」真摯《しんし》な目をレーンに向ける。「母とわたしを除いて、家族はみな、以前からずっとルイーザをきらってきました。憎んでいるんです」声が激しくなった。「人間にもとから具《そな》わっている残忍さでしょう。四肢をもがれた虫を踏みつぶしたくなる衝動……。ああ、なんと忌まわしい」

「まったくです」ブルーノは鋭い目でバーバラを見据えていた。「この家では、ヨーク・ハッターの持ち物に手をふれることが禁じられていたというのはほんとうですか」

バーバラは顎《あご》に手をあてた。「はい」と小声で答える。「母は、父本人に対するのとは比べ物にならないほど、父の思い出を大切にしていました」そこで沈黙に陥った。数々の不愉快な出来事を思い返しているのか、悲しみとかすかな苦痛が顔つきからうかがえる。「父の死後、母はわたしたちを父の思い出にひざまずかせることで、生前の父に対する暴君ぶりを打ち消そうとしたんです。父の遺品のすべてが崇拝の対象になりました。思うに、母はこの数か月でようやく……」最後まで言わずに、床を見つめて思いに沈んだ。

サム警視が足音高く歩きまわって言った。「どうもはっきりしませんね。父上はなぜ自殺なさったんですか」

バーバラの顔に苦悩がよぎった。「なぜ？」うつろに返す。「人生でただひとつの楽しみを奪われて、がんじがらめにされて、孤独のまま捨て置かれた男がなぜ自殺したかですって？」怒りと激情、そして同時に傷心を感じさせるものが声に混じった。「かわいそうに、父は生涯にわたって支配されていたんです。自分の人生ではありませんでした。わが家で何ひとつ口出しできなかったんですから。子供たちには反抗され、軽んじられていました。むごい話です……。それでも——人間って妙なもので——母は心のどこかでは父を大切にしていました。ふたりが出会ったころの父は、なかなかの美青年だったそうです。母が父を支配したのは、強くしてやらなくてはという思いからでしょう。自分よりも弱い人間は鍛えてやるべきだと考えていたのです」バーバラは深く息をついた。「でも、力強く支えるつもりが、背骨を折ってしまった。父は世捨て人と化し、亡霊も同然になりました。友人と言えば、隣の風変わりで気のいいトリヴェット船長しかいません。その船長ですら、父を無気力から救い出すことはできなかったんです。なんだか話がまとまりませんけれど……」

「いいえ、とんでもない」レーンはやさしく言った。「とても大切なことを筋道立てて話していらっしゃいますよ。お父さまのマンドリンや実験室に近づくなというお母さまの指示は守られていたのですか」

「母の命令にそむく人間はいません」バーバラは小声で答えた。「マンドリンにさわろうとか、実験室に忍びこもうとか、だれも夢にも思わないと言いきれ……ああ、ばかげた物言いね。実際にだれかがしてのけたんですもの。まったく——」

「マンドリンがあのガラスのケースにはいっているのを最後に見たのはいつですか」サムが尋ねた。

「きのうの午後です」

「そうだ」ブルーノがふと思いついたように、熱をこめて言った。「この家にある楽器はあのマンドリンだけですか」

レーンがブルーノに鋭いまなざしを向ける。バーバラは驚いた様子で答えた。「ええ、そうです。それが何か重要……ああ、わたしが口を出すことじゃないわね。わたしたちは音楽好きの一家ではありません。母の好きな作曲家と言えばスーザぐらいでしたし、マンドリンは父の大学時代の記念品なのです。以前はグランドピアノがあって——渦巻き模様や金メッキで飾りたてた、十九世紀のロココ調のものでしたけれど——数年前に母が処分してしまいました。腹を立てて——」

「腹を立てた？」ブルーノが怪訝《けげん》な顔をした。

「おわかりでしょう、ルイーザが楽しめませんから」

ブルーノは眉根《まゆね》を寄せた。サム警視が大きな手でポケットを探り、鍵《かぎ》をひとつ取り出した。

「これに見覚えは？」

バーバラは言われるままにそれを見つめた。「イェール錠の鍵ですね？　よくわかりません。どれも同じように見えますから……」

「ふむ」サムはうなった。「これは父上の実験室の鍵です。夫人の持ち物のなかから発見されました」

「ああ、なるほど」

「あの部屋の鍵はこれひとつだけかどうか、ご存じですか」

「それしかないと思います。父が自殺したと知らされてから、母がいつも持ち歩いていました」

サムは鍵をポケットへもどした。「これまでに聞いた話と一致します。あの実験室を調べる必要がありますな」

「お父さまの実験室へはよく行きましたか、ハッターさん」ブルーノが興味ありげに訊《き》いた。

バーバラの顔が明るくなった。「ええ、行きましたよ、ブルーノさん。父の崇《あが》める科学の神殿に、わたしもよく詣《もう》でていました。理解こそできませんでしたけれど、父の実験はとても興味深くて。よくあそこでいっしょに一時間も過ごしたものです。父はそういうときがいちばん幸せそうでした。いつになく生き生きとして」そして考えに沈む。「マーサも——ええ、義妹《いもうと》ですが——父に同情していて、ときどき見にきていました。それから、もちろんトリヴェット船長も。ほかは——」

「では、あなたは化学のことは何もご存じないのですね」サム警視が無愛想に言った。

バーバラは微笑んだ。「なんですか、警視さん。毒のことですね？　ラベルを読むぐらいだれにでもできますよ。でも、ええ、わたしは化学に関しては素人です」

「わたしが耳にしたところでは」ドルリー・レーン氏が口をはさみ、逸脱にサムが苛立《いらだ》ちを見せた。「科学の能力が欠けているぶんは、詩の才能が埋め合わせていますよ。あなたは興味深い絵を示してくださいました。ハッター氏とあなた。科学の神シエンチアの足もとに坐《ざ》する音楽と詩の女神エウテルペ……」

「ばかばかしい」サムがあからさまに切り捨てた。

「ええ、たしかに」レーンは微笑んで言った。「しかし、これは古典の素養をひけらかすためだけではないのですよ、警視さん……。わたしがお尋ねしたいのはこういうことです、ハッターさん。シエンチアのほうがエウテルペの足もとに坐したことはありましたか」

「この国のことばに訳していただきたいですな」警視がうなるように言った。「わたしも質問の意味が知りたい」

「レーンさんはこうお訊きになっているんです」バーバラは頬を軽く染めて言った。「わたしが父の仕事に興味をいだいたように、父がわたしの仕事に関心を持ったことはあるか、と。レーンさん、答はイエスです。父はいつも熱心に賞賛してくれました――残念ながら、ほめてくれたのは詩そのものではなく、世俗的な成功についてでしたけどね。わたしの詩にはよく首をひねっていて……」

「わたしもですよ、ハッターさん」レーンは軽く頭をさげた。「ハッター氏はみずから何かを書こうとしたことがありましたか」

バーバラは顔をしかめて否定した。「ほとんどないでしょうね。一度小説を書きかけたんですが、完成していないはずです。何事も長くつづかない性格で――もちろん、蒸留器だのバーナーだの化学薬品だのを使った果てしない実験は別ですけれど」

「さあ」サムが不快そうに言った。「そのあたりで本題にもどりたいんですがね。一日じゅうこうしてはいられないんですよ、レーンさん……。ゆうべ帰宅したのはあなたが最後でしたか、ハッターさん」

「さあ、それはわかりません。家の鍵を忘れたので――全員が自分用の鍵を持っているんですが――玄関で夜間用の呼び鈴を鳴らしました。夜間用の呼び鈴は、屋根裏にあるアーバックル夫妻の部屋に直接通じています。それで、五分ほどしてジョージ・アーバックルがおりてきて、中へ入れてくれたんです。わたしはすぐに二階へあがり、アーバックルはあとに残りました……。ですから、自分が最後かどうかはお答えしかねます。たぶんアーバックルがわかるでしょう」

「どうして鍵がなかったんです？　置き場を忘れたのか、なくしたのか」

「ずいぶんはっきりとお尋ねになりますね、警視さん」バーバラはため息をついた。「置き場を忘れたのでも、なくしたのでも、盗まれたのでもありません。いま言ったとおり、ただ持って出るのを忘れたんです。部屋にあった別のバッグにはいっていました。寝る前にたしかめたんです」

「ほかに何か質問は？」しばし黙したのち、サムはブルーノに尋ねた。

ブルーノは首を横に振った。

「レーンさん、あんたは？」

「あんなふうに非難されたあとでは」レーンは苦い笑みを漂わせた。「何もありません」

謝罪のつもりなのか、サムは軽く舌を鳴らし、それから言った。「では、ここです、ハッターさん。この家から離れないようにしてください」

「わかりました」バーバラ・ハッターが疲れた口調で言った。「もちろん出かけません」

バーバラは立ちあがって部屋を出た。

サムはドアをあけたまま、去っていくバーバラを見送った。「やはりね」低くつぶやく。「あれこれ尋ねたものの、まったく隙のない女性ですな。さて」肩をいからせた。「変人どもと対決するとしましょうか。モーシャー、アーバックル夫妻と話したいから呼んできてくれ」

刑事が歩き去った。サムはドアを閉め、ベルト通しに親指をかけて腰をおろした。

「変人ども？」ブルーノが繰り返した。「アーバックル夫妻はまともに見えたがね」

「とんでもない」サムはとげとげしく言った。「そう見えるだけです。中身は異常ですよ。そうにちがいない」奥歯を鳴らす。「この家に住む人間は、みんな変に決まってる。こっちまで変になってきた気がしますよ」

アーバックル夫妻は中年で背が高く、がっしりとしていた。夫婦というよりは兄と妹のように見える。ともに大作りな顔立ちで、きめの粗い肌に脂ぎった毛穴が目立つ。先祖代々の朴訥《ぼくとつ》な田舎育ちといった風情で、この屋敷にひろがる重い空気に押しつぶされたかのように、どちらもむっつりと陰鬱《いんうつ》な顔つきをしていた。

アーバックル夫人は神経をとがらせていた。「ゆうべは十一時に寝ましたよ。この夫のジョージといっしょにね。あたしどもはおとなしく生きてきたんです。こんどのことはなんにも知りません」

サムが低い声で言った。「ふたりとも朝まで眠っていたのかね」

「いいえ」夫人が答えた。「夜中の二時ごろ、夜間用の呼び鈴が鳴ったんです。ジョージが起きて、シャツとズボンを身につけて下へ行きました」あるいは嘘を期待していたのか、サムが憂鬱《ゆううつ》そうにうなずく。「十分ほどで帰ってきて、こう言いました。〝バーバラさんだったよ――鍵を忘れたそうだ〟」夫人は鼻を鳴らした。「それでベッドへもどって、あとは朝までなんにも気づきませんでした」

ジョージ・アーバックルが髪の乱れた頭をゆっくりと縦に振った。「そのとおりで。ほんとうです。こんどのことは何ひとつ知りません」

「自分が質問されたときだけ答えてくれ」サムは言った。「それで――」

「奥さん」唐突にレーンが言った。夫人は女らしい好奇心もあらわに――ひげが生えた女なのだが――レーンを観察した。「ハッター夫人の寝室には、毎日果物が置いてあったのでしょうか。ご存じなら教えてください」

「いいですよ。ルイーザさんは果物がお好きですから、置いてありました」夫人は答えた。

「二階にはいま、鉢にはいった果物があります。あれはいつ買ったものですか」

「きのうです。いつも鉢には新鮮な果物をたっぷり入れておきましてね。ハッター夫人がそうお望みでしたから」

「キャンピオンさんはどんな果物でも好きなのですか」

「そう。あの人は――」

「はい、と言ったらどうだ」サム警視が渋面で言った。

「はい、そうです」

「ハッター夫人は？」

「ええと……まあそうね。梨がおきらいでした。ぜったいに食べませんでしたよ。家の人たちは、よくそれを冗談にしてました」

ドルリー・レーン氏はサムとブルーノへ意味ありげに視線を向けた。「では、奥さん」レーンは穏やかにつづけた。「果物はどこで買うのですか」

「ユニバーシティ・プレイスのサットンの店ですよ。毎日、新鮮なのを届けてもらいます」

「その果物はキャンピオンさん以外の人も食べるのですか」

アーバックル夫人は角張った顔をあげて、レーンを凝視した。「いったいなんです？ もちろん、ほかの人たちも食べますよ。ご家族のために、届いたものからいつもいくつかとっておきます」

「そうですか。きのう届いた梨を食べた人はいましたか」

家政婦の顔に猜疑《さいぎ》の影が差した。しつこく果物のことを訊《き》かれるのが癇《かん》に障ってきたらしい。

「そうよ！」怒りをあらわにする。「ああ、たしかにいましたとも……」

「はい、だ」サム警視が言った。

「はい……いました。あたしがひとつ食べました。食べたけど、それがどうだって言うんです？」

「なんでもありませんよ、アーバックルさん。だいじょうぶです」レーンがなだめるように言った。「あなたがひとつ食べたのですね。ほかに食べた人は？」

「あのこぞ――いえ、子供たち。ジャッキーとビリーがひとつずつ食べました」夫人は気をとりなおして小声で言った。「あと、バナナもね。やたらとよく食べるんです」

「しかし具合が悪くなってはいない」ブルーノが言った。「ともあれ、必要な情報だな」

「きのう果物をキャンピオンさんの部屋へ運んだのはいつごろですか」レーンはまたなだめるような口調で尋ねた。

「午後です。昼食のあとに――はい」

「どれも届いたばかりの新鮮なものだったのですね」

「そう。はい、そうです。鉢には前の日のが残ってましたが、それは捨てました」アーバックル夫人は言った。「それから新しいのを入れましたよ。ルイーザさんは食べ物や飲み物にとってもうるさいんです。特に果物にはね。熟れすぎたものや傷んだものはぜったい食べません」

ドルリー・レーンが驚いた顔をした。何か言おうとしかけてことばを呑《の》み、じっと動かなくなった。夫人は物憂げにレーンを見つめている。夫のほうは、その隣で貧乏揺すりをしながら顎《あご》を掻《か》き、所在なげにしていた。サムとブルーノは、レーンの反応に当惑しつつ見守っていた。

「それはたしかですか」

「あたしが生きてるのと同じくらいたしかですよ」

レーンは深く息をついた。「きのうの午後、果物鉢に梨をいくつ入れましたか」

「ふたつです」

「なんだと！」サムが叫んだ。「どういうことだ、われわれが見つけたのは――」サムはブルーノを見、ブルーノはレーンを見た。

「これは、これは」ブルーノが言った。「なんとも奇妙ですね、レーンさん」

レーンの冷静な声が響いた。「誓ってそう言いきれますか、奥さん」

「誓う？　なんのために？　ふたつでしたよ。まちがえるはずがないでしょう」

「たしかにそうですね。ご自分で鉢を二階へ持っていったんですか」

「いつもそうしてますよ」

レーンは微笑み、考えこむ顔つきになったあと、小さく手を振って腰をおろした。

「では、こんどはあんただ、亭主」サムが低い声で言った。「ゆうべ最後に帰宅したのはバーバラ・ハッターだったかね」じかに質問を向けられた雑用係兼運転手は、見てわかるほどに震えていた。唇を湿らせて言う。「あ――え――いいえ、わかりません。バーバラさんを入れたあと、ドアと窓の全部に鍵《かぎ》がかかっているか、ひとまわりたしかめて、すぐに上へもどったんです。玄関のドアに自分で鍵をかけて、それから部屋へ帰って寝ました。だもんで、だれかが帰ってきたのか、こなかったのか、なんとも言えません」

「地下はどうなんだ」

「使ってません」これにはずっと自信をこめて答えた。「何年も前から締め切っていて、内側も外側も板を打ちつけてあります」

「では」サムは言った。ドアまで歩いて外へ頭を突き出し、叫んだ。「ピンカッソン！」

刑事がしわがれ声で答えた。「はい、警視」

「地下へ行け。様子を見てこい」

サムはドアを閉めてもどった。ブルーノ地方検事がアーバックルに質問していた。「夜中の二時に、なぜそれほど念入りにドアや窓の戸締まりを確認したんだね」

アーバックルは弁解するような笑みを浮かべた。「はい、習慣でして。ハッター夫人から、いつも気をつけるよう言われてたんです。ルイーザさんが泥棒をこわがるんでね。寝る前に一度まわったんですが、もういっぺん見ておこうと思いまして」

「二時に見たときは、全部閉まって鍵もかかっていたんだな？」サムが訊いた。

「はい。しっかりと」

「あんたら夫婦はここで働いてどのくらいになるのかね」

「八年です」アーバックル夫人が言った。「この前の四旬節で」

「よし」サムは言った。「これで終わりかな。ほかに何かありますか、レーンさん」

レーンは肘《ひじ》掛《か》け椅子に身を沈めて、家政婦とその夫に目を据えていた。「おふたりとも、ハッター家に仕えるのは大変だと思ったことはありますか」

ジョージ・アーバックルが活気づいて言った。「大変だって?」鼻を鳴らす。「はっきり言わせてもらいますがね。変人ですよ、ここの人はみんな」

「ご機嫌をとるのはひと苦労ね」夫人が鬱々《うつうつ》と言う。

「それなら、どういうわけで」レーンはよく響く声で言った。「八年もここで働きつづけているのですか」

「そんなこと!」アーバックル夫人は、なんとつまらないことを訊くのかと言わんばかりの口調で答えた。「不思議でもなんでもありません。お給料がいいんです――とっても。だからつづけてるんです。だれだってそうしますよ」

レーンはあてがはずれたようだった。「おふたりのどちらでも、ゆうべあそこのケースにマンドリンがはいっていたかどうか、覚えていませんか」

夫妻は顔を見合わせ、そろって首を左右に振った。「覚えてません」夫が言った。

「ありがとう」ドルリー・レーン氏は言い、サムが夫妻を送り出した。

女中のヴァージニア――だれも苗字を尋ねようとしなかった――は、やせぎすで背の高い、馬のような顔をした未婚の中年女だった。手をねじり合わせて、いまにも泣きだしそうにしている。ハッター家で働くようになって五年です。ここの仕事は好きです。満足しています。お給料は……。ああ、きのうは早くに寝てしまいました……。

何も見なかった、何も聞かなかった、何も知らないという。

というわけで、女中は早々に退出を許された。

刑事のピンカッソンが、大きな顔いっぱいに嫌悪の情を浮かべてはいってきた。「地下室では何も見つかりませんでした、警視。何年も足を踏み入れた者がいないようで——ほこりが一インチは積もって——」

「一インチ？」疑わしげにサムが繰り返した。

「まあ、もっと少なかったかもしれません。ドアにも窓にも手をふれた形跡はなし。ほこりのどこにも足跡はありません」

「大袈裟《おおげさ》な物言いをする癖は改めろ」サムは不機嫌そうに言った。「そのうちちっぽけなモグラ塚をばかでかい山だと言いだして、ひどい目に遭うぞ。ご苦労だった、ピンク」戸口から刑事が姿を消すと、巡査がはいってきて敬礼した。「なんだ」警視が鋭く言った。「用件は？」

「外に男がふたり来ています」警官は言った。「中にはいりたいそうです。この家の顧問弁護士と、もうひとりはコンラッド・ハッターの仕事仲間か何かだと言っています。入れてよろしいでしょうか、警視」

「このとんま」サムは怒鳴った。「朝からそいつらを捜していたんじゃないか。さっさと入れろ！」

新たに登場したふたりによって、芝居めいたもの、それもある種の喜劇が図書室で展開しつつあった。ふたりだけなら、まるで正反対の人柄とはいえ、互いに仲よくやれたかもしれない。

だが、ジル・ハッターが現れたせいでその可能性は吹き飛んだ。ジルは美しく豊かな魅力を具《そな》えていたが、その顔には、目の下や鼻と口のまわりに、放蕩三昧《ほうとうざんまい》の暮らしの影が漂っていた。廊下で男ふたりに出くわしたらしい。両者のあいだで、左右のたくましい腕にもたれながら部屋へはいってきて、悲しげにふたりを交互に見あげては、矢継ぎ早に口にされる悔やみのことばを聞いて、胸を波打たせ、唇をゆがめていた……。

レーン、サム、ブルーノは無言でこの光景を観察した。この若い女が媚態《びたい》の塊なのはひと目で見てとれた。微妙な体の動きのひとつひとつが性的なものをほのめかし、享楽を期待させる。この女は男たちを張り合わせて、無意識にけしかけている。冷酷な打算のもとに、母親の死という悲劇までも利用しつつ、男をおびき寄せて競わせるというわけだ。なんとも油断のならない女だ、とドルリー・レーン氏は苦々しく断じた。

一方、ジル・ハッターは怯《おび》えてもいた。男ふたりに対する手慣れたあしらいは、その場の計略ではなく習慣ゆえのものだった。背が高く豊満な体つきの持ち主で、堂々たる風格さえあるが——怖《お》じ気《け》づいてもいる。目は寝不足と恐怖で赤くなっていた。観衆の存在にはじめて気づいたかのように、ジルは突然唇をとがらせて男たちの腕を放し、鼻に白粉《おしろい》をはたきはじめた。このときはじめて……。だが、実は部屋に足を踏み入れた瞬間から、その目はすべてを感知していた。そして、怯えていた……。

男たちもわれに返り、硬く引き締まった表情になった。ふたりの男はこの上ない好対照をなしている。一家の顧問弁護士のチェスター・ビゲローは人並みの背丈の持ち主だが、コンラッド・ハッターの会社の共同経営者であるジョン・ゴームリーの隣では小柄に見えた。ビゲローは髪が黒く、色の濃い口ひげを少したくわえ、顎の剃《そ》り跡を青々とさせている。ゴームリーは色が白く、髪は麦わら色で、あわてて剃ったらしい顎の下に赤みがかったひげが残っている。ビゲローは機敏できびきびと動くが、ゴームリーはゆっくりと思慮深くふるまう。ビゲローの聡明《そうめい》そうな容貌《ようぼう》は、抜け目がなく、狡猾《こうかつ》にさえ感じさせるが、一方のゴームリーは誠実でまじめそうな顔立ちをしている。そして、金髪で大柄なゴームリーは、少なく見積もってもライバルより十歳は年下だった。

「わたしとも話したいのかしら、サム警視」ジルはか細い声で尋ねた。

「まだそのつもりはありませんでした」サムは言った。「でも、せっかくいらっしゃったんだから……。みなさん、おすわりください」サムはジル、ビゲロー、ゴームリーをブルーノとレーンに紹介した。ジルは崩れ落ちるように椅子に腰かけ、声の響きと同じょうなか弱さを装った。弁護士と株式仲買人はかなり緊張したふうで、立ったままでいた。「では、ハッターさん、ゆうべはどこにおられましたか」

ジルは、ゆっくりと振り向いてジョン・ゴームリーを見あげた。「ジョンと——ゴームリーさんと出かけていたの」

「くわしく教えてください」

「劇場へ行って、それから深夜のパーティーへ」

「何時に帰宅しましたか」

「とっても早くよ、警視さん……けさの五時」

ジョン・ゴームリーが顔を赤くした。チェスター・ビゲローは苛立《いらだ》たしげに右足を揺すったが、すぐにそれに気がついてやめ、整然と並んだ小さな歯を見せてにやりと笑った。

「ゴームリーさんに送ってもらったんですか。どうだね、ゴームリーさん」

ゴームリーが口を開きかけたが、ジルが憂鬱《ゆううつ》そうにさえぎった。「いえ、ちがうのよ、警視さん。実は――ちょっと恥ずかしい話なんだけど」ジルは殊勝そうに絨毯《じゅうたん》へ目を落とした。

「わたし、夜中の一時ごろにすっかり酔ってしまって。それでゴームリーさんと言い争いになったんです――この人、風紀委員にでもなった気らしくて……」

「ジル――」ゴームリーの顔が、つけているネクタイに負けないほど赤く染まった。

「そんなわけで、わたしを置いて帰ってしまったの。ほんとうよ！　野獣みたいにかんかんに怒ってたんだから」ジルは甘い声でつづけた。「そのあとは――その、ぜんぜん記憶がないの。まずいジンをちょっと飲んで、だれだったか、太った汗かきの人と騒いだのは覚えてるんだけど。そう、イブニングドレスのまま、大声で歌いながら街を歩いたのも覚えてる……」

「つづけて」サムは憤然と言った。

「おまわりさんがわたしを呼び止めて、タクシーに乗せてくれた。すごく親切な若いおまわりさん！　大きくてたくましくて、縮れた茶色い髪の……」

「警察の人間は知っています」サムは言った。「さあ、つづけて！」

「帰ったときにはもう酔いが覚めてた。夜が明けかかっててね。スクエアはとってもきれいで、すがすがしいのよ、警視さん。夜明けって大好き……」

「さぞたくさんの夜明けを見たんでしょうな。つづけてください、ハッターさん。まる一日を無駄にはできない」

ジョン・ゴームリーはいまにも爆発しそうな顔をしていた。喉《のど》の奥で音を立て、こぶしを握りしめて、絨毯の上を行きつもどりつしはじめた。ビゲローの表情は謎めいていた。

「それで終わりよ、警視さん」ジルは視線を落とした。

「それだけ？」サムの腕の筋肉が盛りあがって、上着の袖《そで》を押しひろげた。軽蔑《けいべつ》する相手に対しては力が湧いてくる。「まあいい、ハッターさん。いくつか質問に答えてもらいましょう。帰宅したとき、玄関に鍵《かぎ》はかかっていましたか」

「どうだったか……かかってたと思う。そうよ！　あけるのに手間どって、何分もかかったもの」

「二階の寝室へあがるとき、何かうろんなものを見たり聞いたりしませんでしたか」

「う、う、うろんなもの？　ばかげた言い方はやめてよ、警視さん」

「意味はわかるでしょう」サムは鼻を鳴らした。「おかしなもの、奇妙なもの。何か注意を引かれるものです」

「へえ！　そんなものはなかったけど」

「夫人の寝室のドアがあいていたか閉まっていたか、覚えていますか」

「閉まってた。わたしは自分の部屋へもどって、服を脱いで、すぐに眠ってしまったの。けさの騒ぎまで目を覚まさなかった」

「わかりました。では、ゴームリーさん、午前一時にハッターさんを置き去りにしたあと、どちらへ行きましたか」

ジルの無邪気に問いかけるようなまなざしを避けながら、ゴームリーは小声で答えた。「ダウンタウンをうろついていました。パーティーは七十六丁目であったんです。何時間か歩きました。ぼくは七番街と十五丁目の角に住んでいて、家に着いたのは——わかりません、明るくなりかけたころでした」

「ふむ。あなたがコンラッド・ハッターとの共同経営者になったのはいつですか」

「三年前です」

「ハッター家と知り合ったのは？」

「大学時代です。コンラッドとぼくは寮で同室だったんで、そのときに家族の人たちとも知り合いました」

「あなたとはじめて会ったときのことを覚えてるわよ、ジョン」ジルがやんわりと話しはじめた。「わたしはまだ子供でね。あなたはいい男だったか、どうだったか」

「戯言《たわごと》はけっこう」サムはきびしい声で言った。「もうさがって、ゴームリーさん。ではビゲローさん、あなたの法律事務所ではハッター夫人の法務を一手に扱っていると聞きました。老夫人に事業上の敵はいませんでしたか」

弁護士は慇懃《いんぎん》に答えた。「ご説明するまでもないでしょうが、ハッター夫人は——そう、その――ずいぶん変わったかたでした。ありとあらゆる点で型破りでしたよ。敵ですか？　もちろんいます。ウォール街の人間なら、みな敵を持っていますよ。でも、殺人を犯すほど憎んでいる者がいたとまでは――ええ、けっして――言えませんね」

「なるほど。では、今回の事件をどう思いますか」

「悲しい、実に悲しいことです」ビゲローは唇をすぼめた。「悲しくてたまりませんよ。でも、この事件については何も思いあたりません。さっぱり何も」そこでことばを切り、急いで付け加えた。「二か月前にキャンピオンさんを毒殺しようとした人間についても同じです。以前お話ししたと思いますが」

ブルーノが苛ついて体を揺すった。「警視、このままでは埒《らち》が明かないよ。ビゲローさん、遺言状はありますか」

「あります」

「通常と異なる点は？」

「あるとも言えるし、ないとも言えます。わたしは――」

ドアを叩《たた》く音がして、全員が振り向いた。サムが重い足どりで部屋を横切り、ドアを二インチあけた。「ああ、モーシャー。どうした」

大柄なモーシャーが低い小声で伝えると、サムは「なんだと！」と声をあげた。だしぬけに含み笑いを漏らし、モーシャーの顔の前でドアを閉めた。そしてブルーノ地方検事のかたわらへ行き、何事か耳打ちした。ブルーノの顔に抑えきれぬ興奮がひろがった。

「そう――ビゲローさん」ブルーノは言った。「ハッター夫人の相続人一同に対して、正式に遺言状を読みあげるのはいつの予定ですか」

「火曜日の二時、葬儀のあとに」

「わかりました。詳細はそのときお尋ねします。ではこれで――」

「ちょっとよろしいですか、ブルーノさん」ドルリー・レーン氏が穏やかにさえぎった。

「もちろんです」

レーンはジル・ハッターのほうを向いた。「いつもこの部屋に置いてあったマンドリンを最後に見たのはいつですか、ハッターさん」

「マンドリンを？　ゆうべ、食事のあとに――ジョンと出かける少し前に見たけど」

「お父さまの実験室に最後にはいったのはいつでしょうか」

「ヨークの悪臭部屋に？」ジルは愛らしい肩をすくめた。「何か月も――そう、何十か月も前ね。あんなところは大きらいだったし、ヨークもわたしを入れたがらなかった。ほら、父と娘はお互いにプライバシーを尊重し合う、とかなんとか言うじゃない」

「そうですね」レーンはにこりともせずに言った。「では、ハッター氏が失踪《しっそう》してから実験室へ行ったことは？」

「ない」

レーンは会釈をし、ほんの少しだけ頭をさげた。「ありがとう」

「では、これまで」サム警視が言い放った。

男ふたりと女は急に元気づいて部屋から立ち去った。廊下に出ると、チェスター・ビゲローがいざなうようにジルの肘《ひじ》をつかみ、ジルはにっこりと見あげた。ジョン・ゴームリーは浮かない顔で、ふたりがゆっくりと居間へはいっていくのを目で追った。しばらくためらうように立ちつくしていたが、やがてあてもなく廊下の往復をはじめた。待機していた数人の刑事が無関心にその様子をながめていた。

図書室に残った三人は互いに顔を見合わせた。ことばをかわす必要はない。サム警視がドアまで歩き、刑事のひとりにルイーザ・キャンピオンの看護婦を呼びに行かせた。

スミス看護婦の取り調べでは、思いがけずいくつもの興味深い事実が明らかになった。このふくよかな看護婦は、女にありがちな弱さを職業意識で押さえこんで、はじめのうちは質問に対してすばやく事務的に答えていった。

きのうマンドリンがケースにあるのを見たか？　思い出せない、と答えた。

亡きハッター夫人を除いて、ルイーザ・キャンピオンの寝室に最も頻繁に訪れたのはあなたか？　はい。

どんな理由であれ、これまでにルイーザ・キャンピオンの部屋にマンドリンがあるのを見かけたことがあるか？　――これはドルリー・レーン氏の質問だが――いいえ、が答だった。ヨーク・ハッターが失踪してからマンドリンはずっとケースのなかにあり、自分の知るかぎり、どんな理由であろうと一度も取り出されていないとのことだった。

レーン「ハッター夫人以外の人がキャンピオンさんの鉢から果物を食べたことはありますか」

スミス「いいえ。ほかの家族の人たちはルイーザの部屋を避けていますし、奥さまが気の毒なルイーザのものをけっしてとってはいけないと禁じましたから、そんなことをしようとはだれも夢にも思わないでしょう。もちろん、ときどき子供たちが忍びこんで、りんごか何かを盗むこともありますが、めったにはありません。奥さまは子供たちにとてもきびしくて、三週間ほど前でしたが、この前そんなことがあったときには、ジャッキーを鞭《むち》で打ち、ビリーをひどく叱って、大騒ぎになりました。ジャッキーはいつものように割れんばかりの大声で泣き叫ぶし、鞭を振るう奥さまと子供たちの母親が、これもいつものように言い争いをはじめて、ほんとうに大変でした。それがはじめてではないんです。奥さんは——これはマーサのことですけど——ふだん控えめですが、母性本能に火がつくとすさまじくて。マーサとハッターの奥さまは——これはお義母《かあ》さまのほうですが——子供たちをどちらがしつけるかでしじゅう諍《いさか》いをしていました……。ああ、すみません、長々としゃべってしまって」

「いえ、非常に興味深いお話です」

ブルーノ地方検事「果物のことですよ、レーンさん。果物です。スミスさん、昨夜ナイトテーブルの果物鉢を見ましたか」

スミス「はい、見ました」

「中の果物はきょうとまったく同じでしたか」

「そうだったと思います」

サム警視「ハッター夫人を最後に見かけたのはいつですか」

スミス（落ち着かない様子になって）「ゆうべの十一時半ごろです」

「そのときのことを話してください」

「奥さまはふだんからルイーザが眠る前の世話をご自分でなさいます。わたしが夜遅くに見にいくと、ルイーザはもうベッドにはいっていました。ルイーザの頬を軽く叩いて、さがる前に何かしてもらいたいことがあるかと点字盤で訊《き》きました。ルイーザはないと言いました――つまり、何もないと手話で伝えてきたのです」

「わかっています。つづけて」

「そのあと、ルイーザに何か果物がほしいかと尋ねて、わたしは果物鉢を見ました。要らないとの返事でした」

レーン（ゆっくりと）「そのときに果物をよく見たんですね」

「はい、そうです」

「梨はいくつありましたか」

スミス（豚を思わせる目に驚きを浮かべて）「まあ！　ゆうべは二個しかなかったのに、けさは三個あったわ！　いままで忘れていましたけれど……」

「まちがいありませんか、スミスさん。これは非常に重要なことです」

スミス（熱をこめて）「ええ、たしかです。ふたつでした。誓って言えます」

「そのうちのひとつは傷んでいましたか」

「傷んで？　いいえ、ふたつとも熟れていて、新鮮に見えましたよ」

「そうですか。ありがとうございます、スミスさん」

サム警視（むっつりと）「これはいったい何を――まあいい。スミスさん、そのあいだ、ハッター夫人は何をしていましたか」

「長くお召しの寝間着姿で、ベッドにはいろうとしていました。ちょうど――そう、女が寝る前にすることは察しがつきますでしょう？」

「わかりますよ。わたしも結婚していますからね。老夫人はどんな様子でしたか」

「きびきびとして、そっけない感じでしたが、それもふだんと変わりません。ちょうど浴室から出たところで、いつもより愛想がよさそうにも見えました。あのかたにしては、ですが」

「じゃあ、それで入浴後パウダーの箱がテーブルにあったわけだ」

「いいえ。その箱はいつもテーブルに置いてあります。気の毒なルイーザはいいにおいのするものが大好きで、タルカムの香りが気に入っているんです。いつも自分の手でつけています」

「テーブルに載っている箱を見ましたか」

「はい」

「蓋《ふた》はあいていましたか」

「いいえ、閉まっていました」

「しっかりと？」

「そう言えば、いま思うと、ゆるく閉めてあったようです」

ドルリー・レーン氏がうなずいて、にこやかに笑った。サム警視はぶっきらぼうに首を縦に振って、このちょっとした勝ち星を認めた。

ブルーノ地方検事「スミスさん、あなたは正規の資格を持つ看護婦ですか」

「はい、そうです」

「ハッター夫人のもとで働いてどのくらいになりますか」

「四年です。一か所にこれほど長く勤めるのは異例のことですが、わたしも歳をとってきましたし、お給料がいいですし、それに職場を渡り歩くのは得意ではなくて。こちらの仕事は楽で、そのうえ、ルイーザのことが大好きになりました。気の毒な人です――生きる楽しみがないに等しいのですから。実のところ、ここでは看護の知識はあまり必要ありません。看護婦というより、ルイーザの付き添い役ですね。昼間はたいがいわたしがそばにいて、夜は夫人がお世話をなさっていました」

「もう少し手短にお願いします、スミスさん。昨夜、その寝室を出てから、何をしました？」

「隣の自分の部屋へもどって休みました」

「夜のあいだ、何か物音を聞きませんでしたか」

スミス（顔を赤らめて）「いいえ――眠りが深い性質《たち》なので」

サム警視（スミスを探るように見て）「なるほど、わかりました。では、聾啞《ろうあ》で盲目の患者を毒殺しようとしたかもしれない人間に心あたりはありますか」

スミス（激しく瞬きをしながら）「いいえ、とんでもない！」

「ヨーク・ハッターのことはよくご存じでしたか」

スミス（ほっとしたように）「はい。もの静かなかたで、奥さまには頭があがらないようでした」

「氏の化学の研究については？」

「少しだけ知っています。どうやら、わたしが看護婦なので、いくらか共通点があると感じていらっしゃったようです」

「実験室にはいったことはありますか」

「ほんの数回ですけれど。一度、何匹ものモルモットに血清注射をする実験を見にくるよう誘われました。ご自分で注射なさっていましたよ。とてもおもしろく、勉強になる実験でした。以前、ある有名なお医者さまが――」

レーン「あなたの看護用具には注射器もはいっているのではありませんか」

「はい、ふたつあります。大きいのと小さいのと」

「いまも両方お持ちですか。ひとつ盗まれていたりはしませんね？」

「だいじょうぶです。何分か前に用具入れをたしかめたばかりですから。ルイーザの部屋で注射器が見つかったのを見て――シリング先生でしたか、あのかたが注射器を持ってはいっていらっしゃったので――わたしのが盗まれたのかもしれないと思ったんです。でも、両方とも手もとにありました」

「ハッター夫人の部屋で見つかった注射器の出所に心あたりはありませんか」

「ええ、上の実験室にはいくつもありますけれど……」

サム警視とブルーノ地方検事(同時に)「おお!」

「……ご主人が実験で使っていらっしゃいましたから」

「いくつあったのでしょうか」

「わかりません。でも、実験室にある鉄の書類棚に、備品すべての目録を保管なさっていましたから、いまもその棚に注射器の本数の記録が残っているはずです」

「はいってください、ペリーさん」腹を空かせた蜘蛛《くも》が獲物を誘うような調子で、サム警視が言った。「さあ、どうぞ。話したいことがありまして」

エドガー・ペリーは戸口で逡巡《しゅんじゅん》した。行動を起こす前にかならずためらう性分なのが、たちどころに見てとれる。長身で線の細い四十代半ばの男で、どこから見ても学者風だった。ていねいにひげを剃《そ》った顔は青白く、なんとなく苦行僧を思わせるが、繊細で整っている。年齢よりもかなり若く見える。瞳《ひとみ》の輝きと深みによるところが大きいことに、ドルリー・レーン氏は気づいた。

ペリーはゆっくりと入室し、サムの指し示した椅子に腰かけた。

「子供たちの家庭教師のかたですね」レーンはにこやかにペリーに微笑みかけて尋ねた。

「ええ、はい」ペリーはかすれた声で答えた。「あの——何をお訊きになりたいんですか、サム警視」

「少しばかり話したいだけです」サムは答えた。「たいしたことじゃない」

全員が腰をおろし、互いに見つめ合っていた。ペリーは落ち着かないようだった。絶え間なく唇をなめ、責めるような視線が自分に注がれているのを察したのか、足もとの絨毯《じゅうたん》からほとんど視線をそらさない……。

ええ、マンドリンにふれてはいけないことは知っていました。

いいえ、ヨーク・ハッターの実験室にはいったことはありません。科学に特に興味はないし、ハッター夫人にきびしく禁じられていましたから。ハッター家で働きはじめたのは年が明けてからで、コンラッドの子供たちの前任の家庭教師は、マーサと言い合いになって辞めたんです。ジャッキーが浴槽で猫を溺《おぼ》れさせようとしたせいで、前任者がその罰に鞭《むち》で叩《たた》いていたんですが、それをマーサが見つけて、猛然と抗議したそうですよ。

「あなたはあの子らとうまくいっているんですか」サムがきびしい声で尋ねた。

「ええ、とっても。仲よくやっていますよ」ペリーは小声で言った。「手がかかるときもよくありますがね。いい方法を見つけたんです」弁解がましく微笑む。「飴《あめ》と鞭のたぐいですよ。これまでは効果てきめんです」

「ここで働くのは大変だろうと思うんだが」サムは無遠慮に言った。

「ときにはね」わずかに活気づいて、ペリーは本心を漏らした。「子供たちは暴走しがちなんですが、思うに——批判するつもりじゃありませんよ、おわかりですね——ご両親はしつけをなさるのにあまり向いていらっしゃらないようで」

「特に父親のほうがね」

「まあ――子供にとって最良の手本ではないでしょうね」ペリーは言った。「たしかに、ときどきつらいと思うことはあります。ですが――金が入り用で、ここは給料がとてもよくて。何度かは」吐露したい衝動にまかせてつづける。「もう辞めてしまおうかと思いました。でも――」ペリーは自分の無分別さに愕然《がくぜん》としたのか、うろたえて口を閉ざした。

「でも、なんでしょうか、ペリーさん」レーンが促した。

「すさまじい家族ですが、埋め合わせてくれるものもあるんですよ」ペリーは咳払《せきばら》いをした。「それは――ハッター家の長女――バーバラ・ハッターです。あの人を――あの人のすばらしい詩作を――深く敬愛しています」

「なるほど」レーンは言った。「芸術の面で崇拝していらっしゃるのですね。ペリーさん、この家で起こっているいくつかの奇妙な出来事については、どう思われますか」

ペリーは顔を赤くしたが、口調は落ち着いてきた。「見当もつきませんね。ただ、ひとつだけ確信できることがあります。ほかの人はどうあれ、バーバラ・ハッターだけは犯罪などという愚行に手を染めているはずがありません。あの人はあまりにも優秀で、良識があって、やさしくて……」

「すばらしいご意見です」ブルーノはおごそかに言った。「本人が聞いたら喜ぶでしょう。さて、ペリーさん、この家から外出することはどのくらいありますか――むろん住みこんでいらっしゃるんでしょう？」

「はい。三階――屋根裏に部屋があります。長期休暇をとることはほとんどありません。それどころか、短い休みをとったのが一回きりで――四月に五日の休みをもらいました。そのほかでは、日曜日が休みですが、たいがいひとりで外出します」

「いつもおひとりで？」

ペリーは唇を嚙《か》んだ。「そうとは言いきれません。ありがたいことに、バーバラが何度か――付き合ってくれたことがあります」

「なるほど。昨夜はどちらにいらっしゃいましたか」

「早くに自室に引きあげて、一時間ほど本を読みました。それからベッドにはいりました。ですから」ペリーは付け加えた。「けさまで異変にはまったく気づきませんでした」

「そうでしょうね」

沈黙がおりた。ペリーが椅子の上で体を揺する。サム警視の目がきびしくなった……。ルイーザ・キャンピオンが果物好きで、ナイトテーブルにいつも果物鉢が置いてあるのを知っているか？　ペリーは困惑したようだった――ええ、でもそれがどうしたんです？　ハッター夫人が果物に好ききらいがあったのは知っているか？　ペリーは何も答えずに肩をすくめた。そしてふたたび沈黙が訪れた。

ドルリー・レーン氏の声はあたたかかった。「はじめてこの家に来たのは一月のはじめだとおっしゃいましたね、ペリーさん。ということは、ヨーク・ハッターには一度も会っていないのですね」

「はい、話に出たこともほとんどなくて。ぼくが知っているのは、おもにバ——ハッターさんから教わったことだけです」

「二か月前のキャンピオンさんの毒殺未遂を覚えていらっしゃいますか」

「ええ、はい。恐ろしい出来事でした。あの日、午後に帰ってきたら、家じゅう大騒ぎだったんです。当然ですが、びっくりしました」

「キャンピオンさんのことはどの程度ご存じですか」

ペリーの声が大きくなり、目が輝いた。「よく知っていますよ。かなりよくね！　ほんとうに驚くべき人です。もちろん、ぼくの興味は純粋に客観的なものです——教育の立場から言うと、きわめて特異な例ですから。向こうもだんだんわたしのことを知って、信頼してくれるようになってきました」

レーンは一考した。「先ほど科学に興味はないとおっしゃいましたね、ペリーさん。ならば、科学の教育はあまり受けていらっしゃらないのでしょうね。たとえば、病理学にはおくわしくありませんか」

サムとブルーノが困惑の視線を交わした。しかし、ペリーは表情を変えずにうなずいた。

「何をお訊《き》きになりたいのかよくわかります。ハッター家の面々の常軌を逸した行動の背景には、病理学的な原因があるにちがいないとお考えなんでしょう？」

「すばらしい、ペリーさん！」レーンは顔をほころばせた。「では、賛成なさいますか」

ペリーはそっけなく言った。「わたしは医者でも心理学者でもありません。この一家がーーふつうではないことは認めます。でも、わかるのはそこまでですよ」

サムが立ちあがった。「その件はもういい。どうやってこの仕事を見つけたんですか」

「コンラッド・ハッターが家庭教師の求人を出したんです。ほかにも応募者はたくさんいましたが、さいわい採用してもらえました」

「では、紹介状を持っていたんですね」

「ええ」ペリーは言った。「ええ、もちろんです」

「いまも持っていますか」

「ええ……はい」

「見せてください」

ペリーは目をしばたたき、立ちあがって足早に図書室を出ていった。

「何かある」ドアが閉まるなり、サムは言った。「ついに大きな手がかりにぶつかったようです。型どおりに進めているだけなんですがね、ブルーノさん」

「いったいなんの話ですか、警視さん」レーンは微笑んだ。「ペリーのことでしょうか。疑うべくもないロマンスの香りを別とすれば、わたしにはなんともーー」

「いえ、ペリーのことじゃありませんよ。まあ、見ていてごらんなさい」

ペリーが細長い封筒を手にしてもどった。サムは封筒から厚い紙を取り出して、すばやく目を通した。短い推薦の文面で、エドガー・ペリーがその家の子供たちの家庭教師として立派につとめを果たしたこと、不都合により解雇されたのではないことが書かれている。ジェイムズ・リゲットと署名があり、パーク・アヴェニューの住所が記されていた。

「よし」いささか上の空でサムが言い、書類を返した。「いつでも出せるようにしておいてください。いまのところはこれでけっこうです」

ペリーは安堵《あんど》の息を吐いて手紙をポケットにしまい、早足で図書室を出ていった。

「さてと」警視は大きな手のひらをこすり合わせた。「いよいよ厄介な仕事だ」戸口へ歩いていく。「ピンク！　コンラッド・ハッターをここへ呼べ」


長々としたやりとりも、退屈する質問の数々も、混迷も疑念も不たしかさも、すべてがここに帰着しそうな感があった。実のところ、そんなはずはない。だが、そう思えたのはたしかで、ドルリー・レーン氏でさえ、サム警視の声にこもる高揚感に脈が速まるのを自覚した。

とはいえ、ハッター家の長男の尋問が、ほかの者と比して特段華々しくはじまったわけではない。コンラッド・ハッターは静かに入室した。背が高く落ち着きのない男で、とげとげしい表情が顔に刻まれている。感情を抑えつけているらしい。卵の上を歩く盲目の男さながらに用心深く足を進め、麻痺《まひ》した患者のように頭を不自然に堅苦しくもたげている。額には汗がにじんでいた。

しかし腰をおろすとすぐ、見せかけの平穏が荒々しく壊された。図書室のドアが乱暴にあけ放たれ、廊下で騒ぎの音が響くや、ジャッキー・ハッターが飛びこんできた。少年なりに想像したアメリカ先住民の雄叫《おたけ》びをあげて、たどたどしい足どりの弟ビリーを追い立てている。ジャッキーの汚れた右手には玩具《がんぐ》の斧《トマホーク》が握られ、ビリーの両手はこわばった背中にまわされて、つたないながらも固く縛られていた。

サム警視は口をあんぐりあけた。

その後ろからつむじ風が襲来した。マーサ・ハッターがくたびれた顔を引きつらせ、弱り果てた様子で、ふたりを追って図書室へ駆けこんだ。三人とも部屋にいた面々には目もくれない。レーンの椅子の後ろでマーサはジャッキーを捕まえ、その頬を勢いよく平手打ちした。ジャッキーは、小さなビリーの頭のそばで危なっかしく振りまわしていたトマホークを落とし、頭をのけぞらせて泣き叫びはじめた。

「ジャッキー！　ひどい子ね！」マーサが金切り声で叫んだ。「ビリーにそんなことをしたら承知しないわよ！」

ビリーがはじかれたように泣きだした。

「とんでもないな」サムが太い声で言った。「しっかり子供の面倒を見てくださいよ、奥さん。この部屋には入れないで！」

家政婦のアーバックル夫人が、追いかけっこの最後尾で息を切らして部屋へはいってきた。不運なホーガン巡査があとにつづく。ジャッキーは追っ手に乱暴な視線をちらりと向け、ホーガンの脚をおもしろ半分に蹴《け》りつける。しばらくのあいだ、何本かの振りまわされる腕と真っ赤な顔だけが見てとれた。

コンラッド・ハッターが自制心を失って、椅子から腰を浮かせた。青い目に憎しみが燃えさかる。「悪がきどもをつまみ出せ、ばか野郎！」声を震わせて妻を怒鳴りつけた。マーサはぎくりとしてビリーの腕を放すと、顔じゅうを真っ赤にし、われに返って怯《おび》えた目であたりを見まわした。アーバックル夫人とホーガンがどうにか兄弟を部屋から連れ出した。

「まったく！」ブルーノが震える指で煙草に火をつけた。「こういうのはもうご免こうむりたいよ……。警視、奥さんにも残ってもらったらどうだね」

サムはためらった。レーンが急に立ちあがり、同情の目をマーサに向けた。「こちらへどうぞ」やさしく言う。「おかけになって、心を休めてください。心配は無用です。あなたを困らせたいわけではありませんから」

マーサは血の気の引いた顔で椅子に身を沈め、夫の冷たい横顔を見つめた。コンラッドは癇《かん》癪《しゃく》を起こしたことを後悔しているらしく、うなだれて何やらつぶやいている。レーンは静かに部屋の隅へ退いた。

まもなく重要な情報が得られた。夫妻はともに、昨夜マンドリンがガラスケースにはいっているのを見かけたと証言した。そしてコンラッドは決定的な事実を明らかにした。夜半過ぎ、正確には一時半に帰宅したコンラッドは、寝る前に一杯やろうと図書室に寄ったという。「ここには酒のたっぷり詰まった棚があるんでね」コンラッドは淡々と言って、近くにある象眼細工の棚を示した。この数か月と変わらず、マンドリンがケースにおさまっているのを目にしたのはそのときだった。

サム警視は満足げにうなずいた。「そいつはいい」ブルーノに言う。「状況がはっきりしてきましたな。犯人がケースからマンドリンを出したのは犯行の直前だったことになる。ハッターさん、ゆうべはどちらにいらっしゃいましたか」

「ああ」コンラッドは答えた。「出かけていましたよ。仕事で」

マーサ・ハッターの青白い唇が引き結ばれた。視線は夫の顔に据えられたままだ。コンラッドは目を合わせなかった。

「夜中の一時まで仕事で外出ですか」サムは意味ありげに言った。「まあ、とやかく言う気はありませんよ。図書室を出たあとはどうしました?」

「待てよ!」だしぬけにコンラッドが叫んだので、サム警視は目を鋭くし、身構えて歯をむき出した。コンラッドの首には、興奮のあまり筋が浮かびあがっている。「いったい何が言いたい? おれが仕事で外出したと言ったら、ほんとうに仕事なんだよ!」

サムは動じなかった。やがて緊張を解いて、愛想よく言った。「もちろんそうでしょうとも。それで、ここからどこへ行ったんですか」

「二階の寝室へ」コンラッドは小声で言った。爆発したときと同様に、一瞬で怒りは鎮まった。「妻は寝ていました。ひと晩じゅう何も聞きませんでしたよ。しこたま飲んで……死んだように眠ったもんで」

サムはすこぶる慇懃《いんぎん》にふるまい、「そうですか、ハッターさん」「ありがとう、ハッターさん」と、とてつもなくやさしい声で応じつづけた。ブルーノは笑いをこらえ、レーンは楽しそうに見守った。また蜘蛛《くも》になった、とレーンは思った。見るからにしたたかな蜘蛛と、過敏な蠅の対決だ。

コンラッドが椅子に落ち着き、サムはマーサのほうを向いた。マーサの話は簡単だった。十時に子供部屋でふたりを寝かしつけてから、セントラル・パークへ散歩に出かけた。十一時少し前に帰り、それからすぐにベッドにはいった。夫が部屋にもどったのには気づかなかった。ベッドは別々であるし、昼間の子供たちのばか騒ぎで、疲れて熟睡していたからだ。

サムは、いまはくつろいだ様子で聴取をつづけていた。これまでの尋問で見せていた苛立《いらだ》ちはすっかり影をひそめている。型どおりの質問をして、特に収穫のない答を聞かされるやりとりを、鷹揚《おうよう》にも受け入れているらしい。夫妻はともに、ハッター夫人が閉鎖してから一度も実験室にはいっていないようだった。ルイーザのナイトテーブルに果物を置く習慣や、ハッター夫人の梨ぎらいについては、どちらもよく知っていた。

だが、コンラッド・ハッターの血に含まれたウィルスは長くおとなしくしてはいなかった。サムがヨーク・ハッターに関して些末《さまつ》な質問をすると、コンラッドはいやな顔をしたものの、ただ肩をすくめた。

「父ですか。変人でしたよ。半分いかれてた。たいして話すこともありません」

マーサが大きく息を吸い、憎しみのこもった目で夫を見て言った。「かわいそうなお父さまは追い詰められて死んでしまったのよ。なのにあなたは、お父さまを救うために指一本動かさなかった!」

またしても、あの異様な怒りがコンラッドを襲った。一瞬にして激し、首筋が鶏のとさかのようにふくれあがった。「口を出すな！　これはおれの問題なんだよ、このあばずれ！」凍りつくような静寂が訪れた。サムでさえ愕然《がくぜん》とし、喉《のど》の奥からうめき声をもらした。ブルーノ地方検事が強い声音で冷ややかに言った。「ことばを慎んだほうがいいですよ。これはむしろ、わたしと警視の問題です。さあ、すわって！」ブルーノが鋭く命じると、コンラッドは目をしばたたきながら腰をおろした。「さて」ブルーノはつづけた。「話してください、ハッターさん。あなたの義姉ルイーザ・キャンピオンに対する一連の殺害未遂について、何か考えは？」

「一連の？　どういう意味だ」

「文字どおりですよ。夫人が殺害されたのは単なる偶然だとわれわれは確信しています。昨夜、犯人が侵入したほんとうの目的は、キャンピオンさんを狙って梨に毒を入れることだったのです！」

コンラッドは呆《ほう》けたように口をあけた。マーサはこれぞ最悪の悲劇だと言いたげに、疲労困《こん》憊《ぱい》の目をこすった。手をおろしたとき、その顔は憎しみと恐怖にゆがんでいた。

「ルイーザを……」コンラッドはつぶやいた。「偶然だって……。な——何がなんだか……さっぱりわからない」

ドルリー・レーン氏はため息をついた。

その瞬間が訪れた。

サム警視が急に図書室のドアへ向かったので、マーサは胸を押さえつけた。サムは戸口で足を止め、振り返って言った。「あなたはけさ、ハッター夫人の遺体と部屋を最初にご覧になりましたね──あなたと、バーバラさんと、スミス看護婦の三人で」

「そうです」コンラッドがゆっくりと答えた。

「緑の絨毯《じゅうたん》にタルカムパウダーの足跡がついているのに気づきましたか」

「なんとなくね。気が高ぶっていたんで」

「高ぶっていた？」サム警視は爪先《つまさき》立ちをした。「ともあれ足跡には気づいたんですね。よろしい。ちょっと待って」ドアをあけて叫んだ。「モーシャー！」

ジル・ハッター、ビゲロー、ゴームリーの取り調べ中にサムに耳打ちをした大柄な刑事が、呼ばれて部屋へはいってきた。息を切らし、左手を背中にまわしている。

「いまあなたは」注意深くドアを閉めて、サム警視が言った。「足跡になんとなく気づいていたと言いましたね」

疑念と恐怖、そして唐突な怒りがコンラッドの顔にひろがった。いきなり立ちあがって、叫んだ。「ああ、言ったとも！」

「けっこう」サムは笑みを漂わせて言った。「モーシャー、こちらの紳士に、おまえたちが探しあてたものをお見せしろ」

モーシャー刑事が、手品師よろしく、鮮やかな動きで左手を前へ差し出した。レーンが悲しげにうなずく――それは予想どおりのものだった。モーシャーの手には一足の靴が握られていた。白いキャンバス地のオックスフォード靴で、爪先がとがっているものの、明らかに男性用だった。汚れて黄ばみ、ひどく古びている。

コンラッドはそれに目を凝らしていた。マーサは腰を浮かせて椅子の肘掛《ひじか》けをつかみ、青ざめた顔を引きつらせている。

「これを見たことがありますか」サムが朗らかに訊《き》いた。

「あ――ああ。自分の古い靴です」コンラッドは口ごもりながら答えた。

「どこに置いてありましたか」

「いったいなぜ――ああ、二階の寝室の衣装戸棚のなかに」

「最後に履いたのはいつですか」

「去年の夏です」コンラッドはゆっくりと妻のほうを向いた。「たしか」喉を絞められたような声を発する。「捨てておけと言ったはずだぞ、マーサ」

マーサは血の気のない唇を湿らせた。「忘れてました」

「まあ、まあ」サムが言った。「ハッターさん、また癇癪《かんしゃく》を起こさないでくださいよ。よく見て……。なぜこうしてあなたの靴を見せているか、おわかりですか」

「あ――いや」

「わからない？　では教えましょう」サムは前へ進み出た。親しげな表情が消え去っている。「ご自分にとっても興味深いはずですがね。このあなたの靴の爪先と踵《かかと》の形が、夫人の殺害犯が絨毯に残した足跡とぴったり一致するんですよ！」

マーサが弱々しい叫び声を発し、おのれの軽率さに気づいたかのように、とっさに手の甲を口に押しあてた。コンラッドはまばたきを繰り返し――癖なのだろう、とレーンは思った――困惑した表情になっていく。かつて持っていたかもしれない思考力が、アルコールのせいで失われつつある……。

「それがどうした」コンラッドはつぶやいた。「そのサイズと形の靴は、この世にいくらでも――」

「たしかにそうです」サムは低く言った。「しかし、この家にはこの一足しかないんですよ、ハッターさん。犯人の足跡に一致するばかりか、床にこぼれていたのと同じパウダーの粒子が靴底に付着している靴はね！」

第四場　ルイーザの寝室

六月五日　日曜日　午後〇時五十分

「ほんとうに確信が……」ブルーノが心もとなげに口を開いた。サム警視は、呆然《ぼうぜん》としたままのコンラッド・ハッターを、監視をつけて自室に閉じこめていた。

「考えるのはやめにします」サムはきっぱりと言った。「行動あるのみ。この靴があれば——だいじょうぶですよ」

「ああ——警視さん」ドルリー・レーン氏が言った。前に進み出て、サムの手から白いキャンバス地の汚れた靴を受けとる。「見せてください」

レーンは靴を観察した。履き古されて踵が磨り減っている。左の靴底に小さな穴が見つかった。「この靴が、絨毯に残されていた左の足跡と一致したのですか」

「そうです」サムはにやりとした。「あの男の衣装戸棚でこれを見つけたとモーシャーから聞いて、足跡に合うかどうかを調べさせたんです」

「しかし、もちろん」レーンは言った。「それだけで終わりにするつもりではないのでしょう?」

「どういう意味です」サムは問い返した。

「つまり」レーンは手に右の靴を載せて思案顔で答えた。「この靴を分析する必要があるように思うのです」

「はあ。分析ですか」

「ここを見てください」レーンは右の靴を差し出した。爪先の部分に、何かの液体が飛び散った染みがついている。

「ふむ」警視はつぶやいた。「あなたのお考えは……」

レーンは屈託なく微笑んだ。「まだ何も考えていませんよ、警視さん——行動あるのみ、のご意見には賛成です。わたしなら、この靴をすぐにシリング先生に届けて、染みを分析してもらいますね。注射器にはいっていたのと同じ液体である可能性がありますから。もしそうなら……」肩をすくめる。「毒殺犯がこの靴を履いていた証拠になります。その場合、コンラッドさんの旗色が悪くなりかねませんね」

その声にはわずかながら茶化すような響きがあり、サムは鋭い目で見返した。けれどもレーンの顔は笑っていなかった。

「レーンさんの言うとおりだ」ブルーノが言った。

サムはためらったのち、レーンから靴を受けとり、ドアへ歩み寄って刑事を手招きした。

「シリング先生に。至急だ」

刑事はうなずいて、靴を持ち去った。

ちょうどそのとき、スミス看護婦の小太りの姿が戸口に現れた。

「ルイーザはずいぶん落ち着きましたよ、警視さん」早口で言う。「メリアム先生が、もう面会してもかまわないとおっしゃっています。ルイーザも話をしたいそうです」

ルイーザ・キャンピオンの寝室へと階段をのぼりながら、ブルーノ地方検事がつぶやいた。

「いったいなんの話だろう」

サムがそっけなく言った。「とるに足りないことでしょうよ。しょせん、あてにできない証人ですからね。まったく、とんでもない事件だ！　殺人の生き証人がせっかくいるのに、それが盲目で聾唖《ろうあ》だなんて。証言の重みを考えたら、ゆうべ殺されていても大差ないですよ」

「わたしにはそうは言いきれませんね、警視さん」レーンは階段をあがりながら言った。「キャンピオンさんは感覚をすべて失ったわけではありません。人間には五つの感覚があるのですよ」

「はあ、でも……」サムの唇が無言で動いた。読唇術を身につけているレーンは、サムが五つの感覚を数えあげようと苦労しているのを楽しげに見つめた。

ブルーノが思案しながら言った。「たしかに何か意味はあるでしょうね。それをコンラッドのやつに結びつけることができたら……。なんと言っても、犯行時にルイーザが目を覚ましていたことは、パウダーについていた裸足《はだし》の足跡から見てもまちがいのないところですし、ルイーザが倒れていた場所と犯人の足跡の近さを考えると、犯人に手をふれた可能性も――」

「みごとなご指摘です、ブルーノさん」レーンは淡々と言った。

階段から廊下を隔てた向こうにある寝室のドアは、いまはあけ放されていた。三人の男は中へはいった。

絨毯《じゅうたん》にはいまも白っぽい足跡が残り、ベッドの寝具も乱れたままだったが、遺体が運び出されたことで、部屋の印象がどことなく変化していた。明るい雰囲気が漂い、日が差して光の筋のなかにほこりが踊っている。

ルイーザ・キャンピオンは、自身のベッドの奥側にある揺り椅子に腰かけて、いつものとおり無表情だったが、聴覚のない耳で何かを懸命に聞きとろうとするかのように、首を傾けていた。ゆっくりと椅子を揺るがせている。部屋にはメリアム医師もいて、背中で手を組み、窓から眼下の庭をながめていた。スミス看護婦はもうひとつの窓の近くで身構えるように立っている。そして、ルイーザの椅子にもたれるようにして、その頬をやさしく叩《たた》いているのはトリヴェット船長だった。隣家に住むこの海の男は、毛深い赤ら顔を心配そうに曇らせていた。

　部屋にいた面々は、三人がはいってくると姿勢を正した。ルイーザだけは、頬を叩きつづける船長の皺《しわ》深い手が止まってはじめて、規則正しい椅子の揺れをおさめた。その顔が本能から戸口へ向けられた。物を映さぬ大きな目は表情を欠いたままだが、穏やかな感じのよい顔立ちに熱望にも似た知性の色が現れ、指先が動きはじめた。

「こんにちは、船長」サムが言った。「またこんな状況でお会いすることになって残念ですよ。トリヴェット船長、こちらはブルーノ地方検事とレーンさんです」

「ああ、はじめまして」船長は船乗りらしいしわがれ声で言った。「こんな恐ろしい出来事にはこれまで一度も――話を聞いて飛んできたんだ。たしかめたくてね――ルイーザが無事かどうか」

「だいじょうぶ、心配ありません」サムは真摯《しんし》に言った。「気丈な女性ですよ」ルイーザの頬に軽くふれた。昆虫がとっさにあとずさりするように、ルイーザは身を縮ませた。指先がめまぐるしく動きまわる。

　――だれ、だれなの？

スミス看護婦が深く息をつき、ルイーザの膝《ひざ》の上にある、ドミノのようなブロックの載った盤面に身をかがめて〝警察〟と文字を並べた。

ルイーザはゆっくりとうなずき、柔らかな体をこわばらせた。目の下に隈《くま》ができていた。指がふたたび動く。

――お話ししたいことがあります、重要なことかもしれません。

「真剣なようだな」サムは小声で言った。盤面のブロックを並べ替えて伝える。「話してください。何もかも。どんな些細《ささい》なことでも」

指先が金属の突起の上を飛びまわり、ルイーザ・キャンピオンはうなずいた。そして、驚くほどきびしい表情を唇に浮かべる。ルイーザは両手を持ちあげて、手話で語りはじめた。

ルイーザがスミス看護婦を介して話したのは、以下のような内容だった。ゆうべルイーザとハッター夫人は、十時半に寝室へ引きあげた。ルイーザは服を脱ぎ、夫人の手を借りてベッドにはいった。ベッドにおさまったのは十一時十五分前。母に手話で尋ねたので、その時刻でまちがいない。

ルイーザが枕にもたれ、立てた膝に点字盤を載せたところで、夫人が入浴すると告げた。つぎに母と話したのは四十五分ほどたったころだ。母が（おそらく）浴室からもどってきて、点字盤でちょっとした会話をはじめた。新しい夏服に関する他愛のないやりとりだったが、ルイーザは不安を覚えた……。

（ここでドルリー・レーン氏が穏やかに話をさえぎって、盤面に文字を並べた。「なぜ不安を感じたのですか」

ルイーザは気の毒なほど困惑した様子で首を振り、指先を震わせた。

——わかりません。ただそう思いました。

レーンは答えるかわりに、やさしくその腕を押さえた)

夏服についてなごやかに語り合うあいだ、ハッター夫人は浴室あがりの体に粉をはたいていた。それがわかったのはタルカムパウダーのにおいがしたからだ。それはベッドのあいだのナイトテーブルにいつも置いてあり、母親とともに使っていた。

そのとき、スミス看護婦が寝室にはいってきた。額に手をふれて、果物を食べたいかと尋ねてきた。ルイーザはほしくないと返答した。

(レーンがルイーザの指を握って、話を中断させた。「スミスさん、あなたが寝室に来たとき、ハッター夫人はまだタルカムパウダーを使っていましたか」

スミス「いいえ、ちょうど終わったところだと思います。寝間着を身につけようとなさっていましたし、前にも申しましたように、ゆるく蓋《ふた》を閉めた箱がテーブルに置いてありましたから。奥さまの体には、タルカムパウダーの筋が何本か見えました」

レーン「ベッドのあいだにパウダーがこぼれていたかどうか、気づきましたか」

スミス「絨毯はきれいでした」)

ルイーザはつづけた。

スミスが去ってすぐ——正確な時刻はわからないが——ハッター夫人はふだんと同じくおやすみの挨拶《あいさつ》をして床に就いた。実際にベッドにはいったのはまちがいない。というのも、しばらくして、いわく言いがたい衝動に駆られたルイーザがベッドから這《は》い出して、母にもう一度キスをすると、安心させるようにやさしく頰をなでてくれたからだ。そしてルイーザはベッドにもどり、眠りが訪れるのを待った。

（サム警視が口をはさんだ。「夫人はゆうべ、何かを恐れているようなことを言いませんでしたか」

——いいえ、いつもどおり、やさしく落ち着いて接してくれました。

「そのあと、何がありましたか」サムは文字を並べた。

ルイーザは身震いし、手をわななかせはじめた。メリアム医師が気づかわしげにそれを見守って言った。「しばらく待ったほうがよいでしょう。少し動揺していますから」

トリヴェット船長がルイーザの頭をなでると、ルイーザはすばやく船長の手を探りあてて握った。老船長は顔を赤らめ、しばらくしてそっと手を引き抜いた。それでもルイーザは安心したらしく、話を再開した。すばやい指の動きと引き結んだ唇から、ルイーザの味わっている緊張と、先をつづけようという強い意志がうかがえた）

眠りは途切れがちだったが、ルイーザにとっては昼も夜も同じなので、もともと眠りは浅かった。どのくらい時間が過ぎたのかはわからない。だが、唐突に――もちろん数時間はたっていたのだろうが――はっきりと覚醒《かくせい》し、息苦しいほどの静寂のなかで全身の感覚が張り詰めた。なぜ目が覚めたのかはわからないが、異変があることは確信できた。何か異質なものが部屋のなかにいるのをたしかに感じた。ベッドのそばに、すぐ近くに……。

(「もう少しくわしくお願いできますか」ブルーノ地方検事が尋ねた。

ルイーザの指が舞いはじめた。

――わかりません。説明できないのです。

メリアム医師が長身をしっかり伸ばし、大きく息を漏らしてから言った。「わたしからご説明したほうがよいでしょうね。ルイーザは以前からずっと、少々勘が鋭いのです。感覚が制限されているせいで、自然に発達したのでしょう。直感力と言いますか、第六感が極端なほど働くのですよ。視覚と聴覚を完全に失った結果なのは疑いありません」

「わかる気がします」ドルリー・レーン氏が静かに言った。

メリアム医師はうなずいた。「振動か、動く肉体の霊気か、足音の気配か、そういったものが、この不幸な女性の絶えず研ぎ澄まされている第六感を刺激したのかもしれません」)

自分はすっかり目覚めていた。そばにいるのがだれであれ、そこにいてはならない者だと悟った。またしても、名状しがたい感情に襲われた。ときおり心を乱す、声を張りあげたい、叫び出したい衝動に……。

（ルイーザはかわいらしい口を開き、喉《のど》を絞められた猫のような声を漏らした。ほかの人間が発する声からはあまりにもかけ離れていて、全員が背筋を凍りつかせた。もの静かで穏やかな、小柄でふっくらとした女性の口から怯《おび》えた動物のゆがんだ咆哮《ほうこう》が発せられる光景は、ひどく恐ろしいものだった）

ルイーザは口を閉じ、何事もなかったかのように語りつづけた。

もちろん、十八歳のときから無音の世界に暮らしているルイーザには、なんの音も聞こえなかった。けれども、何かがおかしいという直感はどうしても消えなかった。すると、残されている感覚に、殴られたような衝撃が襲いかかり、タルカムパウダーのにおいがふたたび鼻を突いた。あまりに異様で思いがけなく、説明のつかないことだったので、いっそう警戒心が募った。タルカムパウダーが！　母だろうか。いや——ちがう。母ではない、とわかっていた。呼び覚まされた恐怖の本能がそう告げていた。だれか別の——危険な人物だ。

そのめくるめく一瞬に、ルイーザは意を決してベッドから這い出し、敵からできるかぎり遠ざかろうとした。逃げなくてはという衝動が体にたぎっていた……。

(レーンがそっとルイーザの指を握った。ルイーザは話をやめた。レーンはルイーザのベッドへ歩み寄り、片手で押してみた。スプリングがきしむのを聞いて、レーンはうなずいた。「音がしますね」レーンは言った。「まちがいなく、犯人にはキャンピオンさんがベッドから出た音が聞こえたはずです」)

レーンが腕にふれると、ルイーザは話をつづけた。

母のベッドの側へおりた。絨毯《じゅうたん》の上を裸足《はだし》で、ベッドの脚側へ歩いていった。端まで来たとき、体を起こして腕を前へ伸ばした。

いま、ルイーザはやにわに揺り椅子から立ちあがり、顔をゆがめて、たしかな足どりでベッドをまわりこんだ。じゅうぶんに説明しきれないのを感じ、実演するほうがよく伝わると考えたらしい。遊びに夢中の子供のように真剣に、服を着たままの恰好《かっこう》でベッドに横たわり、けさ未明の行動の無言劇を演じはじめた。音もなく起きあがって、一心不乱の顔つきになり、何かに耳を澄ますような独特なしぐさで頭を傾ける。それからスプリングをきしませて床に足をおろし、ベッドから出て片手でマットレスのへりを探りながら、腰をかがめた姿勢でベッド伝いに歩いていった。足板の近くまで来ると、腰を伸ばして体の向きを変え、自分のベッドを背にして夫人のベッドに向かって立ち、右手を前へ伸ばした……。

（全員が深い静寂のうちにそれを見守っていた。ルイーザは恐ろしい瞬間を再現している。無言で没頭するさまから、緊張と恐怖の一端がおぼろげながらも伝わってきた。レーンは息をするのも忘れていた。細めた目に強い光を浮かべ、ルイーザをひたと見据えている……。ルイーザの右手は、視覚障害者がよくやるように、鉄の棒のごとくまっすぐに、床と平行を保ちつつ前方へ伸ばされていた。伸ばした指先の真下にあたる絨毯の一点に、レーンは、鋭く視線を注いだ）

ルイーザは息をついて力を抜き、腕をだらりと脇へおろした。そしてもう一度手を使って話しはじめ、スミス看護婦が息つく暇もなく通訳していった。

右腕を伸ばした直後、何かが指先をかすめたという。かすめたのは――だれかの鼻、そして顔……たぶん頰だった。そう、こわばった指の先で、顔が動いたのだ……。

「鼻と頰だって！」サムが叫んだ。「ついてるぞ！　さあ――わたしに話をさせてください――」

レーンは言った。「警視さん、そう興奮することはありませんよ。よろしければ、いまと同じことをキャンピオンさんにもう一度実演してもらいたいのですが」

レーンは点字盤をとり、希望を伝えた。ルイーザは疲れたように額に手をやったが、うなずいてベッドへもどった。一同はさらに真剣なまなざしで見守った。

結果はこの上ないものだった。頭や体の角度から腕の動きに至るまで、一挙手一投足が前の実演と寸分たがわず繰り返されていた。

「なんと、すばらしい！」レーンは声を漏らした。「これは幸運でしたね、みなさん。目の不自由な人にはよくあることですが、キャンピオンさんは体の動きを写真のように正確に記憶できるのですよ。これは大きな助けになります。ほんとうに大きな助けに」

ほかの者は怪訝《けげん》な顔をしていた——それがなんの助けになるというのか。レーンは明かさなかったが、その尋常ならざる表情から、並はずれた思いつきに打たれたことはたしかだった。長い演劇人生で顔の筋肉を操る訓練を積んできたレーンでさえ興奮を隠しきれないほどの考えがひらめいたにちがいない。

「どうも、何がなんだか……」ブルーノ地方検事が当惑気味に口を開いた。

レーンの顔が魔法さながらにもとにもどり、穏やかな声が発せられた。「少し大仰だったかもしれませんね。キャンピオンさんが立っているところをよく見てください。けさ早くに立っていたのとまったく同じ場所です。靴の位置は、ベッドの裾《すそ》の裸足の跡から一インチもずれていません。その向かい側には何が見えますか？　犯人の靴跡です。ですから、ルイーザさんの指がふれたとき、犯人はまちがいなく、積もったタルカムパウダーの上に立っていたのです——この部分に残されたふたつの爪先《つまさき》の跡は、ほかのものより鮮明ですからね。まるで、暗闇から伸びてきた幽霊さながらの指先を感じて、犯人が一瞬凍りついたかのようですよ」

サム警視はがっしりした顎《あご》を掻《か》いた。「なるほど。でも、それのどこがそんなにすばらしいんです？　とっくに想像していたことじゃないですか。わたしにはどうも……さっきのあなたの様子は……」

「どうでしょう」ドルリー・レーン氏はすばやく言った。「キャンピオンさんに先をつづけてもらっては」

「まあ、まあ、ちょっと待ってください」サムが言った。「そう急がんでくださいよ、レーンさん。あなたが何を思いついたのか、わかった気がします」ブルーノのほうを向く。「いいですか、ブルーノさん、この女性が頬にふれたときの腕の位置から、犯人の身長が割り出せるんです！」サムは勝ち誇ったようにレーンを見た。

ブルーノが顔を曇らせた。「いい発想だ」辛辣《しんらつ》に言う。「それができるならね。だが無理だよ」

「どうしてです」

「まあ、まあ、おふたかた」レーンがしびれを切らしたように言った。「とにかくつづきを……」

「待ってください、レーンさん」ブルーノは冷たい声で言った。「考えてみろ、サム。キャンピオンさんが腕を伸ばし、犯人の頬にふれたという事実から、犯人の身長を推測できると言ったな。ああ、たしかに可能だ――ふれたときに犯人がまっすぐ立っていたのならね！」

「いや、しかし……」

「実のところ」ブルーノは勢いよくつづけた。「キャンピオンさんが手をふれたとき、犯人はまっすぐ立っていたどころか、しゃがんでいた、と考えるほうがよほど筋が通るんだよ。足跡の道筋を見るに、犯人が夫人を殺してベッドの枕側を離れ、部屋を出ようとしていたのは明らかだ。レーンさんが指摘なさったように、キャンピオンさんのベッドがきしむ音を聞いただろう。きっと、焦っていたはずだ――本能でとっさに身をかがめ、縮こまっていたにちがいない」かすかに笑みを浮かべた。「問題はそこだよ、サム。どのくらいかがみこんでいたか、どうやって判断する？　身長を割り出す前に、正確に知る必要がある」

「わかった、わかりましたよ」顔を赤くしてサムは言った。「もう勘弁してください」サムは恨めしげな目をレーンに向けた。「でも、さっきのレーンさんは、空から煉瓦《れんが》が降ってきたような驚きようでしたよ。犯人の身長でないなら、いったいなんなんですか」

「いやはや、警視さん」レーンは小声で返した。「そう言われてしまうと、おのれの演技の未熟さが恥ずかしくなります。そんなふうに見えましたか」そこでルイーザの腕を握ると、ルイーザはつづきを話しはじめた）

一瞬の出来事だった。その衝撃――形にならない恐怖が血肉を具《そな》え、確固たる姿を持って永遠の闇の向こうから現れた衝撃に、ルイーザは気が遠くなっていった。感覚が薄れていくのがわかって怯《おび》え、膝《ひざ》が崩れるのを感じた。倒れこみながらも、かすかに意識は残っていた。とはいえ、思ったよりも勢いよく倒れたにちがいなく、床にしたたかに頭を打ちつけて、その後、けさ早く意識を取りもどすまでのことは、何も覚えていない……。

指の動きが止まって腕が垂れ、ルイーザは肩を落としつつ揺り椅子にもどった。トリヴェット船長がまた頬をなではじめた。ルイーザはその手に力なく頬を預けた。

ドルリー・レーン氏は問いかけるような目で連れのふたりを見つめた。ふたりともとまどった顔をしている。レーンは深く息をつき、ルイーザの椅子へ近づいた。

「まだ話してもらっていないことがあります。指がふれたとき、頬はどんな感じでしたか」

その刹那《せつな》、驚きに似たものがルイーザから疲労の色を消し去った。ことばで語ったかのような自然さで、顔つきが「わたし、言いませんでしたか?」と伝えている。それから指が動きはじめ、スミスが震える声で通訳した。

――すべすべした柔らかい頬でした。

背後で爆弾が炸裂《さくれつ》したとしても、サム警視はこれほどまでに仰天しなかったであろう。大きな顎をだらりとさげ、大きく目を見開いて、自分の目が――そして耳も――信じられないと言わんばかりに、動きを止めたルイーザの指を見つめていた。ブルーノ地方検事は愕然《がくぜん》として看護婦に視線を据えている。

「たしかですか、スミスさん。通訳はまちがっていませんね?」やっとのことでブルーノが尋ねた。

「いま申しあげたとおり――それがルイーザのことばです」不安げにスミス看護婦が答えた。

サム警視は、こぶしを食らった衝撃を振り払うボクサーのごとく首を左右に振り――驚いたときの癖だ――そしてルイーザを凝視した。「すべすべして柔らかい！」大声で言う。「ありえない。コンラッド・ハッターの頬は――」

「ならば、コンラッド・ハッターの頬ではなかったということです」ドルリー・レーン氏が静かに言った。「なぜ憶測で考えようとなさるのですか。キャンピオンさんの証言が信用に足るのなら、情報を整理しなおす必要があります。犯人がゆうべコンラッドの靴を履いていたことはたしかですが、あなたやブルーノさんのように、コンラッドの靴だからコンラッドが履いていたと決めつけるのはまちがっていますよ」

「いつもながら、まったくそのとおりです」ブルーノが力なく言った。「サム――」

だがサムは、人間ブルドッグよろしく、解釈をおとなしく手放すのを拒んだ。歯噛《はが》みして、スミスに突っかかる。「そのドミノもどきで尋ねてくれ、ほんとうにまちがいないか、どのくらいすべすべだったのかを。さあ！」

スミスは怯えつつ従った。ルイーザは一心に盤面に指を走らせた。すぐさまうなずき、また手話で語りはじめる。

――とてもすべすべした、柔らかい頬でした。まちがいありません。

「ほう、かなり自信があるようだな」サムはつぶやいた。「訊《き》いてくれないか、義理の弟のコンラッドの頬じゃなかったかと」

――いいえ、ぜったいにちがいます。男の頬ではありませんでした。たしかです。

「わかった」サムは言った。「これで決まりだ。とにかく、このことばを信じるしかないでしょう。犯人はコンラッドではなく、男ではない。だとしたら、女ということになる。少なくともその点は確定したわけです！」

「偽の手がかりを残すためにコンラッドの靴を履いていたにちがいない」ブルーノが言った。

「もしそうなら、タルカムパウダーは故意に絨毯《じゅうたん》に撒《ま》かれたことになる。何者であれ、靴跡が残ってそれに合う靴をわれわれが探し出すと知っていたんだよ」

「そう思いますか、ブルーノさん」レーンは尋ねた。ブルーノが渋い顔をする。「いえ、からかうつもりも、りこうぶるつもりもありません」レーンは気づかわしげにつづけた。「この事件の全体に、際立って奇妙なところがあるのですよ」

「何が奇妙なんです」サムが問い返した。「ブルーノさんの説明どおり、単純に解決しそうですがね」

「まだまだですよ、警視さん。残念ながら解決にはほど遠い」レーンは点字盤のブロックを並べて質問を作った。「ひょっとすると、あなたがさわった頰はお母さまのものだという可能性はありませんか」

間髪を入れず、抗議の答が返ってきた。

――いいえ、ちがいます。母の頰には皺《しわ》が寄っていました。皺があります。あれはすべすべしていました。すべすべです。

レーンは悲しげに微笑んだ。この驚くべき人物の語ることばのひとつひとつには、ゆがみのない真実が感じられる。サムは象のように大股《おおまた》で部屋を歩きまわり、ブルーノは考えこんでいるようだった。トリヴェット船長、メリアム医師、スミス看護婦は、ただただ立ちつくしている。

レーンの顔に決意の色が浮かんだ。ブロックを並べなおす。「よく考えてください。ほかに何か――なんでもいいですから――思い出せませんか」

メッセージを読んで、ルイーザはとまどい、揺り椅子の背もたれに頭をもたせかけた。それから、ゆっくりと、ためらいがちに否むかのように頭を左右に振った。何かが記憶のふちを漂っているのに、頑として呼びもどされるのを拒んでいるらしい。

「まちがいなく何かある」レーンは興奮気味につぶやき、ルイーザの表情のない顔を探り見た。「きっかけが必要です」

「でも、どんな?」サムが声をあげた。「知りうるかぎりのことは聞き出したはずで……」

「いいえ」レーンは言った。「まだありえます」レーンはことばを切り、それからゆっくりとつづけた。「われらが証人は五感のうちふたつを失っています。この女性が外界と接することができるのは、味覚、触覚、そして嗅覚《きゅうかく》を通じてのみです。残された三つの感覚に対する反応こそが、われわれの望みうる手がかりになります」

「そんなふうには考えていませんでした」ブルーノが思案顔で言った。「そして、触覚から得た手がかりはすでに与えられている。となると――」

「そうです、ブルーノさん。味覚による手がかりを望むのは、むろん無理でしょう。しかし、嗅覚は？　こちらにはじゅうぶん期待できます……。たとえば犬のように、感覚の記憶を伝える能力を持つ動物であれば、事は簡単だったのですけれどね。しかし、それに似た、通常とは異なる状況が成り立っています。キャンピオンさんの嗅覚神経は、おそらく非常に鋭いはずで……」

「まさにそのとおりです」メリアム医師が低い声で言った。「感覚の代償作用の問題については、医学関係者のあいだで盛んに議論されてきましたが、ルイーザ・キャンピオンはその議論に対する注目すべき答です。指先の神経や、舌の味蕾《みらい》、鼻の嗅覚機能が著しく発達しているんですよ」

「そりゃすばらしい」サムが言った。「そうは言っても——」

「焦らないでください」レーンは言った。「驚くべきことが待ち受けているかもしれませんよ。そう、嗅覚の話でしたね。箱がひっくり返ったときのタルカムパウダーのにおいについては、すでに証言がありました。たしかに尋常な嗅覚ではありません。わたしたちにはとうてい無理な……」レーンはすばやく立ちあがり、点字盤の金属ブロックを並べなおした。「におい。パウダーのほかに何かにおいがしませんでしたか？　考えてください。においです」

突起に指を這《は》わせるルイーザの顔に、誇らしさと当惑が入り混じったような表情がゆっくりと浮かび、鼻孔が大きくひろがった。何かを必死に思い出そうとしているにちがいない。記憶を懸命にたぐって、たぐって……やがて光明が差した。興奮すると自然に湧きあがるとおぼしき、あの身の毛のよだつ動物じみた叫び声がふたたび発せられる。そして指先が小刻みに動きはじめた。

スミスは呆然《ぼうぜん》と口をあけて、ことばを形作る指を見つめた。「信じられない。ほんとうにわかって言っているのか……」

「なんだって？」地方検事が興奮もあらわに叫んだ。

「ええ、その」看護婦は驚きの入り混じった声でつづけた。「顔にふれた瞬間、気が遠くなりながらも、あるにおいがしたと……」

「さあ、言ってください！」ドルリー・レーン氏が大声で言い、口ごもる看護婦の厚い唇に輝く目を据えた。「どんなにおいでしたか」

スミスは困ったように忍び笑いを漏らした。「それが――アイスクリームか、ケーキのようなにおいだったと言うんです！」

その瞬間、全員が看護婦の顔を見つめ、スミスも見つめ返した。メリアム医師やトリヴェット船長さえも一驚を喫したようだった。ブルーノは自分の耳が信じられないかのように、そのことばを音もなく繰り返した。そして、サムは恐ろしいしかめ面を作った。

こわばった微笑がレーンの顔から消えた。明らかに当惑している。「アイスクリームかケーキ」ゆっくりと繰り返した。「奇妙ですね。実に奇妙です」

サムが下卑た笑い声をあげた。「ほら見ろ。この女性は聾啞《ろうあ》で盲目というだけじゃなく、母方の奇矯さも受け継いでいるんですよ。アイスクリームかケーキだって！　冗談じゃない。とんだ茶番だ」

「待ってください、警視さん……。それほどおかしなことではないかもしれませんよ。なぜこの人はアイスクリームまたはケーキだと思うのでしょう？　共通点があるとしたら、好ましい香りを持つことぐらいです。もしかしたら――そう、警視さんの想像なさるよりも、はるかに意味のある答かもしれません」

レーンは金属ブロックの文字を動かした。「アイスクリームかケーキと言いましたね。なかなか信じがたいことです。白粉《おしろい》やコールドクリームということはありませんか」

ルイーザの指がしばし盤面を探った。

――いいえ、女性用の白粉やコールドクリームではありません。あれは――ケーキかアイスクリームのような、もっと強いにおいでした。

「まだあいまいですね。甘い香りでしたか」

――はい。甘い香り。とても強く、甘いにおい。

「とても強く、甘いにおい」レーンはつぶやいた。「とても強く、甘いにおい」かぶりを振り、別の質問を作った。「花のにおいではありませんか」

――そうかもしれません……。

ルイーザはためらい、数時間前のにおいの記憶を取りもどすべく、鼻に皺を寄せて気持ちを集中させた。

――はい。花の一種です。珍しい種類の蘭の仲間。トリヴェット船長がくれました。でも自信はありません。

トリヴェット船長が老いた目をしばたたかせた。その目は鮮やかな青だが、いまはとまどいを浮かべている。注目を浴びて、潮焼けした顔が古い鞍革のような色に変わった。

「どうです、船長」サムが迫った。「手を貸していただけますか」

トリヴェット船長のかすれ声が響いた。「覚えているんだな、すごいもんだ……。七年ぐらい前のことだよ。友達のコーランが——トリニダッド号って貨物船の船長なんだが——南米から持ち帰ってきたもので……」

「七年前！」ブルーノが感嘆の声をあげた。「そんな昔に、一度嗅《か》いだきりのにおいを覚えているとは」

「ルイーザは実に驚くべき女性だよ」トリヴェット船長はそう言って、また瞬きをした。

「蘭の仲間」レーンは考えつつ言った。「ますます奇妙ですね。どんな種類だったのか思い出せませんか、船長」

年老いた海の男はがっしりした肩をねじった。「もともと知らなかったんだよ」錆《さ》びついた巻きあげ機のような声で言った。「珍しい種類ってことだけだ」

「ふむ」レーンはまた点字盤に向かった。「その種類の蘭なのですね？　ほかの蘭ではなくて」

——はい。花が大好きなので、香りは忘れません。あの香りを嗅いだのは一度きりです。

「園芸学の大いなる謎ですね」レーンはつとめて陽気に言ったが、目は笑っておらず、片足で床を鳴らしつづけていた。みなが途方に暮れてレーンを見つめている。

すると突然、レーンは顔を輝かせ、自分の額を軽く叩《たた》いた。「そうか！　こんな単純な質問をし忘れるとは！」そして、また小さな金属ブロックを急いで動かしはじめた。

並べられたメッセージはこうだった。「〝アイスクリーム〟とおっしゃいましたね。どんな種類のアイスクリームでしょうか。チョコレートか、ストロベリーか、バナナか、それともクルミか」

ついに核心を突いたのは明らかで、不機嫌きわまりなかったサム警視さえも、賞賛の目をレーンに向けた。ルイーザは指先を通じてレーンの質問を読みとると、顔を輝かせ、小鳥のようにうれしげに何度かうなずいて、すぐに手話で返事をした。

――やっとわかりました。バニラです！ストロベリーではありません。チョコレートでも、バナナでも、クルミでもありません。バニラです！　バニラ！　バニラ！　バニラ！

ルイーザは端然と揺り椅子のへりに腰かけ、見えない目を閉じていたが、その顔は賞賛を待ち望んでいた。トリヴェット船長がそっと髪をなでてやった。

「バニラ！」全員がいっせいに叫んだ。

指先はめまぐるしく動きつづける。

――バニラです。アイスクリームやケーキや蘭や、何かほかのものである必要はありません。ただ、バニラです。まちがいありません。ぜったいに。

レーンは大きく息を吐き、眉間《みけん》の皺《しわ》を深くした。ルイーザの指があまりに速く動くので、スミスは通訳が追いつかず、指の動きを繰り返すよう頼まざるをえなくなった。ほかの者に向きなおったとき、スミスの目には何かやさしいものが浮かんでいた。

——どうでしょう、お役に立ちましたか。お役に立ちたいのです。どうしてもお役に立ちたい。どうですか、お役に立ちましたか。

「ルイーザさん」寝室のドアのほうへ歩きながら、警視がおごそかな声で言った。「もちろん役に立ちましたよ。あなたのおかげだ」

震えるルイーザの前にメリアム医師がかがみこみ、その手首に自分の手を置いた。医師はうなずいて、ルイーザの頰を軽くなで、また立ちあがった。どういうわけか、トリヴェット船長が誇らしげな顔をしていた。

サムはドアをあけて叫んだ。「ピンク！　モーシャー！　だれか！　すぐに家政婦を連れてこい！」

はじめのうち、アーバックル夫人はけんか腰だった。警察に屋敷を荒らされた当初の衝撃からは立ちなおっている。両手でスカートをつかんで息も荒く階段をのぼり、二階まで来るとひと息ついて、小声で愚痴をこぼした。それから勢いよく死の部屋へ進み、はばかりなくサムをねめつけた。

「さあ、こんどは何を聞きたいんです？」きつい口調で言った。

サムは時間を無駄にしなかった。「きのう、オーブンで何を焼きましたか」

「オーブン？　何を訊《き》くかと思ったら」二羽の矮鶏《ちゃぼ》のようににらみ合う。「なんだってそんなことを？」

「おいおい！」サムは敵意をこめて言った。「はぐらかすつもりかね。何かを焼いたのか、焼かなかったのか、どっちなんだ？」

アーバックル夫人は鼻を鳴らした。「さあ……いえ、焼いてませんよ」

「焼いていない。ふむ」サムは顎《あご》を二インチ突き出した。「台所でバニラを使うことはあるかね」

頭がおかしいのではないかと言いたげに、アーバックル夫人はサムを見やった。「バニラ？よりによってバニラとはね。使うに決まってますよ。あたしの食料庫をなんだと思ってるんです？」

「使うんだな」サムは取り合わずに言った。ブルーノのほうを向いて、目配せをする。「バニラを使うそうですよ、ブルーノさん……。では、アーバックルさん、きのう何かを調理するのに、少量でもいいからそれを使わなかったかね」両手をこすり合わせた。

アーバックル夫人はこれみよがしにドアへ向かった。「これ以上ここで足蹴《あしげ》にされるのは耐えられません」鋭く言う。「下へもどらせてもらいます。ばかげた質問には付き合いきれないわ」

「アーバックルさん！」サムは一喝した。

夫人はたじろいで足を止め、周囲を見まわした。みなが真剣な面持ちで見守っている。「だから……使ってませんよ」それからまた、わずかながら癇癪《かんしゃく》がぶり返す。「いったい何？　あたしに家事のやりかたを教えようってわけですか」

「気を静めて」サムは愛想よく言った。「毒づいてもしかたがない。いま食料庫か台所にバニラはあるのかね」

「ええ、まあ。新品の瓶がね。三日前に前のを使いきったんで、サットンの店から新品を取り寄せました。まだあけていませんけど」

「なぜまだなのですか、アーバックルさん」レーンが丁重に尋ねた。「聞いたところでは、キャンピオンさんに毎日エッグノッグを作っていらっしゃるそうですが」

「それとなんの関係があるんです」

「わたしが子供のころは、エッグノッグと言えばバニラがはいっていたもので」

サムがはっとして身を乗り出した。アーバックル夫人は顎をあげた。「それがどうしたって？ あたしのエッグノッグには磨《す》りおろしたナツメグがはいってるんです。それも罪になるんですか」

サムは廊下に頭を突き出した。「ピンク！」

「はい」

「家政婦といっしょに下へ行け。バニラのにおいがするものを片っ端から持ってくるんだ」サムは親指でドアを差した。「行ってください、アーバックルさん。手早く願います」

待っているあいだ、だれも口をきかなかった。サムは手を背中にまわし、調子はずれの口笛を吹きながら歩きまわっていた。ブルーノは退屈しているらしく、心ここにあらずのていだ。

ルイーザは静かに腰かけたままで、その後ろにスミス看護婦、メリアム医師、トリヴェット船長がじっとたたずんでいた。レーンは窓から人気《ひとけ》のない庭をながめていた。

十分後、アーバックル夫人が刑事を従えて大儀そうに階段をのぼってきた。ピンカッソンが紙に包んだ小さな平たい瓶を持っている。

「下にはにおいのするものがたくさんありましたよ。よりどりみどりです」刑事はにやりと笑った。「でも、バニラのにおいがするのはこのバニラの瓶だけでした。封は開いていません、警視」

サムはピンカッソンから瓶を受けとった。〝バニラ・エッセンス〟と記され、封も包装も手つかずだ。サムは瓶をブルーノに渡し、ブルーノは気のない様子で調べて返した。レーンは窓際から動かなかった。

「古い瓶はどうしましたか、アーバックルさん」サムが尋ねた。

「三日前にごみ捨て場に出しましたよ」家政婦はすばやく答えた。

「そのとき瓶は空だった？」

「はい」

「まだバニラがはいっていたとき、いつの間にか中身が減ったことはなかったかね」

「どうしてそんなことがわかるんです？　一滴ずつ数えているとでも？」

「そうであっても驚かないがね」サムは言い返した。瓶の包装と封を解き、コルク栓を抜いて鼻先へ運ぶ。バニラの強い香りがゆっくりと寝室に満ちていった。この瓶に怪しいところはない。たっぷりはいっていて、細工された跡もなかった。

ルイーザが反応して、鼻孔をひろげた。音を立ててにおいを嗅《か》ぎ、かなたで蜜《みつ》のにおいを察知する蜂さながらに、部屋の反対側にある瓶のほうへ顔を向けた。指先が命を吹き返す。

「ルイーザが言っています——そのにおいだと！」スミスが興奮して叫んだ。

「たしかでしょうか」振り返って看護婦の唇を見つめていたドルリー・レーン氏が小声で言った。レーンは前へ進み出て、点字盤でメッセージを作った。「いま嗅いでいるのと同じ強さのにおいでしたか」

——これほどではありません。ゆうべのはもっと弱いにおいでした。

レーンは少々落胆したふうにうなずいた。「この家にアイスクリームはありますか、アーバックルさん」

「いいえ」

「きのうも？」

「ありませんでした。今週はずっと」

「まったく不可解ですね」レーンは言った。その目は常と同じく思慮深く輝き、顔は若々しく潑剌《はつらつ》としているが、どことなく、考えることで力を使い果たしたのか、困憊《こんぱい》の色が見えた。「警視さん、いますぐこの家の人たち全員を集めていただくのがよさそうです。そのあいだに、アーバックルさん、お手数ですが家じゅうのケーキや菓子を集めてお持ちいただけますか」

「ピンク」サム警視が声を張りあげた。「いっしょに行け——念のためだ」

寝室は人で満杯になった。全員がそろっている。バーバラ、ジル、コンラッド、マーサ、ジョージ・アーバックル、女中のヴァージニア、エドガー・ペリー。しぶとく邸内にとどまっていたチェスター・ビゲローとジョン・ゴームリーの両人もいた。コンラッドは呆然《ぼうぜん》のていで、かたわらの警官をぼんやりと見ている。ほかの面々からは、何かを期待する気配がうかがえる……。サム警視はしばし躊躇《ちゅうちょ》したのち、邪魔にならない位置へ引きさがり、ブルーノ地方検事とともに憂い顔で見守っている。

レーンは静かに待っていた。

例によって、大人といっしょに子供たちが躍りこんでいた。喚声をあげてせわしなく室内を駆けまわっている。いまはその騒ぎにだれも注意を向けなかった。

アーバックル夫人とピンカッソンが、ケーキや菓子の箱を山のようにかかえて、よろめきながら部屋へはいってきた。アーバックル夫人がそれらをルイーザのベッドにおろし、骨張った首筋をハンカチでぬぐう。ピンカッソンは心底うんざりした顔で、腕いっぱいの箱を椅子に置いて出ていった。

「みなさんのなかに、ご自分の部屋にケーキや菓子を置いているかたはいらっしゃいますか」

レーンが重々しく尋ねた。

ジル・ハッターが言った。「あるけど。いつも置いてあるの」

「ご足労ですが、お持ちください」

ジルは素直に部屋を出ていき、しばらくして〝五ポンド〟と記された大きな四角い箱を持ってきた。この巨大な菓子箱を見て、ゴームリーの色白の顔が煉瓦色《れんがいろ》に染まった。薄ら笑いを浮かべて、足をしきりに動かしている。

一同の不審そうな視線を浴びながら、ドルリー・レーン氏は奇妙な作業に取りかかった。菓子の箱を残らず椅子に積みあげて、ひとつずつあけていく。箱は五つあった。ピーナッツ菓子、果実入りチョコレート、硬いキャンディー、ナッツ入りチョコレート。最後のジルの箱には、あけてみると、高級なナッツと果物の砂糖がけが美しく並んでいた。

レーンは五つの箱から適当に中身を選び出し、いくつかを用心深く口にしてから、ルイーザ・キャンピオンにも食べさせた。腕白小僧のビリーは、それをうらやましそうにながめていた。ジャッキーはこの謎めいた作業に心を奪われ、片脚立ちのまま見入っていた。

ルイーザ・キャンピオンが首を左右に振った。

――いいえ。どれもちがいます。お菓子ではありません。わたしがまちがっていました。バニラそのものです！

「これらの菓子にはどれもバニラが使われていません」レーンは説明した。「あるいは、含まれる量が少なくて、風味として感じとれないのか」そこでアーバックル夫人に言う。「ケーキのほうですが、ここにあるうち、ご自身で焼いたものはどれですか」

アーバックル夫人は腹立たしげに三つを指さした。

「バニラは使われていますか」

「ほかは買ったものですね」

「いいえ」

「はい、そうです」

レーンは購入されたケーキのかけらを少しずつルイーザに食べさせた。ルイーザはまたも断固としてかぶりを振った。

スミス看護婦がため息をつき、ルイーザの指先を観察した。

――ちがいます。バニラの香りがしません。

レーンはケーキをベッドへもどし、憂い顔で考えに沈んだ。

「あの――この儀式はなんでしょうか」弁護士のビゲローが興味を示して尋ねた。

「失礼しました」レーンは上の空で振り返った。「ゆうべキャンピオンさんは、ハッター夫人を殺害した犯人と対峙《たいじ》したのですよ。そして、犯人に接したとき、バニラの強烈な香りがしたと言っています。おそらく、犯人かその近くから発していたにおいでしょう。そこで、この些《さ》細《さい》な謎を解こうとしているわけです――大きな手がかりや解決に結びつく可能性がありますから」

「バニラですか」バーバラ・ハッターが驚きの入り混じった声で繰り返した。「信じられませんね、レーンさん。でもルイーザの感覚記憶は図抜けています。きっと――」

「いかれてるのよ」ジルが断じた。「しじゅう作り事をするんだから。想像力がありすぎる」

「ジル」バーバラがたしなめた。

ジルは顔をそむけ、それ以上何も言わなかった。

そのとき、予想しておくべきだったことが起こった。あわただしい足音が響き、はっとした一同が振り向くと、ジャッキー・ハッターの小柄な体が猿のようにすばしこくルイーザのベッドに跳び乗って、菓子箱へ手を伸ばすところだった。幼いビリーがうれしそうな声をあげ、つづいて突進する。ふたりは菓子を猛然と口に詰めこみはじめた。

マーサが子供たちにつかみかかり、異様な声で叫んだ。「ジャッキー！ そんなに食べたら具合が悪くなります！ ビリー！ すぐにやめないと、お尻《しり》をきつく叩《たた》きますよ！」マーサはふたりを揺さぶって、握りしめた指からべたつく菓子をはたき落とした。

ビリーは手のなかの菓子を床へ落としたものの、不服そうに言った。「ジョンおじさんがきのうくれたみたいなお菓子がほしいんだ」

「なんだと？」サムが吠《ほ》えるような声で言い、急ぎ足で近づいた。ビリーの固く閉じた小さな顎《あご》を乱暴に持ちあげ、うなり声で問いただす。「ジョンおじさんがきのうくれたのはどんな菓子だ」

機嫌のよいときでさえ、サムは小さな子供になつかれる男ではない。こんなしかめ面をしていては、恐怖を与えるのが当然だった。ビリーは一瞬、見入られたようにそのつぶれた鼻を凝視したあと、サムの手を振りほどき、母親のスカートに顔をうずめて泣きじゃくった。

「たいそうなお手並みですね」レーンがサムを押しのけた。「そんな扱いでは、海兵隊の軍曹でも震えあがりますよ……。ほら、坊や」ビリーのそばにかがみこんで、やさしく肩を抱きしめた。「こわがらなくていいのだよ。だれもいじめたりしない」

サムは鼻を鳴らした。しかし、ものの二分もすると、ビリーはレーンの腕に抱かれて、涙の乾かぬ目に笑みを浮かべていた。レーンは菓子、玩具《がんぐ》、虫、カウボーイと先住民など、子供の喜びそうな話をしてやった。ビリーは相手がいい人だと信じ、すっかりなついていた。ジョンおじさんがお菓子を持ってきてくれたんだ。いつ？　きのう。

「ぼくにもくれた！」ジャッキーが大声で言い、レーンの上着を引っ張った。

「そうか。どんなお菓子だったのかな、ビリー」

「リコリスだよ！」ジャッキーが叫んだ。

「リコリシュ」ビリーが舌足らずに言う。「おっきい袋にはいってるの」

レーンはビリーを下へおろして、ジョン・ゴームリーを見た。ゴームリーは落ち着かなげに首の後ろをこすっている。「事実ですか、ゴームリーさん」

「そりゃ、ほんとうですよ」ゴームリーは苛立《いらだ》ち混じりに言った。「その菓子に毒がはいってたとでも言うんじゃないでしょうね？　ぼくはジルを訪ねてきて――あそこにある五ポンド入りの箱を持ってきたんですが――リコリスが子供たちの好物だと知ってたから、あの子たちにも少し買っておいたんですよ。それだけです」

「何も含みはありませんよ、ゴームリーさん」レーンは穏やかに答えた。「それに重要でもありません。リコリスにバニラは使われていませんからね。とはいえ、念には念を入れるべきです。なぜあなたがたは、単純な質問にもこれほど過敏に反応なさるのでしょうか」レーンはビリーのほうにもう一度かがみこんだ。「ほかにだれか、きのうお菓子をくれた人はいるかな」

ビリーは目をまるくしていた。質問が理解の範囲を少しばかり超えていたらしい。ジャッキーが絨毯《じゅうたん》に細い脚をひろげて立ち、高い声で言った。「どうしてぼくに訊《き》かないのさ。教えてあげるのに」

「そうだな、ジャッキー。きみに訊こう」

「だれもくれなかった。ジョンおじさんだけだよ」

「そうか」レーンはひとつかみのチョコレートを子供たちの薄汚れた手に載せてやり、母親とともに室外へ送り出した。「終わりましたよ、警視さん」

サムは手を振って、部屋にいた面々にも引きあげるよう指示した。

家庭教師のエドガー・ペリーがさりげなくバーバラの隣に並んだことに、レーンは気づいた。ふたりは階段をおりながら、小声でことばを交わしていた。

サムは考えがまとまらないのか、落ち着かぬふうだった。そして、コンラッド・ハッターが警官に付き添われて戸口に差しかかったとき、ようやく声をかけた。「ハッターさん。ちょっと待ってください」

コンラッドが不安そうにもどった。「なんです――こんどはなんですか」すっかり怖《お》じ気《け》づいた様子で、先刻までの威勢のよさは影をひそめている。ご機嫌とりにつとめているらしい。

「あなたの顔を、キャンピオンさんにさわらせてみてください」

「顔をさわらせるって……」

「おい」ブルーノが割りこんだ。「わかるだろう、サム、ルイーザさんがふれたのは――」

「かまうものか」サムは言い張った。「たしかめたいんですよ。スミスさん、ルイーザにこの人の頬をさわるよう伝えてください」

　看護婦は無言で従った。ルイーザは指示を予期していたようだった。コンラッドが青白く引きつった顔でルイーザの揺り椅子の前にかがみこみ、スミスがルイーザの手を、剃《そ》りたてでほとんどひげのないコンラッドの顔にふれさせた。ルイーザはすばやく下から上へ、そしてもう一度下へ手を動かし、指を横に振った。

　指先が踊りはじめる。スミスが通訳した。「これよりずっと柔らかかったと言っています。女の人の頬だ、この人のものではない、と」

　コンラッドがすっかりうろたえた様子で体を起こした。サムは首を振った。「よろしい」深い失望をこめて言う。「屋敷のなかならどこへ行ってもかまいませんが、外出は禁止します。そこのおまえ、いっしょにいるように」

　コンラッドが重い足どりで部屋を出ていき、警官があとにつづく。「さて、レーンさん、いよいよわけがわかりませんな」サムはそう言い、レーンを探してあたりを見まわした。

　レーンは姿を消していた。

　とはいえ、それはたいした魔術ではなかった。レーンは確たる目的を持って寝室を抜け出していた。単純な用向きと言えた――ただひとつのにおいを探り求めていたにすぎない。部屋から部屋へ、階から階へと歩きまわり、寝室、浴室、空き部屋、物置と、ひとつ残らず見ていった。整った高い鼻を油断なく働かせる。香水から、化粧品、生けた花、香りをつけた女物の下着に至るまで、手をふれられるものは片端からにおいを嗅《か》いでいく。ついには、階下から庭へ出て、無数の花々を十五分にわたって嗅覚《きゅうかく》で観賞した。

予想はしていたものの、すべてはまったくの徒労に終わった。ルイーザが嗅いだような、強く甘いバニラの香りのするものはどこにもなかった。

サムとブルーノが待つ二階の死の部屋へもどったとき、メリアム医師はすでに帰っていて、トリヴェット船長が点字盤でルイーザと無言の会話をつづけていた。捜査陣のふたりはすっかり気落ちしていた。

「どこへ行っていたんです」サムが尋ねた。

「においの跡《テール》を追っていました」

「へえ、においに尻尾《テール》があったとは知らなかったな!」だれも笑わず、サムはきまり悪そうに顎を掻《か》いた。「収穫はなかったようですな」

レーンはうなずいた。

「まあ、驚きませんがね。何もあるはずがない。けさはこの家のてっぺんから底まで調べましたけど、意味のありそうなものはひとつも見つかっていません」

「なんだか」ブルーノが言った。「またしても厄介な事件をつかまされた気がしてきたよ」

「そうかもしれませんな」サムが言った。「とにかく、昼めしのあと、隣の実験室を見てみるつもりです。二か月前にも行きましたが、ひょっとすると……」
「ああ、そう、実験室ですか」ドルリー・レーンが沈んだ顔で言った。

第五場　実験室

六月五日　日曜日　午後二時三十分

階下の食堂で、けんか腰を崩さぬままのアーバックル夫人が、サム警視、ブルーノ地方検事、ドルリー・レーン氏に気詰まりな昼食を供していた。食事のあいだ、ほとんど口をきく者はなく、陰鬱《いんうつ》な気分が支配していた。垂れこめる静寂を破るのは、食堂を出入りするアーバックル夫人の重い靴音と、やせこけた女中のヴァージニアがテーブルにぎこちなく皿を置く音だけだった。

交わされる会話はとりとめがなかった。いっときはアーバックル夫人が主導権を握り、だれにともなく、台所の惨状について苦々しげにこぼした……。かなりの数の警官たちが屋敷の裏手で腹を満たしているらしい。だがサム警視でさえ、夫人の愚痴をさえぎろうとはしなかった。硬い骨つき肉ばかりか、さらに手ごわい事件の謎を咀嚼《そしやく》するのに精いっぱいだったからだ。

「そうだよ」五分に及ぶ沈黙ののち、なんの前置きもなくブルーノが言った。「犯人の狙いはルイーザだ。頬の話は反駁《はんばく》のしようがないから、犯人はやはり女だろうが、老夫人の殺害は意図したものではなかった。毒を混入していたときに夫人が目を覚まし、動転した犯人が頭を殴ったにちがいない。しかし、だれが？　その点についてはひと筋の光も見えないね」

「それに、バニラの件はどういうことなのか」サムがうなるように言い、ナイフとフォークを不愉快そうに投げ出した。

「たしかに……奇妙だ。その謎を解明できれば真実に近づける気がするが」

「ふむ」ドルリー・レーン氏は肉を力強く噛《か》みつづけた。

「コンラッド・ハッター」サムがつぶやいた。「頬の証言さえなければ……」

「忘れよう」ブルーノが言った。「だれかがあの男を陥れようとしたんだ」

刑事がひとり、封書を持って歩いてきた。「シリング先生からこれが届きました、警視」

「そうか！」レーンはナイフとフォークを置いた。「報告書ですね。読みあげてください、警視さん」

サムは封筒を破った。「どれどれ。毒についてですね。こう書いてあります」

サムへ
腐っていた梨には、致死量をはるかに超える量の塩化第二水銀が含まれていた。ひと口食べたら死んでいただろう。
レーン氏の質問への回答――この梨の傷みは毒物が原因ではない。毒物が注入された時点で、梨はすでに腐敗していた。

ほかのふたつの梨からは、毒物が検出されていない。

ベッドで見つかった空の注射器にも、同じ毒物が残っていた。梨に含まれていた塩化第二水銀の量と、注射器の推定容量から考えて、梨の毒はこの注射器で注入されたと言ってよい。

毒物の量に少しばかり差異があるが、この差は送られてきた白い靴の染みによって説明できる。あの染みは塩化第二水銀によるものだ。梨に注入しているときに、滴が靴先に落ちてしぶきが飛んだのだろう。染みは最近ついている。

検死報告書が完成するのは今夜遅くか明朝になる。だが、予備検査の結果から見て、検死に付しても毒殺の兆候は見つかるとは考えられず、死因に関しては当初の見立てどおりとなるにちがいない。

シリング

「すべて予想どおりでしたな」サムがつぶやいた。「これで靴の件と毒入り梨の問題が片づいた。塩化第二水銀？　どうもわたしには……まあ、実験室へ行ってみましょう」

レーンは憂い顔で黙したままだった。三人はコーヒーを飲み終えぬうちに、席を立って食堂を離れた。廊下で、仏頂面のアーバックル夫人が、混濁した黄色い液体入りのグラスが載った盆を持っているのに出くわした。レーンが腕時計を見ると、ちょうど二時半を示していた。

二階へのぼる途中でレーンはサムから手紙を受けとり、念入りに目を通した。そして何も言わずに返した。

寝室のある階は静まり返っていた。階段をあがりきると、三人はしばらく足を止めた。やがて看護婦の部屋のドアが開き、スミスがルイーザ・キャンピオンを連れて出てきた。悲劇が起ころうと、家じゅうが混乱しようと、習慣が変わることはなく、聾啞《ろうあ》で盲目の女性は三人の横を抜けて階段をおりていき、エッグノッグを飲むべく食堂へ向かった。三人はひとことも発しなかった。追って指示があるまで、ルイーザはスミス看護婦の部屋で過ごすことになっている。

トリヴェット船長とメリアム医師はずいぶん前に辞去していた。

がっしりした体軀《たいく》を持つ、サムの部下モーシャーが、死の部屋の衣装戸棚の裏にあたる壁に寄りかかっていた。静かに煙草を吸いながらも、この階の全室のドアを油断なく見張っている。

サムが階下へ向けて叫んだ。「ピンク！」

ピンカッソン刑事が階段を駆けあがってきた。

「おまえとモーシャーはこの階の担当だ。いいな？　交代で見ろ。老夫人の寝室にだれも入れるなよ。ただし、ほかの連中の手を煩わせるな。ただ目を光らせておくんだ」

ピンカッソンはうなずいて、一階へもどった。

警視は胴着のポケットを探って、イェール錠の鍵《かぎ》を取り出した。死んだ夫人の持ち物から見つけた、ヨーク・ハッターの実験室の鍵だ。手にしっかり握ってたしかめてから、階段の手すりをまわりこんで実験室のドアへ向かい、ブルーノとレーンもあとにつづいた。

サムはすぐには解錠せず、身をかがめて小さな鍵穴《かぎあな》をのぞきこんだ。うなり声をあげ、万能のポケットのひとつから細い針金を取り出して、鍵穴に差しこんだ。前後に何度もこすり、つぎに円を描いて動かしていく。ついに納得したサムは、針金を引き抜いて調べた。

針金には何もついていなかった。

サムは立ちあがって針金をしまい、途方に暮れた顔つきになった。「変だな。鍵穴から蠟《ろう》の跡が見つかると思ったんですがね。見つかれば、何者かが蠟で型をとって合い鍵を作った証拠になる。でも、蠟はついていませんな」

「さほど重要ではあるまい」ブルーノが言った。「蠟で型をとってから鍵穴を掃除したのかもしれないし、犯人がハッター夫人から鍵をいっとき拝借して、合い鍵を作ってから、感づかれぬうちにもどした可能性もある。いずれにせよ、夫人が死んだいまとなっては知りようがない」

「さあ、警視さん」レーンが待ちかねて言った。「こんなことをしていても意味がありません。ドアをあけてください」

サムは鍵を穴へ差した。ぴったりはまったが、まわすのに手こずった。長いあいだ使われていなかったのか、内側が錆《さ》びついている。鼻の先からしたたる汗をぬぐい、サムは力をこめて鍵をまわした。きしむような音を立てて錠が屈し、カチリと音がする。サムはドアの取っ手を握って押した。錠と同じように、錆びた蝶番《ちょうつがい》が抗《あらが》って音を立てた。

ドアが大きく開き、サムが敷居をまたごうとすると、レーンがその腕に手をかけた。

「なんです?」サムは言った。

レーンは入口の内側の床を指さした。むき出しの硬材の床が平たく積もったほこりに覆われている。かがんで床に指を滑らせると、指先に汚れがついた。「問題の人物がこの入口を使った形跡はありませんね」レーンは言った。「ほこりが乱れていません。この厚さなら何週間もたっています」

「二か月前はこうじゃありませんでしたよ——少なくともこんなに積もってはいなかった」サムは居心地の悪そうな顔をした。「跳び越えたとも思えない。ドアからほこりが乱れている部分まで、ゆうに六フィートはある。変だな!」

三人は戸口に並んで、踏みこまずに室内を観察した。サムの言ったとおり、ドアのあたりには足を踏み入れた跡がまったく見あたらない。ほこりが積もったさまは灰褐色のベルベットを思わせる。だが、ドアから六フィートほどのところから荒れていた。足跡がいくつかあり、奥までつづいているのが見える。しかし、それらは完全な形を残さないよう、丹念に踏み消してあった。ほこりの状態も驚くべきで、明らかに数百もの足跡がついていながら、識別できるものがひとつとしてない。

「だれだか知らんが、用心深いやつだ」サムが言った。「ちょっと待っててください。あのテーブルの向こうに、写真に撮れそうな足跡がひとつでも残っていないか、たしかめてきます」

サムはほこりの層に十二号サイズの大きな靴跡を無頓着《むとんちゃく》に残しながら部屋へはいっていき、すでに踏み荒らされているあたりをうろつきまわった。暗がりをのぞきこむうちに、顔が生気を失っていく。「まったく信じられん！」腹立たしげに言った。「まともな足跡がひとつもない。ああ、来てくださいよ――この床ではなんの差し障りもありません」

ブルーノが好奇心もあらわに実験室へ歩み入ったが、レーンは敷居に立ったまま、その場で室内を観察していた。レーンの立っている戸口は、この部屋の唯一の出入口だ。実験室の造りは、東隣にある死の部屋とほぼ同じだった。死の部屋と同様、廊下と反対側の壁に窓がふたつあり、裏庭を見おろせる。ただし、隣室とはちがって、窓には太く頑丈な鉄の棒が並び、三インチ足らずの隙間から日が差していた。

ふたつの窓のあいだには地味な白い鉄のベッドがあり、西側の窓に近い、裏庭に面した壁と西の壁の角に鏡台が置いてある。どちらの家具も整えられているが、ほこりまみれだ。

廊下へ通じるドアのすぐ右手には、古くて傷みの目立つ、蛇腹式の蓋《ふた》のついた机が置かれ、角には小さな鉄の書類棚があった。左手には衣装戸棚がある。西の壁には、壁の半分を占める恰好《かっこう》で、頑丈そうな薬品棚がいくつも並び、数多くの細口瓶や広口瓶がしまわれているのが見えた。下側には、土台として背の低い床棚が据えつけてあり、その幅広の扉はすべて閉まっていた。

部屋の中央には、これらの棚と直角をなすように、長方形の実験台がふたつ置いてあり、傷だらけのがっしりした台の上には、ほこりをかぶった蒸留器や試験管立て、ブンゼンバーナー、水栓、見慣れぬ形の電気器具など、素人のレーンの目にも充実して見える化学実験用具がそろっていた。ふたつの実験台は平行に配され、そのあいだには、体の向きを変えれば両方の台で作業できるだけの間隔がある。

薬品棚の真向かいの、実験台と直角をなす東壁には、隣の死の部屋とまったく同じ造りの大きな暖炉があった。暖炉とベッドのあいだの東の壁際には、化学薬品のせいで穴や焦げ跡が残った、小さく粗末な作業台が置いてある。椅子が数脚散らばっている。三脚椅子がひとつ、真ん中の薬品棚の下、床棚の前に置かれていた。

ドルリー・レーン氏は部屋へ足を踏み入れ、ドアを閉めて奥へ進んでいった。六フィートに及ぶほこりの乱されていない部分を越えると、いたるところに踏み消された足跡が残っている。ヨーク・ハッターが死んで、その直後にサム警視がはじめて調べたあとで、何者かが頻繁に出入りしていたことは明らかだった。そして、ほこりの状態や、明瞭《めいりょう》な足跡がひとつもないさまから考えて、侵入者がすべての足跡を故意に踏み消したことは、さらに明白だった。

「一度ならず来ていますね」サムがふいに口を開いた。「しかし、どうやってはいったんだろう」

サムは窓へ歩み寄り、鉄格子を握って力いっぱい引っ張った。コンクリートに埋めこまれた鉄の棒はびくとも動かない。何かの仕掛けで棒がはずれるのではないかと淡い期待をいだきつつ、サムは注意深くコンクリートと棒を調べた。しかし、無駄骨に終わり、こんどは窓枠や外の張り出しをたしかめた。張り出した部分には身軽な人間なら通れる程度の幅があるものの、足跡は見られず、窓枠のほこりもまったく乱れていない。サムはかぶりを振った。

窓を離れたサムは、暖炉のほうへ歩いていった。暖炉の前には、部屋のほかの場所と同じく、踏み消された足跡が数多く見える。注意深く暖炉を調べた。いささか清潔すぎる感はあるが、不自然なところはない。サムは少し躊躇《ちゅうちょ》したあと、巨体を折り曲げて暖炉に首を突っこんだ。

満足のうなり声をあげ、サムはすぐに頭をもどした。

「どうした。何があったんだね」ブルーノが尋ねた。

「まったく、これを思いつかなかったとは！」サムは叫んだ。「煙突を見あげると、空が見えますよ！　それに、足場になるように煉瓦《れんが》に古びた大釘《くぎ》が打ってある――煙突掃除をしていた時代の名残でしょう。まちがいない、ここから……」そこで顔が曇った。

「その女性が侵入したと？」レーンが穏やかに尋ねた。「胸の内を隠すのがお上手ではありませんね。顔を見ればわかります。われらが女毒殺犯が煙突から忍びこんだ、と言いたかったのでしょう。少々無理がありますね、警視さん。ただし、男の共犯者がこの方法で侵入したとも考えられます」

「近ごろの女は、男がすることはなんでもできますよ」サムは言った。「しかし、その可能性もありますな。この事件には犯人がふたりいるのかもしれない」ブルーノに目を向ける。「おお、だとしたら、コンラッド・ハッターがまた浮上してくる！　ルイーザ・キャンピオンがさわったのは女の頰だったかもしれないが、夫人の頭を殴って足跡を残したのはコンラッド・ハッターだ！」

「同じことを」ブルーノが言った。「レーンさんが共犯者がいたとおっしゃった瞬間にわたしも考えたよ、サム。これは、どうやら目星がついて……」

「待ってください、おふたかた」レーンが言った。「先走りは禁物です。わたしはまだ何も決めつけていません。ただ、論理上の可能性を口にしたまでなのですよ。そう——警視さん、煙突には大人の男が屋根からおりてこられるくらいの広さがありますか」

「あなたはわたしが——いや、ご自分で見てみるといいですよ、レーンさん。体がきかないわけじゃないでしょう」サムは不快そうに言った。

「警視さん、おことばを信じますよ」

「いいでしょう。じゅうぶんな広さです。このわたしでも通れますよ。華奢《きゃしゃ》と呼ばれるような肩を持ち合わせてはいませんがね」

レーンはうなずき、悠然と西の壁まで歩いて、薬品棚を調べはじめた。棚は縦に五段あり、それぞれの段の横幅が三つに仕切られて、全部で十五の区画ができていた。

ヨーク・ハッターの几帳面《きちょうめん》な性格が見てとれたのはその点だけではない。棚に置かれた細口瓶と広口瓶はすべて高さも横幅も同じで、すべてにそろいのラベルが貼られていた。ラベルには油性インクを使ったていねいな字で内容物が明記され、多くに〝毒物〟と記された赤い紙片が付してある。それぞれ、薬物の名前のほか、ものによっては元素記号や何かの番号が振られていた。

「きまじめな性格ですね」レーンが評した。

「ええ」ブルーノが言った。「しかし、重要なことではありませんよ」

レーンは肩をすくめた。「そうかもしれません」

注意深く棚を見ていくと、すべての容器が厳密な番号順に並べられていることがわかった。一番の細口瓶は最上段の左の区画の左端に、二番の瓶は一番の隣に、三番の広口瓶は二番の隣に、といった具合だ。棚には容器がぎっしり置かれ、空隙はまったくない。つまり、この棚にあるべきすべての薬品がそろっているわけだ。各区画には容器が二十個ずつあるので、合計で三百個になる。

「おや」レーンが言った。「ここにおもしろいものがありますよ」最上段の第一区画の、ほぼ中央にある細口瓶を指さす。そこにはこう記されていた。

#9
$C_{21}H_{22}N_2O_2$
(ストリキニーネ)
〈毒　物〉

毒物を意味する赤い紙片がついている。中身は結晶状の白い錠剤で、容器の半分ほどしかはいっていない。だが、レーンの興味を引いたのは瓶そのものではなく、底のあたりのほこりだった。ほこりは乱れていて、このストリキニーネの瓶が最近棚から動かされたらしいことを物語っている。

「エッグノッグにはいっていた毒はストリキニーネでしたね」レーンは尋ねた。

「そうです」サムが言った。「前にも話しましたが、二か月前の毒殺未遂のあとにここを調べて、このストリキニーネを見つけたんですよ」

「いまとまったく同じ位置にあったんですね」

「はい」

「瓶のまわりの棚板のほこりは、このように乱れていましたか」

サムは前へ出て、ほこりの押しつぶされた様子をしかめ面で観察した。

「ええ。こんなふうでした。これほどではないけれど、積もっていたのを覚えてますよ。瓶を調べたあと、慎重にもとの位置にもどしました」

レーンは棚に向きなおった。二段目の棚へと視線をさげる。六十九番の瓶の真下にあたる、棚板のへりの下側に、汚れかほこりのついた指先でふれたような、興味深い楕円《だえん》形の跡が残っていた。その瓶のラベルにはこう記されている。

＃69
HNO_3
（硝　酸）
〈毒　物〉

無色の液体がはいっている。

「妙だ」レーンは驚いた声でつぶやいた。「警視さん、硝酸の瓶の下にあるこの跡はご記憶にありますか」

サムは目を細めて見た。「ああ、覚えていますよ。二か月前にもありました」

「なるほど。硝酸の瓶に指紋は？」

「ありませんでした。さわった人間は手袋をしていたんでしょう。もっとも、この事件で硝酸が使われた形跡はありません。たぶんハッターがゴム手袋をして実験で使ったんでしょう」

「だとしたら」レーンはそっけなく言った。「汚れの説明がつきません」

レーンは棚に沿って視線を動かした。

「塩化第二水銀は？」ブルーノが訊《き》いた。「ここで見つけることができたら――梨に注入されていたというシリングの報告もあるから……」

「薬品がよくそろった実験室ですね」レーンは評した。「ありましたよ、ブルーノさん」レーンは中央の段、つまり三段目の右側の区画を指さした。その区画の八番目の容器に、こう読めるラベルが貼ってある。

＃168
塩化第二水銀
〈毒　物〉

中の液状の毒物は減っているようだった。瓶の周囲のほこりが乱れている。サムは瓶の首を持って手にとり、仔細《しさい》に観察した。「指紋はありませんな。やはり手袋でしょう」顔をしかめて瓶を振り、棚へもどす。「梨にはいっていた塩化第二水銀はここから持ち出されたわけだ。毒殺犯にはうってつけの場所ですな！　世界じゅうの毒薬がよりどりみどりだ」
「ふむ」ブルーノが言った。「湾でハッターの遺体を引きあげたとき、内臓から検出したとシリングが言っていたのはなんの毒だったかな」
「青酸です」レーンが言った。「それもここにあります」ヨーク・ハッターが海へ身を投げる直前に飲んだ毒物は、五十七番の瓶にはいっているらしい。最上段の右の区画にある。すでに調べたほかの瓶と同じく、〝毒物〟とはっきり表示されている。無色の液体はかなり量が少ない。瓶のガラスに指紋がいくつか残っている、とサムが指摘した。瓶の下のほこりは荒らされていない。

「指紋はヨーク・ハッターのものです。ルイーザ・キャンピオンの最初の毒殺未遂の折に、早い段階で確認しました」

「しかし」レーンは穏やかに疑問を呈した。「どうやってハッター氏の指紋の見本を手に入れたのですか、警視さん。その時点ではもう埋葬されていましたし、死体保管所で指紋を採取できたとも思えません」

「些細《ささい》なことも見逃さない、というわけですか」サムはにやりと笑った。「たしかに、死体の指紋は採取できませんでした。指先の肉はすっかり魚に食われていましたから、蹄《てい》状紋も渦状紋もあったものじゃない。だからここに来て、家具の指紋を探す羽目になりました。たくさん見つかりましたよ。それを青酸の瓶の指紋と照合したんです」

「家具ですか」レーンはつぶやいた。「なるほど。つまらない質問をしてしまいました」

「ヨーク・ハッターはまちがいなく、この五十七番の瓶から青酸を――シリングに言わせるとシアン化水素酸ですが――小瓶に移したのです」ブルーノが言った。「そしてそれを持って外出し、服毒して海に飛びこんだ。その後、この瓶にはだれも手をふれていないはずです」

ドルリー・レーン氏は棚に注意を奪われているようだった。ひたすら見つめている。いったん後ろへさがり、十五ある区画を長々と観察した。その視線が二度、六十九番の硝酸の瓶がある棚板のへりの汚れへあらためて向けられた。近くに寄って、棚のへり全体に目を走らせる。そこですぐに顔が輝いた。最初のものと似た楕円形の跡が、二段目の中央にあたる区画の、九十番の瓶を載せた棚板のへりにもついていた。瓶には硫酸と記されている。

「汚れた跡がふたつ」レーンは思案顔で言ったが、その灰緑色の目にはこれまでにない光が宿っていた。「警視さん、このふたつ目の跡は、実験室を最初に調べたときにもありましたか」

「これですか」警視は目をやった。「ありませんでしたよ。こんなものがどうしたと？」

「いえ、警視さん」レーンは反発するふうでもなく言った。「二か月前になくて、いまここにあるものは、なんでも興味深いのですよ」注意深く瓶を持ちあげ、それの置かれていた場所にはっきりした輪郭のほこりの輪が見えるのをたしかめる。視線があがり、喜びの表情が顔から消えた。かわりに不安げな疑いの色がひろがる。レーンは何かを決めかねるように無言で立っていたが、やがて肩をすくめて棚に背を向けた。

しばし暗然と部屋を歩きつつも、一歩ごとに憂いが深まっていった。だが、薬品棚に磁力でもあるかのように、いつの間にか引き寄せられて棚の前にもどった。レーンは五段の棚の下にある床棚を見おろした。そして、幅広のふたつの戸をあけ、中をのぞきこむ……。興味を引くものはなかった。紙箱、缶、薬品の包み、試験管、試験管立て、小型の電気冷却装置、散乱するさまざまな電気器具、おびただしい数の雑多な化学実験用具。考えがまとまらぬことに小さく苛立《いらだ》ちの声を漏らし、レーンは音を立てて床棚の戸を閉めた。

最後に、レーンは部屋を横切って、ドアの近くにある蛇腹式の蓋《ふた》のついた机を調べた。蓋は閉まっていて、動かしてみると巻きあがってきた。

「ここも調べてあるのでしょうね、警視さん」レーンは言った。

サムが鼻を鳴らした。「調べましたとも。サンディー・フック沖でヨーク・ハッターの死体が見つかったとき、あけてたしかめました。この件に関連のありそうなものは皆無です。個人的なものや科学関係の書類と本でいっぱいで、化学に関する書きつけもいくつかありました。実験のメモでしょうな」

レーンは蓋をあけて、机をあらためた。中は散らかっていた。

「この前見たときのままです」サムは言った。

レーンは肩をすくめて机の蓋を閉め、鉄の書類棚に歩み寄った。「それも調べましたよ」サムが辛抱強く言う。だが、レーンは鍵《かぎ》のかかっていない抽斗《ひきだし》をあけて中を探りはじめ、膨大な実験データの束を綴《と》じたファイルの後ろから、几帳面《きちようめん》に片づけられた小さなカード型の目録を見つけた。

「ああ、そうか。あの注射器ですね」ブルーノがつぶやいた。

レーンはうなずいた。「目録には、注射器は十二個と記載されていますね。さて……ありましたよ」レーンは目録を置いて、抽斗の奥にあった大きな革張りのケースを取り出した。ブルーノとサムが、レーンの肩越しに首を伸ばしてのぞきこんだ。

ケースの蓋には、金箔《きんぱく》で〝YH〟の文字が型押ししてあった。

レーンが蓋をあけた。紫のベルベットを張った底面に並ぶくぼみに、さまざまな大きさの注射器が十一本、整然と並んでいる。くぼみのひとつは空だった。

「しまった」サムが言った。「あの注射器はシリングのところだ」

「取り寄せる必要はありますまい」レーンは言った。「ハッター夫人のベッドで見つけた注射器には〝六番〟とあったのをご記憶ですね。ヨーク・ハッターの几帳面な性格がここにも表れています」

レーンは空のくぼみに爪でふれた。くぼみにはすべて黒い布片が貼られていて、それぞれに白字で番号が書かれていた。注射器は番号順に並んでいて、空のくぼみには〝六〟と記された布がある。

「それに、くぼみの大きさは」レーンはつづけた。「わたしの記憶が正しければ、あの注射器の大きさと一致します。そう、このケースにはいっていた注射器に、塩化第二水銀を入れたのですよ。それに、おそらく」レーンは断じてから、身をかがめて小さな革ケースを手に立ちあがった。「これが注射針のケースです……ほら。針がひとつなくなっていますよ。目録には十八本となっているのに、ここには十七本しかない。決まりですね」レーンは大きく息をつき、両方のケースを抽斗の奥へもどしてから、気のないていでファイルの中身を見た。メモ、実験資料、将来のためのデータ……。別の仕切りにはいっていたファイルは空だった。

レーンは書類棚の抽斗を閉めた。後方でサムが叫び声をあげ、ブルーノがとっさにそちらへ体を動かしたので、レーンもすばやく振り返った。サムはほこりのなかでひざまずいているが、重たげな実験台の陰になっていて姿がよく見えない。

「どうした？」ブルーノが言い、レーンとともに台をまわりこんだ。「何か見つけたのか」

「いや」サムは低い声で言って立ちあがった。「ちょっと謎めいて見えたんですが、なんでもありませんでした。あれです」ふたりはサムが指さす先へ目をやり、叫び声をあげさせたものを見た。ふたつの実験台のあいだの、薬品棚より暖炉に近い側のほこりだらけの床に、小さなまるい跡が三つ残っていた。正三角形をなして並んでいる。レーンが近づいて観察したところ、三つの点の上にもほこりが積もっているが、周囲と比べると薄い膜程度のものだった。「なんのことはない。最初は重要なことかと思いましたけど、ただの三脚椅子の跡ですよ」

「ああ、そうですね」レーンは納得して言った。「忘れていました。三脚椅子ですね」

中央の薬品棚の前にある小さな三脚椅子をサムが持ってきて床におろすと、椅子の脚がほこりについた跡とぴったり重なった。「ほら。簡単なことですよ。椅子はもともとここにあって、動かされたんです」

「それだけのことか」ブルーノががっかりしたように言った。

「意味はありません」

けれども、レーンは暗いながらも満足そうな顔つきになり、先ほど薬品棚の前にあったときから注目していたかのように、親しみをこめて椅子の座面を見つめた。椅子自体もほこりまみれだが、座面には傷や汚れが多く、ほこりの層がまだらになっている。

「あの――警視さん」レーンが小声で言った。「二か月前にこの実験室を調べたとき、椅子はいまの位置にあったのでしょうか。つまり、最初の捜査のあとで、手をふれたり動かしたりした形跡がないかどうかということです」

「まったく覚えていませんな」

「では」レーンは穏やかに言って背を向けた。「これでけっこうです」

「満足していただけたのなら何よりです」ブルーノが浮かない顔で言った。「わたしには皆目見当がつきませんが」

ドルリー・レーン氏は何も答えなかった。上の空でブルーノ、サムと握手を交わし、ハムレット荘へ引きあげるという意味のことをつぶやいて、実験室をあとにした。疲労の色が濃い顔で、心なしか肩を落とし気味に階段をおりていき、玄関で帽子と杖《つえ》を受けとって屋敷を立ち去った。

サムがつぶやいた。「あの様子じゃ、こちらと同じく、こんどの事件にお手あげらしいな」そう言うと、煙突を見張らせるべく刑事を屋根へ差し向け、実験室のドアに鍵をかけてから、地方検事に別れの挨拶《あいさつ》をし（ブルーノは元気なく屋敷を辞し、騒々しい職場へもどっていった）、自身も重い足どりで階段をおりた。

一階では、ピンカッソン刑事が親指を所在なげにいじりながら、見張りに立っていた。

第六場　ハッター家

六月六日　月曜日　午前二時

ドルリー・レーンとブルーノが去ると、サム警視は苛立ちから解放されていった。それどころか、人並みのわびしさを味わってさえいた。漠たる敗北感が胸に満ち、レーンの当惑顔とブルーノの暗い面持ちを思い出すと、楽しい気分にはとうていなれなかった――もっとも、どれほどうまくいっていても、そんな心地になることは稀《まれ》だったのだが。ため息を何度も漏らしたサムは、大きな安楽椅子に身を沈めて、図書室の煙草箱で見つけた葉巻をくゆらせ、部下から芳しくない報告を定期的に受けながら、ハッター家の面々が生気なく屋敷を行き来するさまを漫然と見守っていた。ふいに手持ち無沙汰《ぶさた》になった多忙きわまりない男のごとく、無為を満喫しているとも言えた。

屋敷はいつにない静けさに包まれ、二階の子供部屋で遊ぶジャッキーとビリーの金切り声がときおり響くばかりだった。一度、裏庭の小道をせわしなく歩きまわっていたジョン・ゴームリーが、サムを捜しにやってきた。この背の高い金髪の若い男は腹を立てていて、コンラッド・ハッターと話がしたいのに、上にいる刑事がコンラッドの部屋に頑として入れようとしない、どうにかしてくれないか、と訴えた。サム警視はゆっくり片目を細め、葉巻の先端を見つめながら、どうするつもりもない、と非情に言った。あの男を部屋から出すわけにはいかない、しばらくはそのままだ、ゴームリーがどうなろうと知ったことではない、ということだった。ゴームリーが顔を紅潮させて、口汚く言い返そうとしたそのとき、ジル・ハッターと弁護士のビゲローが図書室にはいってきた。ゴームリーは口をつぐんだ。ジルとビゲローはひそひそ声で話し合っている。見るからに仲むつまじく、楽しげだった。目に炎を燃えあがらせたゴームリーは、サムの許しも請わずに猛然と部屋を飛び出して、屋敷の外へ去っていった。部屋から出るとき、大きな手でビゲローの肩を思いきり叩《たた》いた——とても快くは受けとれぬ別れの挨拶に、ビゲローは甘いささやきを途切れさせて「うっ！」と真顔でうめいた。ジルが驚いた声をあげた。「何よ、あの——乱暴者！」サムがうなり声を発する。

五分後、水を差されたビゲローがジルに暇乞《いとまご》いをし、ジルはたちまち不機嫌になった。ビゲローは、火曜日の葬儀のあとに相続人を集めてハッター夫人の遺言状を読みあげることをサムに再度告げて、あわただしく屋敷を立ち去った。

ジルは鼻を鳴らし、服をなでつけた。それからサムと目を合わせてあでやかに微笑み、さっさと図書室を出て二階へ向かった。

その日は何事もなく過ぎていった。手持ち無沙汰のアーバックル夫人は、勤務中の刑事と口げんかをして暇をつぶしていた。しばらくしてジャッキーが大声を出しながら駆けこんできたが、警視の姿にはっと立ち止まり、少しきまり悪そうにして、また雄叫《おたけ》びをあげつつ出ていった。一度、バーバラ・ハッターが美しい妖精《ようせい》よろしく、深刻な顔をした長身の家庭教師エドガー・ペリーと連れ立って通り過ぎた。ふたりは何やら話しこんでいた。

サムは幾度もため息をつき、退屈で死にそうな気分でいた。電話が鳴り、受話器をとった。ブルーノ地方検事からだった……何か進展は？　ありませんね。サムは電話を切って、葉巻の残りを嚙《か》んだ。しばらくたってから、帽子を押しつけるようにかぶって立ちあがり、図書室から玄関口へ向かった。「お出かけですか、警視」とひとりの刑事が尋ねる。サムは少し考えてから、首を横に振って図書室へもどり、待つことにした。何を待つのか、自分でもまったくわからなかったが。

サムは象眼細工の酒瓶棚の前へ行って、平たい茶色の瓶を取り出した。コルクを抜いて瓶を口へ近づけると、喜びに似たものが鬱屈《うっくつ》を追い払った。心ゆくまで、長々と喉《のど》を潤す。ようやく瓶をかたわらのテーブルに置いて、棚を閉じ、深く息をつきながら腰をおろした。

午後五時にまた電話が鳴った。今回は検死医のシリングからで、サムのよどんだ目が輝いた。はい、はい、先生。

「終わったよ」シリングは疲れきったしわがれ声で言った。「死因は初見どおりだ。やれやれ！　マンドリンによる額の一撃は致命傷ではない。おそらく気を失っただろうがね。ショックで心臓をやられて絶命したんだ。殴られる前から異様に興奮していたようだから、それも心臓発作の一因だろう。じゃあな」

サムは受話器をフックに投げもどして、渋っ面にもどった。

七時になり、隣の食堂で冴《さ》えない夕食が供された。サムは不機嫌のまま、ハッター家の人々と食事をともにした。午後じゅうしたたかに呑《の》んでいたコンラッドは、赤ら顔で黙していた。皿に目を落としたまま、ぼんやりと口を動かし、食事の終わるはるか前に、席を立って仮ごしらえの独房へもどった。ひとりの警官が根気強くついていく。マーサはおとなしく、その疲れた目に宿る苦悩や、夫を見やる折の恐怖感や、子供ふたりを見守るときに現れる愛情と決意を、サムは感じとった。子供たちは相変わらず暴れたり騒ぎ立てたりして、二分おきに行儀の悪さを叱られていた。バーバラは小声でエドガー・ペリーと話しつづけていた。ペリーはまったく別人のように見えた。目を輝かせ、現代詩について、それが人生最大の情熱の対象であるかのように女詩人と語っている。ジルはひたすら、むっつりと料理をつつきまわしていた。アーバックル夫人は気むずかしい監視員のような顔で給仕を取り仕切っている。女中のヴァージニアはがさつに音を立てて皿を運んでいた。

サムは全員に等しく疑いの目を向けて、長らく考えこんでいた。テーブルを離れたのはサムが最後だった。

夕食のあと、老トリヴェット船長が木の義足の音を響かせて訪ねてきた。丁重にサムに挨拶したあと、すぐに二階のスミス看護婦の部屋へ向かい、看護婦の助けを借りて食事をするルイーザと過ごした。トリヴェット船長は三十分そこにいたのち、階下へおりて静かに屋敷を辞した。

夕刻がゆっくりと過ぎていき、夜になった。コンラッドがおぼつかない足どりで図書室にはいってきて、サムをにらみつけ、ひとりで酒をあおりはじめた。マーサ・ハッターは子供たちをベッドに押しこんで、自分の寝室へ閉じこもった。ジルは外出を禁じられているので自室へ引きあげていた。バーバラ・ハッターは二階で書き物をしている。しばらくしてペリーが図書室にやってきて、もう用はないのかと尋ねた。疲れているので、差し支えがなければもう休みたいとのことだった。サムが物憂げに手を振ると、家庭教師は屋根裏にある自室へさがった。しだいに、かすかな物音さえも絶えていった。サムは救いがたいほどの倦怠感《けんたい》へ深く沈んでいった。コンラッドがふらつきながら図書室を出て二階へあがったときも、目を覚まさなかった。十一時半に部下がひとりやって来て、疲れた様子で腰をおろした。

「で?」サムは大きなあくびをした。

「鍵《かぎ》の件ですが、収穫はありません。警視のおっしゃった合い鍵の線を追いましたけど、どの鍵屋や金物店にもそんなことをした形跡はありませんでした。街じゅうをあたったんですが」

「そうか」サムはまばたきした。「もう、それはいいんだ。犯人がどう侵入したかはわかった。帰っていいぞ、フランク。少し眠れ」

刑事は立ち去った。十二時になるや、サムは肘《ひじ》掛け椅子から巨体を起こし、二階へあがった。ピンカッソン刑事が、一日じゅうそうしていたかのように、まだ親指を動かしていた。「何かあったか、ピンク」

「いいえ、何も」

「帰っていいぞ。交代のモーシャーが来たところだ」

ピンカッソン刑事は躊躇《ちゅうちょ》なく指示に従った。階段を勢いよく駆けおりて、ちょうどのぼってきたモーシャーを一驚させたほどだった。モーシャーは敬礼ののち、ピンカッソンのかわりに寝室の階の見張りについた。

サムは重い足どりで屋根裏へあがった。静まり返り、ドアはすべて閉まっている。アーバックル夫妻の部屋には明かりがついていたが、その前に立つと、唐突に暗くなった。その後、サムは屋根裏の階段をのぼり、跳ねあげ戸をあけて屋根へ出た。真っ暗な屋根の中央近くで、小さな炎がふと消えた。サムは忍び足で歩く音に気づき、疲れたように言った。「おれだ、ジョニー。異状はないか」

サムのそばに男の姿が現れた。「なんにもありゃしません。まったく、いいところに配置していただきましたよ。一日じゅう人っ子ひとりあがってきてません」

「あと二、三分の辛抱だ。クラウスをよこして交代させる。朝にまた来てくれ」

警視は跳ねあげ戸をあけ、階下へもどった。部下を屋根へ送り出す。それから図書室へ歩いていくと、うなりながら肘掛け椅子に腰をおろし、空になった茶色の瓶を恨めしげに見てから、テーブルの明かりを消し、帽子を鼻まで引きさげて眠りに落ちた。

最初に異変に気づいたのがいつだったのか、サムにはよくわからなかった。まどろみながら、なんとなくくつろげずに身を動かし、しびれた脚を伸ばして、肘掛け椅子のクッションに深く沈みこもうと体を揺すったことは覚えている。何時の出来事かは、まったくわからない。午前一時ごろだっただろうか。

だが、ひとつたしかなことがある。耳もとで時計が鳴ったかのごとく、二時ちょうどにサムははっと目を覚ました。鼻に載せていた帽子を床へ落とし、緊張でこわばった体を震わせつつ起きあがった。何かのせいで目覚めたのだが、その正体は見当もつかなかった。物音か、何かが落ちたのか、叫び声か。サムはじっと耳を澄ました。

そして、ふたたびそれが聞こえた。遠くから響く、興奮してかすれた男の叫び声。「火事だ！」

クッションに針が刺さっていたかのように、サムは椅子から跳ね起きて、廊下へ駆け出した。小さな常夜灯がともっていて、その弱々しい光のなかに、階段から流れ落ちる煙の筋がいくつも浮かびあがっていた。モーシャー刑事が階段の上にしゃがみこみ、声をかぎりに叫んでいる。炎が発する刺激臭が屋敷じゅうにたちこめていた。

警視は問いただすような時間の無駄をしなかった。階段を一気に駆けのぼり、二階の廊下へ突進していく。分厚い黄色の煙が、ヨーク・ハッターの実験室のドアの隙間から流れ出ていた。「モーシャー、表の火災報知器を！」サムは叫び、必死に鍵を探した。モーシャーが階段を駆けおり、屋敷のまわりで見張りについていた三人の刑事を押しのける。サムは悪態をつきながら、鍵を鍵穴に突っこんでまわし、ドアを勢いよく開いたが――すぐに力いっぱい閉めた。異臭を放つ脂ぎった煙と炎の舌が襲ってきたからだ。サムは顔を引きつらせた。途方に暮れてしばし立ちつくし、罠《わな》にかかった動物のように左右へ目をやった。

そこかしこの戸口から頭が突き出された。どの顔も恐怖でゆがんでいる。咳《せ》きこむ音や震え声の問いかけがサムの耳になだれこんだ。

「消火器を！　どこにあるんだ！」サムは怒鳴った。

バーバラ・ハッターがあわてて廊下へ出てきた。「ああ、大変！　……ないんです、警視さん……マーサ——子供たちを！」

廊下はあわてふためく人々が押し寄せて、煙の地獄と化している。実験室のドアの亀裂から炎が見えはじめた。絹の寝間着姿のマーサ・ハッターが大声をあげながら子供部屋へ駆けこみ、すぐに少年ふたりとともに飛び出してきた。ビリーはこわがって泣き叫び、ジャッキーもこのときばかりは怯《おび》えて母親の手にしがみついている。三人は階段の下へと消えた。

「みんな、逃げろ！　逃げるんだ！」サムが絶叫した。「何があっても足を止めるな！　薬品が——爆発——」その声は人々の悲鳴に呑みこまれた。ジル・ハッターが青ざめてゆがんだ顔でそばを走り抜け、コンラッド・ハッターがジルを押しのけて階段をおりていく。寝間着姿のエドガー・ペリーが屋根裏から駆けおりてきて、煙の勢いでくずおれたバーバラをかかえあげた。バーバラを肩にかついで階下へ運ぶ。だれもがあえぎ、咳きこみ、痛みに涙を流していた。

サムが屋根の見張りに立てていた刑事が、アーバックル夫妻とヴァージニアを急《せ》かしつつおりてきた。警視は咳《せき》をし、喉をつまらせ、叫び、閉ざされたドアにバケツの水をかけながら、まるで夢のなかにいる心地で、かすかにサイレンの鳴り響く音を聞いた……。

緊迫した作業だった。ブレーキのきしむ音が消防車の到着を告げた。消防士たちがホースをつなぎ、屋敷脇の通路から裏庭へ引きこむ。鉄格子のはまった窓から炎が噴き出している。梯《はし》子《ご》が上へ伸ばされる。まだ溶けていない窓が斧《おの》で叩《たた》き割られる。鉄格子のあいだから、室内へ放水がはじまる……。

消防士がホースを二階へと懸命に引きあげていくあいだ、サムはぼろぼろの煤《すす》だらけの姿で屋敷の外の歩道に立って目を血走らせていた。まわりを見て、薄着のままで体を震わす人々の顔ぶれを確認する。全員そろっている。いや……足りない！

サムは苦痛と恐怖で顔をゆがめた。玄関の階段を駆けあがって館内へ突き進み、濡《ぬ》れたホースにつまずきながら寝室の階へ急いだ。二階に着くと、まっすぐにスミス看護婦の部屋をめざした。モーシャー刑事があとを追ってくる。

サムはドアを蹴破《けやぶ》って、看護婦の部屋へ走りこんだ。ひだのついた白い寝間着姿のスミスが、意識を失って、白い丘陵さながらに床に倒れていた。そしてルイーザ・キャンピオンが、追い詰められた野生動物のように、怯えて全身を震わせながらスミスに覆いかぶさり、煙の不快な臭気に鼻孔をひくつかせている。

サムとモーシャーは、やっとのことでふたりの女性を屋敷から連れ出した……。

間一髪だった。というのも、外の石階段をよろめきながらおりきったとき、背後の高みから異様な音が響いた――大砲が炸裂《さくれつ》したかのような閃光《せんこう》が実験室の窓から裏庭へとほとばしる。すさまじい轟音《ごうおん》のあと、しばし気圧《けお》されたような沈黙が流れ、爆発に巻きこまれた消防士たちのしわがれた悲鳴が湧きあがった……。

避けられぬ事態が起きていた。実験室の薬品の一部が炎になめられて爆発したのだ。

歩道で震えていた一同は、放心したように屋敷を見つめていた。

救急車がサイレンを鳴らして到着した。屋敷に担架が運びこまれ、出てきた。消防士がひとり負傷していた。

火事は二時間後におさまった。夜明けの空が白みはじめたころ、最後まで残っていた消防車が走り去った。隣に住むトリヴェット船長の煉瓦《れんが》造りの家に避難していたハッター一家と使用人たちは、焼け焦げた古い屋敷へ重い足どりでもどった。トリヴェット船長自身は、寝間着にガウンというういでたちで、木の義足の音を路面にうつろに響かせながら、意識を取りもどしたスミス看護婦がルイーザ・キャンピオンを介抱するのを手伝っていた。ルイーザはどうにもならぬ沈黙のうちにひどく怯え、異常なまでの興奮状態に陥っていた。電話で起こされてやってきたメリアム医師が、あわただしく鎮静剤を与えていた。

二階の実験室はめちゃくちゃになっていた。爆風でドアが吹き飛ばされ、窓の鉄格子は留め金がゆるんではずれかけている。薬品棚の瓶の大半は粉々に砕け、水浸しの床に散らばっている。ベッドと鏡台と机は黒焦げで、蒸留器や試験管や電気器具のガラスは溶けて原形をとどめていない。床のほかの部分は、なぜかほとんど被害を受けていなかった。

目を赤くし、鉄仮面のような黒ずんだ顔をしたサム警視が、屋敷の住人を図書室と居間に集めた。あちらこちらに刑事が見張りに立っている。いまや軽口を叩く者はなく、不満や反抗が許される雰囲気もなかった。全員が呆然《ぼうぜん》と坐《ざ》し、女たちは男たちよりもさらに無口で、みな声もなく互いの顔を見つめていた。

サムが電話に歩み寄った。警察本部を呼び出し、ブルーノ地方検事と話をした。バーベッジ本部長と憂鬱《ゆううつ》な会話を交わす。それから、ニューヨーク州レーンクリフのハムレット荘に長距離電話をかけた。

つながるまで時間がかかった。サムは珍しいほどの辛抱強さを見せて待った。ようやく、ドルリー・レーン氏の背中の曲がった使用人、老クエイシーの気むずかしい震え声が聞こえると、サムはその夜の出来事を手短に説明した。レーンは耳の障害のため直接電話で話すことはできなかったが、クエイシーの脇に立ち、その唇の動きから、電話越しにサムが伝える内容を読みとった。

「ドルリーさまはこう言っておられます」警視が話し終えると、クエイシーは甲高い声で言った。「火事の原因はわかりますか、と」

「いや。こう伝えてくれ。屋根の煙突の出口にはずっと監視があったし、窓は内側から鍵がかけられていて、壊された形跡もない。実験室のドアには、部下のモーシャーがひと晩じゅう目を光らせていた」

クエイシーが耳障りな声で内容を繰り返し、レーンの深みのある声が遠くで響くのが聞こえた。「たしかですか、警視さん、とおっしゃっています」

「ああ、もちろんたしかだよ！　だからこそ不思議なんだ。放火犯はいったいどうやって侵入して火をつけたのか」

クエイシーが繰り返したあと、しばしの沈黙があった。サムは耳をそばだてて待ち受けた。やがてクエイシーが言った。「ドルリーさまは、火事と爆発のあとで実験室にはいろうとした者がいるかどうかを知りたがっておられます」

「いない」サムはうなるように言った。「気をつけて見ていたよ」

「それでは、すぐに実験室のなかに見張りを置いてください、とおっしゃっています」クエイシーがまた甲高い声で言った。「いまいるであろう消防士のほかに、です。ドルリーさまは午前中にそちらへお出かけになります。どんな手口だったかはすでに明らかだそうで……」

「おお、ほんとうか？」サムは興奮して言った。「なら、やはりレーンさんはおれより一枚上だ――おい！　レーンさんに、この火事を予測していたのかと訊《き》いてくれ」

間があいて、クエイシーが答えた。「予測はしていなかった、とおっしゃっています。非常に驚いた、理解できない、とのことです」

「よかった、あの人にもわからないことはあるんだな」サムはうなり声で言った。「とにかく――早く来てくださいと伝えてくれ」

サムが受話器を置こうとしたとき、クエイシーに向かってつぶやくレーンの声が、はっきりと聞こえた。「まちがいない。すべてがそれを指し示している……。だが、クエイシー、そんなことがあるはずはないのだよ！」

第二幕

〝屋根の向こうへ射たわたしの矢が、同胞《はらから》を傷つけてしまった〟（『ハムレット』第五幕第二場）

第一場　実験室

六月六日　月曜日　午前九時二十分

ドルリー・レーン氏は惨憺《さんたん》たる実験室の中央に立ち、鋭い目で室内を見まわした。サム警視は顔の煤や汚れをかろうじて洗い落とし、皺《しわ》だらけの服にブラシをかけたものの、寝不足の目が充血し、意気は消沈している。モーシャー刑事はすでに帰宅し、鈍重なピンカッソンが焼け残った椅子にすわって、消防士と愛想よくことばを交わしていた。

棚はまだ壁に張りついていたが、水浸しで黒くすすけていた。奇跡的に割れなかった瓶が下段にまばらにあるとはいえ、ほとんどが一掃され、砕けた瓶類が無数の小さなガラス片となって、汚い床に散らばっている。中身の薬品類は注意深く廃棄された。

「危険な薬品は化学班が処分しました」サムは言った。「はじめに駆けつけた消防士たちが副署長から大目玉を食らっていましたよ。薬品によっては、燃焼時に水などをかけたらこれより悲惨なことになるらしい。ともあれ、早いうちに消火できてまったく運がよかった。ハッターが実験室の壁をいくら補強していたって、家ごと吹っ飛んでいたかもしれないんですから」

「まあ、そんなわけで」サムはつづけた。「素人も同然に出し抜かれましたよ。クエイシーから電話で聞きましたが、あんたは放火犯がどうやって忍びこんだかをご存じだとか。どうやったんです？　正直言って、わたしにはさっぱりだ」

「いえ、そんな」ドルリー・レーン氏は言った。「そうむずかしいことではありませんよ、警視さん。答は滑稽《こっけい》なくらい単純なはずです。考えてください——犯人はそこにある唯一のドアからはいることができたでしょうか」

「むろん不可能です。信頼できる部下のモーシャーが、ゆうべはドアに近寄る者すらいなかったと断言していますから」

「信じましょう。では、ドアは侵入経路から完全に除外されます。つぎは窓です。窓には鉄格子があり、きのう調べた折にあなたご自身が指摘なさったとおり、どこから見ても鉄の棒にはなんの異常もありませんでした。理屈としては、仮に鉄格子があっても、犯人が外の張り出した部分をこっそり伝って窓をあけ、燃えるぼろ布か何かを中へ投げこんで火事を起こした可能性も……」

「無理だと言ったじゃありませんか」サムは辛辣《しんらつ》に言った。「窓は中から鍵がかけられていました。こじあけた形跡もありません。消防士が来たときはまだ爆発する前で、どちらの窓ガラスも割れていませんでした。だから窓もありえない」

「そのとおりです。わたしはすべての可能性を提示しているにすぎないのですよ。では、窓も侵入経路から除外されます。残りはなんでしょう」

「煙突ですよ」サムは言った。「しかし、それも無理です。きのうはわたしの部下が一日じゅう屋根で見張っていました。だから、煙突に忍びこんで夜中まで待つということもできなかった。夜半に交代したもうひとりの部下も、屋根に近づいた者はひとりもなかったと言っています。まあ、こんなところですな」

「そんなところですか」レーンはくすくすと笑った。「わたしをやりこめたとお考えですね。三つの侵入経路が考えられ、三つとも監視されていた。にもかかわらず、放火犯は忍びこんだばかりか、脱出もしてのけたのですからね……。さて、ひとつ質問させてください。壁はもうお調べになりましたか」

「ああ、なるほど」サムは即座に言った。「そんなことをお考えでしたか！　動く羽目板とか」にやりと笑ってから顔をしかめる。「はずれですな、レーンさん。壁も床も天井も、ジブラルタルの要塞《ようさい》のごとく堅牢《けんろう》です。その点は請け合えますよ」

「ふむ」レーンの灰緑色の目が輝きを帯びる。「さすがですね、警視さん。すばらしい！　これで、心にいだいていた最後の疑念が晴れました」

サムは目をむいた。「なんだって？　戯言《たわごと》はご勘弁願いたい。ぜったいに不可能ということでしょう！」

「いいえ」レーンは微笑んだ。「そんなことはけっしてありません。ドアと窓はどう考えても放火犯の侵入口になりえず、壁と床と天井も堅牢だとしたら、残る可能性はただひとつで、それこそが確実な答となるのですよ」

まぶたが隠れるほどサムは眉《まゆ》をひそめた。「煙突のことですか？　しかしそれは――」

「煙突ではないのですよ、警視さん」レーンは真剣な顔で言った。「この種の暖房設備がおもにふたつの部分から成り立っていることをお忘れですね。煙突と、暖炉自体です。どういう意味かおわかりでしょう」

「いえ、わかりませんね。たしかにこの部屋には暖炉の焚《た》き口《ぐち》がある。しかし、煙突を伝いおりずにどうやって暖炉へはいりこむんです？」

「わたしもまさにそう自問したのですよ」レーンはゆっくりと暖炉へ歩み寄った。「そして、あなたの部下の報告が嘘ではなく、動く羽目板のたぐいもまったくないとしたら、この暖炉を調べるまでもなく、その秘密をお教えできますよ」

「秘密？」

「この暖炉のある側の壁はどの部屋に接しているでしょうか」

「そりゃあ、殺しがあったルイーザ・キャンピオンの部屋ですよ」

「そのとおりです。では、ルイーザさんの部屋の、この暖炉の向こう側には何がありますか」

サムはだらりと顎《あご》をさげた。しばしレーンを見つめたあと、一気に走り寄った。「別の暖炉だ！」と叫ぶ。「そうか、ちょうどこの裏側にもうひとつ暖炉の口があったのか！」

サムは身をかがめて炉棚の下からすばやくもぐり、奥の壁に行きあたった。中で立ちあがると、レーンからは頭と肩が見えなくなった。荒い息づかいとあたりをまさぐる音、そしてくもった叫び声が聞こえた。「こういうことか！　ふたつの暖炉が同じ煙突でつながってる！　この煉瓦《れんが》の壁はずっと上まではつづいていない。床から六フィートぐらいのところで切れていますよ！」

ドルリー・レーン氏は深く息をついた。自分の衣服を汚すまでもないことだった。

サムはこの手がかりを得て、態度を一変させた。いかつい顔をほころばせてレーンの背中を叩《たた》くと、大声で部下たちに指示を出し、ピンカッソンを椅子から蹴《け》り出して消防士に葉巻を一本ふるまった。

「そうだとも！」サムは手を汚したまま、目を輝かせて大声で言った。「これが答だ——決まりだよ！」

暖炉の秘密はいたって単純だった。実験室とルイーザ・キャンピオンの部屋の暖炉は互いに背中合わせで、同じ壁の両面に暖炉がある造りになっている。煙突が共有であるばかりか、高さ約六フィートの耐火煉瓦の厚い壁で仕切られているだけだが、炉棚は床から四フィートの高さなので、どちらの部屋からも仕切り壁の上部は見えない。六フィートの壁の上で通気孔が合流し、暖炉の煙は一本の太い煙道を通って屋根へ抜けていく。

「まちがいない、明白だ」大喜びでサムは言った。「実験室へはだれもがいつでも侵入できたわけだ。家のなかにいたら、〝死の部屋〟との仕切り壁を乗り越えればいいし、家の外からなら、煙突内の足場を頼りに屋根からおりればいい。ゆうべの侵入はルイーザの部屋からにちがいない。廊下にいたモーシャーが実験室へはいる者を見かけなかったのも当然ですよ。屋根にいた部下も同じです！」

「ええ、たしかに」レーンは言った。「そしてもちろん、侵入者は同じ経路を使って脱出したはずです。しかし警視さん、謎の放火犯が暖炉を通って実験室へ侵入するために、そもそもうやってルイーザ・キャンピオンさんの部屋へはいったのかはお考えになりましたか。モーシャー刑事は夜通し隣のドアも見張っていたのですよ」

サムの顔が曇った。「そこまでは考えませんでしたな。おそらく——そうだ！　外の張り出しか非常階段ですよ！」

ふたりは壊れた窓へ歩み寄って、外を見おろした。二階の裏手に位置する各部屋の窓の下には、幅二フィートの張り出しが伸びている。大胆な侵入者なら、そこを通って、庭に面したどの部屋へも出入りできる。細長い非常階段が二か所にあり、二階の部屋の外にそれぞれの踊り場が設けられていた。ひとつは実験室と子供部屋から、もうひとつは〝死の部屋〟とスミス看護婦の部屋から出られるようになっている。どちらの階段も窓の外を横切って、三階から下の庭へつづいていた。

レーンがサムを一瞥《いちべつ》し、ふたりは同時に首を振った。

ともに実験室を出て〝死の部屋〟へ行った。窓に手をふれる。鍵《かぎ》はかかっておらず、窓はたやすく開いた。

実験室にもどると、ピンカッソンがどこからか椅子を持ってきた。レーンは腰をおろして脚を組み、深く息をついた。「もうお察しのとおり、簡単なことですよ、警視さん。ふたつの暖炉の秘密を知る者なら、ゆうべはだれでも実験室にはいることができたと言えるでしょう」

サムは力なくうなずいた。「家の内外を問わず、だれでもだ」

「そのようですね。ゆうべの行動についてはみなさんに尋ねたのですか」

「ええ、まあ。しかし、そんなことをしてどうなります？　まさか犯人が自分から尻尾《しっぽ》を出すとは考えられない」サムはくすねた葉巻を乱暴に嚙《か》みしめた。「本人たちがなんと言おうが、三階の連中には可能だったでしょう。二階の者については、ジルとバーバラを除く全員が張り出しと非常階段を通れました。コンラッド夫妻の部屋は家の正面側にありますが、子供たちの眠る隣室へはいって裏側へ出ることができました。それに、モーシャーが監視していた廊下へ出なくとも、二部屋共有の浴室を通れば子供部屋へ抜けることができたんです。こんなところですな」

「夫妻自身はどう言っていますか」

「それが、互いのアリバイを証明できないんですよ。コンラッドは十一時半ごろ二階へあがったと言っています。それはたしかですよ。そのころ図書室を出るのをわたし自身が見ましたし、モーシャーも寝室へはいるのを見届けたと言っていますから。コンラッドはそれからすぐに眠ったそうです。マーサ・ハッターは夜のあいだずっと部屋にいましたが、眠りこんでしまって、夫がもどったのに気づかなかったと言っています」

「この家の娘たちはどうでしょうか」

「ふたりは潔白ですよ――いずれにしろ、実行不可能です」

「そうなのですか」レーンはつぶやいた。「ともかく、本人たちはどう言っていますか」

「ジルは庭をぶらついて、部屋へ帰ったのが午前一時ごろだそうです。これはモーシャーが確認しました。バーバラは早いうちに部屋へ引っこみました。十一時ごろです。ふたりともその後は部屋を出なかった……。モーシャーは不審な行動をまったく目にしていません。ドアをあけたり部屋を離れたりした者は記憶にないと言っています。あの男の記憶力はたしかですよ。わたしが仕込みましたから」

「もちろん」レーンはいたずらっぽく言った。「わたしたちの推理がまったくの誤りである可能性もありますよ。自然発火かもしれません」

「できればそう信じたいところです」サムが無愛想に言う。「しかし、鎮火したあとで消防署の専門家が実験室を検分し、人為的な出火と結論を出しています。ええ、そうです。何者かがマッチを擦り、ベッドと窓側の実験台とのあいだで何かに火をつけたんです。マッチが何本か見つかりました。ふつうの家庭用マッチです。下の調理場にあるようなやつですよ」

「爆発については？」

「それも事故ではないそうです」サムはきびしい声で言った。「化学班の連中が実験台で瓶の破片を見つけました。中身は二硫化炭素というものだそうです。高熱で強い爆発力が生じる物質らしい。むろん、もとから実験台にあったのかもしれません。ヨーク・ハッターが置きっぱなしにして失踪《しっそう》したとも考えられますからね。ただ、そこに瓶があった記憶がわたしにはありませんがね。覚えておられますか」

「いいえ。棚にあったものでしょうか」

「たぶんね。瓶のかけらに例のラベルがついていました」

「でしたら、あなたの推測ははずれていますよ。ヨーク・ハッターが二硫化炭素の瓶を実験台に残しておいたことはありえません。というのも、おっしゃるとおりそれは実験室の常備薬品ということになりますが、棚にすべての薬瓶がおさめられていたのを、わたしははっきり覚えているからです。棚には一か所の隙間もありませんでした。そう、やがて爆発するのを承知のうえで、何者かが故意に棚の一区画から瓶をとって台に置いたのです」

「なるほど」サムが言った。「そうなんでしょうな。われわれの戦っている相手がだれであれ、公然と姿を見せたわけですか。下へ行きましょう、レーンさん……。思いついたことがあります」

一階におりると、サムはアーバックル夫人を呼びにやった。図書室に現れるなり明らかになったが、家政婦はけんか腰の態度をすっかり改めていた。火事が意気を阻喪させ、女戦士の気性をも焼きつくしてしまったらしい。

「お呼びですか、警視さん」夫人は不安そうに尋ねた。

「ああ。この家の洗濯物の面倒はだれが見ているんでしょうか」

「洗濯物？　それは――あたしですけど。毎週別々の包みにして、八番街の洗濯屋へ出してますよ」

「よろしい！　では、よく聞いてください。ここ二、三か月のあいだに、だれかのシャツがひどく汚れていたことはありましたか。たとえば――煤《すす》や炭で真っ黒になったやつとか。こすれていたり、掻《か》き傷や破れなどがあったかもしれない」

レーンが言った。「すばらしいですね、警視さん。みごとなひらめきです！」

「それはどうも」サムはそっけなく言い返した。「わたしにもこういうときがあるんですよ――たいがい、あんたは近くにいらっしゃいませんがね。あんたはわたしから何かを吸いとるらしい……。で、どうです、アーバックル夫人」

夫人はおずおずと答えた。「いいえ――ありませんでしたよ」

「変だな」サムはつぶやいた。

「いや、なかったのかもしれません」レーンが言った。「二階の暖炉に最後に火を入れたのはいつごろですか、アーバックル夫人」

「あたしは――知りません。火を入れたなんて聞いたこともありませんよ」

サムはひとりの刑事を手招きした。「看護婦を呼んでくれ」

スミスは動揺しているルイーザを庭へ連れ出して、静かにいたわっていたらしい。部屋に来ると、ぎこちなく微笑んだ。実験室とルイーザの部屋の暖炉は？

「奥さまは暖炉をお使いになりませんでした」スミスは言った。「わたしがこの家に来てからずっとです。わたしの知るかぎり、ご主人もお使いになりませんでした。何年も前からだと思います……。冬には屋根の煙突の口に覆いをかぶせて風を防ぎ、夏になるとはずします」

「その女は運がよかったわけだ」サムは何やら陰にこもった声でつぶやいた。「服に炭の汚れはつかなかった――少しばかりついても払い落とせばいいし、たいして目立ちもしない……。何を見てるんですか、スミスさん。もうけっこうですよ！」

スミス看護婦ははっと息を呑《の》み、太った牝牛《めうし》のようなだぶついた胸を揺らしながら、あわてて出ていった。

「警視さん、あなたは犯人のことをしじゅう〝女〟呼ばわりしますね」レーンが言った。「女性が煙突をおりたり、六フィートの壁を乗り越えたりするのは不自然だと思いませんか――以前にも申しあげたはずですが」

「ねえ、レーンさん」サムは自棄《やけ》になって言った。「何が自然で何が不自然かなんて、わたしにはわかりません。汚れた服を見つければ犯人について何かつかめるんじゃないかと思ったまでですよ。でも空振りでした。で、どうしろというんです」

「わたしの質問にお答えになっていませんよ、警視さん」レーンは微笑した。

「ああ、じゃあ、共犯者がいるんですよ！　男の共犯者です。まあ、わかりませんがね」サムは元気なく言った。「しかし、いま気になっているのはそんなことじゃありません」疲れた目にしたたかな光がよぎる。「そもそもなぜ火事が起こったのか。どうです、レーンさん。考えてみましたか」

「警視さん」ドルリー・レーン氏はすぐに返した。「それがわかればすべてが明らかになるのですよ。そのことについては、あなたがハムレット荘に電話をくださった当初からずっと気にかかっていました」

「それで、どうなんです？」

「こんなふうに考えました」レーンは立ちあがり、部屋を行きつもどりつしはじめた。「放火の目的は、実験室にある何かを破壊することだったのだろうか、と」肩をすくめる。「けれども、実験室はすでに警察が調べていて、そのことは犯人も知っているはずです。きのうの調査でわたしたちはその何かを見落としたのでしょうか。犯人にとって、持ち出すには大きすぎるものなので、その場で破壊するしかなかったのでしょうか」また肩をすくめる。「ありていに言って、途方に暮れているのですよ。どの説をとっても、どうもしっくりこないのです」

「たしかに当て推量の感はありますな」サムは思うままを言った。「目くらましだったのかもしれませんよ」

「しかし、警視さん」レーンは声を強めて言った。「なぜです？　なぜ目くらましをするのですか。もしそうだとしても、その目的は何か別の企《たくら》みから目をそらすことだったはずです。幕《まく》間《あい》の余興や、陽動作戦のたぐいですよ。にもかかわらず、いまのところ何も起こっていないのです！」かぶりを振る。「厳密に言えば、こういう理屈も通ります。犯人は火をつけたものの、最後の瞬間に、予定の行動を――そういうものがあったとして――とれなかったのかもしれません。火のまわるのが速すぎたのか。土壇場になって怖《お》じ気《け》づいたのか……。わからないのですよ、警視さん。どうにも見当がつきません」

レーンが歩きまわるかたわらで、サムは長々と唇をすぼめて考えにふけった。「わかったぞ！」急に立ちあがって言った。「火事と爆発を起こしたのは、毒薬をさらに持ち出したことを隠すためだ！」

「どうか興奮なさらずに、警視さん」レーンは物憂げに言った。「わたしもそれについて考えましたが、少し前に切り捨てたのですよ。警察が実験室の薬品の分量を一滴のちがいもなく記録しているなどと、犯人が考えたりするでしょうか。ひとすくいぐらいの量がゆうべ盗まれても、だれも気づくはずがありますまい。火事や爆発を起こす必要がないのは明らかです。それに、ほこりの上にあった無数の靴跡から考えて、犯人は以前から足しげく実験室に出入りしていたはずですね。犯人に先見の明があれば――これまでの事件において、いくつかの点で並はずれた周到さを見せていますから、まちがいなく先見の明はあるでしょうが――自由に忍びこめるうちに毒薬をたくわえておいたはずで、きびしい監視の目があるときにわざわざ危険を冒して取りにいく必要はないのですよ……。無茶ですね、警視さん、その説に与《くみ》することはできません。この事件には、まったく異なる何か、常識の範疇《はんちゅう》を超えた何かがあるのです」ことばを切ったあと、ゆっくりとつづける。「ほとんどなんの理由もないかのような……」

「ばかげている」サムは渋面を作った。「容疑者全員が異常だという事件を扱えばこうもなりますよ。理由！　動機！　論理！」両手をあげる。「降参だ！　本部長に願い出て、担当からはずしてもらいたいくらいです」

ふたりは廊下へ出ていき、レーンは使用人のジョージ・アーバックルから帽子とステッキを受けとった。この男も、にわかに低姿勢になった妻とまったく同じで、ふたりの機嫌をとろうと哀れなほど熱心に付きまとった。

「警視さん、帰る前に」玄関で足を止め、レーンが言った。「ひとつご忠告申しあげます。もう一度毒殺が企てられるかもしれません」

サムはうなずいた。「わたしもそう思っています」

「そうですか。なんと言っても、相手は二度失敗しています。こちらは三度目があると予想し、凶行を未然に防がなくてはなりません」

「シリング先生のところからだれか来てもらって、ここで出される飲食物すべてを調べさせましょう。シリングの下に適任者がひとりいます。デュービンといって、若いが優秀な医者ですよ。あの男なら見逃さないでしょう。台所に陣どらせて、大もとを押さえます。それでは——」サムは手を差し出した。「失礼します、レーンさん」

レーンはその手を握った。「さようなら、警視さん」

レーンは後ろを向きかけて、また振り返った。互いが物問いたげな目で見つめ合う。やがてレーンが、憂いを含んだはっきりした口調で言った。「ところで警視さん、ある問題について、わたしの見解をあなたとブルーノさんにお話しすべきだと思うのですが……」

「というと？」サムは顔を輝かせ、熱意をこめて言った。

レーンは打ち消すようにステッキを振った。「あす、遺言状が読みあげられてからにします。その頃合がいちばんいいでしょう。ではまた。ごきげんよう！」

すばやくきびすを返し、レーンは立ち去った。

第二場　庭

六月六日　月曜日　午後四時

サム警視が心理学者だったなら、あるいは気持ちに少しばかり余裕があったなら、その日の〝いかれたハッター家〟は魅力たっぷりの研究材料となっていたかもしれない。一同は外出を禁じられていたため、迷える亡霊よろしく邸内をうろつき、せわしなく何かを手にとってはまたもどし、憎悪の視線をすばやく投げ合い、できるかぎり顔を合わせないようにしていた。ジルとコンラッドは一日じゅういがみ合っていた。つまらぬことで口論し、些細《ささい》なきっかけで衝突し、冷たい声で心ないことばを浴びせるさまは、短気ゆえという言いわけが通用しないほどのていたらくだった。マーサは子供たちをそばから離さず、ほとんど無表情で叱ったり叩《たた》いたりしていたが、コンラッドがふらつく足で近づいてきたときだけは神経をとがらせ、子供たちですら気にして問いただすほどの険しい目で、夫の青白くやつれた顔をにらみつけた。

決め手とするにはほど遠い手がかりについて考えれば考えるほど、サムの苛立《いらだ》ちは募った。ドルリー・レーンには何か思うところがあるらしいが、その正体の見当がつかないのも腹立たしかった。レーンは気になることがある様子で、妙に落ち着きがなく不安そうに見えたものだ。それが腑《ふ》に落《お》ちなかった。午後になり、サムはハムレット荘へ連絡しようと電話機に二度手をかけたが、そのたびに思いとどまった。いざ呼び出す段になって、尋ねることが何もなく、むろん言うべきこともないのに気づいたからだ。

やがて、一風変わった煙突内の通路が気になりだし、レーンのことを忘れた。二階の実験室へ行き、耐火煉瓦《れんが》の仕切り壁にみずからよじのぼってみる。大の男でもさしたる苦労をせず、暖炉越しに部屋から部屋へ移動できることを納得のいくまでたしかめたかった……。やはりそうだ。

実験室へ這《は》い出てきたサムは、マンモスのごときサムの肩でさえ、たやすく内部の空間をすり抜けられた。

ピンカッソンに家人を集めさせた。

ひとり、またひとりとやってきたが、火事の衝撃が、驚く感覚をも鈍らせているらしい。新たな尋問に興味を示す者はいない。事件の急展開をはじめたが、その狙いを悟る者はいなかった。全員が集まったところでサムは漠たる質問をはじめたが、その狙いを悟る者はいなかった。訊《き》かれた者は機械的に反応し、サムの見るかぎりでは正直に答えた。煙突内の通路についてふれたとき――実在するとは言わず、それとなくほのめかすにとどめたが――はっきりわかったのは、犯人がよほどの演技者であるか、あるいは全員が正直者だということだった。サムは犯人が嘘の網のなかでがんじがらめになるのを待っていた。記憶の蓋《ふた》があけられることによって、ほかのだれかが期せずして犯人の嘘をさらすことすら期待した。しかし尋問を終えても、これまでと大差のない事実しか判明しなかった。解放された者たちはぞろぞろと出ていった。サムは図書室の肘掛《ひじか》け椅子に体を沈めて吐息を漏らし、おのれの失態について考えこんだ。

「警視さん」

顔をあげると、長身の家庭教師ペリーが目の前にいた。「おや、何か用ですかな」サムは不機嫌な声で言った。

ペリーは早口で言った。「外出許可をいただきたいんです。ぼくは――この事件のせいでいくぶん――つまり、きのうはふだんなら休日だったのに屋敷から出してもらえなかったもので、気晴らしに外の空気を……」

早口の勢いが弱まるまでサムはほうっておいた。ペリーはきまり悪そうに身じろぎしつつも、目の奥に火花をちらつかせている。サムはきびしくやりこめたりはせず、むしろ一段と思いやりのある口調で言った。「お気の毒ですが、ペリーさん、それはできませんな。ある程度めどがつくまでは全員にこの屋敷にいてもらうほかありません」

目のなかの火花が消えた。ペリーは肩を落として、無言で力なく図書室から立ち去り、廊下を抜けて裏庭へ出ていった。怪しい空模様を見てためらう。やがて、バーバラ・ハッターが庭用の大きなパラソルの下で静かに読書をしているのを見つけ、軽快な足どりで芝生を突っ切っていった……

これほどまでとらえどころのない事件も珍しい、と、長い午後をやり過ごしながらサムは思った。劇的で強烈な出来事が電気ショックのように襲いかかったかと思うと、その後はまったく何も起こらず、完全な静止状態が訪れる。事件全体に何か不自然なところがある。それが無力感を誘い、避けようのない犯罪ではないかという、気の滅入るような印象が付きまとう。すべてがとうの昔に計画されていて、抗しがたい終局へ向かって容赦なく進んでいるかのようだ。しかし――どんな？　どんな結末なのだろうか。

午後にはトリヴェット船長が訪ねてきた。その日もいつもと変わらぬ静かな物腰で、聾唖《ろうあ》で盲目の女性への風変わりな慰問を果たすべく、不自由な足を運んで階段をあがっていった。当のルイーザは二階のスミス看護婦の部屋にいて、完全に隔絶されたうつろな世界で休息している。刑事が部屋にはいってきて、弁護士のビゲローが来ているとサムに報告した。おそらくジル・ハッターを訪ねてきたのだろう。ゴームリーは現れなかった。

午後四時、サムが図書室で爪を嚙《か》んでいると、腹心の部下のひとりがあわただしくはいってきた。そのただならぬ様子で、サムはすぐさま活気づいた。

小声でわずかなことばが交わされ、ひとことごとにサムの目は輝きを増した。しまいにサムは勢いよく立ちあがって、刑事に階下の見張りを命じ、自分はふたつの階段を威勢よくのぼって三階へ向かった。

部屋の配置はわかっていた。庭を見渡せる裏側の部屋のうち、ふたつは女中のヴァージニアとエドガー・ペリーの寝室だ。北東の角の部屋は空室で、南東の角の物置部屋と浴室でつながっている。南側にある浴室つきの主室もいまは大きな物置部屋になっているが、かつてこの家がヴィクトリア朝時代並みの栄光に包まれていたころには、客用寝室として使われていた。西側全体を占める部屋はアーバックル夫妻が用いていた。

サムはまったく躊躇《ちゅうちょ》しなかった。廊下を進み、エドガー・ペリーの寝室のドアに手をかけた。鍵《かぎ》はかかっていない。すぐに中へはいり、ドアを閉めた。庭に面した窓のひとつへ走り寄る。ペリーはパラソルの下に腰かけてバーバラと熱心に話しこんでいた。

サムは満足そうに顔を崩し、仕事にかかった。

質素で小ぎれいな部屋は、持ち主に妙に似たところがあった。高いベッド、鏡台、小さな敷き物、椅子、本が詰まった大ぶりの書棚。どれもあるべき場所にていねいに配されている。

サム警視は細心の注意を払いつつ、室内を秩序立てて捜索した。いちばん気になるのは鏡台の中身だったが、これは空振りに終わった。つぎにあたったのは小型の衣装戸棚で、遠慮なく衣類のポケットをひとつひとつ探っていく……。敷き物を持ちあげる。本のページをめくる。並んだ本の奥の隙間を観察する。ベッドのマットレスを引きはがす。

練達の技で念入りに調べたものの、収穫は皆無だった。

手をふれたものをもとの位置へ慎重にもどし、また窓際へ行った。ペリーは相変わらずバーバラとの会話に没頭している。ジル・ハッターが木の下に腰をおろし、気怠《けだる》そうにチェスター・ビゲローに色目を使っていた。

サムは階下へおりていった。

家の裏手へまわり、短い木の踏み段をくだって庭に出た。雷鳴が響き、雨粒がパラソルを叩きはじめる。バーバラとペリーはそれを意に介していない。だが、サムの姿を見るなり甘いささやきを中断したビゲローとジルのほうは、これさいわいとばかりに急いで腰をあげ、家のなかへ引き返していった。サムとすれちがうとき、ビゲローは弱々しく会釈をし、ジルは怒った目でにらみつけた。

サムは両手を後ろに組んで、暗い灰色の空へ鷹揚《おうよう》な笑みを向け、それからパラソルに向かって芝生を歩いていった。

深みのある声でバーバラが言っている。「だけどペリーさん、やっぱり……」

「詩に抽象論は必要ないというのがぼくの考えです」ペリーは力をこめて言った。ふたりのあいだの庭用テーブルにある薄い本の黒表紙を、華奢《きゃしゃ》な手のひらで叩く。サムが見たところ、題名は『弱々しき演奏会』で、著者名はバーバラ・ハッターとなっていた。「たしかに、この詩集がすばらしいのは認めますよ。詩情豊かな繊細さの虚飾があって、想像力を力強く――」

バーバラは笑った。「虚飾がある？　まあ、ありがとう！　正直な批評ね。お世辞ばかり並べ立てない人と話すのは気持ちがいいわ」

「いやあ！」ペリーは小学生のように赤くなり、一瞬返すことばに窮したらしかった。サムが雨のなかで物思わしげに見つめているのに、どちらも気づかない。「では、この〈瀝青《れきせい》ウラン鉱〉という詩の三連を見てください。出だしはこうです。〝壁のごとき山々がそびえ――〟」

「あの」サムは声をかけた。「ちょっとよろしいですか」

ふたりは驚いて振り返り、ペリーの顔から情熱が消え去った。ペリーはバーバラの詩集を持ったまま、気まずそうに立ちあがった。

バーバラは微笑んで言った。「あら、警視さん、雨ですね！ パラソルの下へどうぞ」

「では、ぼくは家へもどります」ペリーは無愛想に言った。

「そう急がずに、ペリーさん」サムは笑みをたたえ、盛大に息を吐きながら腰をおろした。

「実を言うと、あなたと話がしたくてね」

「まあ。それなら、わたしが失礼します」バーバラが言った。

「いや、いや」サムは悠然と言った。「かまいませんよ。たいしたことじゃありません。なんでもないんですよ。形ばかりの質問でして。まあ、すわってください、ペリーさん。ひどい天気ですな」

少し前までペリーの顔を明るく輝かせていた詩の精は、萎《な》えた翼でこっそり逃げ去っていた。

ペリーは緊張していた。急に老けて見え、バーバラはそんな顔を見まいと目をそらしている。

これまで感じなかった暗く湿っぽいものがパラソルの下に忍びこんできた。

「実は、あなたの以前の雇い主ですがね」サムは相変わらず穏やかな声でつづけた。

ペリーは身をこわばらせた。「はい？」かすれた声で言う。

「推薦状に署名のあるジェイムズ・リゲットという人を、あなたはどの程度ご存じなんですか」

顔がゆるやかに紅潮する。「どの程度というと……」家庭教師は口ごもった。「それは――言うまでもないと思いますが――こういう場合は」

「なるほど」サムは笑みを漂わせた。「当然ですな。まぬけな質問でした。では、その人物のもとでどれだけの期間、家庭教師として働いていたんですか」

ペリーは一度体を大きく震わせたのち、だまりこんだ。乗馬の初心者のように、硬くなってすわっている。やがて気の抜けた声で言った。「見つかってしまいましたか」

「ええ、見つけました」サムはまだ笑みを浮かべている。「ねえ、ペリーさん、警察を欺こうとしても無理ですよ。推薦状に書かれたパーク・アヴェニューの住所に、ジェイムズ・リゲットなる人物が現在も過去も存在していないことぐらい、簡単に調べられます。正直言って、気分を害しましたよ。そんなごまかしが通ると思われるとは……」

「お願いです、もうやめてください！」ペリーが叫んだ。「どうなさろうというんですか――ぼくを逮捕しますか？　じゃあ、そうしたらいい。こんなふうにいたぶられるのは耐えられない！」

サムの口もとから笑みが消え、姿勢が正された。「さあ、話すんだ。わたしは真実が知りたい」

バーバラ・ハッターはまばたきもせずに、詩集の表紙に目を凝らしている。

「わかりました」家庭教師は弱々しく言った。「ばかなことをしたと思いますよ。でも、経歴を偽って働いているときに、よりによって殺人事件の捜査に巻きこまれるとは不運でした。ええ、警視さん、推薦状を書いたのはぼく自身です」

「わたしたちよ」バーバラがやさしく言った。

わが耳を疑うとばかりにペリーがさっと立ちあがり、サムは目を険しくして言った。「どういう意味ですか、ハッターさん。事が事だけに、冗談ではすみませんよ」

「言ったとおりの意味です」バーバラがよく通る深みのある声で答えた。「ペリーさんのことは以前から存じていました。この人は仕事がなくて困っていて、それでも──金銭的な援助を受けようとしませんでした。コンラッドのことはわかっていますから、推薦状なら自分で書けばいいとわたしが持ちかけたんです。この人には心あたりがなかったものですから。すべてわたしの責任です」

「ふむ」警視は兎のように首を振って言った。「なるほど、よくわかりました、ハッターさん。これほど頼りになる友達に恵まれるとは、あなたも運がいいですな、ペリーさん」ペリーがバーバラの服にも似た青ざめた顔で、呆然《ぼうぜん》と上着の襟を指でつかむ。「では、本物の推薦状は持っていないんですか」

家庭教師は咳払《せきばら》いをした。「その──いわゆる名の通った知り合いはいません。どうしてもここで仕事がしたくて……。給料がとてもいいし、この──」喉《のど》をつまらせる。「──このバーバラさんのそばにいられますから。この人の詩は昔もいまもぼくの力の源です……。だからこんな──策を講じたんですよ」

サムはペリーからバーバラへ視線を移し、またペリーへもどした。バーバラはいたって平静だが、ペリーの狼狽《ろうばい》ぶりは目もあてられないほどだ。「そうですか」サムは言った。「見栄えのする推薦状ではなかったとして――そんなことはかまわない。わたしは理不尽な人間ではありませんよ、ペリーさん――どんな推薦状ならあるんです？　あなたの身元を保証してくれるのはだれですか」

突然バーバラが立ちあがった。「わたしの推薦では不十分ですか、サム警視」その声と緑色の目は氷のように冷たかった。

「ええ、わかります。しかし、わたしにも仕事がありましてね。それで？」

ペリーは本をいじくりまわした。「実を言うと」たどたどしく言う。「家庭教師をするのはこれがはじめてなので、推薦状はないんです」

「ほう。実に興味深い。では、身元保証人は？　ミス・ハッターを別にすればですが」

「いえ――いません」ペリーは口ごもった。「友人がいないものですから」

「なんと」サムはにやりと笑った。「変わった人ですな、ペリーさん。その歳まで生きて、身元を保証してくれるたったふたりの人間がいないとは！　こんな話を思い出しますよ。ある男が合衆国に移住して五年たったので、市民権を取得しようと帰化局へ申請しました。アメリカ人の保証人がふたり必要だと審査官に告げられ、そこまで親しいアメリカ人はいないと男は答えたんです。おや、おや、と叫び、審査官は申請を却下しました。この国に五年も住んでいたのに、と言って……」サムは悲しげに首を横に振った。「いや、つまらん話はやめましょう。あなたはどこの大学を出られたんですか、ペリーさん。ご家族は？　出身地は？　ニューヨークに来て何年ですかな」

「サム警視」バーバラが冷ややかに言った。「お話がばかげた方向へ進んでいますよ。ペリーさんはなんの罪も犯していません。それとも、犯したとでも？　もしそうなら、犯した罪で告発すればいいでしょう。ペリーさん、あなたも――何も答えなければいいんです。答えてはだめよ。もうこれくらいでじゅうぶんのはずよ！」

バーバラはパラソルの下からすばやく出ると、ペリーの腕をとって、雨にかまわず芝生の上を歩きだし、屋敷へ連れていった。ペリーは夢を見ているかのように歩き、バーバラは昂然《こうぜん》と頭をあげている。どちらも後ろを振り返らなかった。

雨が降りつづけるなか、サムは長々とその場に坐《ざ》して葉巻をくゆらせていた。女性詩人とペリーが消えていったドアを見据えている。目の奥には不敵な笑みがちらついていた。

やがてサムは立ちあがり、悠々と芝生を横切って邸内にはいると、大声で刑事をひとり呼びつけた。

第三場　図書室

六月七日　火曜日　午後一時

六月七日の火曜日には、ニューヨークの各新聞社が活気づいていた。恰好の取材種にふたつも恵まれたからだ。ひとつは殺害されたエミリー・ハッターの葬儀で、もうひとつはその遺言の発表だった。

死体保管所を出たハッター夫人の遺体は、葬儀所へ運ばれて防腐処理を施されたのち、安息の場所へと急いで送られた。いっさいが月曜日の夜から火曜日の午前中にかけての出来事だった。火曜日の午前十時半には、葬儀の参列者を乗せた車がロングアイランドの墓地へ向かっていた。予想にたがわず、ハッター家の面々はこの厳粛な局面でもあまり心を動かされたふうではなかった。死生観がどこかゆがんでいて、涙を流したり、世間並みに嘆いたりすることができないのだろう。バーバラを除く全員が互いの腹を探り合い、ロングアイランドに着くまで口論が絶えなかった。家に居残ることを承知せずについてきた子供たちにとって、外出はピクニックも同然で、母親が道中ずっと押さえつけておかなくてはならず、一行が墓地に着くころにはマーサは疲れと苛立《いらだ》ちの極にあった。

ドルリー・レーン氏は、自分なりの考えがあって式に参列していた。屋敷の警備はサムとブルーノにまかせ、ハッター家の人々そのものにひたすら注目した。レーンは静かに観察していたが、刻一刻とハッター一族に――その歴史に、特異性に、態度に、しぐさに、話し方に、互いの微妙な関係に――心を奪われていった。

参列者の車のあとを追って、記者の一団が墓地へなだれこんだ。シャッターを切り、鉛筆で走り書きをし、汗まみれの若い記者たちは是が非でも遺族をつかまえようとする。遺族は墓地の門の外で車をおりるなり護衛の警官に囲まれて、ハッター夫人の亡骸《なきがら》を埋める赤土の穴へと移動した。酒に酔って気が大きくなったコンラッド・ハッターが、参列者の群れから群れへとふらつく足で歩いては悪態をつき、大声を出し、周囲に命令する……。最後はバーバラが腕をつかんでどこかへ連れ去った。

奇妙な葬儀だった。女性詩人の友人や知己である知識層が大挙押しかけたのは、亡き夫人を偲《しの》ぶためではなく、生者の悲嘆に敬意を払うためだった。墓を囲んでいるのは芸術界の錚々《そうそう》たる顔ぶれだった。

片やジル・ハッターのまわりには、街の自堕落な紳士たちが老いも若きも集まっていた。男たちの服装は申し分なかったが、葬儀よりもジルに色目を使ったり手を握ったりに夢中だった。

前述のとおり、報道陣は運動会さながらに活気づいていた。エドガー・ペリーやアーバックル夫妻や女中には目もくれず、ルイーザ・キャンピオンと付き添いのスミス看護婦の写真を何枚も撮った。特別派遣の女性記者たちは、ルイーザの顔が〝痛ましいほどうつろ〟で、〝とまどうさまが哀れを誘い、母親の棺《ひつぎ》に土くれが落ちはじめたときには涙がこぼれ、まるで耳が聞こえてひとつひとつの音が心に鳴り響いているかのようだった〟と記事に書いた。

ドルリー・レーン氏は、患者の心音に耳を傾ける医師のごとく、柔和ながら研ぎ澄まされた表情ですべてを観察していた。

集団はハッター一家のあとについて、市内へもどっていった。一家を乗せた車のなかでは緊張が高まりつつあった。みな神経を張り詰めさせて殺気立っていたが、それはロングアイランドの土に埋めた死者の魂を思ってのことではない。チェスター・ビゲロー弁護士は朝からずっと謎めいた存在となっていて、コンラッドが酒の酔いにまかせてあれこれ聞き出そうとした。けれども、注視の的となって心地よさそうなビゲローは首を横に振って「正式に発表するまでは何も申しあげられないんですよ、ハッターさん」と応じた。コンラッドの共同経営者のジョン・ゴームリーは、とげとげしい態度でコンラッドを乱暴に引っ張っていった。

黒の喪服姿で葬儀に参列したトリヴェット船長は、ハッター邸の前で車をおり、ルイーザを歩道へ導くと、その手を握り、それから隣の自宅へ帰りかけた。意外にも、チェスター・ビゲローが大声で船長を呼び止めたので、トリヴェットは困惑気味にルイーザのそばへもどった。ゴームリーは招かれていないものの居残り、ジルを追う目を意固地に光らせていた。

帰宅して半時間後、一同は若くてきびきびした弁護士助手に呼ばれて図書室に集まった。レーンはサムとブルーノとともに部屋の片側に立ち、一族の集まりに真剣な視線を注いだ。子供たちは外で遊ぶようにと庭に出され、不運な刑事が監視役をまかされた。マーサ・ハッターはぎこちなく背筋を伸ばし、両手を膝《ひざ》に置いてすわっている。スミス看護婦は点字盤と用具一式を用意して、ルイーザ・キャンピオンの坐する椅子の横に立った。

レーンはほかの家族が現れるさまを観察し、これまで以上に奇矯な印象を受けた。ハッター家の人間は一見健康そのものだ。背が高く、しっかりした体つきをしている。実のところ、ハッターの血を引いていないマーサが——ちょうど同じ背丈のルイーザとともに——家族のなかで最も背が低かった。とはいえ、レーンは何ひとつ見逃さなかった。落ち着きのないしぐさ。放縦さを秘めたジルとコンラッドのまなざし。奇妙な危うさを見せるバーバラの知性。程度の差こそあれ、ジルとコンラッドは傲然《ごうぜん》と構え、殺された母親の遺言を聞きたい思いを隠そうともしない……。半ば部外者のマーサとルイーザ——ひとりは打ちのめされ、もうひとりは生ける屍《しかばね》——と鮮やかな対照をなしていた。

ビゲローが歯切れよく話しはじめた。「途中でさえぎらぬようお願いいたします。この遺言状はいくつかの点において特殊ですが、わたしが読み終えるまで発言はご遠慮ください」返事はなかった。「発表する前に申しあげておきますが、分配される金額は、法律上の負債を差し引いた総資産額を仮に百万ドルと想定したうえで定められています。実際の資産はそれ以上の額になりますが、遺産の分配を簡潔に示すためには、暫定的な数字が必要となるのです。この点については、追ってご理解いただけるでしょう」

ビゲローは長大な文書を助手から受けとって背筋を正し、朗々たる声でエミリー・ハッターの遺言状を読みあげていった。

はじめの一文から不吉な兆しがあった。自分が正常な精神状態であることを宣したのち、ハッター老夫人の冷たいことばがつづいた。すべての取り決めの主たる目的は、遺言者の死後、その娘ルイーザ・キャンピオンが遺言発表時に生存している場合、ルイーザ・キャンピオンの今後の生活を保障することにある。

バーバラ・ハッターはエミリー・ハッターとヨーク・ハッターの長子であるがゆえに、無力なルイーザの保護と福利に責任を負うか否かについて、第一に選択することができる。もしバーバラがその責務を果たすことを承諾し、ルイーザの天寿が尽きる日まで、当人が肉体的、精神的、倫理的な幸福を享受できるように尽くす意思を表明するならば、財産は以下のとおりに分配されるものとする。

ルイーザ（バーバラに信託）　三十万ドル
バーバラ（自身の相続分）　三十万ドル
コンラッド　三十万ドル
ジル　十万ドル

この場合、ルイーザの相続分はバーバラに信託される。ルイーザが死亡したときは、この信託財産がハッター家の三人の子供たちへ十万ドルずつ等分に分配される。それでも、バーバラ、コンラッド、ジルの本来の相続額になんら変更はない。

ビゲローがそこでひと息つくと、ジルが怒りで顔をゆがめ、金切り声をあげた。「上等ね！いったいなんだってお母さんは――」

弁護士は面食らったが、どうにか威厳を取りもどし、急いでこう言った。「お願いです、落ち着いて！どうか邪魔をしないでいただきたい。そのほうが早く――ずっと早く終わりますから」ジルはふんぞり返って鼻を小さく鳴らし、周囲をねめつける。ビゲローは安堵《あんど》の息をついてその先を読みあげた。

もしバーバラがルイーザの庇護《ひご》を引き受けなければ、二番目の年長者であるコンラッドがその責任を担うことができる。この場合――すなわち、バーバラが辞退してコンラッドが承諾した場合――以下のとおりに分配されるものとする。

ルイーザ（コンラッドに信託）　三十万ドル

コンラッド（自身の相続分）　三十万ドル

ジル　十万ドル

バーバラ（辞退のため）　五万ドル

残りの二十五万ドル――バーバラ・ハッターの相続分から差し引いたもの――は、障害者施設を設立する資金として用い、これを〈ルイーザ・キャンピオン聾唖《ろうあ》盲人ホーム〉と命名する。

以下に、この施設の創立に関する詳細が述べられていた。

そして、この場合においてルイーザが死亡したときは、ルイーザの相続分三十万ドルはコンラッドとジルに分配されるものとし、コンラッドには二十万ドル、ジルには十万ドルが与えられる。バーバラには与えられない……。

いっとき沈黙が流れ、全員の視線が女性詩人に注がれた。バーバラは椅子にゆったりとすわってチェスター・ビゲローの口もとをじっと見つめている。その表情に揺るぎはない。コンラッドはすさんだ弱い心が垣間《かいま》見える目で、姉を見つめていた。

「これは見ものですな」ブルーノがレーンにささやいた。隣のサムが聞きとれないほどの声だったが、レーンは唇を読みとって悲しげに微笑む。「遺言が発表されるときには、例外なく人の本性が現れます。コンラッドをごらんなさい。目に殺意がある。どうなるにせよ、ひと悶着《もんちゃく》起こるに決まっていますよ、レーンさん。むちゃくちゃな遺言ですから」

ビゲローは唇を舌で湿して発表をつづけた。コンラッドがルイーザの庇護を引き受けない場合は、以下のとおりに分配されるものとする。

バーバラ（辞退のため）　五万ドル
コンラッド（辞退のため）　五万ドル
ジル（前と変わらず）　十万ドル
〈ルイーザ・キャンピオン聾唖盲人ホーム〉（前と変わらず）　二十五万ドル
ルイーザ　五十万ドル

全員がいっせいに息を呑《の》んだ。五十万ドル！　巨万の富を受けとるかもしれぬ人物を盗み見たが、小柄で太り肉《じし》のその女性は静かに壁へ目を向けるばかりだった。

ビゲローの声で一同の注意が引きもどされた。弁護士はなんと言っているのか？

「……また、この際にルイーザに分配された五十万ドルは、イーライ・トリヴェット船長に信託される。船長は不運な娘ルイーザ・キャンピオンの庇護を喜んで引き受けてくれるものと確信している。バーバラとコンラッドが辞退し、トリヴェット船長が承諾した場合、その労に報いてトリヴェット船長に五万ドルを遺贈する。わが娘ジルは、ルイーザの庇護についての選択権を持たない」

弁護士はさらに読みあげた。この場合において、ルイーザが死亡したときは、ルイーザの相続額五十万ドルのうち、十万ドルをジルの相続分に加え、残りの四十万ドルをホーム設立基金の二十五万ドルに加える……。

あまりにも重い沈黙がひろがるなか、ビゲローは遺言状から顔もあげずに一気に読んでいき、かすかに震える声で言った。以上の取り決めとはかかわりなく、ジョージ・アーバックル夫妻には、その誠実な仕事に報いて二千五百ドルを遺贈する。アンジェラ・スミス看護婦にも、その誠実な仕事に報いて二千五百ドルを遺贈する。また、アンジェラ・スミスが遺言者の死後もルイーザ・キャンピオンの看護婦兼付添人としてとどまることを承諾した場合、基金を設けてそこから週七十五ドルの給金を支払うものとする。最後に、女中ヴァージニアへは五百ドルを……。

ビゲローは遺言状を置いて腰をおろした。助手が機敏に立ちあがって遺言状の写しを配ってまわった。それぞれが無言で受けとった。

数分のあいだ、だれひとり口をきかなかった。コンラッドは文書を何度も指でめくっては、濁った目でタイプライターの文字を見つめている。ジルの愛らしい口は憎々しげにゆがみ、美しい瞳《ひとみ》はルイーザを陰険そうに凝視している。スミス看護婦はルイーザへわずかに身を寄せた。やがて、コンラッドが叫び声をあげて怒りを爆発させた。椅子から飛び出すや、われを忘れて遺言状を床に叩《たた》きつけ、踵《かかと》で踏みしだいた。しゃがれ声で意味不明のことばを吐き、顔を紅潮させ、つかみかからんばかりにビゲローへ詰め寄ったので、弁護士は驚いて立ちあがった。サムが猛然と部屋を突っ切って駆け寄り、暴れる男の腕を頑丈な手でつかんだ。「ばか野郎！」サムは怒鳴った。「落ち着け！」

赤い顔がピンク色に、そしてくすんだ灰色に変わっていく。意識が朦朧《もうろう》としているのか、コンラッドがゆっくりと首を左右に振り、異常な怒りは引いていった。目に理性がもどる。バーバラのほうを向き、小声で言った。「どうするつもりなんだ、姉さん――その女を」

一同は安堵のため息をついた。バーバラは無言で立ちあがると、そこに弟がいないかのように前を通ってルイーザの椅子の前へかがみこみ、聾啞《ろうあ》で盲目の女性の頬をやさしくなでた。それから、深みのある心地よい声で「失礼します」と言って立ち去った。コンラッドは呆然《ぼうぜん》と姉の後ろ姿を見送った。

つぎはジルの番で、ここぞとばかりに見せ場を披露した。「わたしだけ除《の》け者じゃないの！」と声を張りあげる。「最低の母親よ！」猫のような身のこなしで跳び起きて、ルイーザの足もとで身をかがめる。「口のきけない屑《くず》！」つばを吐き、身を翻して図書室から走り出していった。

マーサ・ハッターは侮蔑《ぶべつ》のまなざしで静かに家族をながめていた。スミス看護婦は点字盤の金属ブロックを不安そうに動かして、一言一句をルイーザに伝えていた。

ビゲローと助手を除いて全員が退室したあと、ブルーノ地方検事がレーンに言った。「さて、いまの様子をどう思われますか」

「あの人たちはただの変人ではなく、邪悪なところがありますね。それどころか、あまりにもひどいので」レーンは静かにつづけた。「本人たちのせいではない気もします」

「どういうことでしょう」

「悪い血が流れているということですよ。この家系に先天性の欠陥があるのは明らかです。発端はハッター夫人だったにちがいない。ルイーザ・キャンピオンがその証拠です。一族のなかで最も不運な犠牲者ですよ」

「犠牲者であるとともに、勝利者でもあります」ブルーノは沈鬱《ちんうつ》な声で言った。「何があっても彼女が損をしないようになっています。無力な女性にとってはかなりの財産ですよ、レーンさん」

「かなりなんてものじゃありません」サムが吠《ほ》えるように言った。「あの女性を造幣局並みに護衛せざるをえないな」

ビゲローは書類鞄《かばん》の錠をいじりまわし、助手は机の周辺を忙しく片づけている。レーンが言った。「ビゲローさん、この遺言状はいつごろ書かれたのですか」

「ヨーク・ハッター氏の遺体が湾で発見された翌日、ハッター夫人から、遺言状を書き換えたいとの申し出がありました」

「古い遺言状の内容は？」

「ヨーク・ハッター氏に全財産を遺《のこ》すというものでした。ルイーザ・キャンピオンの面倒を一生見るというのがただひとつの条件です。ハッター氏の亡きあとは、氏自身の遺言によって分配されることになっていました」ビゲローは鞄を手にとった。「これに比べれば簡単な書面でしたよ。もし夫が先立つことがあっても、ルイーザのためにじゅうぶんな備えをするものと確信すると明記されていました」

「では、家族は最初の遺言状の内容を知っていたのですか」

「ええ、知っていました。変更にあたって、ハッター夫人からこうも言われました。ルイーザが自分より先に死んだら、財産はバーバラ、ジル、コンラッドの三人に平等に分けるつもりだと」

「どうもありがとう」

ほっと息をつくと、ビゲローはそそくさと図書室を出ていき、助手は子犬のようにあとを追いかけた。

「ルイーザ、ルイーザ」サムが苛立《いらだ》たしげに言った。「いつだってルイーザが騒動の中心にいる。われわれが気をつけていなければ、ルイーザはひとたまりもあるまい」

「この事件をどう見ていらっしゃるんですか、レーンさん」ブルーノがさりげなく尋ねた。「サムから聞きましたが、この場でわれわれに伝えたいことがあると、きのうおっしゃったそうですね」

　レーンは籐《とう》のステッキを固く握り、体の前で振って小さな弧を描いた。「そう申しました」暗くきびしい表情でつぶやく。「しかし――きょうは控えようと思いなおしました。ここでは考えがまとまりません――あまりにものものしい雰囲気なので」

　サムがぶしつけな声を発した。いまにも爆発しそうだ。

「申しわけありません、警視さん。わたしは『トロイラスとクレシダ』に登場するヘクターの気分になってきました。作品そのものは、シェイクスピアのことばを借りれば〝野暮で腑《ふ》抜けな結末（『オセロ』第二幕第一場）〟です。もっとも、本人が自分の駄作をそう評したのではありませんがね。これはニューヨークの〈プレイヤーズ・クラブ〉で上演されていて、ヘクターの台詞《せりふ》に〝ほどよき疑いは賢者のしるし〟というものがあります。残念ながらきょうはそのことばに従うしかないように思うのですよ」レーンは深く息をついた。「できるものなら、ハムレット荘へもどって疑問を解決したいのです……。いつまでこの不幸なトロイを包囲なさるおつもりですか、警視さん」

「よい木馬を手に入れるまでです」サムは不機嫌な声で、意外な博識ぶりを見せた。「どうしたらいいかは見当もつきません。市の当局からはつつかれはじめましたがね。確実に言えるのは、ひとつ手がかりをつかんだということです」

「それは？」

「ペリーですよ」

レーンは眉根《まゆね》を寄せた。「ペリー？　ペリーがどうしたのですか」

「まだどうもしません。でも――」サムは思わせぶりに言った。「まもなくいろいろわかりますよ。エドガー・ペリーは――これが本名でないほうに一ドル賭《か》けてもいいが――この家にはいりこむために推薦状を偽造しました。これぞ手がかりです！」

レーンは心底とまどったようだった。ブルーノがすばやく身を乗り出した。「サム、それがたしかならその罪でペリーを拘束できるじゃないか」

「すぐには無理です。バーバラ・ハッターが割りこんできて、ペリーをかばったんですよ。コンラッドの望む格式高い推薦状をペリーが用意できないので、自分が策を講じたと言っています。そんなのは嘘っぱちだ！　しかし、こちらはその言い分を受け入れざるをえません。興味深いことに、あの男はひとつも推薦状を持っていないし、そもそも自分の経歴をまったく語ろうとしないんです」

「では、家庭教師を調べていらっしゃるのですね」レーンはゆっくりと言った。「なるほど、賢明ですね、警視さん。あなたのお考えでは、バーバラさんもその男の正体をわたしたちと同様、ろくにご存じないらしい」

「そのとおりです」サムはにやりと笑った。「すばらしい女性ですが、それはさておき、どうもあの男に気があるようです。恋に落ちればどんなことでもするでしょうな」

ブルーノが一考して言った。「なら、コンラッド説は捨てるのか？」

サムは肩をすくめた。「捨てはしません。部屋の絨毯にあったコンラッドの靴跡は——できすぎという気もしますが、女の片棒をかついだのならそうかもしれない。あとは、女の頬のことがあるが……。わからないな。わたしはペリーを探ってみますよ。あすには何か報告できるでしょう」

「それはすばらしいですね、警視さん」レーンは麻の上着のボタンをかけた。「よろしければあすの午後にハムレット荘へお越しになりませんか。ペリーの件をすっかりうかがいたいし、わたしのほうも……」

「わざわざあそこへですか」サムは不平がましくつぶやいた。

「お願いしてみたまでですよ、警視さん」レーンは声を落とした。「いらっしゃいますか」

「行きますとも」ブルーノがすばやく言った。

「ありがたい。ところで、警戒をゆるめてはいないでしょうね、警視さん。万全の厳戒態勢を敷くべきですよ。とりわけ実験室には」

「それに、シリング先生がよこした毒物の専門家が、つねに調理場で任務に就いていますよ」サムはむっつりと言った。「ええ、万事心得ています。レーンさん、ときどき思うのですが、そもそもあなたは――」

サムは心に浮かんだもろもろの不満を口に出しかけたが、何を言ってもレーンには通じなかった。レーンはすでに笑顔を作って手を振り、きびすを返して去っていた。

サムは自棄《やけ》になって指の関節を鳴らした。背を向けたとたんにことばが届かなくなる人物には、何を話しかけても無駄だった。

第四場　ハムレット荘

六月八日　水曜日　午後三時

水曜日は上天気になったが、肌寒かった。ハドソン川の一帯は冬の海を思わせた。深い木立を吹き抜ける強風の音は大洋の波の音に似ている。木々は六月のものだが、空気は十一月のものだった。

警察車は急坂をのぼり、鉄橋から砂利道、広場、庭園の道へと静かに進んでいった。ブルーノ地方検事もサム警視も話をする気分ではなかった。

奇怪なまでに背中の曲がったあの老クエイシーが、鉄の掛け金がついた外の扉まで迎えに出て、ふたりを大広間へ案内した。藺草《いぐさ》の敷かれた床を歩いて、大きな枝つき燭台《しょくだい》や、甲冑《かっちゅう》の騎士像や、巨大な喜劇の仮面と悲劇の仮面の横を通り過ぎ、奥の壁に隠された小さなエレベーターの前に行き着く。エレベーターで少しのぼり、ドルリー・レーン氏の私室へ足を踏み入れた。老優は茶色いベルベットの上着を着て、燃えさかる炉火の前で槍《やり》のごとく直立していた。しきりに明滅して影が流れ動く光に包まれながらも、その顔に刻まれた心労が見てとれた。レーンは憔悴《しょうすい》し、明らかにふだんと様子が異なっている。それでもいつもどおりに丁重な挨拶《あいさつ》をしたあと、呼び鈴の紐《ひも》を引いて小男のフォルスタッフにコーヒーとリキュールを出すよう命じ、老いた猟犬よろしくあたりを嗅《か》ぎまわろうとするクエイシーをさがらせて、自分は火のそばに腰をおろした。

「はじめに」レーンは静かに言った。「そちらからどうぞ、警視さん。何か新たな知らせはありますか」

「大ありです。ペリーの記録を調べあげました」

「記録？」レーンの眉《まゆ》があがった。

「警察の記録ではありません。本人の生い立ちの記録ですよ。あの男が何者であるか――本名がなんであるか――想像もつきますまい」

「わたしは千里眼の持ち主ではありませんよ、警視さん」レーンはかすかに笑みを浮かべた。

「行方不明のフランス皇太子ではないでしょうね」

「だれですって？　いいですか、レーンさん、これは重大なことですぞ」サムは太い声で言った。「エドガー・ペリーの本名はエドガー・キ、ャ、ン、ピ、オ、ンなんですよ！」

ほんの一瞬、レーンは身じろぎもしなかった。「エドガー・キャンピオン」しばらくして言う。「おやおや。まさかハッター夫人の前夫の息子ではないでしょうね」

「そのまさかですよ！　真実はこうです。エミリー・ハッターが亡きトム・キャンピオンと結婚してエミリー・キャンピオンと名乗っていたころ、夫には前妻とのあいだに生まれた息子がいました。それがエドガー・キャンピオンです。つまり、ルイーザ・キャンピオンの腹ちがいの兄にあたります。父親が同じで、母親が異なるというわけですよ」

「なるほど」

「問題はですね」ブルーノがどうにも納得がいかない様子で言った。「なぜキャンピオンすなわちペリーは家庭教師を装ってハッター家に住もうとしたのか、ということです。サムの話では、バーバラ・ハッターの助けでこの仕事を――」

「嘘っぱちです」サムが言った。「言われたとたんにわかりましたよ。バーバラは家庭教師になる前のペリーと面識があったはずがありません。その点もはっきり調べがついています。それに、あの男の正体を知らないのもまちがいない。恋をしているんですよ。恋をね！」

「ハッター夫人はエドガー・ペリーの正体が義理の息子エドガー・キャンピオンだと知っていたのでしょうか」レーンが考えながら言った。

「いや、言われなければわかるものですか。調査によると、父親がエミリーと離婚した時点で、あの男はまだ六、七歳でした。四十四歳になったいまでは見分けがつかなかったでしょう」

「ペリーとは話をしましたか」

「なかなか口を割りません。いまいましいやつです」

「サムはペリーを逮捕したんです」ブルーノが言った。

レーンは体をこわばらせ、それから力を抜いてかぶりを振った。「警視さん、それは軽率ですよ。実に軽率です。どのような理由で逮捕できるのですか」

「気に入らないようですな、レーンさん」不敵な笑みを浮かべてサムが言った。「理由については心配無用です。正当な手続きを踏みましたから。あんな男は危なっかしくて自由に泳がせておけない」

「ペリーがハッター夫人を殺害したとお考えですか」レーンは冷ややかに訊《き》いた。

サムは肩をすくめた。「どちらとも言いきれませんな。殺していない可能性のほうが高い気もします。動機が不明だし、それにもちろん、証拠もありませんからね。だが何かを知っている。そこが重要です。身元を偽って住みこみの仕事をしている家で、たまたま殺人事件など起こらないのがふつうです」指を鳴らす。「よりによってあんなふうにはね」

「では、すべすべした柔らかい頬の件はどうなりましたか、警視さん」

「簡単です。われわれは共犯者がいた可能性をまだ捨てていませんからね。あるいは、あの聾《ろう》唖《あ》の女性が勘ちがいしたんでしょう」

「おいおい」ブルーノがもどかしそうに言った。「きみの説を聞くためにはるばるニューヨークから来たんじゃないぞ、サム。あなたのお考えはいかがでしょう、レーンさん」

レーンはしばし黙したままだった。その隙にフォルスタッフがもてなしの支度をしてもどったので、サムは湯気の立つブラックコーヒーを口にして、すさむ心をいくらか癒《いや》した。フォルスタッフがさがってから、レーンは口を開いた。

「この件については日曜日からずっと考えていました」豊かなバリトンの声を巧みに操って言う。「そして考え抜いたあげく――どう申しましょうか――わけがわからなくなってしまったのです」

「どういうことです？」サムが尋ねた。

「ある点については歴然としています――たとえばロングストリート事件でも、いくつかの点がそうであったように」

「真相がわかったということですか」ブルーノが言った。

「いえ、いえ」レーンはまた少し黙した。「どうか誤解しないでいただきたい。まだとうてい――とうてい解決には至りません。というのも、別のいくつかの点について疑問があるからです。疑問があるばかりか、奇妙でもあります」声を落として言う。「実に奇妙です」それを聞いたふたりは当惑顔でレーンを見守った。

レーンは立ちあがり、暖炉の前の敷き物の上を歩きはじめた。「わたしがどれほど混乱しているかは、ことばでは言い表せません。混乱のきわみです！　自分の感覚――まだ残っている四つの感覚がとらえるものすら信じられなくなってきました」ふたりの男がますます困惑のていで顔を見合わせる。「しかし、それはもうよい」レーンはだしぬけに言った。「実を言うと、わたしはある決断をしました。真相究明への道がふたつ、はっきりと目の前に開けています。わたしはこのふたつをたどろうと思います。どちらもまだ試していません」

「手がかりですか」サムが腹立たしげに口をはさんだ。「またはじまりましたな！　あんたの言われるような、まだ検討していない手がかりとは、いったいどんなものです？」

レーンはにこりともせず、歩みも止めなかった。「においです」とつぶやく。「バニラのにおい。それがひとつ。あまりにも突飛で――わたしを悩ませています。それについてある仮説を立てたので、それに沿って考えるつもりなのですよ。運よく神が微笑みを投げかけてくだされば……」肩をすくめる。「もうひとつについては、いまはまだ口に出すことさえ控えたほうがいいでしょう。ただし、それは驚くべきこと、信じがたいことで、それでいて完全に理にかなっていて……」両方の客の口の端から質問が出かかっているのに気づきつつも、ことばをはさむ余地を与えずにレーンはつづけた。「警視さん、この事件であなたがおおむね確信していることを教えてくださいませんか。互いに腹を割りましょう。ひとりで考えるより、幾人かの知恵を合わせるほうが多くの成果がもたらされることもありますから」

「そうおっしゃるのなら、いっしょにやりましょう」サムが歯切れよく言った。「わたしの見解ははっきりしています。土曜の夜、というよりも日曜の未明、毒殺犯が梨に毒を仕込むために寝室に忍びこんだ。標的はルイーザ。翌朝ルイーザがそれを食べることを犯人は知っていた。ところが忍びこんだときにハッター夫人が目を覚まし、騒ぐなり声をあげるなりしたので、犯人はあわてて頭を殴りつけた。おそらく、殺すつもりはまったくなく、だまらせたいだけだった。あのばあさんが死んだのは偶然でしょう。ブルーノさんも同意見で、疑う理由は何もありません」

「言い換えれば」レーンは小声で言った。「あなたとブルーノさんは、ハッター夫人の殺害は計画されたものではなかったと考えていらっしゃるのですね。不測の事態における突発的な犯行だったと」

「そうです」サムが言った。

「わたしもまったく異存ありません」ブルーノが言った。

「それでは申しあげましょう」レーンは穏やかに言った。「あなたがたはまちがっています」

「それは――どういうことですか」ブルーノは呆気《あっけ》にとられつつ問いただした。

「こういうことです。ハッター夫人の殺害はあらかじめ計画されていたとわたしは確信しています。犯人は寝室へ侵入する前から、夫人に狙いを定めていました。そして、犯人にはルイーザ・キャンピオンを毒殺するつもりなどまったくなかったのです！」


ふたりはそのことばを無言で噛《か》みしめた。どちらも目にとまどいを浮かべ、説明がなければ判断しようがないといったふうだ。レーンはいつもの冷静で悠揚迫らぬ調子で語りはじめた。

「まず最初に」レーンは暖炉のそばに腰をおろし、リキュールで唇を湿らせた。「ルイーザ・キャンピオン自身のことから考えましょう。表面上の事実はどういうものでしょうか。注射器と毒入りの梨があったことから、その塩化第二水銀でルイーザが狙われたように見えるのはたしかです。ルイーザは果物が大好きですが、一方、あの鉢からよく果物を食べていたもうひとりの人物であるハッター夫人は、果物がさほど好きというわけではなく、特に梨はきらいでした。そして、毒がはいっていたのは梨のひとつです。となると、犯人はルイーザが食べて夫人が食べない果物を知っていて、故意にそれを選んだように見えます。ならば、あなたがたのお考えのように、ルイーザの殺害こそがこの事件の本来の目的だったような印象を受けますし、さらに言えば、土壇場で事なきを得たにせよ、二か月前に起こった最初の毒物混入事件でもルイーザの命が狙われたのですから、この説はますます有力です」

「そうですね」サムが言った。「わたしにはそう思えます。その逆だと証明なさったら、いさぎよく負けを認めますよ」

「証明できるのですよ、警視さん」レーンは静かに答えた。「よく聞いてください。もしも犯人が毒入りの梨をルイーザが食べると予期していたのならば、あなたがたは正しい。しかし、犯人はほんとうに予期していたのでしょうか」

「むろん、そうでしょう」ブルーノがとまどい気味に言った。

「ことばを返すようで申しわけありませんが、予期していなかったのですよ。理由はつぎのとおりです。まず、犯人が邸内の者か否かはどうあれ、少なくとも家のなかの細かな事柄に通じていたのはたしかでしょう。これにはじゅうぶんな根拠があります。たとえば、ルイーザが毎日午後二時半に食堂でエッグノッグを飲むことを犯人は知っていました。家の造りにもくわしく、ほかのだれも知らないと思われる通り道を――実験室と寝室をつなぐ暖炉と煙突のからくりを――見つけていました。マンドリンの保管場所も正確に知っていました。実験室とその備品についても精通していたにちがいありません。

これだけあれば、犯人が計画の実行に必要なもろもろの細事を知りつくしていたという論拠としてじゅうぶんでしょう。さて、もし犯人がこうしたことを知っていたら、ルイーザが飲食物に対して好みがうるさいことも知っていたにちがいなく、したがって、傷んだり熟れすぎたりした果物に手を出さないこともわかっていたはずです。そもそも、そんなものを食べようとする人はほとんどいません。しかも、悪くなった果物と同じ鉢に、食べごろで新鮮な傷みのない同種の果物が盛られていたのですよ。しかしシリング先生の分析結果によると、その梨は塩化第二水銀が注入される前にすでに傷んでいました。したがって、犯人は傷物の梨にわざわざ毒を仕込んだことになります」

　ふたりは半信半疑ながら夢中で聞き入っている。レーンは小さく笑った。「この事実を奇妙だと思いませんか。わたしにはあまりにも突飛に感じられます。

　ここであなたがたは、それが単なる偶然だと反論なさるかもしれません。犯人は寝室の暗がりのなかで、腐った梨をそうとは知らずにうっかり手にとったのかもしれない、と。その説も有力とは言えません。果物の傷みはさわっただけで簡単にわかります。腐った皮にふれると指が滑りますからね。けれども、いまは仮にこの説――傷んだ梨を選んだのはまったくの偶然だったという説に基づいて考えてみましょう。それが偶然ではなかったと証明できるのですよ。

　では、どのように？　アーバックル夫人の証言によると、殺人事件の前の午後に果物鉢に入れた梨はふたつだけだったそうです。また、スミス看護婦が同じ日の夜十一時半に、その鉢に梨がふたつしかなかったのを目撃しています。梨はどちらも食べごろで、新鮮で、傷んでいませんでした。ところが、犯行後の朝、鉢には梨が三つあったのです。となると、三つ目の梨を持ちこんだのは犯人にちがいなく、もとからあったふたつの梨は新鮮だったという確実な証言がある以上、それは傷んだ梨だったことになります。以上のことから、犯人が故意に傷んだ梨を選んで毒を仕込み、しかもその梨をみずから持ちこんだと立証できるのですよ。

しかし、相手が傷んだ果物をけっして食べないことや、鉢のなかには同じ種類の新鮮な果物があることを知っていながら、犯人はなぜ犯行現場に傷んだ果物をあえて持ってきたのでしょうか。唯一考えうる答はこうです。犯人はルイーザにそれを食べさせるつもりがまったくなかった。おのれの名誉に賭《か》けて、この推論に誤りがないと断言しますよ」

聞き手はどちらも無言だった。

「言い換えれば」レーンはつづけた。「ルイーザ・キャンピオンが毒入りの梨を食べると犯人が信じていたという、おふたりの説は正しくないことになります。食べないと確信していたのですよ。そして、同じ鉢から果物を食べていた唯一の人物であるハッター夫人がまったく梨を口にしないことも知っていたはずですから……つまり、梨に毒を仕込んだ行為は完全な目くらましであり、ルイーザが狙われたと警察に信じこませるための偽装工作と考えるべきなのです」

「ちょっと待ってください」サムが早口で言った。「おっしゃるように、ルイーザがその梨を食べないとしたら、いったい犯人はどうやってその偽装工作を発見させようと考えたのですか」

「いい質問だな、サム」ブルーノが言った。

「犯人の目的がなんであれ」サムはつづけた。「見つけてもらわないことにはその偽装はなんの役にも立たない。意味はおわかりですか」

「わかります」レーンは動じることなく答えた。「よいところにお気づきになりましたね、警視さん。細工を施した梨が警察に見つかって毒入りだと判明しなければ、毒を仕込んだこと自体無意味になってしまうということですね。毒入りの梨に気づかなかったら、ルイーザの毒殺が目論《もくろ》まれたなどとだれも考えるはずがない。そう思いこませるのが犯人の狙いだったというのに。

いいでしょう。犯人が毒物の混入を警察に知らせようとする場合、三つの手立てが考えられます。ハッター夫人の殺害が計画的ではなく、偶然だったと仮定したうえでの話ですよ。第一は、注射器を室内に残すこと。犯人は実際にそうしました。二か月前に毒殺未遂事件があったのですから、そうしておけば当然疑惑を呼んで調査が進められるでしょう。これはありえますが、犯人が怖《お》じ気《け》づいたかあわてたかで、注射器を落としたとするほうがはるかに脈があるでしょう。

第二に、わざと梨を——毒入りの梨を——ひとつ加えて、ほかの梨をあえて持ち去らず、全部で三個にする。もともと二個しかなかったはずだと何人かが知っているからです。しかし、これもやはり信じがたい。成功したとしてもずいぶんな遠まわりですし、梨が増えたことにだれも気づかない可能性も大いにあります。

第三に、どうにかうまいことを言って、傷んだ梨へ注意を向けさせる。三つのなかでは断然見こみのある方法です」

サムとブルーノはうなずいた。

レーンは首を左右に振った。「とはいえ、ハッター夫人の殺害が偶然によるものではなく、偽装の毒殺未遂と同時におこなうために念入りに仕組まれたものとするならば、いまあげた三つの手立てなど不要だとおわかりいただけますね。わたしは打ち倒すだけの目的で藁人形《わらにんぎょう》を並べたのですよ。

つまり、ルイーザの毒殺ではなくハッター夫人の殺害が目的だったなら、犯人は毒入りの梨がかならず発見されると前もって確信できたのですよ。すべてを成り行きにまかせ、警察の捜査で毒入りの梨が発見されるのをただ待っていればいい。それなら偶然に頼ることなく、確実に見つかります。いずれは毒物の混入が判明し、警察は犯人の狙いがルイーザの毒殺だと信じ、ハッター夫人は不慮の災難で死亡したと見なすでしょう。こうなれば、殺人犯は真の目的を達成します。その目的とは、ハッター夫人を殺害して、警察にはルイーザ殺害の動機を持つ者を追わせること、そして老夫人殺害について顧みられないようにすることです」

「びっくり仰天だ」サムがつぶやいた。「巧妙ですな、もしほんとうなら」

「ほんとうですよ、警視さん。現に、二か月前の毒物混入事件が頭にあったあなたは、ベッドで注射器が発見される前から、毒物の形跡がないかを調べろとおっしゃっていたではありませんか。つまり犯人は警察の出方を的確に見越していたことになります。たとえ注射器が見つからなくても――あらゆる事実を考えると、あれはたまたま置き忘れられただけだと思いますが

――さらに言えば、仮に梨がふたつしかなかったとしても、あなたは毒殺説に則《のっと》って動き、毒入りの梨を見つけたはずです」

「たしかにそうだよ、サム」ブルーノが言った。

レーンは長い脚を引き寄せて、炎を見つめた。「つぎに、ハッター夫人の殺害があらかじめ計画されたものであり、偶然の犯行ではなかったことを証明しましょう。

即座にわかることがひとつあります。凶器として用いられたマンドリンのふだんの置き場所は寝室ではありませんでした。本来の場所は一階の図書室にあるガラスケースのなかで、ふだんは使うことを禁じられ、だれも手をふれませんでした。実のところ、午前一時半、すなわちマンドリンがハッター夫人の命を奪った二時間半前には、ガラスケースのなかにあったのをコンラッド・ハッターが目撃していますし、同じ夜のうちにほかの何人かも見ています。

つまり、つぎのことがはっきりします。この家の者であろうとなかろうと、犯人は寝室からわざわざマンドリンを取りにいくか、または寝室へ忍びこむ前に手に入れておかなくてはなりませんでした……」

「ちょっと失礼」眉根《まゆね》を寄せてブルーノがさえぎった。「なぜそう思われるのですか」

レーンは深く息をついた。「犯人がこの家の者なら、マンドリンを手に入れるために二階か三階からおりてこなくてはなりません。外部の人間なら、ドアも窓も鍵《かぎ》がかかっているので一階から侵入することはできず、非常階段を通って二階からはいるしかないでしょう。あるいは、非常階段から屋根までよじのぼり、煙突から忍びこんだのかもしれません。どの場合であれ、マンドリンをとりに一階へおりる必要があるのですよ」

「それはそうですが」ブルーノは認めた。「家のだれかが夜遅く帰ったときに、マンドリンを持って上の階へあがった可能性もありますね。該当する者がふたりほどいます」

「なるほど、たしかに」レーンは微笑んだ。「深夜に帰宅した者がマンドリンで武装して階上へ向かった、と。それならば、犯人が計画し、事前に準備したうえで、よく考えてマンドリンを使ったことがはっきりします」

「わかりました」サムが言った。「先をどうぞ」

「では、マンドリンは犯人によって特別な目的のためにわざわざ持ちこまれたとします。どんな目的が考えられるでしょうか。検討していきましょう。

その一。あの古ぼけたマンドリンが本来の目的のために寝室へ持ちこまれた場合。つまり、楽器としての本領を発揮させるために……」サムが忍び笑いをし、ブルーノは首を横に振る。

「そうですね。ばかばかしくて論じる必要もありません。

その二。マンドリンが寝室へ持ちこまれたのは、あえて痕跡《こんせき》を残すためであった場合。誤った手がかりを故意に置いてだれかを巻きこむためです。しかしだれを？　マンドリンにゆかりのある人物はひとりだけいて、現場で発見されれば、その人物ただひとりが疑われるでしょう。それは持ち主のヨーク・ハッター。しかしヨーク・ハッターはすでに死んでいます。ですから、この二番目の推測もまちがいです」

「いや、ちょっと待ってください」サムがゆっくりと言った。「そう先を急がないでください。

たしかにヨーク・ハッターは死んでいますが、こういうことも考えられなくはないですよ。つまり、この犯行に及んだ人間は、ヨークの死亡を信じていないか、仮に信じているとしても、周囲の者に死んでいないと思わせたがっている、と。何しろ、身元を確認したときは満足できる状況じゃありませんでしたからね。その点はいかがですか」

「おみごとですね、警視さん」レーンはいたずらっぽく笑った。「精緻《せいち》で創意に満ちたお考えです。けれども、その万にひとつの可能性についても、論破できると思いますよ。ふたつの理由から、それは犯人にとって愚かな策略と言えます。第一に、もし警察を欺いて、ヨーク・ハッターが存命で、犯行現場に自分のマンドリンをうっかり置き忘れたと信じさせるつもりなら、警察の納得する筋書きが必要です。しかし、ハッターがそこまで露骨な手がかりを自分で残したと信じこませることなど可能でしょうか。もちろん無理な話です。ヨーク・ハッターはまちがってもそんなにあからさまで派手な痕跡を残す男ではないでしょうし、警察もこれが偽装であって、真正の手がかりではないと気づくにちがいありません。第二に、そもそも、なぜマンドリンのような奇妙なものが使われたのでしょうか。流血とはおよそ無縁に思える品です。まともに考えたら、ハッターが自分の持ち物を――しかも一風変わった品を――犯行現場に残すはずがないことは警察もお見通しですから、ほかのだれかがハッターと関連づけるために置いたと判断するでしょう。そうなると犯人の思惑ははずれてしまいます。

警視さん、この殺人犯の脳裏には、そんな奥深い意図などありませんよ。マンドリンの使用は一見奇妙に思えますが、犯人自身の企《たくら》みと合理的につながっているのです」

「先へ進んでください、レーンさん」ブルーノは苛立《いらだ》たしげな視線を同僚へ投げた。「サム、つまらないことを考えるのはやめたまえ！」

「警視さんを咎《とが》めないでください、ブルーノさん」レーンが言った。「突飛に思われることや、不可能なことまでも検証するのは、まったくもって正しい姿勢です。論理にはそれ自体しか法則がないのですから。

では、マンドリンが寝室へ持ちこまれたのが演奏のためではなく、ヨーク・ハッターを示す偽の手がかりとするためでもないとしたら、犯人の目的としてほかにどんなことが考えられるでしょうか。理にかなったものは、あとひとつしか残っていないはずです。それは、凶器として用いいるためです」

「凶器にしては珍妙ですな」サムがつぶやいた。「はじめから忌まわしい代物でしたが」

「もっともなご感想ですよ、警視さん」レーンはひと息ついた。「不愉快に思うのも疑問を覚えるのも当然です。おっしゃるとおり、実に珍妙な凶器ではありますが、この事件の根底にあるものに思い至ると……」ことばが止まり、目に深い悲しみの色が宿る。レーンは居住まいを正し、先をつづけた。「この点はまだ明らかにできませんから、とりあえず忘れるとしましょう。ただ、どんな事情があるにせよ、凶器として使うためにマンドリンが寝室へ持ちこまれたのはたしかで、そこは動かしようがありません」

「言うまでもなく」ブルーノが疲れた様子で言った。「もしあなたのおっしゃるようにマンドリンが凶器として持ちこまれたのなら、目的ははじめから攻撃ですね。犯人は攻撃ないし殺害の道具としてそれを運んだわけです」

「そうとはかぎらんでしょう」レーンが口を開く前にサムが嚙《か》みついた。「なぜ攻撃の道具だと言いきれるんです？　防御のためかもしれない。あのばあさんを襲うつもりは端《はな》からなくて、万が一のために持っていたのかもしれない」

「それも一理あるな」ブルーノがつぶやいた。

「いいえ」レーンが言った。「ありえないのですよ。いいですか、警視さん。あなたの言われるとおり、犯人は果物に毒を注入するにあたって、ハッター夫人を、またはルイーザをも静かにさせる必要があるかもしれないと想定していたとしましょう。つまり、凶器を持ちこんだ目的は攻撃ではなく防御だったということです。さて、犯人が寝室の様子によく通じていたのはすでにわかっていて、室内には凶器としてはるかにふさわしい品が半ダースはありました。暖炉には鉄の火搔《か》き棒がかかっていましたし、被害者のベッド脇のナイトテーブルには重いブックエンドがふたつありました。どれをとっても、どちらかというと軽いマンドリンよりは有効な一撃を与えることができたでしょう。それに、使うかどうかもわからない凶器をわざわざ一階まで取りにいくのはずいぶんと無駄な手間です。犯行現場には、手の届くところにずっとふさわしい道具があるのですから。

ですから、筋道立てて考えれば、マンドリンは防御ではなく攻撃の道具として持ちこまれたことになります。必要に応じて使うだけでなく、意図して使うために。それも、ここが肝心ですが、ほかのものではだめで、マンドリンでなくてはならなかったのです」

「わかりましたよ」サムは認めた。「つづけてください、レーンさん」

「いいでしょう。では、マンドリンを犯人が攻撃の目的で持ちこんだとして、だれに対して使うつもりだったのでしょう。ルイーザ・キャンピオンでしょうか？　むろん、ちがいます。毒物の混入は大事に至らないように考えられており、犯人にルイーザを毒殺する意志がなかったことはすでに申しあげました。毒入りの梨で殺そうと思わない相手を、なぜあんな奇妙な道具で頭を殴って殺そうとするでしょうか。そう、マンドリンはルイーザ・キャンピオンを殺害するための凶器だったはずがありません。ならば、ほかにだれがいるでしょうか。ハッター夫人しかいません。そこで、わたしが最初に申しあげたことにもどります。犯人の狙いはルイーザ・キャンピオンの毒殺ではなく、はじめからエミリー・ハッターの殺害にあったのです」

老優は両脚を伸ばして爪先《つまさき》を火であたためた。「どうも喉《のど》がいけません！　引退してから柔《やわ》になってしまって……。さて、よろしいですか。これから申しあげる基本的な事柄のつながりを考えていけば、論理の筋道の全体がくっきりと太く見えてくるはずです。その一。目くらましや見せかけや偽装は真の目的を隠すための煙幕と言ってよい。その二。すでに示したとおり、ルイーザ毒殺計画は目くらましだった。その三。それが目くらましだったにもかかわらず、犯人は意図的に凶器を持ちこんだ。その四。あの状況で、凶器を意図的に持ちこんだ真の目的、すなわち殺害の対象となる人物はハッター夫人だけだった」

それから沈黙がつづき、ブルーノ地方検事とサム警視は賞賛と動揺が入り混じった目で互いを見交わした。ブルーノの表情のほうがはるかに複雑だった。険しい顔つきの奥で、何やら執《しつ》拗《よう》な思いが外へ出ようと逡巡《しゅんじゅん》している。サムを一瞥《いちべつ》してから床へ目をやり、頑《かたく》なにその態勢を保ちつづけた。

サムはさほど困惑していなかった。「レーンさん、あまり認めたくはありませんが、どうやらそれが真相のようですな。われわれは最初から道筋を誤っていましたよ。こうなると捜査の方向が大幅に変わります。こんどは別の動機にしっかりと目を向けてなくてはね。ルイーザ・キャンピオン殺害の動機ではなく、ハッター夫人殺害の動機にです！」

レーンはうなずいたが、その顔に満足や勝利の色はなかった。自分の推論に疑いの余地がないにもかかわらず、心のなかで芽生えつつある病根に悩まされているかのようだ。いまや弁舌の輝きは失せて沈鬱《ちんうつ》が居すわり、その目は絹のごとき眉《まゆ》の下からブルーノ地方検事を見据えていた。

サムはレーンのその態度には頓着《とんちゃく》せず、考えを口に出すのに忙しかった。「老婦人殺害の動機。あの遺言状だな……。まあ、ばあさんがくたばれば、全員が何かしらにありつけるわけだから……。それで何かわかるか？　だめだ。それを言うなら、ルイーザを殺したって全員が財産にありつけるぞ。金は手にはいるし、日ごろの恨みも晴らせる……。バーバラ・ハッターがルイーザをどうするかわかったら、何か進展があるかもしれない」

「え――ええ、そうですね」レーンがつぶやいた。「失礼しました、警視さん。残念ながら、唇を読むあいだは脳があまり働かなくて……。それよりも、急を要する問題があります。老夫人が死亡して、遺言状の内容が公表されたいま、偽のルイーザ毒殺計画が本物の毒殺計画に転じる可能性が大いにあるのですよ。何しろ、あの聾唖《ろうあ》で盲目の女性が亡くなれば、全員が恩恵に与《あず》かれるのですから」

サムは愕然《がくぜん》として背筋を伸ばした。「なんと、考えもしませんでした！　そして、もうひとつありますよ」低い声で言う。「そう、だれが怪しいのかわからなくなる。仮にルイーザがやられても、母親を殺したのと同じ者の犯行とは言いきれませんからな。最初の毒殺未遂事件とも、二番目の未遂と殺人ともかかわりのないだれかが、いまやルイーザ殺害に対して絶好の立場にいるはずです。そいつは警察が前の事件の犯人に罪を負わせるだろうと見切れますからね。とんだことになったな！」

「ふむ。同感ですね、警視さん。キャンピオンさんを昼夜警護するだけでなく、ハッター家のひとりひとりにいつも目を光らせておく必要があるでしょう。実験室の毒薬は即刻どこかへ移すべきです」

「そう思われますか」サムは意味ありげに言った。「わたしは反対ですな。ああ、もちろん、実験室はしっかり見張らせますが、残った毒薬はそのままにするんです。だれかがひと瓶ほしくてこっそり舞いこむかもしれないでしょう！」

ブルーノ地方検事が目をあげてレーンを見た。両者のあいだに火花が散り、レーンは一撃に備えるかのように全身の筋肉を緊張させて、すわったまま身構えた。

ブルーノの顔に、からかうような得意げな表情が浮かんだ。「さて！　わたしもいろいろ考えていたことがありましてね、レーンさん」

「結論は出ましたか」レーンは無表情のまま尋ねた。

ブルーノは微笑んだ。「あなたのすばらしい推論を覆すのは忍びないのですが、やむをえませんね。ここまで、毒を盛った者と殺人犯が同一人物だという想定のもとにすべての論理を展開していらっしゃったわけですが……」レーンが緊張をゆるめ、深く息をつく。「以前、毒殺未遂犯と殺人犯が同一ではなく、別々の人間だった可能性について話し合ったことがありましたね。事件当夜、そのふたりが異なる時刻にそれぞれの犯行をとげたと……」

「ええ、そうでした」

「そうは言っても」ブルーノは手を振りながら言った。「まったく別に殺人犯がいると考えると、毒殺未遂犯の動機が説明できません。しかし、毒を盛った人間の目的が、命を狙うふりをしてルイーザを怯《おび》えさせ、家から追い出すことだけだったとしたらどうでしょう。その程度の動機を持つ者なら何人もいるし、人殺しまではしますまい。つまり、犯人がふたりいた可能性、ハッター夫人を殺害したのがだれであれ、毒殺未遂とはまったく関係がない可能性を、あなたは無視していらっしゃるのではありませんか？」

「なるほど」サムがブルーノの洞察力に感じ入った様子で言った。「あの夜にも、二か月前の事件にもあてはまる。あんたの推理に針穴があけられましたな、レーンさん！」

レーンはしばらく黙していたが、やがて喉の奥から笑い声を漏らしてふたりの客を驚かせた。「しかし、ブルーノさん」ゆっくりと言う。「論じるまでもないと思うのですよ」

「論じるまでもない？」ふたりは驚きの声をあげた。

「もちろんです。ちがいますか」

「何がです？」

「ああ、そうですね」レーンはまた含み笑いをした。「すでにわかりきったことだと思って説明しなかったのは、たしかにわたしの失策でした。こうした疑問をお出しになるとは、法律家として精緻《せいち》きわまりない頭脳を持つあなたらしいですね、ブルーノさん。土壇場で反証をあげ、一矢を報いようというわけですか」

「とにかく、あなたの説明をお聞きしたい」ブルーノは冷静に言った。

「いいでしょう」レーンはすわりなおして火を見つめた。「つまり、毒を盛った人間と殺人犯が同一人物だとわたしが想定する理由を知りたいのですね……。こうお答えしましょうか——わたしは想定しているのではなく、知っているのです。数学的に証明できますよ」

「破格の注文ですな」サム警視が言った。

「道理に合うなら受け入れましょう」地方検事が言った。

「おそらくは〝女の眼に宿る抗《あらが》いがたき涙（バイロン『海賊』からの引用）〟さながらに」レーンは笑みを浮かべて言った。「わたしの論証には説得力があるはずです……。まず、寝室の床に説明の大半が記されているとでも申しあげておきましょうか」

「寝室の床？」サムが訊《き》き返した。「そこを見れば犯人がひとりだと——」

「ああ、警視さん！　あなたのうかつさには驚かされますよ。もしもひとりではなく、ふたりの人間がかかわっていたなら、別々の時刻に現れたはずだということには同意していただけますね。侵入の目的が明らかにちがうのですから。ひとりはルイーザが食べる梨に毒を入れるためで、もうひとりはハッター夫人を殺害するためです」

サムもブルーノもうなずいた。

「よろしい、つぎへ進みましょう。どちらが先に部屋へ来たのでしょうか」

ふたりは顔を見合わせた。ブルーノが肩をすくめる。「確実なところはわかりません」

レーンは首を横に振った。「筋道立てて考えていらっしゃいませんね、ブルーノさん。毒入りの梨はナイトテーブルで見つかりましたが、そこに置くためには、その犯人は両方のベッドのあいだに立つ必要がありました。ここまでは疑いようがありません。また、ハッター夫人を殺害するためには、シリング先生のご指摘どおり、そちらの犯人もベッドのあいだに立つしかありませんでした。ですから、もしふたりいたとすると、両者とも絨毯《じゅうたん》の同じ場所、つまりベッドにはさまれた部分を踏んだことになります。にもかかわらず、タルカムパウダーが散らばったあの場所には、ひと組の靴跡しかありませんでした。当然ながらルイーザ・キャンピオンの足跡は除外します。彼女の証言までも疑うくらいなら、いますぐ捜査を打ち切るほうがましです。

さて、もし第一の侵入者がパウダーの容器をひっくり返したのなら、ふた組の靴跡があるはずです。ひと組は最初の侵入者がパウダーをばら撒《ま》いたあとにつけたもの、もうひと組は第一の侵入者が去ったあとに来た第二の侵入者がうっかり残したものです。ところが、靴跡はひと組しかありませんでした。つまり、どう考えてもパウダーは第一ではなく、第二の侵入者によってばら撒かれたことになり、一方の侵入者が——必然的に第一の侵入者ということになりますが——まったく靴跡を残さなかった事実はこれで説明できますね。以上が基本です。

当然ながら、つぎの問題は靴跡の主を見つけること、つまり第二の侵入者はだれかということです。跡を残した靴そのものは発見されました。右の爪先《つまさき》の部分に液体が飛び散った痕跡《こんせき》があり、検死医によるとそれは塩化第二水銀でした。梨に注入されて、注射器にも残っていたのと同じ毒物です。だとしたら、パウダーの上に靴跡を残した者、すなわち第二の侵入者が毒を混入したと考えていい。したがって、あくまで犯人がふたりいたと考えるならば、パウダーの箱をひっくり返して粉だらけのなかを歩いた第二の侵入者が毒殺未遂犯であり、第一の侵入者こそが殺人犯だと断定できます。ここまではよろしいですか」

サムとブルーノはうなずいた。

「では、第一の侵入者すなわち殺人犯が用いた凶器のマンドリンは、その人物について何を物語っているでしょうか。こう語ります——パウダーの箱をナイトテーブルから叩《たた》き落としたのはマンドリンである、と。どんなふうに？　箱の蓋《ふた》には血の筋が何本かあり、血のついたマンドリンの弦がふれなければ、そんな筋がついたはずがありません。ナイトテーブルには、箱がもともとあった場所より少し奥に、何か鋭いものでつけられた新しい傷がありました。位置と形状から、その傷はマンドリンの一端がテーブルにぶつかってできたものとされました。マンドリンの下側のへりに、テーブルの跡と一致する損傷があることも確認されています。

マンドリンがひとりでに暴れるはずがありません。それは老夫人の頭を打ち据えるために使われたのです。ならば、テーブルの間近でハッター夫人の頭を殴ったはずみに、勢い余って箱が叩き落とされたと断定していい。実のところ、以前考えたことの繰り返しなのですよ。事件の現場を調べたときに、これらの点は確実にわかっていたのですから」

レーンは身を乗り出し、力強い人差し指をひと振りした。「さて、パウダーの箱を倒したのが第二の侵入者すなわち毒殺未遂犯であることは先ほど証明しました。ところが、こうなると、箱をひっくり返したのは第一の侵入者すなわち殺人犯のようです。越えがたき矛盾ではありませんか！」老優は微笑んだ。「あるいは、こんな言い方もできます。マンドリンは撒き散らされたパウダーの上で発見されました。ということは、マンドリンが下へ落ちたとき、床にはすでにパウダーが散っていたのです。そして、ここまでの推論に従えば毒殺未遂犯がパウダーをひっくり返したのですから、殺人犯が来たのはそのあとということになります。しかし殺人犯が二番目に来たのなら、いったいその靴跡はどこにあるのでしょうか。発見されたのは毒殺未遂犯のものだけなのに。

　殺人犯の靴跡がない以上、パウダーが撒き散らされたあとに人間がふたりいたはずがありません。言い換えれば、犯人は別個の存在ではありえないのです。だからこそ、わたしは最初から——あなたがたのことばを借りると——〝想定〟していたのですよ。そう、毒殺未遂犯と殺人犯は同一人物です！」

第五場　死体保管所

六月九日　木曜日　午前十時三十分

ドルリー・レーン氏が期待の入り混じった面持ちで、古くて薄汚れた市の死体保管所の階段をのぼっていった。建物のなかへ進み、レオ・シリング検死医との面会を求める。少し待たされたあと、係員に案内されて解剖室へ向かった。

消毒薬の強烈なにおいのせいで鼻に皺《しわ》を寄せ、レーンは戸口で立ち止まった。短軀《たんく》で太ったシリングが解剖台に身をかがめ、干からびた死体の臓器を一心に調べている。そのかたわらには、椅子にもたれて腰かけながら、まるで気のないていで作業を見ている男がいた。金髪でふくよかな顔立ちの、背の低い中年男だった。

「こっちへどうぞ、レーンさん」シリングは身の毛のよだつ仕事から顔をあげずに言った。「珍しいぞ《ヴンダーリヒ》、インガルズ。なんと保存状態のいい膵臓《すいぞう》だろう……。すわってください、レーンさん。こちらはインガルズ。うちの毒物専門家です。もうすぐ解剖が終わりますから」

「毒物がご専門ですか」レーンは小柄な中年男と握手を交わして言った。「すばらしい偶然です」

「といいますと?」インガルズが訊く。

「こちらは市警に協力なさっているかただ」内臓を忙しくいじりまわしながらシリングが言った。「名前が新聞に載ってたろう。ものすごい有名人だぞ、インガルズ」

「ほう」インガルズが言う。

シリングが何やら叫ぶと、ふたりの男がはいってきて、死体をカートに載せて運び去った。

「さてと。これでよし」ゴムの手袋を剝《は》ぎとって洗面台へ向かう。「なぜこんなところまでいらしたんですか、レーンさん」

「実に奇妙でとりとめのない用件でしてね、先生。あるにおいの正体を突き止めたいのです」

インガルズが一方の眉《まゆ》をあげた。「におい、とおっしゃいましたか」

検死医は手を洗いながら、小さく笑った。「ぴったりの場所へ来ましたな、レーンさん。ここにはとびきりの魅力があるにおいがそろってますよ」

「あいにく、その手のにおいではないのですよ、シリング先生」レーンは微笑んだ。「甘くて心地よいにおいです。犯罪とはおよそ関係がなさそうですが、殺人事件の解決の決め手となるかもしれません」

「どんなにおいですか」インガルズが質問した。「お役に立てるかもしれません」

「バニラのにおいです」

「バニラ!」ふたりの専門家が口をそろえて言った。シリングは目を瞠《みは》った。「ハッターの事件でバニラのにおいに行きあたったんですか。それはまた奇妙ですな」

「まったくです。ルイーザ・キャンピオンの主張によると」レーンは根気よく説明した。「殺人犯に手をふれた瞬間、ある香りを嗅《か》いだそうなのです。当初はその香りを〝とても強く、甘い〟と形容していましたが、あとでいろいろ試した結果、バニラのにおいだとわかりました。何かお心あたりはありませんか」

「化粧品、焼き菓子、香水、料理」インガルズが早口で言う。「ほかにも山ほどありますが、特にこれと思うものはないですね」

レーンは手を振った。「もちろん、そういうものは調べつくしました。ふつうのものは何もかもです。いまおっしゃったもの以外にもね。アイスクリーム、キャンディー、エッセンスなどからも手がかりがつかめませんでした。残念ながらこの線では行き止まりです」

「花はどうです？」シリングがあてずっぽうに言った。

レーンはかぶりを振った。「花を調べたところ、バニラの香りがする蘭の品種がひとつだけありました。しかし、とうてい関係があると思えず、そんな珍種の花がこの事件にからんだ形跡もありません。シリング先生ならこうした分野におくわしいでしょうから、何か別の、犯罪と関係がありそうなものを教えてくださるのではないかと考えたしだいです」

ふたりの専門家は目を見合わせ、インガルズは肩をすくめた。

「化学薬品はどうですかね」シリングが言った。「たぶん――」

「先生」レーンはかすかな笑みを浮かべて言った。「それが知りたくてここにうかがったのですよ。正体不明のバニラのにおいは何かの薬品かもしれないと、わたしも思いあたりました。最初にバニラを化学と関連づけて考えなかったのは当然のことです。そのふたつからはまったく正反対の印象を受けますし、おまけに、わたしの科学方面の知識は救いようがないほど貧弱ですからね。インガルズ先生、バニラのにおいがする毒薬はあるでしょうか」

毒物専門家はかぶりを振った。「すぐには思いつきませんね。一般的な毒素や毒性物質にそういうものはないと言いきれます」

「そうですな」シリングが考えながら言った。「バニラ自体に薬効はほとんどありません。まあ、芳香性の刺激物として、ヒステリー症や微熱症状の患者に使われる場合もありますが……」

そのとき、レーンが興味深げにさっと視線を移した。インガルズが驚いた顔になって、急に笑い出し、太い腿《もも》を叩いたあと、立ちあがって隅の机へ向かった。メモを書くあいだも笑いを噛《か》み殺している。それからドアのほうへ行った。「マクマーティー!」と叫ぶ。係員が走ってきた。「これをスコットのところへ持っていってくれ」

係員は急いで立ち去った。「少し待ってください」毒物専門家は歯を見せて笑った。「ひらめいたことがあるんです」

シリングは不機嫌そうにしている。レーンは静かに坐《ざ》していた。「それにしても、シリング先生」インガルズの思いつきにはなんの興味もないかのように、穏やかに言う。「わたしは自分自身をハムレット荘の端から端まで蹴《け》り飛ばしてやりたい気分なのですよ。ヨーク・ハッターの実験室の薬品のにおいをひと瓶残らず嗅ごうとしなかったのですから」

「ああ、なるほど、あの実験室。あそこにあったのかもしれませんな」

「少なくとも機会はありました。そう思ったときはすでに遅く、炎に襲われて大半の薬瓶が砕け散っていました」レーンはため息をついた。「それでも、実験室の備品目録は無事でした。そこでインガルズ先生にお願いしたいのですが、わたしといっしょにハッター氏のファイルにあるその目録を調べて、区分けされた項目の詳細を見ていただけないでしょうか。あなたなら手がかりを見つけられるかもしれません。言うまでもなく、こういったことにわたしはまったく役に立たないもので」

「いえ、おそらく」インガルズは言った。「そんな手間はまったく必要ないと思いますよ、レーンさん」

「それなら願ってもないのですが」

もどってきた係員は小さな白い広口瓶を手にしていた。急に立ちあがるレーンのそばで、インガルズはアルミニウムの蓋《ふた》をとってにおいを嗅ぎ、笑みを浮かべて瓶を差し出した。レーンはそれをつかんだ。蜂蜜《はちみつ》のような色と粘度を持つ、さして害のなさそうな物質が詰まっている。持ちあげて鼻に寄せる……。

「インガルズ先生」レーンは手をおろして静かに言った。「なんとお礼を申しあげたらよいでしょう。まちがいなくバニラのにおいです。これはどういうものですか」

インガルズは煙草に火をつけた。「ペルー・バルサムといいましてね。意外でしょうが、どこの薬局でも売っていますし、常備している家庭も多いはずです」

「ペルー・バルサム……」

「そうです。ご覧のとおり、ふつうは粘ついた液状のもので、おもに薬用ローションや軟膏《なんこう》に使われます。ちなみに毒性はまったくありません」

「薬用ローションや軟膏？　どんな効能があるのですか」

シリングが額を思いきり叩《たた》いた。「しまった《ヒンメル》！」嫌悪を表した顔で叫ぶ。「なんというまぬけだ。何年も考える機会がなかったとはいえ、思い出して当然なのに。ペルー・バルサムはある種の皮膚疾患に処方されるローションや軟膏の原料になります。どこにでもある薬ですよ、レーンさん」

レーンは怪訝《けげん》な顔をした。「皮膚疾患……妙ですね。そのまま塗るのですか」

「そういう場合もあります。たいがい、ほかの成分も混ぜますがね」

「こんなことが何かお役に立つんですか」インガルズが興味を示した。

「正直申しあげて、いまはまだ……」レーンは腰をおろし、二分にわたって考えにふけった。顔をあげたとき、目には疑いの色があった。「シリング先生、ハッター夫人の皮膚に何か異状はありましたか。検死解剖をなさったのなら気づかれたはずですが」

「その点は見当ちがいでしたな」検死医はきっぱりと否定した。「ぜったいにありません。ハッター夫人の体表組織は、体内器官に劣らず正常でした。唯一、心臓に問題があっただけです」

「では体内に病の形跡はなかったのですね」あたかもシリングの答が忘れていた何かを呼び覚ましたかのように、レーンはゆっくりと尋ねた。

シリングは困惑気味に言った。「どうでしたか……。ええ、ありませんでしたね。検死解剖では病的な兆候を認められていません。どこも悪いところは……しかし、何をおっしゃりたいんですか」レーンはじっと見返すままだ。シリングは深く考えつつ、目を険しくして言った。「ああ、なるほど。そのようなものは表面上は見つかりませんでしたよ。ただし、あえてそういった兆候を探していたわけじゃありません。もしかしたら……」

レーンはふたりと握手を交わし、解剖室をあとにした。その姿をシリングは目で追った。それから肩をすくめて毒物専門家に言った。「変わった人だよ。なあ、インガルズ」

第六場　メリアム医師の診察室

六月九日　木曜日　午前十一時四十五分

二十分後、車は五番街と六番街のあいだの十一丁目通りにある、砂岩造りの古い三階建ての建物の前に停まった。ワシントン・スクエアから数ブロック離れたこの界隈《かいわい》には、閑静で高貴な昔ながらの雰囲気が漂っている。ドルリー・レーン氏は車からおりて目をあげ、一階の窓にしゃれた黒と白の看板を見つけた。

医師　Y・メリアム
診察時間　午前十一時から十二時　午後六時から七時

そして、ゆっくりと石段をのぼった。

外の呼び鈴を鳴らすと、制服を着た黒人の女中がドアをあけた。

「メリアム先生はいらっしゃいますか」

「こちらへどうぞ」

女中は玄関広間を進み、半分ほど席の埋まった待合室へ案内した。館内はかすかに薬剤のにおいがする。待っている患者が五、六人いたので、レーンは正面の窓に近い椅子にすわり、自分の番が来るのを辛抱強く待った。

むなしく一時間が過ぎたあと、待合室後方の引き戸をあけて、小ぎれいな服装の看護婦が近づいてきた。「予約をなさっていませんね」

レーンは名刺入れを探りながら言った。「ええ。しかし、メリアム先生は会ってくださると思いますよ」

レーンが簡素な名刺を渡すと、看護婦は目をまるくした。あわてて引き戸の向こうへ消え、すぐさま、染みひとつない診察衣に身を包んだメリアム老医師を連れてもどってきた。

「レーンさん！」メリアムは急いで歩み寄った。「なぜはじめに名前を言ってくださらなかったんですか。看護婦から聞きましたが、ここに一時間もおられたそうですね。さあ、どうぞおはいりください」

レーンは小声で「お気になさらずに」と言い、医師のあとについて、広々とした診察室へ足を踏み入れた。奥に検査室が見える。診察室は待合室と同じく、整然とした古風なしつらえの部屋だった。

「おかけください、レーンさん。なぜこちらまで？　ああ――どこか具合が悪いんですね」

レーンは笑い声を漏らした。「私用で来たのではありませんよ、先生。わたしは自分でもあきれるほどの健康体でしてね。老いのしるしと言えば、泳げる距離をしつこく自慢することぐらいで……」

「もういいですよ、フルトンさん」メリアムはだしぬけに言った。看護婦が立ち去って、診察室の引き戸をしっかり閉める。「ご用件をどうぞ、レーンさん」医師の声は愛想のよさを含みつつも、やはり仕事中なのでわずかな時間も貴重だと暗に伝えていた。

「はい」レーンは籐《とう》のステッキの握りを両手でつかんだ。「メリアム先生、これまでにハッター家のだれか、もしくはハッター家とかかわりのあるだれかに、バニラ入りの薬を処方したことがありますか」

「ふうむ」医師は声を漏らした。回転椅子に背を預ける。「いまだにバニラのにおいをたどっておられるようですね。いいえ、処方したことはありません」

「たしかですか、先生。お忘れになっているのかもしれません。ヒステリー症や、いわゆる微熱症状の患者などに」

「いいえ！」メリアムの指は目の前のデスクマットの模様をなぞった。「では、この質問にはお答えいただけると思います。この何か月かのうちに、皮膚疾患に効くペルー・バルサム入りの調合薬を先生が処方なさったのは、ハッター家のだれですか」

メリアムは痙攣《けいれん》したかのように体を震わせ、顔を赤くした。それからふたたび椅子の背にもたれたが、老いた青い目には驚愕《きょうがく》の色があった。「そんなことはぜったいに不可――」言おうとして口をつぐむ。唐突に立ちあがり、憤然と言った。「患者に関する質問には答えられませんね、レーンさん。それに、あなたのお役には立たな――」

「しかし、すでにお答えになっていますよ、先生」レーンは穏やかに言った。「おそらくヨーク・ハッターでしょうね」

老医師は机の横に立ちつくしたまま、デスクマットを見つめていた。「いいでしょう」低く抑えた声で言った。「そう、ヨークでした。九か月ほど前のことです。手首の上のほうに発疹《はっしん》ができて、その治療に来ました。たいしたことはなかったのですが、本人はずいぶん気にしているようでした。わたしはペルー・バルサム――ブラック・バルサムとも言いますが、それが含まれた軟膏を処方しました。どういうわけか、ヨークは発疹のことをだまっていてくれと言い張りました。心配だから、だれにも、家族にさえも知らせないでくれと言うのです……。ペルー・バルサムか。思いつくべきでした」

「そうですね」レーンは淡々と言った。「先生が気づいてくだされば、こちらもかなり手間が省けたでしょう。ハッター氏が来たのはそれきりですか」

「発疹の治療で来たのはあのときだけです。ほかのことでは相談に来ましたがね。皮膚の具合はどうかと、こちらから一度尋ねたことがあります。一定の間隔でぶり返すので、わたしが処方したのと同じ軟膏を塗っていると言っていました。自分で調剤したのでしょう——薬学の学位を持っていましたから。包帯も自分で巻いたはずです」

「自分で？」

メリアムは当惑顔で言った。「そう言えば、薬を塗っているときに息子の妻のマーサが部屋にはいってきたことがあって、やむをえず発疹のことを打ち明けたと言っていました。マーサは気の毒がって、その後はときどき包帯を巻くのを手伝っていたそうです」

「おもしろい」レーンはつぶやいた。「では、ハッター氏とマーサのあいだには、嫁と舅《しゅうと》のあいだにありがちな問題はなかったのでしょうか」

「なかったと思います。マーサになら知られてもかまわないとヨークは言っていました。あの家で秘密を打ち明けてもいいのはマーサだけだと」

「なるほど……マーサですか。その時点では、ある意味でハッター氏とマーサだけがあの家での完全なよそ者だったわけですね」ふとことばを切り、レーンはすばやく尋ねた。「先生、ヨーク・ハッターの発疹の原因はなんですか」

医師は瞬きをした。「血液の状態です。ですから、レーンさん——」

「もとの処方箋《しょほうせん》と同じものをわたしにも書いていただけませんか」

「いいですとも」メリアムはほっとした様子で答えた。処方箋用の白紙の帳面へ手を伸ばし、大きくてペン先の丸い、診察室に劣らず古めかしいペンで慎重に書いていく。できあがると、レーンはそれを受けとって目を通した。「毒性はないのでしょうね」

「あたりまえです！」

「念のためにお尋ねしただけですよ、先生」レーンは小さな声で言い、処方箋を札入れにしまった。「ところで、できればヨーク・ハッターの診療記録を見せていただきたいのですが……」

「えっ？」メリアムはもう一度、こんどは猛烈な勢いで瞬きをした。青白い耳がみるみる赤く染まっていく。「診療記録を？」声を張りあげる。「冗談じゃない！　患者のくわしい個人情報を教えろとは……。こんな話は聞いたこともありませんよ！　断じてわたしは――」

「メリアム先生、どうかご理解ください。先生がそうおっしゃるのはごもっともで、立派なお考えだと思います。しかし、わたしが捜査当局から全権を委託された立場でこちらにうかがっていて、その目的が殺人犯の逮捕のみであることもご存じのはずです」

「だが、わたしにはとても――」

「また殺人事件が起こる可能性があるのですよ。警察に協力することは先生の職分からはずれていませんし、わたしたちがまだ知らない重要な事実を先生がつかんでいらっしゃるのかもしれません。それでも職業上の守秘義務にこだわるのですか」

「無理です」医師はつぶやいた。「医師の倫理にもとる行為ですよ」

「医師の倫理など、どうでもよいのです」レーンの顔から笑みが消えた。「見せられない理由をわたしから申しましょうか。医師の倫理ですって？　わたしが耳ばかりか、目にも欠陥があるとお思いですか？」

狼狽《ろうばい》に似たものが老医師の目にひろがったが、血管の浮いたまぶたがたちまちそれを隠した。

「いったい……」メリアムは口ごもった。「いったい何をおっしゃりたいのか」

「はっきり申しましょう。ハッター家の人間の病歴を教えてくださらないのは、あの一族の病気にまつわる秘密をわたしに知られることを恐れていらっしゃるからです」

メリアムは目を伏せたままだった。

レーンは肩の力を抜き、もう一度かすかな笑みを浮かべた。勝利ではなく、悲しみのこもる微笑だった。「そうですよ、先生。すべてが恐ろしいほどに明々白々です。なぜルイーザ・キャンピオンは生まれつき目と口が不自由で、やがて耳も聞こえなくなったのか……」

メリアムの顔が青ざめた。

「なぜバーバラ・ハッターは非凡な才能に恵まれたのか……。なぜコンラッド・ハッターは怒りを爆発させやすく、酒に溺《おぼ》れた自堕落な暮らしをしているのか……。なぜジル・ハッターは向こう見ずで美しく、それでいて生まれつき邪悪で強欲なのか……」

「頼むからもうやめてください！」メリアムは叫んだ。「あの人たちとは長い付き合いで、ずっと成長を見守ってきたし、医師として努力もしてきました。あの一族にだって、真っ当な人間として生きていく権利が……」

「わかっていますよ、先生」レーンは穏やかに言った。「あなたは医師として、崇高なまでに勇猛果敢に闘っていらっしゃいました。しかし同時に、人倫そのものがあなたの英断を求めているのです。〝危険な病には危険な治療を講ずるほかはない〟とクローディアスも語っています（『ハムレット』第四幕第三場）」

　メリアムは椅子のなかで身を縮めた。

「わかるまで、さほど時間はかかりませんでしたよ」変わらぬ穏やかな声でレーンは言った。「なぜ一族全員が半ば異常で、猛々《たけだけ》しく、奇抜なのか。なぜ哀れなヨーク・ハッターはみずから命を絶ったのか。むろん、災いのもとはエミリー・ハッターです。エミリーの最初の夫トーマス・キャンピオンの死も彼女に原因があったと、いまやわたしは確信しています。前夫は危険に気づく前に感染したのでしょう。二番目の夫も感染し、忌まわしい病毒が子供たちへ撒《ま》かれ、さらにそのまた子供たちにも……。そのことについて、あなたと腹を割って話し合うことがいまは不可欠なのですよ、先生。そして、緊急時においては職業倫理への配慮をいっさい忘れていただくことも」

「わかりました」

　レーンは吐息をついた。「シリング先生の解剖では病気の痕跡《こんせき》は認められませんでしたから、治療はほぼ終わっていたのでしょうね」

「ほかの家族を救うには手遅れでした」メリアムはつぶやいた。そして何も言わずに立ちあがり、診察室の隅にある鍵《かぎ》のかかった戸棚まで重い足どりで歩いた。鍵をあけて書類入れを探り、索引つきの大型のカードを大量に持ってくると、無言でそれをレーンに渡し、ふたたび腰をおろした。体が震え、血の気が失せている。レーンがさまざまな記録に目を通すあいだ、ひとことも発しなかった。

診療記録は膨大な量に及び、それぞれの内容には著しく似かよった特徴があった。ときおりうなずきながら読み進むうちに、レーンの若々しくなめらかな顔が悲しみに染まっていった。

ハッター夫人の診療記録は、三十年前にメリアムが主治医になってから――そのころルイーザとバーバラとコンラッドはすでに生まれていたが――夫人が死去するまでつづいていた。気の滅入るような記録で、レーンは眉《まゆ》をひそめて脇へ置いた。

カードをめくっていくと、ヨーク・ハッターの記録に行きあたった。これにはあまりくわしい記述がなく、全体にざっと目を通したあとで、レーンは最後の項目に注意を向けた。去年の失踪《しっそう》よりひと月前の日付だった。

年齢六十七……体重百五十五ポンド（良好）……身長五フィート五インチ……血圧百九十……心臓の状態、不良……皮膚、正常……ワッセルマン反応（梅毒の血清診断法のひとつ）――陽性（プラス一）。

つぎに見たルイーザ・キャンピオンの記録では、今年の五月十四日が最新の日付になっていた。

年齢四十……体重百四十八ポンド（超過）……身長五フィート四インチ……胸部疾患初期

……目、耳、発声器官──望みなし?……神経症進行中……ワッセルマン反応──陰性……心臓、要注意……食餌療法──十四番処方。

コンラッド・ハッターが最後に診察を受けに来たのは、記録によると去年の四月十八日だった。

年齢三十一……体重百七十五ポンド(不良)……身長五フィート十インチ……健康状態、不良……肝臓不良……心臓肥大……顕著なアルコール依存症……ワッセルマン反応──陰性……前回診療より悪化……静養を勧めたが聞き入れず。

バーバラ・ハッターの最後の診察日は去年の十二月初旬となっていた。

年齢三十六……体重百二十七ポンド(不足)……身長五フィート七インチ半……貧血悪化……レバー摂取を勧める……健康状態、可……レバー摂取による貧血改善があれば良……ワッセルマン反応──陰性……結婚により改善されると思われる。

ジル・ハッターの診察は今年の二月二十四日だった。

年齢二十五……体重百三十五ポンド（やや不足）……身長五フィート五インチ半……疲労顕著……神経強壮剤試用……初期の心悸《しんき》亢進《こうしん》症か？　……ややアルコール依存の傾向……右下顎《したあご》の知歯に膿瘍《のうよう》――要注意……ワッセルマン反応――陰性。

ジャッキー・ハッター、今年の五月一日。

年齢十三……体重八十ポンド……身長四フィート八インチ……慎重な観察を要す……思春期の遅れ……発育不全……ワッセルマン反応――陰性。

ビリー・ハッター、今年の五月一日。

年齢四……体重三十二ポンド……身長二フィート十インチ……心肺、きわめて良好……あらゆる面において正常かつ健全と思われる……要観察。

「なんだか痛ましいですね」ドルリー・レーンはそう言ってカードをまとめ、メリアムへ返した。「マーサ・ハッターの記録がありませんが」

「ええ」メリアムは物憂げに言った。「出産のときは二回ともほかの医者にかかって、どういうわけかけっしてここでは受診しないんです。定期健診で子供たちは連れてきますが」

「では、マーサは知っているのですね」

「知っています。夫を憎んで軽蔑《けいべつ》するのも無理はないでしょう」医師は立ちあがったが、この話し合いを不快に思っていたのは明らかで、こわばった顎が決意を感じさせた。レーンも立ちあがって帽子を手にとった。

「今回のルイーザ・キャンピオン毒殺未遂とハッター夫人殺害に関して、何かご意見がありますか、先生」

「ハッター家のだれかがそれらの犯人だとわかっても、わたしは驚きませんね」メリアムは抑揚のない声で言った。弱々しい足どりで机をまわり、引き戸へ手をかけた。「レーンさん、あなたがたは犯罪者を捕まえ、裁き、有罪を宣告することができるかもしれない。しかし、これだけは言っておきます」心拍がひとつ打たれるあいだ、ふたりは見つめ合った。「理性や良識のある人間なら、ハッター家のだれに対しても、この犯罪の道義上の責任を問うことは一瞬たりともできないでしょう。あの一族の脳は、恐ろしい身体的遺伝によってゆがめられているのです。いずれ全員が悲惨な最期を迎えるでしょう」

「そうならぬことを心から願っていますよ」そう言ってドルリー・レーン氏は暇《いとま》を告げた。

第七場　ハッター家

六月九日　木曜日　午後三時

それからの二時間を、レーンはひとりで過ごした。ひとりきりになる必要があった。自分自身に苛立《いらだ》っていた。よりによってこんな事件になぜここまでのめりこまねばならないのか、とおのれに問いただす。なんと言っても、自分の果たすべき責務は——そのようなものがあるとしたら——法に則《のっと》ったものだ。いや、ほんとうにそうなのか。正義はそれ以上のことを要求しているのではないか……。

ドロミオの走らせる車が北の〈フライアーズ・クラブ〉へ向かうあいだじゅう、レーンは自分を質問責めにした。良心は孤独に浸ることを許さなかった。クラブの片隅にある気に入りの席で昼食をとり、友人知己や昔の演劇仲間の挨拶《あいさつ》に機械的に応える静けさのなかでさえ、心安らかにはなれない。レーンは料理をつつきながら、しだいに浮かぬ顔になっていった。英国風の羊肉料理さえもきょうは味気なく感じられた。

食事を終えると、レーンはドロミオに命じて南へと車を出させ、火に吸い寄せられる蛾のごとくハッター家へ向かった。

家はひっそり閑としており、レーンはそのことに感謝した。前庭を通って玄関へはいるや、雑用係兼運転手のジョージ・アーバックルが仏頂面でにらみつけた。

「サム警視は？」

「上のペリーさんの部屋です」

「実験室へ来るように伝えてもらえないだろうか」

レーンは考えにふけりながら階段をあがった。実験室のドアはあいていて、モーシャー刑事が窓際の作業台にのんびりと腰かけていた。

サム警視がひしゃげた鼻をのぞかせ、低い声で挨拶をした。モーシャーがあわてて立ちあがったが、サムは手を振って追い払い、書類棚をせわしなく探るレーンを怪訝《けげん》そうな目つきで見守った。やがてレーンは実験室の備品目録がはいったファイルを持って立ちあがった。

「ああ、ありましたよ。少しお待ちください、警視さん」

レーンは古いロールトップ・デスクのそばの半ば黒焦げになった回転椅子にすわり、索引カードを調べはじめた。一枚ずつながめては、ほとんど休むことなくつぎのカードへ移る。だが、三十枚目のカードで小さく声をあげて手を止めた。

サムはレーンの肩越しに身を乗り出して、老優を喜ばせたものを見た。カードには三十番と記されていて、番号の下に〝寒天〟とあった。けれども、レーンの興味を引いたのは、〝寒天〟の文字が一本の線でていねいに消されて、その下に〝ペルー・バルサム〟と書き加えられていることらしかった。

「なんです、それは？」

「もう少しの辛抱ですよ、警視さん」

レーンは立ちあがり、爆発後にガラスの残骸《ざんがい》が掃き寄せられた部屋の隅へ行った。破片を掻《か》きまわし、損傷の少ない瓶類を調べるのに没頭している。目当てのものが見つからず、探索の矛先を燃えかけた薬品棚へと移し、最上段の中央の区画を見あげた。そこにはひとつの瓶も残っていない。レーンはうなずくと、残骸の山へもどり、割れていない瓶をいくつか選んで最上段中央の位置に注意深く並べた。

「これでいい」手の汚れを払って言った。「上出来です。ところで、モーシャーさんに使いを頼んでもいいですか」

「かまいませんとも」

「モーシャーさん、マーサ・ハッターを連れてきてください」

モーシャーは元気よく立ちあがり、満面に笑みを浮かべて、靴音高く実験室から出ていった。すぐにマーサを先に歩かせてもどり、武装した護衛官よろしく、閉めたドアを背にして立った。マーサ・ハッターはためらいがちにサムとレーンの前に立ち、ふたりの顔をうかがい見た。そのさまはいつにも増してやつれていた。目の下には濃い紫の隈《くま》があり、鼻はしぼみ、唇はきつく結ばれ、顔は青白くて血の気がない。

「どうぞおすわりください、マーサさん」レーンは愛想よく言った。「お尋ねしたいことがありまして……。あなたの義父のハッター氏は何かの皮膚病に悩まされていらっしゃったそうですね」

腰をおろそうとしていたマーサの動きが驚きで止まった。「どうして——」それから回転椅子に身を沈める。「ええ、そうです。でも、どうしておわかりになりましたの？　てっきりだれにも——」

「あなたとヨーク・ハッター本人とメリアム医師以外に知る者はいないとお思いだったのですね。簡単にわかりましたよ……。ハッター氏がひそかに腕に軟膏《なんこう》を塗って包帯を巻くのを、あなたは手伝ってあげたのですか」

「いったいなんの話です？」サムが小声で話しかけた。

「すみませんね、警視さん……。どうですか、マーサさん」

「ええ、そうです。ときどき、手伝ってくれと呼ばれたものですから」

「なんという軟膏ですか」

「名前はわかりません」

「しまってあった場所はご存じですか」

「ああ、それなら知っています。あそこにいつも並んでいた広口瓶のなかに……」立ちあがって薬品棚の前へ急ぐ。中央の区画の前に立ち、先刻レーンが置いた場所から、広口瓶のひとつを爪先《つまさき》立ちでかろうじてつかみとった。レーンはその動作をしっかり目で追って、マーサがその区画のちょうど真ん中にある瓶を手にとったのを見届けた。

レーンはマーサから瓶を手渡されたが、首を横に振った。「マーサさん、蓋《ふた》をあけてにおいを嗅《か》いでいただけませんか」

マーサは不審そうな顔をしつつも従った。「あら、ちがう」嗅いだとたんに声をあげた。「あの軟膏じゃありません。何より、あれは蜂蜜《はちみつ》みたいにとろりとして、においはまるで――」言いかけた口を閉ざし、急に押しだまった。前歯で下唇をきつく噛《か》む。愕然《がくぜん》とした恐怖の色がやつれた顔にひろがり、マーサは広口瓶を落とした。瓶は床で砕けた。

サムはその様子を一心に見ていた。「さあ、さあ」しゃがれ声で言う。「どんなにおいだったんですか、奥さん」

「いかがでしょう、マーサさん」レーンもやさしく促す。

マーサは機械仕掛けの人形のように首を横に振った。「わたし……覚えていません」

「バ、ニ、ラそっくりだったのでしょう?」

マーサは魅入られたようにレーンを見つめたまま、逃げ出そうとあとずさりをはじめた。レーンは深く息をついて立ちあがり、いたわるようにそっとマーサの腕を叩《たた》いてから、手で合図してモーシャーを脇へのけ、ドアをあけてやった。マーサは夢遊病者のような足どりでのろのろと出ていった。

「なんてことだ!」サムは躍りあがって叫んだ。「塗り薬が――バニラだって! こいつはすごい、たいしたもんです!」

ドルリー・レーン氏は暖炉へ歩み寄り、火のない炉を背にして前かがみに立った。「ええ」考えに深く沈んだ様子で言う。「キャンピオンさんが証言したにおいの正体をついに突き止めたと思います」

サムは興奮した。あちらこちらへと歩きまわり、レーンにではなく、自分自身に対して話しつづける。「すごいぞ！　こいつが突破口だ……。となるとペリーの件は……。まったく！　バニラ——そして軟膏……これをどう思われますか、レーンさん」

「ペリーを勾留《こうりゅう》したのは賢明ではなかったと思いますよ、警視さん」そう言ってレーンは微笑んだ。

「ああ、そのことですか！　わたしもそう思いはじめたところです。たしかに」サムは意味ありげな視線を向けてつづけた。「わたしにも見通しが立ってきましたよ」

「というと？」レーンは鋭く言った。「どんな見通しですか」

「おっと、いけません」にやりと笑う。「レーンさん、いままではあなたの独擅場《どくせんじょう》でしたが、こんどはわたしの出番です。まだ手の内を明かすわけにはいきませんよ。でも、このとんでもない事件でやっと確実な手応えをつかみました」

レーンは相手をじっと見て言った。「たしかな仮説を思いついたのですか」

「まあ、そうですかね」サムは小さく笑った。「ひらめいたんですよ。例の直感というやつです。すばらしい！　よし、これがうまくいきさえすれば……」そう言って、勢いよくドアのほうへ歩いた。「モーシャー」きびしい声で呼ぶ。「おまえとピンクでこの部屋を見張れ。わかったか」窓へ目を向けると、そこには板が打ちつけてあった。「一秒たりとも持ち場を離れるんじゃないぞ。いいな！」

「了解しました。警視」

「へまをしたらバッジを取りあげるからな。さて、レーンさん、ごいっしょにどうですか」

「どの道を進まれるのか存じませんが、わたしはどうも……。ところで、お出かけになるのでしたら、その前に――巻き尺を拝借できますか」

サムは戸口で立ち止まり、目を瞠《みは》った。「巻き尺ですか。そんなものをどうしようというんです」胴着から折り尺を取り出し、レーンに手渡した。

レーンは微笑んでそれを受けとり、ふたたび薬品棚へと歩み寄った。折り尺を開き、最上段の棚の下べりから二番目の棚の上べりまでの長さを測る。「なるほど」とつぶやく。「六インチ……よし、そうか。そして棚板の厚さが一インチ……」顎《あご》をなでてうなずいたあと、憂鬱《ゆううつ》と満足が入り混じった奇妙な顔をして折り尺をたたみ、サムへ返した。

サムの嬉々《きき》とした表情がたちまち消えた。「そう言えば」うなり声で言う。「きのう、手がかりがふたつあるとおっしゃいましたね。ひとつがバニラのにおいで――これが二番目ですか」

「えっ？　ああ、棚の寸法を測ったことがですか。そうではありません」レーンは気のないで首を横に振った。「もうひとつのほうは、まだこれからです」

サムは質問しようかしまいかと迷ったすえ、よけいなことをしないと決めたのか、かぶりを振って立ち去った。

モーシャーはわれ関せずの顔で見送った。

サムが去ったあと、レーンはゆるやかな足どりで実験室を出ていった。

レーンはスミス看護婦の寝室をのぞいたが、だれもいなかった。さらに廊下をぶらついて、南東の角の部屋をノックしたが、反応はなかった。

階段をおり、だれと顔を合わせることもなく、家の奥を通って庭へ出た。肌寒いにもかかわらず、スミスが大きな日除《よ》けのパラソルの下で本を読んでいた。そのかたわらの折りたたみ椅子にルイーザ・キャンピオンが横たわっている。眠っているらしい。近くの芝生では、ジャッキーとビリーがしゃがみこんで一心に地面を見ていた。珍しく静かに遊んでいる。蟻の巣を観察して、虫のせわしげな動きに心を奪われているふうだった。

「スミスさん」レーンは話しかけた。「バーバラさんがどこにいるかご存じですか」

「あら！」スミスははっとして本を落とした。「すみません、びっくりしてしまって。警視さんの許可をもらって外出なさったと思いますけど、行き先やお帰りになる時間までは存じません」

「そうですか」レーンはズボンを引っ張られて下を見た。小さな顔を薔薇《ばら》色《いろ》に上気させたビリーが顔をあげて叫んでいる。「キャンディーちょうだい、キャンディー！」

「こんにちは、ビリー」レーンは動じずに言った。

「バーバラおばさんは刑務所へ行ったんだ。ペリー先生に会いにね！」十三歳のジャッキーが大声で言いながら、気を引くようにステッキを引っ張った。

「そうかもしれませんね」スミスが鼻を鳴らして言った。

レーンは子供の相手をする気分ではないらしく、ふたりの手をやさしく引き離し、屋敷のまわりの路地を通って、ウェイヴァリー・プレイスの大通りへ出た。ドロミオが車を停めて待つ路肩まで行って、憂鬱なまなざしで振り返る。それから、大儀そうに車へ乗りこんだ。

第八場　バーバラの仕事部屋

六月十日　金曜日　午前十一時

〝いかれたハッター家〟の住まいに漂う危険な静けさは、翌朝になって、ドルリー・レーン氏が再訪したときもまだ居残っていた。サムの姿はなかった。アーバックル夫妻によると、きのうの午後に出たきり帰っていないらしい。バーバラは家にいると言う。

「朝食をお部屋でお召しあがりでしたよ」アーバックル夫人がとげとげしく言った。「十一時だというのに、まだおりていらっしゃいません」

「会ってもらえるかどうか、訊《き》いてくれませんか」

夫人は何かを言いたげに一方の眉《まゆ》をあげたが、素直に階段を踏み鳴らしてのぼっていき、もどってから言った。「お会いになるそうですよ。二階へどうぞ」

女性詩人は、きのうの午後にレーンがドアをノックした部屋にいた。ワシントン・スクエアを見渡せる窓際の長椅子に膝《ひざ》を立ててすわり、翡翠《ひすい》細工の長いパイプで煙草を吸っている。

「おはいりください。こんな部屋着で失礼します」

「よくお似合いですよ」

バーバラは中国風の絹のガウンを着て、淡い金髪を肩に波打たせていた。「散らかっていますけど気になさらないで、レーンさん」そう言って微笑む。「どうしようもない無精者で、まだ片づけていないんです。仕事部屋へ行ったほうがよさそうですね」

バーバラは半開きのカーテンの奥にある小部屋へと案内した。そこは隠者を思わせる一角だった。大きな平机、壁に並ぶ雑然とした本棚、タイプライターが一台、椅子が一脚。「午前中ずっと書いていたんです。その椅子におすわりください。わたしは机に腰かけますから」

「ありがとう。すばらしい部屋ですね、バーバラさん。想像していたとおりですよ」

「ほんとうに？」バーバラは笑った。「この家やわたしについては、世間でとんでもない醜聞が流れていますけれどね。わたしの寝室は壁も床も天井も鏡張りで、快楽の極致を追求した部屋なんですって！　それから、毎週恋人を取り換えるとか、性に興味がないとか、毎日ブラックコーヒー三クォートとジン一ガロンを飲むとか……。でもレーンさん、鋭い眼力をお持ちのあなたならお見通しのとおり、わたしはごく平凡な人間です。噂とは大ちがいで、悪徳とは無縁の女詩人なんですよ」

レーンは大きく息を吐いた。「バーバラさん、ここへうかがったのは、奇妙きわまりない質問をするためなのですよ」

「そうでしたの？」穏やかで楽しげな表情が消えた。「では、どんな質問ですか、レーンさん」バーバラは並はずれて大きな鉛筆の並はずれてとがった先端で、机の上に意味もなく走り書きをはじめた。

「はじめてお会いして、サム警視やブルーノ地方検事も交えて少しお話ししたときのことですが、あなたがあることをおっしゃって、それがわけもなく頭に引っかかっていました。それについてもっとくわしくお尋ねしたいと前々から思っていたのですよ、バーバラさん」

「それで?」バーバラが小声で言った。

レーンは相手の目を真剣に見据えた。「お父さまは探偵小説をお書きになったことがありますか?」

バーバラはすっかり虚を突かれた様子でレーンを見つめ返した。口もとから煙草が落ちかかる。心底驚いているのがレーンにはひと目で見てとれた。どうやら、怯《おび》えつつ待ち受けていたのはまったく異なる質問だったらしい。「まあ……」バーバラは笑った。「びっくりしましたわ、レーンさん! あなたはあのすてきなシャーロック・ホームズそっくり。子供のころは夢中で読みふけったものですけれど……。ええ、書いていました。でも、どうしてそんなことがおわかりに?」

ドルリー・レーン氏はしばし目をそらさずにいたが、やがて大きなため息とともに肩の力を抜いた。「やはり」ゆっくりと言う。「そうでしたか」目に不可解な苦悩の色をたたえたが、すぐに下を向いてそれを隠した。それを見ていたバーバラの笑みが薄れる。「あのとき、お父さまが小説を書きかけたことがあると、あなたはおっしゃいましたからね。探偵小説に限定してお尋ねしたのは——決定的なまでの可能性をもって、いくつかの事実がその存在を示唆しているからです」

バーバラは煙草を揉《も》み消した。「わたしにはよくわかりません。ただ——ええ、あなたを信用しますね、レーンさん……。しばらく前——去年の秋のはじめごろだったと思います。父が少しきまり悪そうにわたしのところへ来て、出版関係の人間を紹介してくれないかと言ったんです。わたしは自分の作品の担当者はどうかと答えました。ちょっと驚きました——父が何か書いているのかと思って」

バーバラがことばを切ったので、レーンは小声で言った。「どうぞ、つづけてください」

「最初、父は恥ずかしがっていました。でもわたしがしつこく訊いて、だれにも言わないと約束したので、やっと打ち明けてくれたんです。探偵小説を書きたくて、構想を練っているところだと」

「構想を練っている？」レーンはすかさず訊いた。

「たしかそう言ったと思います。すでに着想をまとめたあらすじを書きあげたということでした。気のきいた筋立てになったと思うから、だれか出版の専門家に相談して、完成した暁に売れる見こみがあるかどうかを判断してもらいたいと言うのです」

「ああ、なるほど。何もかもはっきりしましたよ。ほかにも何かおっしゃっていましたか」

「いいえ。実はわたし——あまり興味がなかったんです」バーバラはつぶやいた。「いまとなっては自分を責めています」鉛筆を見つめる。「父があんなに急に創作熱に取りつかれたのを見て、なんだかおもしろいと思いましたけれどね。言うまでもなく、ふだんは科学一辺倒の人でしたから。小説の話を聞いたのはあのときだけです」

「このことをだれかに話しましたか」

バーバラは首を横に振った。「さっきご質問を受けるまで、すっかり忘れていました」

「お父さまから秘密にしてくれと頼まれたのですね」レーンは言った。「本人がお母さまやほかの人に打ち明けたと考えられるでしょうか」

「まずありえません。だとしたら、わたしの耳にはいったはずですし」バーバラはため息を漏らした。「ジルは頭の空っぽなおしゃべりだから、知っていれば事あるごとに話の種にしたでしょう。コンラッドは家族全員の前であざ笑ったはずです。そして、父は母にだけはぜったいに言わなかったと思います」

「なぜ言いきれるのですか」

バーバラは握ったこぶしをじっと見つめ、沈んだ声で言った。「両親はもう何年も前から、通り一遍の会話しかしたことがないんです」

「そうですか。失礼しました……。あなたは実際にその原稿を見たことがありますか」

「いいえ。原稿などなかったはずです。さっきも言いましたが、おもな構想があらすじに書かれていただけですから」

「そのあらすじをお父さまがどこにしまったか、心あたりはありませんか」

バーバラは力なく肩をすくめた。「見当もつきません。あるとしたら、あのパラケルススの実験室まがいの部屋でしょうか」

「小説の着想ですが――気のきいた筋立てだとおっしゃったのですね。どんな内容だったのでしょうか」

「わかりません。父は内容については何も話してくれませんでした」

「では、お父さまはあなたの薦めた出版関係者にその探偵小説のことを結局相談したのでしょうか」

「していません」

「なぜわかるのですか」

「父が訪ねていったかどうかを先方に訊いたところ、来なかったと返事がありました」

ドルリー・レーンは立ちあがった。「おかげで大いに助かりましたよ、バーバラさん。感謝します」

第九場　実験室

六月十日　金曜日　午後三時三十分

数時間後、屋敷にだれもいないのを見計らってから、レーンは音もなく階段をのぼって三階まで行った。そこから小さな梯子《はしご》をあがって、跳ね蓋《ぶた》を押しあげ、滑りやすい屋根へと足を踏み出した。ひとりの刑事がレインコートを着て傘を差し、惨めな様子で煙突に寄りかかっている。レーンは愛想よく声をかけ、服が雨で濡《ぬ》れるのもかまわずに煙突の穴の暗がりをのぞきこんだ。何も見えなかったが、懐中電灯があれば、死の部屋と実験室を隔てる仕切り壁の上部を観察できるにちがいない。レーンはしばし考えこんでいたが、やがて刑事に手を振って別れを告げ、いま先刻通った跳ね蓋から下へおりた。

二階で立ち止まり、あたりを見まわした。寝室のドアはすべて閉まっていて、廊下に人影はない。すばやく手を動かして実験室のドアノブをまわし、中へはいった。モーシャー刑事が、読んでいた新聞から顔をあげた。

「おやおや！」モーシャーがうれしそうに言った。「レーンさんじゃありませんか。大歓迎ですよ。こんなに冴《さ》えない仕事を言いつかったのははじめてなので」

「お察ししますよ」レーンは小声で言い、視線をさまよわせた。

「久しぶりにまともな人間の顔が拝めてやれやれってとこですね」モーシャーは気を許してしゃべりつづける。「ここはずっと墓場みたいに静かでしたよ、まったく！」

「そうでしょうね……モーシャーさん、ひとつ頼みがあるのですよ。わたしのためというより、屋根にいるお仲間のためなのですが」

「ああ──クラウスですか」モーシャーは怪訝《けげん》な顔で訊《き》いた。

「たしかそんな名前でした。しばらく、いっしょに屋根にいてあげてもらえませんか。ひとりきりでひどくさびしそうでした」

「へえ」モーシャーはのろのろと足を動かした。「でも、どうですかね、レーンさん。上司の厳命がありますから、この部屋を離れるわけにいきませんよ」

「モーシャーさん、責任はすべてこのわたしが負いましょう」もどかしそうにレーンは言った。「さあ、早く！　屋根の上の見張りを特に厳重にお願いしますよ。これから数分のあいだ、どんな邪魔もはいらないようにしたいのです。屋根をうろつこうとする者がいたら容赦なく追い払ってください。ただし、手荒な真似はいけません」

「はあ」モーシャーは半信半疑で返事をした。「わかりました、レーンさん」重い足どりで実験室から出ていく。

レーンは灰緑色の目を輝かせた。廊下へ出てモーシャーを見送り、階段の上へ姿を消すのを待ってから、隣の死の部屋のドアをあけて足を踏み入れた。部屋にはだれもいない。庭に面した窓へと急ぎ、鍵《かぎ》がかかっているのを確認した。すばやくドアへもどって、内側から閂《かんぬき》を操作し、廊下へ出てから勢いよく閉めた。開くかどうかを調べたが、施錠されている。それから大急ぎで実験室へ引き返し、内側から閂をかけたあと、上着を脱いで袖《そで》をまくり、仕事に取りかかった。

はじめは暖炉に興味を引かれたようだった。レーンは炉棚に手を置いて、石のアーチの下に頭を突っこんでから、すぐに引いて後ろへさがった……。しばしためらって周囲に目をやった。ロールトップ・デスクはひどく焼け焦げている。鉄の書類棚はすでに調べてある。半分焼け残った鏡台は？　見こみはなさそうだ。

レーンは顎《あご》を引くと、迷うことなく身をかがめて暖炉のなかへもぐりこみ、手前の壁と奥の煉瓦《れんが》の仕切り壁のあいだに立った。古い煉瓦の仕切り壁は黒いが、手でふれるとなめらかで、身長六フィートを少し超えるレーンの頭のあたりまであった。レーンは胴着のポケットから小さなペンライトを取り出し、仕切り壁の煉瓦へ向けてかすかな光を放った。目当てのものがなんであれ、こんなぞんざいな調べ方でたやすく見つかるものではない。煉瓦は隅々までもしっかりと積みあげられていた。それでもレーンは、煉瓦をひとつずつ叩《たた》いたりつついたりして、ゆるんでいそうな場所を探した。少なくとも実験室側の煉瓦には何もないとようやく納得し、立ちあがって仕切り壁の大きさを目で測った。

老いつつある人間にとっても、挑んで乗り越えられぬ高さではない、とレーンは思った。そこでペンライトを仕切り壁の上に置き、煉瓦のへりをつかんで体を持ちあげた。それをのぼりきって、寝室側の暖炉へとおりたときの敏捷《びんしょう》さには並々ならぬものがあった。六十歳だが、筋肉のしなやかさは若者に劣らない……。壁を越えるとき、煙突の上から降り注ぐ雨が頭や頬を軽く打つのを感じた。

寝室側でも同じようにゆるんだ煉瓦を探したが、やはり成果はなかった。レーンは顔を曇らせ、眉間《みけん》に皺《しわ》を寄せた。ふたたび耐火煉瓦の壁の上によじのぼる。こんどは壁に馬乗りになってあたりを照らした。

すぐさまレーンの体に緊張が走り、眉間の皺が消えた。仕切り壁の頂上からさらに一フィート上のあたりで、煙突の内壁の煉瓦がひとつ、明らかにゆるんでいる。周囲のモルタルが剝《は》げ落ちて、そこだけがまわりの煉瓦より少しだけ浮き出ている。レーンはそのわずかな出っ張りを鉄の工具さながらに指で締めつけて、引っ張りはじめた。思わず体の平衡を崩し、危うく転げ落ちそうになった。煉瓦があっけなく動き、こすれるような音を立てて抜けたからだ。両脚ではさんだ壁の上にその煉瓦を注意深く置き、壁に残った長方形の暗いくぼみに光をあてた。苦心して掘りひろげたらしい穴の奥に、白っぽいものが見える！

レーンは穴へ指を突っこんだ。引き抜いたとき指にはさまれていたのは、小さく折りたたまれた、煤《すす》で汚れた薄黄色の紙の束だった。

その紙を一瞬見てから尻《しり》のポケットにしまい、背をまるめてもう一度穴のなかを探った。ペンライトに照らされて、何かが輝いた。手で探ると、隠し場所のさらに奥の煉瓦を削って穴が掘られていて、そこに固く栓がされた小さな試験管が見つかった。

それを手にとってたしかめながら、レーンは目を曇らせた。試験管にラベルはなく、中には白い液体が満たされていた。注意して穴をのぞき見たところ、ゴムキャップのついたスポイトもある。けれども、これには手をふれなかった。そして、はずした煉瓦をもとにもどさぬまま、レーンは仕切り壁の上から実験室側の暖炉へおり、白い液体入りの試験管を手にとって、身をかがめて部屋へと這《は》い出た。

その瞳《ひとみ》はいまや灰色よりも緑のほうが濃い、冷たい色を帯び、痛みに苦しんでいるかのようだった。

煤まみれの憂い顔をしたレーンは、脱ぎ捨ててあった上着のポケットに試験管をしまったのち、焦げた実験台のひとつへ歩み寄り、ズボンのポケットから煤のついた紙束を取り出してゆっくりと開いた……。ひろげてみると、それは薄い安物のタイプ用紙数枚で、細かい几帳面《きちょうめん》な字が一面に書きこまれていた。レーンは読みはじめた。

のちにレーンがよく指摘したとおり、それはハッター家の事件の捜査において特筆すべき瞬間だった。にもかかわらず、その紙を読むレーンの顔を仮にだれかが見かけたら、発見に興奮するどころか、落胆しているのを感じただろう。読み進むにつれ、その表情はまちがいなく沈んでいった。ときおり気むずかしい顔でうなずくさまは、すでに出た結論を確認するかのようだった。ある個所では、純粋な驚きの色が顔にひろがった。しかし、そうしたいっときの表情は現れてはすぐに消え、読み終えたときには体を動かすのもつらそうだった。ひたすら静かに坐《ざ》していれば、時の流れやさまざまな出来事、そして前方で待ち受ける避けがたい悲劇から逃れられるとでも思っているのだろうか。それでも、やがて瞬きをし、周囲の残骸《ざんがい》から紙と鉛筆を見つけて手早く筆記をはじめた。見つけた紙に記された内容を、時間をかけて丹念に書き写す。それを終えて立ちあがり、写しともとの紙の両方をズボンのポケットへしまうと、上着を身につけてズボンの塵《ちり》を払い、それから実験室のドアをあけた。廊下を見やる。まだだれの姿もなく、静まり返っていた。

レーンは死んだように物音ひとつ立てず、しばし待っていた。

ようやく階下で人の気配がした。そっと階段の手すりへ近づく。手すりと床のあいだからのぞくと、アーバックル夫人が台所へ向かうのが見えた。

「アーバックル夫人」低い声で呼び止める。

夫人は驚いて階上を見あげた。「はい——おや、レーンさん！　まだいらっしゃるとは思いませんでしたよ。なんでしょうか」

「お手数ですが、台所から菓子パンと——そう、ミルクを一杯持ってきてくれませんか」レーンは愛想よく言った。

夫人はしばしその場でレーンを見据えていたが、不機嫌な顔でうなずいて視界から消えていった。レーンはまた、不自然なほど身動きひとつせずに待った。まもなく、夫人がジェリー入りの菓子パンとグラス一杯のミルクを盆に載せて現れた。のんびりと階段をあがり、手すり越しに盆を渡す。

「ミルクは残り少ないのでね」つっけんどんに言う。「少ししか差しあげられませんよ」

「ありがとう、これでじゅうぶんですよ」レーンはグラスをとってゆっくりと口へ運んだ。夫人は何やらぼやきながら、相変わらず横柄な態度で階段をおりていく。だが、階段をおりきって、奥へ通じる廊下に姿を消すやいなや、レーンはグラスを口から離して実験室へ走りこみ、ふたたびドアにしっかり鍵をかけた。

こんどは求めるものがはっきりわかっていた。実験台に盆を置き、薬品棚の下の床棚を探った。床の近くで閉ざされた扉に守られていたおかげで、そこは火事の影響をあまり受けていない。探し物はすぐに見つかった。穴のなかで見つけたものとそっくりの小さな試験管とコルク栓を手に持って、レーンは立ちあがった。実験台の水道でそれをゆすいだあと、細心の注意を払いつつ、穴から持ち出した試験管の白い液体と寸分たがわぬ量のミルクを空の試験管へ注いだ。

レーンはふたつの試験管の見かけがまったく同じなのを確認すると、ミルクを入れたほうにも栓をし、グラスに残ったミルクは流しに捨てた。暖炉へもどってもう一度仕切り壁にまたがり、最初の試験管があった場所へミルク入りの試験管を押しこんだ。穴のなかのスポイトには手をふれていない。それから、黄ばんだ紙をたたみなおしてもとの位置へ返し、煉瓦を以前と同じようにはめたのち、壁からおりた。

レーンは手についた汚れを厭《いと》わしげに払った。顔には深い皺が刻まれていた。

そこで突然、忘れていたことを思い出したかのように、実験室のドアの閂をはずしたあと、引き返してふたたび暖炉の仕切り壁を乗り越え、寝室側へおり立った。寝室の閂もはずして廊下へ出て、いまや鍵のかかっていないドアから実験室へもどった。

「モーシャーさん!」用心深く煙突の上に呼びかける。「モーシャーさん!」

ほてった顔に雨があたり、冷たく感じられた。

「なんでしょう、レーンさん」モーシャーのくぐもった声が響いた。見あげると、煙突の灰色の開口部に丸いものの輪郭がある。

「すぐにおりてください。クラウスさんには屋根に残ってもらって」

「わかりました！」モーシャーが力をこめて言い、顔が見えなくなった。少したってモーシャーは実験室に駆けこんできた。「お待たせしました」大きな笑みを浮かべて言う。小雨を浴びて服が細かい水滴に覆われていたが、気にする様子もなかった。「収穫はありましたか」

「ああ――気にしなくていいのですよ、モーシャーさん」レーンは言った。いまは両脚をしっかり踏まえて部屋の中央に立っていた。「屋根にあがって煙突に近づこうとする者はいましたか」

「ひとりもいません。なんの異変もありませんでしたよ、レーンさん」そこでモーシャーの目がまるくなった。レーンが背中にまわしていた右手を出して、何かを口へ運んだからだ……。モーシャーには信じがたかったが、それは菓子パンだった。ボルジア家を思わせる家にいながら、毒などあろうはずがないとでも言うように、レーンは物思いにふけりながらパンをかじっている。

だが、上着のポケットに隠した左手には、白い液体のはいった試験管がしっかりと握られていた。

第三幕

〝苛烈《かれつ》なる逆運よ、おまえを抱きしめよう。それが最良の道と賢者たちが言うのだから〟

（『ヘンリー六世』第三部第三幕第一場）

第一場　警察本部

六月十日　金曜日　午後五時

冷たい雨が降り注ぐ六月のその日の午後、ハッター邸から出てきたドルリー・レーン氏は、訪れたときより十歳は年老いて見えた。サム警視がその場にいたら、成功の一歩手前にいるはずのレーンが何もかも失敗した場合よりも煩悶《はんもん》する姿を見て、さぞ不思議に思ったにちがいない。いつものレーンではなかった。四十歳にしか見えないのは、若かりし日々からおのれを律し、苦悩がすっかり消え去るまでに仕向ける術を身につけてきたからにほかならない。だがいまは、長い人生で培った静穏を完膚なきまでに打ち砕かれた人間に見えた。ひとりの老人に返り、レーンは車へ乗りこんだ。

疲れ果てた様子でドロミオに「警察本部へ」と告げ、座席のクッションに深く沈みこんだ。センター通りの大きな灰色のビルへ向かうあいだ、レーンの顔は悲しみと責任感で曇り、途方もない重大事を知ったという悲痛な表情が消えることはなかった。

とはいえ、レーンはやはりレーンであり、警察本部の階段をのぼるころには、気さくで優雅で穏やかな紳士、静かな自信としなやかな所作を具《そな》えた本来のドルリー・レーンにもどっていた。机にいた勤務中の警部補がレーンに気づき、巡査部長を呼んでサム警視の部屋まで案内させた。

きょうは気鬱《きうつ》がひろがる日と見え、サムはいかつい顔に不機嫌きわまりない表情を浮かべて回転椅子にすわりこみ、太い指にはさんだ火の消えた葉巻を見つめていた。レーンを見て、その顔がうれしそうに輝く。サムはレーンの両手をしっかりと握った。「来てくださってとてもうれしいですよ。どうしたんです、レーンさん」レーンが手を振り、すわってため息をつく。「何か新しい知らせでも？　ここは死体保管所より陰気な場所でしてね」

レーンはうなずいた。「あなたとブルーノさんがとびきり興味を持ちそうなお知らせがあります」

「ほんとうですか！」サムは叫んだ。「まさか、あの――」ことばを切って疑わしげにレーンを見る。「ペリーを追い詰めたわけじゃありませんよね」

「ペリーを？」レーンは眉《まゆ》をひそめた。「おっしゃる意味がわかりませんが」

「ならいいんです」サムは葉巻を口に突っこみ、思い悩むように嚙《か》みしめた。「こんどはたしかな手応えをつかんだんですよ。実はきのうペリーを釈放しました。バーバラ・ハッターが大物弁護士を雇って騒いでいたもので——まあ、いずれにしろ……問題はありません。やつには監視をつけてありますから」

「なんのためですか。エドガー・ペリーが事件に関与しているといまだにお考えのようですね、警視さん」

「あんたはどう考えるんです？　ほかにどう考えようがあるというんですか。偽装の件を思い出してください。ペリーの本名はキャンピオン、ルイーザの腹ちがいの兄で、父親はエミリー・ハッターの前夫です。決まりですよ。こっちが知っていることを伝えたら、やつは認めましたが、あとは貝のように口を閉ざしました。そこで行き止まりです。でも捜査をやめたわけじゃありません。もう少し掘りさげたんです。そうしたら、何がわかったと思いますか、レーンさん」

「まるでわかりませんね」レーンは苦笑した。

「あのトム・キャンピオン、ペリーの父親で、鬼婆の前夫でもあった男の死因は——」

ふいにサムは口をつぐんだ。レーンの笑みが消え、灰緑色の目がきらめいたからだ。

「じゃあ、ご存じだったんですね」サムは不満げに言った。

「調べたわけではありませんよ、警視さん。けれども、まちがいないと思っていました」レーンは頭を椅子の背にもたせかけた。「あなたの言わんとすることはわかりました。エドガー・ペリー・キャンピオンは目下渦中の人物ということですね」

「それは当然でしょう」サムはむっとして言った。「そうなるとは思いませんか。エミリーがペリーの父親の死に責任があるのはたしかです。直接手をくだしたわけではなく、おそらく故意でもなかったでしょうがね。とはいえ、ナイフで刺した場合に劣らぬ確実さで亭主を死へ追いやった。胸くそが悪くなることばかりです。でも、これで動機がつかめましたよ、レーンさん。以前はわかりませんでしたがね」

「というと……」

「いいですか。あんたは世情に通じたかただ。自分の父親が継母から病気を移されて死んだら、一生かけても継母に復讐《ふくしゅう》したくなる気持ちは……まあ、わたしにだってわかりますよ」

「心理学の初歩というわけですね。特に、こんなむごいいきさつがある場合には。なるほど」レーンは一考した。「あなたの苛立《いらだ》ちはとてもよくわかりますよ。当人には動機も機会もあった。それに、巧妙な計画を実行するだけの頭脳もある。ただ、証拠がありません」

「いま直面しているのはまさにその問題です」

「そうは言っても」レーンは言った。「わたしには、エドガー・ペリーが凶行に及ぶとはどうしても思えないのですよ。犯行計画なら立てるかもしれません。しかし、土壇場でぐずぐずと怖《お》じ気《け》づく人間のような気がします」

「どうもわたしには理解しがたいですな」サムは失笑して言った。「ねえ、レーンさん。われわれ一介の警察官は、相手が何をしそうな性格かなんて知っちゃいません。大事なのは、そいつが実際にやったと立証できる事実なんです」

「おことばを返すようですが」レーンは穏やかに言い返した。「人間の行動は、その人物の心理の表れにすぎないのです。エドガー・ペリー・キャンピオンは自殺を図っているところを取り押さえられたというのですか」

「自殺ですって？　とんでもない！　そんなばかなことをするはずがない。そりゃあ、動かぬ証拠でも押さえられたのなら……」

レーンは首を左右に振った。「ちがいますよ、警視さん。もし、ペリーが殺人を犯したとしても、あの性格ならすぐに自分の命を絶ったでしょう。ハムレットを思い出してください。優柔不断で情緒不安定な男です。それでも計画を練る頭はある。暴力と陰謀の嵐が吹き荒れるなか、ハムレットは迷い、自虐と自責のはざまで悩みます。しかし、どうなったか。思い悩んではいたものの、いざ行動を起こすや、逆上して暴れまわり、ほどなくおのれの身を滅ぼしてしまうのですよ」レーンはさびしげに微笑んだ。「いつもの癖が出てしまいました。けれども警視さん、あなたの容疑者をよく見てごらんなさい。ペリーはいわばハムレットで、第四幕の終わりまではその役を演じます。第五幕では筋書きが変わりますから、役柄が変わりますがね」

サムは所在なげに体を揺すった。「はあ、そうですか。まあそういうことにしておきましょう。で、つまるところ——あんたはこの事件をどう考えているんですか」

「わたしが思うに」レーンは急に含み笑いをした。「警視さんがなさることは実に謎めいていますね。またもやペリー犯人説を持ち出すとはどういうことでしょう。ご自分のひらめきを重んじて、その線はお捨てになったと思っていました。どんなひらめきかはあいにく教えていただけませんでしたが」

サムは恥ずかしそうな顔をした。「ひらめきについては取り消させてくださいよ。調べはしましたが、空振りだったんです」そして抜け目のない目つきでレーンを見る。「わたしの質問に答えてくださっていませんね、レーンさん」

こんどはレーンが貝になった。先刻の疲労がかすかに顔をよぎり、笑みが掻《か》き消された。

「正直に申しあげて……どう考えるべきかわからないのですよ、警視さん」

「お手あげってことですか」

「まだ思いきった手を打つ時期ではないということです」

「ほう……しかし、われわれはあなたに絶大な信頼を寄せているんですよ、レーンさん。去年のロングストリート事件では、鮮やかな手並みを見せてくださいましたからね」サムは顎《あご》をなでた。「ある意味では」ややきまり悪そうに言う。「ブルーノさんもわたしも、あなたを頼りにするほかないんです」

レーンは椅子から勢いよく立ちあがり、あたりを行き来しはじめた。「お願いです。やめてください。いかなることであれ、わたしをあてにしないでいただきたい」露骨なまでに動揺しているレーンを見て、サムが愕然《がくぜん》と口をあける。「わたしがまったくかかわっていなかったものとして、捜査を進めてください。あなたの推理なさったとおりに、どうか……」

サムの顔が暗くなった。「そういうお考えでしたら、もうどうしようも……」

「きのうの――ひらめきとやらは実を結ばなかったんですね」

サムは疑り深い視線をそらさなかった。「あたってはみましたよ。メリアム医師に会いました」

「おや!」レーンはすかさず反応した。「それはいい。すばらしいです。そして先生のお話は……」

「あなたからすでに聞いていたことばかりでした」サムは無愛想に答えた。「ヨーク・ハッターが腕に塗っていたバニラの薬ですよ。では、あんたも会いにいったんですね?」

「ええ、まあ。たしかにうかがいました」レーンは急に椅子に腰を落とし、片手を目の上にあてた。

サムはわけがわからずに、腹立たしそうに長々とレーンを見つめた。「ところで」つとめて穏やかに言った。「ブルーノさんとわたしに知らせがあるとおっしゃいましたね。どんな話ですか?」

レーンはゆっくりと顔をあげた。「非常に重要なことをお知らせしましょう、警視さん。ただ、これだけは約束してもらいたいのです。情報の出所はどうかお尋ねにならないように」

「はあ。で、話とは?」サムがぶっきらぼうに言う。

「実は」細心の注意を払い、貴重なものを扱うかのように一語一語を選びながら、レーンは話しはじめた。「ヨーク・ハッターは失踪《しっそう》する前、ある小説の構想をまとめました」

「小説?」サムは目をまるくした。「それがどうしたんですか」

「ただの小説ではないのですよ、警視さん」かろうじて聞きとれる声でレーンは言った。「ハッター氏はそれをいつか書きあげて出版しようと思っていました。探偵小説です」

少しのあいだ、サムは夢でも見ているようなまなざしでレーンに目を凝らした。葉巻は下唇に載ったままで、右のこめかみの静脈が青筋を立てて生き物のようにうごめいている。そして、投石器の石弾さながら椅子から跳びあがった。「探偵小説！」葉巻が床へ落ちる。「なんと、そいつは大変な知らせだ！」

「ええ」沈んだ声でレーンが言った。「それは殺人と犯行の究明とを扱った小説のあらすじですが……もうひとつお伝えすることがあるのですよ」

サムはろくに聞いておらず、うつろな目をしていたが、その目をレーンに向けてどうにか話に集中しようとした。

「それはですね……」

「ああ、はい！」サムはふだんどおり頭を左右に大きく振り、ふたたび鋭さと注意力を取りもどした。「なんでしょうか」

「ヨーク・ハッターが書いたあらすじの背景や登場人物は現実どおりです」

「現実どおり？」サムは訊《き》き返した。「いったいどういうことです？」

「ヨーク・ハッターは自分の家族をそのまま題材にしたのです」

電流に貫かれたかのように、サムは巨体をびくりと震わせた。「そんな……」しゃがれ声を出す。「そんなはずがない。できすぎている……まさか――」

「しかし、そうなのですよ、警視さん」疲れた声でレーンは言った。「興味を持たれましたか。当然でしょうね。思いも寄らない事態ですから。ある男が毒物混入と殺人を扱った話を書く。その後、自分の家で実際に事件が起こりはじめる……ほぼすべての点で、まったくの作り事である小説の筋書きと同じ事件が」

サムは音を立てて息をつき、胸を上下に大きく波打たせた。「こういうことですか」低い声を響かせる。「ハッター家で起こったことはどれも——二度にわたるルイーザ毒殺未遂も、ハッター夫人殺害も、火事と爆発も——すべて紙に書かれていて、作り話としてヨーク・ハッターの頭のなかからひねり出されたものだと。ばかな、信じられない！ こんな話ははじめてです！」

「ほかにもあるのですが……」言いかけてレーンはため息を漏らした。「とにかく、そういう次第ですよ、警視さん。以上がわたしからの報告です」

レーンは立ちあがり、絶望に打ちのめされたかのようにステッキの握りにしがみついた。目にはむなしい敗北の色が漂っている。サムは獣のように歩きまわり、顔をほころばせたかと思うと、ぶつぶつとひとりごとを言い、頭をめまぐるしく活動させながら、見当をつけては、あれを捨て、これに決め……。レーンはドアの前まで行って立ち止まった。いつもの若々しい身のこなしは見られない。足どりは重く、まっすぐで張りのある背中もまるく曲がっていた。

サムはふと立ち止まった。「ちょっと待ってください！ 質問を控えてくれとおっしゃいましたね。まあ、秘密になさるのはよほどの事情があってのことでしょうから、穿鑿《せんさく》はしません。

でも、これだけは教えていただきたい。探偵小説に犯人は付き物です。筋書きで家族を登場人物にしたのなら、ヨーク・ハッターはそのなかのだれを犯人にしたんでしょうか。言うまでもなく、話のなかでだれが犯人であれ、そいつが現実の世界で犯人ということはありますまい。あまりにも危険ですからね。で、どうなんです？」

レーンはドアに手をやり、だまって一考した。「そうですね」力のない声でようやく言う。「たしかにお伝えするべきです……。ヨーク・ハッターが考えた筋書きでは、犯人は——ヨーク・ハッター自身でした」

第二場　ハムレット荘

六月十日　金曜日　午後九時

日ごろはこの上なくのどかで心休まる隠棲《いんせい》の場であるハムレット荘も、この夜ばかりは荒涼とした気配をたたえていた。雨はいっこうに降りやまず、忍び寄る冷気は衣服を貫いて肌を粟《あわ》立《だ》たせるほどだった。ハドソン河畔のはるか上にそびえる堅固な断崖《だんがい》に建つこの館には、ポーの小説に見られる廃墟《はいきょ》さながらの近づきがたさがある。灰色の霧に幾重にも包まれて眼下の視界はさえぎられ、頭上には薄気味の悪い空が渦巻いている。

火が恋しくなる夜で、老クエイシーがレーンの居室の暖炉に大火事さながらの炎を熾《おこ》した。暖炉は爪先《つまさき》を焦がすほどあたたかく、簡単な夕食をすませたレーンは、炉辺の毛皮の敷き物に身を横たえて目を閉じた。炎がまぶたを照らす。背中の曲がった老人は気づかわしげに部屋を出入りしていた。不安でたまらないらしく、いつもの鋭い機知も影をひそめている。困惑のまなざしで主人を見守り、火がはぜるたびに目をしばたたいた。

一度、クエイシーは敷き物へそっと近寄って主人の腕に手をふれた。眠りもせずに考えにふけっていたレーンの灰緑色の目が、すぐさま大きく見開かれる。「どうかなさいましたか、ドルリーさま。ご気分が悪いのでは？」

「いや、だいじょうぶだよ」

クエイシーは部屋の隅の椅子へさがってじっとうずくまったあとも、炎の前に静かに横たわる主人の姿からけっして目を離さなかった。

粛然とした一時間が過ぎて九時になったとき、その姿は動いて立ちあがった。「クエイシー」

「はい、ドルリーさま！」老人は主人に尻尾《しっぽ》を振る猟犬のように、たちまち勇んで口をあけ、立ちあがった。

「書斎へ行く。だれも通さないように。いいね」

「かしこまりました、ドルリーさま」

「もしフリッツ・ホーフかクロポトキンが来たら、もう休んだと言いなさい。芝居のことで何か気にかけているらしいが、かまわない。ふたりにはあすの朝会おう」

「かしこまりました、ドルリーさま」

レーンは老人の禿頭《とくとう》にかるくふれて曲がった背中を叩《たた》き、ドアのほうへ押しやった。クエイシーがしぶしぶ出て行く。レーンはドアに鍵《かぎ》をかけ、しっかりした足どりで、つづき部屋の書斎へはいっていった。

彫刻の施された古風なクルミ材の机へ歩み寄って、卓上のランプをともし、それから抽斗《ひきだし》をあけた。紙の束を取り出す。ハッター家の煙突にあった黄ばんだ草稿を書き写したものだ。机の前にある革張りの椅子に深く腰をおろして、紙片を並べたが、目に輝きはなく、顔は暗かった。それでもゆっくりと気持ちを集中させ、一語一語に考えをめぐらしながら、きょうの昼に大急ぎで書きとった小説のあらすじを読みはじめた。静寂と闇のなかで、それらのことばが新たな意味をまとうかに感じられた。レーンは没頭し、そのなかに浸っていった……

探偵小説のあらすじ

題名（仮題）『バニラ殺人事件』
著者　ペンネームを用いる。ミス・テリー？　H・ヨーク？　ルイス・パスター？
舞台　ニューヨーク市グラマシー・パーク？　わが家と同様の屋敷。
時代　現代。
小説作法　一人称。犯人はわたし自身。

《登場人物》
ヨークまたはＹ（わたし）　犯人。被害者の夫。
エミリー　被害者。老女。暴君。（実物どおり）
ルイーザ　娘。聾唖《ろうあ》で盲目。（Ｙの義理の娘ではない――動機を強めるため）
コンラッド　既婚の息子。
マーサ　コンラッドの妻。（夫妻に子供はなくともよい）
バーバラ　娘。Ｙとエミリーの最年長の子。実物どおり作家。疑わしい人物？
ジル　Ｙとエミリーの末子。娘。
トリヴェット　片脚を失った隣人。ルイーザに恋愛感情をいだいている。（無理な設定か？）
ゴームリー　コンラッドの共同経営者。
《脇役》
ルイーザの看護婦、家政婦、運転手、女中、主治医、顧問弁護士、ジルの求婚者？
――重要！　以上の全員に仮名を用いること！
《第一の犯行》　ルイーザの毒殺未遂

（事実）

日々の決まりごとで、家政婦はルイーザのためにエッグノッグを作り、毎日午後二時三十分にそのグラスを食堂のテーブルに置く。

（詳細）

ある日、Y（犯人）は家政婦が食堂のテーブルにエッグノッグを置くのを待つ。そして、だれも見ていないときに食堂へ忍びこみ、エッグノッグのグラスにストリキニーネを入れてから、隣の図書室へ急いでもどる。

ストリキニーネは、二階の実験室の薬品棚にある九番の瓶から三錠取り出したものである。このことはだれも知らない。

Yはエッグノッグに毒を入れたあと、ルイーザがそれを飲むために現れるのを図書室で待つ。ルイーザが食堂へ来るちょうどそのとき、Yも図書室から出る。ルイーザが毒入りのエッグノッグを飲む前に、Yは食堂にはいってきてグラスを手にとり、何か変だと言って少し飲む。すぐに吐き気を催す。（Yはすぐ近くに容疑者たちを集めておく）

（覚書）

この事件によって、何者かがルイーザの毒殺を目論《もくろ》んだとだれもが考えるが、当然Yは除外される。犯人がみずから仕込んだ毒を飲むはずがあるまい？　また、これによって、ルイーザが実際に毒を飲んでしまうことも未然に防がれる——筋書きの上で重要。

《第二の犯行》

二度目のルイーザ毒殺〝未遂〟事件が起こり、この際にYの老妻エミリーが殺害される。

（時期）

最初の事件からちょうど七週間後。

（詳細）

午前四時ごろ、家じゅうの者が寝静まり、ルイーザとエミリーも寝室で眠っているさなかに（母と娘は同じ部屋の対のベッドを使っている）、Yは第二の犯行に及ぶ。

今回の毒殺未遂は、梨に毒を仕込み、それをふたつのベッドのあいだにあるナイトテーブルの果物鉢に入れるというもの。梨を使うのは、エミリーが梨をまったく食べないことをだれもが知っているからだ。毒入りの梨によって、またしてもルイーザが狙われたかにも見えるが、ルイーザはこの梨を食べることはない。というのも、腐敗や傷のある果物をルイーザがけっして口にしないことを知るYが、傷んだ梨を故意に選んで（台所から持ち出してもよい）、寝室へ持ちこむからだ。梨には注射器を使って、実験室にある一六八番の瓶の塩化第二水銀を注入する。

注射器は実験室の鉄の戸棚にあるもので、そこには注射器の詰まったケースが置かれている。

また、ルイーザの寝室へ向かう前に、Yはコンラッドの履き古した白い夏靴を盗み出しておく。そして、実験室で注射器へ塩化第二水銀を移す際（夜中にルイーザの寝室へ行く直前）に、白い靴の一方に毒薬（一六八番の瓶）を故意に数滴垂らす。

（実行）

Ｙはルイーザとエミリーの寝室に忍びこむ。ナイトテーブルへ近づき、果物鉢に傷んだ梨を置く。鈍器でエミリーの頭を殴って殺害する。（これが犯行計画の核心であるが、エミリーは手ちがいで殺されたかのように、つまり、夜中に目を覚ましたエミリーを犯人が口封じのために殺したように見える）

（覚書）

犯行計画の真の目的はエミリー殺害である。毒殺未遂はルイーザが狙われたと警察に信じさせるための策にすぎない。したがって、警察はエミリーではなく、ルイーザに殺意を持ちそうな人物ばかりを追うことになる。小説のなかでＹはルイーザと良好な関係にあるので、疑いはかけられない。

（偽の手がかりについて）

Ｙはコンラッドの靴に故意に毒薬をこぼす。寝室からもどったあと、Ｙは靴をコンラッドの棚へ返しておく。やがて警察は毒薬の付着した靴を発見し、コンラッドに毒殺未遂の容疑をかける。当人がルイーザを憎んでいるのはだれもが知るところである。

（真犯人究明の手がかり）

ルイーザは聾唖で盲目という障害を負っている。エミリーが殺害されたとき、ルイーザは目を覚まし、Ｙの腕に塗られたペルー・バルサムのバニラに似た香りを嗅《か》ぎ取る。嗅覚《きゅうかく》こそ、ルイーザが警察に手がかりを提供するのに最もふさわしい感覚である。バニラのにおいがしたというルイーザの証言をもとに、主役の探偵がその線を追い、さまざまないきさつを経て、Yがそのにおいにあてはまる唯一の人物だと突き止める。

《火災》

殺人事件の翌日の深夜、Yは実験室（自分の寝室でもある）に放火する。まず、高温で爆発する二硫化炭素入りの瓶（二五六番）を大きな実験台のひとつに置いておく。それからマッチを擦ってベッドに火をつける。

（放火の目的）

放火とそれにともなう爆発は、何者かがYの命をも奪おうとしている印象を与える。これがさらなる偽の手がかりとなり、少なくともYは潔白だと思わせることになる。

《第二の犯行》

殺害事件から二週間後、Yはさらにもう一度ルイーザの〝毒殺未遂〟を謀る。このとき用いるのはフィソスチグミンという、薬品棚の二二〇番の瓶にはいった白い液状の毒薬である。毎晩ルイーザが夕食の一時間後に飲むバターミルクのグラスへ、スポイトで十五滴落とす。今回もYは、バターミルクに異状があるなどと注意を引くか、なんらかの手段を使って、ルイーザが毒入りのバターミルクを飲むのをやめさせる。

（目的）

犯行計画は、いずれの場合もルイーザの殺害を狙ったものではない。老妻殺害後の三度目の毒殺未遂は、殺人犯がなおもルイーザの命を狙っていると警察に思わせる手立てにすぎない。こうして警察はエミリー殺しではなく、ルイーザ殺しの動機を持つ人間を追うことになる。

《全体的な覚書》

(一) どの犯行においても、指紋を残さないために、Yがかならず手袋を着用する点に留意する。

(二) 脇筋を工夫する。

(三) 主役探偵の真相解明への過程を考える。

(四) Yの動機はエミリーへの憎悪。夫の将来、そして健康をも奪い、何もかも蹂躙《じゅうりん》した……。実際に殺されてもおかしくはない!

最後に記された悲痛なことばは、鉛筆で強く塗りつぶしてあった(もとの草稿でそうなっていて、レーンはそれも含めて正確に写しとっていた)が、判読することができた。ほかにふたつの覚書があり、あらすじはそこで終わっていた。

(五) 登場人物が架空に見えるように、じゅうぶんな粉飾をおこなうこと。ペンネームを使うのだから、登場人物にも適当な仮名をつければよい。家族のことを世間に気づかせる必要はない。シカゴやサンフランシスコなど別の街に舞台を変えてもよいだろう。

(六)主役の探偵の人物像は？　バニラや薬品がからむため、医者？　Yの友人？　探偵を本業としない。演繹《えんえき》的推理をおこなう――知性派探偵。外見はシャーロック・ホームズ、性格はポアロ、推理の手法はエラリー・クイーンといったところか……。実験室の捜査を際立たせる……。手がかりを得るのは瓶に記された番号から。難解は禁物(？)

レーンはやつれた顔をこわばらせ、ヨーク・ハッターが記した中途半端な探偵小説のあらすじの写しを力なく下に置いた。両手に顔をうずめて沈思黙考する。かろうじて聞こえる吐息のほかに静寂を乱す物音はなく、そのまま十五分が過ぎた。

ようやく背筋を正し、机のカレンダーへ目をやった。唇が動く。二週間……。

レーンは鉛筆を手にとり、六月十八日の日付のところに、どうにもやりきれぬ様子で力強く丸印をつけた。

第三場　死体保管所

六月十一日　土曜日　午前十一時

何かがレーンを突き動かしていた。深い自己省察と外界への鋭い分析には長《た》けていたものの、まとわりついて離れぬいやな気分に対しては、まったくなす術《すべ》がなかった。この思いをすっかり解き明かすことも、うまく言い逃れることもかなわない。理性も歯が立たずに退散し、それは鉛の重りのように首筋を圧迫した。

それでも立ち止まるわけにはいかなかった。これを最後まで突き止めなくてはならない——自分だけが知る真相がどれほど苦いものであったとしても。いざそのときが来たらどうなるのか……。身のすくむ思いがし、苦悩と恐れで胃が縮む感覚に襲われた。

その日は土曜日で、川面《かわも》に陽光が照りつけていた。リンカーンからおりたレーンは、歩道を渡って死体保管所の古びた石段をのぼっていった。なぜだ？　自分のような多感な人間が手を出すにはあまりにも非情な仕事だったことを、なぜ認めないのか。舞台俳優としての絶頂期においてさえ、賞賛と同じだけの罵倒《ばとう》を浴びたものだ。〝世界最高峰の俳優〟と呼ばれたこともあれば、〝この驚異に満ちた時代において、虫食いだらけのシェイクスピアにしがみつく老いぼれ役者〟と評されたこともある。どの評価も等しく受け止め、芸術家の本分と高みを知る者にふさわしく、嘲笑《ちょうしょう》にも喝采《かっさい》にも威厳をもって応えてきた。新興芸術の害毒に蝕《むしば》まれた評論家たちが何を言おうと、おのれの使命を全うしようという固い決意と静かな信念は揺るがなかった。なぜ人生最良の場所にとどまらなかったのか。なぜよけいな手出しをするのか。悪を嗅ぎつけて罰を与えるのはサムやブルーノのような人間の役目だ。悪？　純然たる悪など存在しない。サタンですら、かつては天使だった。無知な者やねじけた者、あるいは邪悪な運命の犠牲者がいるだけだ。

それでも、新たな探求と確認という使命に駆られたレーンは、脳裏の葛藤《かっとう》に頑《かたく》なに耳を貸さず、やせた脚で死体保管所の階段をのぼった。

建物の三階にある実験室では、市検死局の毒物学者であるインガルズが若い医学生たちを相手に講義をしていた。レーンは無言で待ちながら、ガラスと金属の実験器具の数々へ見るともなく目をやったり、インガルズの歯に衣《きぬ》着せぬことばを唇から読んだり、かすかな震えも見せない熟練した手つきを観察したりしていた。

講義が終わり、インガルズはゴムの手袋をとって、心のこもった握手をした。「ようこそ、レーンさん。においの証拠に何か別の問題でも？」

ドルリー・レーンは萎縮《いしゅく》した様子で人気《ひとけ》のない実験室を見まわした。レトルトや、電極や、化学薬品入りのガラス瓶が並ぶ科学の世界！　よそ者で、干渉者で、ずぶの素人だというのに、自分はここで何をしようというのか。世の中を浄化するなど望むべくもない……。レーンはため息をついて言った。「フィソスチグミンという毒薬について教えてくださいますか」

「フィソスチグミン？　いいですとも！」毒物学者は顔を輝かせた。「それならお手のものですよ。白くて味のない有毒のアルカロイド——猛毒で、アルカロイド系毒物の筆頭格です。化学式は $C_{15}H_{21}N_3O_2$ で、カラバル豆から抽出されます」

「カラバル豆？」レーンはぼんやりと繰り返した。

「学名はフィソスチグマ・ヴェネノスム。カラバル豆はアフリカに自生するマメ科の蔓性《つるせい》植物の種子で、強い毒性を持っています」インガルズは説明する。「医療では、ある種の神経障害、破傷風、てんかんなどの治療に使われます。フィソスチグミンはその豆から作られるんです。ネズミでもなんでもいちころですよ。見本をご覧になりますか」

「その必要はありません」レーンは注意深くくるんで保護したものをポケットから取り出した。覆いと詰め物を取る。それは栓をした白い液体入りの試験管で、煙突の隠し場所で見つけたものだった。「これはフィソスチグミンでしょうか」

「ふうむ」インガルズは瓶をかざして光にあてた。「見たところ、そんな感じですね。ちょっと待ってください、レーンさん。二、三、検査してみます」

インガルズは無言で作業に打ちこみ、レーンは口をはさまずに見守った。「まちがいない」毒物学者はついに言った。「たしかにフィソスチグミンですよ、レーンさん。純度の高いものです。どこで手に入れたんですか」

「ハッター邸です」レーンはあいまいに答えた。札入れを出して中を探り、小さくたたんだ紙を見つけた。「これはある処方箋《しょほうせん》の写しです。目を通していただけますか」

インガルズはそれを手にとった。「ええと……ペルー・バルサム……なるほど！　この処方箋の何を知りたいのですか、レーンさん」

「正しい処方でしょうか」

「ええ、もちろんですよ。皮膚疾患用の塗り薬で――」

「ありがとうございます」疲れた様子でレーンは言った。処方箋を取り返そうともしない。「それから――ひとつお願いがあるのですが」

「なんでもおっしゃってください」

「この試験管をわたしの名前で警察本部へ送って、ハッター事件のほかの証拠といっしょにするように取り計らっていただきたいのです」

「わかりました」

「ぜひとも」レーンは重い声で言った。「これを正式な証拠物件として保管する必要があるのですよ。この事件ではきわめて重要なものですから……どうもお手数をおかけしました」

レーンはインガルズと握手をしてドアへ向かった。毒物学者はレーンがゆっくりと立ち去る後ろ姿をとまどい気味に見送った。

第四場　サム警視の執務室

六月十六日　木曜日　午前十時

　事態はここで停滞すると決まっていたらしい。毒殺未遂に端を発し、理由はわからぬが目的だけは定かな事件が〝いかれたハッター家〟へつぎつぎと押し寄せていたが、それが急にいっさいの動きを止めた。長い距離を加速しつつ飛んでいた物体がふいに硬い障壁にぶつかって落下し、地面で砕け散って二度と動かなくなったかのようだった。

　試練のときだった。レーンが実験室へインガルズを訪ねた日から六日目になるが、何ひとつ起こらなかった。サム警視は袋小路に迷いこんで、躍起になって堂々巡りをするばかりで、どこにもたどり着けずにいた。ハッター邸は一見ありきたりの日常を取り返した。すなわち、住人が非常識な暮らしぶりにもどったわけだが、警察にはもはや押さえつけようがなかった。新聞各紙には一週間にわたって否定的な記事が満ちあふれた。ある新聞では、〝いかれたハッター家〟が〝このたびの常軌を逸した事件〟から臆面《おくめん》もなく抜け出しつつある、と書かれていた。また、ある社説では〝わが国の犯罪において増大傾向にある、不快きわまりない事件の実例〟とされ、〝殺人を犯して雲隠れするのは、無法者にかぎらず一般市民のあいだでも流行《はや》っているらしく、成功もしているようだ〟と評された。

かくして膠着《こうちゃく》状態がつづくなか、ハッター夫人殺害事件から二週間になろうかという木曜日の朝、ドルリー・レーン氏は警察本部を訪ねることにした。

サム警視はこの一週間の疲れをにじませていた。待ちわびた犬のように嬉々《きき》として出迎える。「これはこれは、ようこそ！」声を張りあげた。「これまでいったいどこにいらっしゃったんですか。人に会えてこんなにうれしいのは生まれてはじめてですよ。何か耳寄りな話でも？」

レーンは肩をすくめた。口もとに決意を示す皺《しわ》が刻まれていたが、沈鬱《ちんうつ》な表情は相変わらずだった。「このところ、耳寄りな話にはすっかりご無沙汰《ぶさた》ですよ、警視さん」

「いやはや！　やはりそうですか」サムは言い、気重そうに手の甲の古傷を見つめた。「だれにも何もわからないってことですな」

「そちらもあまり成果はなさそうですね」

「訊《き》くまでもないでしょう」サムがうなるように言った。「探偵小説の線を徹底的に追ってみました。何よりも重要な手がかりに思えたものですから。ところが何がわかったというんでしょうか」答える必要のない形ばかりの質問だったが、それでも警視は答えを付け足した。「結局、何もわかりませんでしたよ！」

「どんな結果を期待なさっていたのですか」レーンは静かに尋ねた。

「殺人犯を割り出せると思ったに決まってるでしょう！」サムは叫び、目の奥で怒りをたぎらせた。「しかし、まったく目星がつきません。このいまいましい事件にはもううんざりですよ。まったく！」そこで落ち着いた。「いきり立ってもしかたがありませんがね……。ちょっとよろしいですか。わたしの考えを披露しても……」

「どうぞ」

「ヨーク・ハッターは探偵小説を書いた。いや、あなたのお話では、小説のあらすじでしたか。題材は自分自身の家族だの屋敷だの。独創性があるとは言えませんな。とはいえ、書くにはまさに恰好《かっこう》の題材だったことは認めますよ。気持ちはよくわかる」

「残念ながら、ハッター氏はその筋書きを過小評価していたのでしょうね」レーンはつぶやいた。「ほんとうに起こるかもしれないとは夢にも思わなかった。こうなることをもし知っていたなら……」

「たしかにね。でも、知らなかった」サムは低い声で言った。「だから、暇つぶしに小説の着想をいじくりまわし、こう考えた。〝いいぞ！　われながらすばらしい。これを自分で書いてみよう――作家となって物語を作り、あれこれ並べ立て、そして自分自身を犯人に仕立てよう〟。あくまでも小説のなかですが……」

「おみごとです、警視さん」

「まあ、こういうことにかかわっていれば当然です」サムはうなるように言った。「さて、つぎへ行きましょう。ハッターが自分で命を絶ったあとで――探偵小説を書こうとした本人が考えもしなかったことが起こったにちがいない。何者かが小説のあらすじを見つけ、その筋書きをもとにして、本物の殺人を……」

「まさにそのとおりです」

「そのとおりだったらどうだというんです！」サムは叫んだ。「どうにもなりません。一見意味があるようで、実のところ、なんの意味もありませんよ！　わかったのは、何者かがヨーク・ハッターの思いつきを手引き書として活用したことだけです。だれがやったっておかしくない！」

「おそらくあなたは、可能性を低く見積もっていらっしゃいます」

「どういう意味です？」

「いえ、お気になさらずに」

「なるほど、あんたのほうが頭が切れるんでしょうな」サムは不満そうに言った。「わたしが言いたいのは、この事件は突拍子もなくばかげてるってことです。探偵小説の筋書きに沿っているなんて！」大きなハンカチを出して勢いよく三度鼻をかむ。「言わせてもらえば、お粗末な探偵小説ですな。しかし、ある意味で助かりますよ。現実の犯罪のほうには説明しきれないことが大いにある。だから、そういうところはすべてハッターの不出来な筋書きのせいにすればいいわけだ」

　レーンは何も言わなかった。

　サムは陰気な声でつづけた。「まだあります」爪をしげしげと見つめて言う。「先週この筋書きの話を教わったとき、質問するなというご要望をとりあえず尊重しました。言ってみれば、ブルーノさんとわたしはあんたの能力を見こんでいるんですよ、レーンさん。早い話が、あんたは何かご存じですな。それが何なのか、さっぱり見当もつきませんが、ブルーノさんもわたしも気づいていないことにちがいない。それくらいわかります。でなければ、外部の人間にいつまでも好き勝手にさせておいたりはしませんよ」

「その点は感謝していますよ、警視さん」レーンは小声で言った。

「そうですか。しかし、わたしだっておとなしいままじゃありません」サムはゆっくりと言った。「それに、いつまでもこちらの忍耐をあてにされても困ります。小説の筋書きがあると知ったいきさつはつぎの三つのどれかでしょうな。その一は、どこかで偶然見つけたというものですが、これはありそうもない。あんたが探す前にわれわれが家じゅう隈《くま》なく捜索しましたからな。その二――犯人自身から情報を得た。もちろんそれもだめで、理由は言うまでもない。その三――直感を頼りに当て推量をした。しかしそうだとしたら、ヨーク・ハッターが犯人役だったことが、なぜはっきりわかるのか。だから、これも脈がない。だから行き詰まっているんですよ。まったく、こんな気分は大きらいです」

ドルリー・レーンは体を揺すって吐息を漏らした。目に浮かぶ苦悶《くもん》の色とは裏腹に、苛立《いらだ》たしげな口ぶりで言う。「失礼ながら安直な論理ですね、警視さん。しかし、あなたと議論してもはじまりません」しばし黙し、それから言った。「とはいえ、説明する必要はあります」

サムの目が険しくなるかたわらで、レーンは立ちあがり、何かに駆り立てられるように室内を歩きはじめた。「警視さん、あなたがいままでに携わった事件のなかで、これは最も特殊な犯罪です。去年のはじめごろからわたしは犯罪学に興味を持つようになり、古い事件記録を読みあさったり、最近のものにも目を通したりして、その分野に没頭したものです。これだけは確信をもって言えますが、犯罪捜査史上これほど――なんと言えばいいのか――困難で、複雑で、意外な事件はありませんでした」

「あるいはね」サムは低い声で言った。「わたしにわかるのは――難事件ということだけです」

「この事件の複雑さについては少しも理解なさっていないはずです」レーンはつぶやいた。「かかわっているのは犯罪と刑罰の問題だけではないのですよ、警視さん。事件全体の渦の底に、病理学や、異常心理学や、社会学的問題や、倫理……」ことばを切って唇を噛《か》む。「無意味なおしゃべりはやめましょう。ハッター邸では何か進展がありましたか」

「何も変わりません。先細りの感がありますな」

「だまされてはいけません」レーンはきびしい口調で言った。「先細りになどなっていませんよ。いまは休止期間で、いっとき攻撃が静まっただけです……。新たな毒殺未遂はありましたか」

「専門家のデュービンが邸内に陣どって、わずかの飲食物にも気を配っています。二度とやられはしませんよ」

「ルイーザ・キャンピオンの件は……。バーバラ・ハッターは結論を出しましたか」

「まだです。コンラッドが本性を現したところですよ。権利を放棄しないかとバーバラをそそのかしていました。露骨もいいところですが、むろんバーバラは見抜いています。あの悪党が厚かましく何を提案したと思います？」

「さあ」

「バーバラにこう持ちかけたんですよ！　バーバラがルイーザの世話を拒むなら自分も同調する、そしてトリヴェット船長が引き受けたときにふたりで遺言状に異議を唱えようとね。実に心やさしき弟ですな。姉が提案に乗ったら、裏切ってルイーザを引き受けようというんでしょう。なんと言っても、三十万ドルはばかになりません」

「ほかの家族は？」

「ジル・ハッターはパーティー三昧《ざんまい》の暮らしにもどりました。相変わらず死んだ母親のことを悪く言っています。ゴームリーとよりをもどして、ビゲローを捨てたようです。まあ、もっとも」サムは苦い顔で言う。「ビゲローにとっては別れたほうが幸せでしょうがね。ただし本人はそう思っていませんから、子犬のようにしょげ返って、この一週間は屋敷に寄りつきません。そんなところです。前途洋々でしょう？」

レーンの目がきらめいた。「ルイーザ・キャンピオンはいまもスミスさんの部屋で寝起きしているのですか」

「いえ、その点は気になるらしく、自分の寝室へもどりました。もうきれいに片づけてあります。スミスは亡き夫人のベッドを使って、寝るときもルイーザに付き添っています。あんなに胆のすわった女とは思いませんでした」

レーンは歩みを止め、サムの正面に立った。「先ほどから、もう一度お願いする勇気を奮い起こそうとしていました。警視さん、あなたの辛抱強さとお人柄を頼みにしたいのです」

サムは立ちあがり、ふたりは――大柄で肩幅の広い無骨な男と、背が高く細身で筋肉質の男は――しっかりと向き合った。「どういうことでしょう」サムは言う。

「もう一度、何もお尋ねにならずに力を貸していただきたいのです」

「内容によりますな」

「わかりました。あなたの部下はまだハッター邸の内外で配置についていますか」

「ええ。それが何か？」

レーンはすぐには答えなかった。サムの目の色を探りながらも、自身の目を子供が願い事をするかのように輝かせた。「頼みというのは」ゆっくりと言う。「ハッター邸で警戒にあたっている巡査や刑事を、全員引きあげていただくことです」

サム警視はドルリー・レーンの奇抜な言動には慣れていたものの、ここまで型破りな要望に対しては心の準備ができていなかった。

「なんですと！」声を荒らげた。「あの家の警備を完全に解除しろと言うんですか」

「はい」レーンは小声で言った。「おっしゃるとおり、完全に解除するのです。なんとしてもそれが必要なのですよ」

「デュービンもですか？　そんな無茶をおっしゃらないでくださいよ。それでは犯人のしたい放題だ！」

「狙いはまさにそこです」

「とんでもない」サムは叫んだ。「そんなことはできません！　新たな犯行を誘うのも同然だ！」

レーンは静かにうなずいた。「この計画の本質をつかんでいただけたようですね、警視さん」

「しかし」サムは咳《せ》きこんで言う。「あの家族を守って犯人を引っ捕らえるには、だれかが監視しないわけにはいかない！」

「ええ、しますよ」

サムの驚きようは、老優の正気を真剣に疑いだしたかと思えるほどだった。「でも、われわれに引きあげろとおっしゃったばかりじゃないですか」

「そのとおりです」

「はい？」

「わたしがします」

「そうか！」サムの声が一転した。すぐさま思案顔になり、レーンをじっと見つづけた。「なるほど。例の手を使うんですね。むろんあんたは警察側の人間だと知られているが、もしも――」

「まさにそうするつもりですよ」レーンは抑揚のない声で言った。「わたし自身ではなく、ほかのだれかになるつもりです」

「家族に知られていて、そこにいても不思議でない人物ですな」サムがつぶやいた。「悪くない。なかなかですよ、レーンさん。うまくだませればですがね。なんと言っても舞台とはちがいます。探偵小説ともね。変装のほうはだいじょうぶなんですか。つまり、そこまでうまく……」

「賭《か》けるしかありません」レーンは言った。「クエイシーは天才です。あの男の手並みがみごとなのは抑制をきかせられるからです。わたし自身について言えば……これがはじめての演技ではありませんから」苦々しく言う。それ以上語るのは控えた。「さて、警視さん、時間がまりありません。わたしの願いを聞き届けていただけますか。どうでしょう」

「はあ、わかりました」サムは半信半疑で言った。「念には念を入れてくださるなら、問題はないと思います。いずれにしろ、部下たちをそろそろ引きあげなくてはならない時期ですから……いいでしょう。どんなふうにするんです？」

レーンはきびきびと言った。「エドガー・ペリーはどこにいますか」

「ハッター邸にもどっていますよ。釈放したあと、事件が片づくまで屋敷から離れないように言ってありますから」

「すぐに呼んでください。まだ訊《き》きたいことがあるなどと口実を作って。なるべく早くここへ来てもらいたいのです」

半時間後、エドガー・ペリーがサムの一番上等の椅子にすわって、不安そうにレーンとサムを見比べていた。老優はまとっていた苦悩の衣をすでに脱ぎ捨て、静かだが隙のない態度で対していた。家庭教師の姿を写真機のように目でとらえ、測定し、しぐさや容姿の隅々までを脳裏に焼きつける。かたわらに坐《ざ》するサムはそわそわと体を動かしながら、苦い顔をしていた。

「ペリーさん」レーンはようやく言った。「警察の捜査にぜひあなたのご尽力を賜りたいのです」

「あ――はい」ペリーはあいまいに答え、学生じみたぼんやりした目は不安でいっぱいになった。

「警察がハッター邸から引きあげることになったのですよ」

ペリーは驚きと喜びの入り混じった顔になった。「ほんとうですか」と叫ぶ。

「ええ。そうは言っても、不測の事態に備えてだれかを置いておかなくてはなりません」教師の顔から活気が消え、不安がもどった。「むろんそのだれかとは、屋敷を自由に出入りでき、そのうえ、家の住人を見張っているあいだも不審がられずに動きまわれる人間です」

「ああ――そうでしょうね」

「言うまでもありませんが」レーンは話を進めていく。「警察の人間ではうまくいきません。そこでお願いがあるのですが、ペリーさん、ハッター邸であなたの代役をさせていただけませんか」

ペリーは目をしばたたいた。「代役？　どういうことなのか……」

「わたしは世界でも指折りの扮装《ふんそう》技術の専門家をかかえています。あなたを選んだのは、体つきから考えて、あなたになら変装してもあの家で正体が発覚することはまずなさそうだからです。わたしとあなたは体格も背丈もほぼ同じで、顔立ちも似ていなくはありません。少なくとも、クエイシーにとっては、わたしをあなたに扮装させるのに不都合な点はないのです」

「ああ、そうだった。あなたは俳優でしたね」ペリーがつぶやいた。

「承知してくださいますか」

ペリーはすぐには答えなかった。「そうですね……」

「引き受けたほうがいい」サム警視が不機嫌そうな声で口をはさんだ。「今回の騒ぎでは、おまえにだって多少後ろ暗いところがあるだろう、キャンピオン」

柔和な目のなかで怒りが燃えあがり、そして消えていった。家庭教師は肩を落とした。「わかりました」と小声で言う。「それでけっこうです」

第五場　ハムレット荘

六月十七日　金曜日　午後

その朝、サム警視は黒い小型車にペリーを乗せてハムレット荘へ着いた。ペリーがきょう一日警察で尋問を受けるものとハッター家の面々は思っている——サムはそれだけをレーンに伝えてすぐ帰っていった。

演劇の世界に昔から慣れ親しみ、隅々まで知りつくしているレーンにとって、事を急ぐ必要はなかった。ペリーを連れて敷地内を散策し、自分の劇場や蔵書や庭園について——ハッター家の話題以外のあらゆることを——楽しげに語った。この上なく美しい風景に魅せられてすっかり気を許したペリーは、かぐわしい空気を胸いっぱいに吸いこみ、再現された人魚亭に目を輝かせてはいり、広い静かな図書室でガラスケースにおさめられたシェイクスピアの初版本を畏敬《いけい》の念をもってながめ、荘内の住人たちに会い、劇場を見学し、ロシア人の演出家クロポトキンと現代劇を論じた。ペリーはすっかりわれを忘れていた。別人に生まれ変わったかのようだった。

レーンは静かに案内してまわりながら、相手の顔や姿形や手から片時も目を離さなかった。口の形、唇の動き、姿勢、歩き方、身ぶりのひとつひとつまでを観察した。昼食の際は食べ方の癖を見た。クエイシーも付き従って小さな醜い鷹《たか》のようにペリーの顔を見つめていたが、午後も半ばになるころ、興奮して何やらつぶやきながらどこかへ姿を消した。

午後になっても広大な敷地のそぞろ歩きはつづいたが、そのころになると、レーンは話題を巧みにペリー自身のことへ差し向けた。しばらくして個人的な話になった。本人の好み、偏見、着想、バーバラ・ハッターとの知的交際の中核をなすもの、ハッター家のほかの者たちとの折り合い、ふたりの子供たちの指導のあり方などが明らかになった。子供たちの話に及ぶとペリーは快活になり、本を買う場所や、兄弟それぞれへの教え方や、ハッター家での自分の生活習慣を語った。

夕食を終えたあと、ふたりはクエイシーの小さな作業場へ足を運んだ。そこは風変わりな場所で、ペリーがこれまでに見たどんな部屋ともまったく異なっていた。近代的な設備が具《そな》わっているにもかかわらず、古《いにしえ》の気配が漂っている。中世の拷問部屋のようにも見えた。壁面のひとつに棚が吊《つ》ってあり、そこには人間の顔がずらりと並んでいた。あらゆる人種や型の頭部見本で、黄色人種も、白色人種も、黒色人種もあり、考えうるかぎりの表情を浮かべた見本がそろっている。別の壁はかつらで埋めつくされていた。灰色、黒、茶、赤、綿毛状の髪、巻き毛、直毛、つやのない髪、油っぽい髪、縮れた髪。作業台には顔料、粉、クリーム、染料、パテ、小さな金属工具など、不思議な道具類が置かれている。ほかにも、ミシンに似た器械、巨大な三面鏡、大型の電球、黒い日除《よ》け……。その空間に一歩足を踏み入れるや、ペリーは伸びやかさを失い、いつもの臆病《おくびょう》でためらいがちな態度が頭をもたげた。部屋の雰囲気に萎縮《いしゅく》して現実へ引きもどされたと見え、だまりこんで神経質に動きまわる。レーンは急に心配になって様子をうかがった。ペリーは不安そうにうろついてる。不気味に伸びた影法師がその動きに合わせて何もない壁を這《は》いまわった。

「ペリーさま、お召し物をお脱ぎください」甲高い声でクエイシーが言った。木の模型の前にせわしげにかがみこんで、驚くほど精巧な人毛のかつらに最後の仕上げを施している。

ペリーは無言でのろのろと指示に従った。レーンは自分の服をすばやく脱ぎ、ペリーの服を身につけた。服は体に合った。ふたりの体型はよく似ていたからだ。

ペリーはガウンをはおって震えていた。

クエイシーは軽やかに作業を進めていった。さいわいにも、顔を細工する必要はほとんどない。レーンが鏡の前の奇妙な形の椅子にすわると、背中の曲がった老人は仕事にかかった。節くれ立った指に並はずれた知性が宿ったかのようだ。鼻と眉《まゆ》にわずかな修正を施し、詰め物で頬の形と顎《あご》の線を整える。目のあたりにすばやく巧みに筆を入れ、眉を染めた。

ペリーは声もなく見守った。決意を示す光が目に宿っていた。

クエイシーはすばやくペリーをベンチにすわらせ、髪の生え際や頭の形を観察してから、レーンの頭にかつらをつけてはさみを取り出した……。

二時間後、変装は完成した。ドルリー・レーン氏が立ちあがり、ペリーの目は戦慄《せんりつ》のあまり大きく見開かれた。自分自身の姿を目のあたりにするという異様で信じがたい衝撃を、ペリーは味わっていた。レーンが口を開き、ペリー自身の声が――唇の動きもそっくりに――その口から発せられる……。

「ああ、そんな！」ペリーは思わず叫んだ。顔がゆがんで真っ赤に染まっている。「だめです！　だめですよ！　こんなことをさせるわけにはいかない！」

仮面が落ち、目に警戒の色をたたえたレーンがふたたびそこにいた。「どういうことでしょう」静かに尋ねる。

「完璧《かんぺき》すぎます！　変装があまりにも……。ぜったいに承知できません！」ペリーはベンチにくずおれて肩を震わせた。「バーバラを……こんなふうにだますなんて……」

「わたしの正体が見抜かれると思っていたのですね」目に哀れみをこめてレーンは言った。「ええ、そうです。無理やり承諾させられたことを、バーバラならすぐにわかると……。でも、これでは無理だ。だめです！」ペリーははじかれたように立ち、顎を引いた。「もしあなたがぼくになりすまそうというのなら、レーンさん、こちらは暴力に訴えるしかありません。あの人をだますのは許せない」――ことばを切って歯をくいしばる――「愛する人を欺くなんて。服を返してください、さあ」

ペリーはガウンを脱ぎ、目に反抗と決意の炎を燃やしてレーンのほうへ一歩踏み出した。呆《ぼう》然《ぜん》と口をあけて見ていたクエイシーが鋭い警告の声を発し、作業台から重いはさみをつかみとって猿のように跳び出した。

レーンはクエイシーの行く手をさえぎり、その肩をやさしく叩《たた》いた。「やめなさい、クエイシー……。おっしゃるとおりですよ、ペリーさん。まったくです。今夜はわたしの客人として過ごしていただけますか」

ペリーは口ごもった。「すみません――脅かすつもりでは……」

「わたしのほうこそ、知らず識《し》らず良識を曲げていましたよ」レーンはきっぱりと言った。「バーバラさんにこの計画を打ち明けないかぎり……。いや、こうしたほうがいい。クエイシー、じろじろ見てはいけない」レーンは苦心してかつらをはずし、驚く老人の手のなかに置いた。「わたしの愚かさと、ひとりの紳士の高潔さの記念として、これは片づけておきなさい」

そして、ペリーの目の前でレーンは驚くべき変貌《へんぼう》をとげた。老優は身を硬くし、二度まばたきをして微笑んだ。「劇場へいらっしゃいませんか、ペリーさん。クロポトキンが新しい出し物の本稽古《げいこ》をしているのですよ」

ペリーが服を着て、フォルスタッフの案内で私設劇場へ出かけると、老優は泰然自若の仮面を脱ぎ捨てた。「早く、クエイシー！　サム警視に電話をかけなさい！」

はっとしたクエイシーはあたふたと壁際へ行き、隠された電話の送話器をやせた指でつかんだ。レーンはその後ろでもどかしげに歩きまわった。「急いでくれ。早く。一刻の猶予もないのだよ」

サムはなかなかつかまらない。警察本部にはいなかった。

「自宅にかけてみなさい」

サムの夫人が電話に出た。クエイシーは切羽詰まった甲高い声を出した。善良な夫人は訝《いぶか》しんだ。サムは安楽椅子でいびきをかいているらしく、夫人は起こすのをためらっている。

「しかし、レーンさまからの電話ですよ！」クエイシーは必死になって叫んだ。「大事な用件です！」

「おお！」老いたクエイシーの耳に聞こえていた規則正しい珍妙などどろきが突然止まり、一瞬ののち、聞き慣れたサムのうなり声が電話の向こうから響いた。

「部下をハッター邸から引きあげさせたかどうか尋ねなさい！」

クエイシーはたどたどしく訊《き》き、かしこまって耳を傾けた。「まだだとおっしゃっています。今夜、ドルリーさまの到着を待ってからになさるそうです」

「よかった！　気が変わったと警視に伝えてくれ。ペリーの替え玉は中止にする。あすまで警戒をつづけてもらいたい。午前中には到着するから、そのときはただちに引きあげていただきたい、と」

問いただすサムの怒鳴り声が受話器を耳障りな音で震わせた。「理由を知りたいとおっしゃっています。どうしても知りたいと」背中の曲がった老人は伝える。

「いまは言えない。どうぞよろしくと言って切りなさい」

運動用の肌着だけで室内を歩きまわっていることも忘れ、ドルリー・レーンは荒々しい身ぶりでクエイシーに叫んだ。「こんどはメリアム先生の家に電話をかけなさい！　ニューヨーク市の電話帳に載っているはずだ」

クエイシーは平たい親指を湿してページを繰りはじめた。「メリ……メリ……Y・メリアム、医師。これですか？」

「そうだ。急いで！」

クエイシーは番号を告げた。少したって女性の声が聞こえた。「メリアム先生をお願いします」クエイシーがかすれた高い声で言う。「こちらはドルリー・レーンです」

相手の耳障りな声に聞き入るうちに、クエイシーの皺《しわ》だらけの茶色い顔が失望で曇った。

「先生はご不在です。きょうの午後に街を出られて、週末はお帰りにならないそうです」

「なんと」レーンはわれに返って言った。「週末か。それならやむをえまい……。もういい、キャリバン（シェイクスピア『テンペスト』に登場する半獣人の奴隷）。電話を切りなさい。話がややこしくなってきたものだ。

先方に礼を言って受話器を置きなさい」
「こんどは何を？」クエイシーは不平がましく尋ね、主人を鋭い目で見つめた。
「考えがあるのだよ」レーンは意味ありげな笑みを浮かべた。「このほうがはるかにいい」

第六場　死の部屋

六月十八日　土曜日　午後八時二十分

土曜日の午前中の、あと数分で正午になろうというとき、ハッター邸の前の道路脇にドルリー・レーン氏のリムジンが止まり、エドガー・ペリーとレーンが歩道へおり立った。ペリーは青白い顔に決意をみなぎらせ、レーンクリフからの道中では無言を通していた。レーンもあえて声をかけずにいた。

ひとりの刑事が呼び鈴に応えた。「おはようございます、レーンさん。きみも帰ってきたのか、ペリー」そう言ってレーンに目配せをする。ペリーは返事もせずに急ぎ足で廊下を進み、階段をあがって姿を消した。

レーンは玄関広間を通って家の奥へ向かった。途中で足を止め、台所にはいった。しばらくして出てくると、こんどは図書室へ行く。コンラッド・ハッターがいて、机で書き物をしていた。「これはどうも、コンラッドさん」レーンはにこやかに言った。「ご苦労も終わりのようですね」

「えっ？　なんだって？」コンラッドはすぐに顔をあげ、大声で言った。目の下に濃い隈《くま》がある。

「聞いたところでは」レーンは言いながら腰をおろした。「警戒体制はきょうの午前中までらしいですよ。警察がようやく引きあげるそうです」

コンラッドはぶつぶつと言った。「へえ！　やっといなくなるのか。それにしても何ひとつ解決できなかったな。母を殺した犯人は二週間たってもわからないままだ」

レーンは渋面を作った。「完全無欠の人間はいませんからね……。ああ、これはどうも。おはよう、モーシャーさん」

「おはようございます、レーンさん」モーシャー刑事が太い声を響かせ、象のような歩みで図書室へはいってきた。「そう、ハッターさん、われわれはお暇《いとま》しますよ！」

「レーンさんから聞いたところだ」

「警視の命令です。ほかの者もいっしょに引きあげます。正午きっかりにね。残念ですよ」

「残念だと？」コンラッドは言い返した。立ちあがって両腕をいっぱいにひろげる。「厄介払いができて大助かりさ！　これでこの家にも少しは平和が訪れるよ」

「プライバシーもね」棘《とげ》のある声がし、ジル・ハッターがはいってきた。「見張られっぱなしだったもの。久しぶりにせいせいする」

邸内で任務についていた四人が玄関前に集まった。モーシャー、ピンカッソン、クラウス、そして、飲食物の検査を担当した若く髪の黒い毒物専門家デュービンだ。

「さあ、みんな」ピンカッソンが言う。「行こうぜ。おれはデートをするんだ。はっはっ！」

部屋を揺るがすほどの笑い声が響き渡る。そのとき、残響のさなかでピンカッソンが息を呑《の》み、声は魔法がかかったように消えた。視線の先には、レーンのすわっている椅子がある。

全員がいっせいにそちらを見た。ドルリー・レーン氏は頭をぐったりとのけぞらせている。目が閉じられ、顔に血の気がなく、意識不明に陥っていた。

一同が凍りつくなか、デュービンが一気に駆け出した。ピンカッソンがあえぐように言う。

「急に体がこわばったんです！　顔が赤くなって、少し息を詰まらせたと思ったら、気絶しました！」

毒物専門家は椅子のそばに膝《ひざ》を突いて、レーンの襟を手荒に開き、胸に耳をあてて心音をたしかめた。深刻な顔つきだ。「水を」小声で言う。「それにウィスキーを。大急ぎで」

ジルは壁に背を押しつけて目を瞠《みは》っている。コンラッドは何やら口ごもりつつ、戸棚からウィスキーの瓶を取り出した。刑事のひとりが台所へ走り、水のはいった大きなグラスを持ってすばやくもどった。デュービンはレーンの口をこじあけ、その奥へたっぷりとウィスキーを注いだ。夢中になった刑事が、グラスの水をすべてレーンの顔へぶちまけた。

電撃的な効果があった。レーンがむせ返り、白目をむいた眼球を激しく動かして咳《せ》きこんだ。

喉《のど》を焼くウィスキーが血管を駆けめぐる。

「ばか！」デュービンが怒鳴りつけた。「何をするんだ——殺す気か？　さあ、手を貸して……。コンラッドさん、この人をどこへ運んだらいいですか。すぐにベッドに寝かせなくては。心臓発作が……」

「毒じゃないのね？」ジルがあえぐように言った。バーバラ、マーサ、ふたりの子供たち、アーバックル夫人が騒ぎを聞いて駆けこんだ。

「大変」バーバラが動揺した声で言った。「レーンさんに何があったの？」

「だれでもいいから、どうか手を貸してください！」デュービンが息を切らして言い、レーンのぐったりした体を懸命に椅子から持ちあげようとした。

そのとき、玄関広間で雄叫《おたけ》びが聞こえ、廊下にいた人々を蹴散《けち》らして赤毛のドロミオが走りこんだ……。

十五分後、邸内にふたたび静寂が訪れた。動かぬレーンの体はデュービンとドロミオの手で二階の客用寝室へ運ばれた。三人の刑事たちは不安げに立ちすくんだままその様子を見守り、これからどうすべきかを決めあぐねていた。結局、退去を取り消す指示もなかったので、レーンとハッター一家をそれぞれの運命の手に委ね、そろって屋敷をあとにした。なんと言っても、心臓発作は殺人の範疇《はんちゅう》にはいらなかった。

あとの者は客用寝室の閉ざされたドアの前に群がった。部屋からはなんの物音も聞こえない。突然ドアが開き、ドロミオが燃えるような赤毛の頭を突き出した。「騒がしいからみんなどこか行くようにと、先生がおっしゃっています！」

ドアは音を立てて閉められた。

一同はのろのろと立ち去った。半時間後、デュービンが階下へおりてきた。「絶対安静です」と告げる。「深刻な状態ではありませんが、一、二日は何があろうと動かすのは禁物です。どうか病人を煩わせないように。帰れるようになるまで運転手が付き添って世話をします。わたしはあすまた来ます――そのころには回復しているでしょう」


その夜の七時半、ドルリー・レーンは〝心臓発作〟のおかげで可能になった仕事に取りかかった。デュービン医師の貴重な指示に従い、〝病室〟に近づく者はだれもいなかった。もっとも、バーバラ・ハッターがメリアム医師に往診を頼もうと診察室へひそかに電話をしたが――なんとなく不安で、そうせずにはいられなかったのだろう――医師が市外へ出かけているとわかると、それ以上は干渉しなかった。閉めたドアの内側に陣どったドロミオは、前もってポケットに葉巻と雑誌を忍ばせてきたこともあって、さほど悪くない午後を過ごした。レーンの緊張した顔つきと比べれば、主人よりも楽しんでいるのは明らかだった。

六時に、バーバラから指示を受けたアーバックル夫人が、軽食を載せた盆を客用寝室へ運んだ。ドロミオはゲール人特有のいかにも慇懃《いんぎん》な態度でそれを受けとり、ドルリーさまはぐっすりお休みだと伝えるや、仏頂面の夫人の鼻先でドアを閉めた。しばらくすると、職業意識に目覚めたらしいスミス看護婦がドアを叩《たた》き、何か手伝うことはないかと尋ねた。それについて五分間ドロミオと話し合ったが、結局ドアの羽目板を見つめることになった。いささか安堵《あんど》したが、やはり無視された気分で、スミスはかぶりを振りながら立ち去った。

七時半になると、ドルリー・レーン氏はベッドから起きあがって、ドロミオにそっと声をかけ、ドアの前に立った。ドロミオがドアをあけて廊下の様子をうかがった。人影はない。ドロミオはドアを閉めて用心深く廊下を進んだ。スミス看護婦の部屋のドアがあいていて、中にはだれもいない。実験室と子供部屋のドアは閉まっている。ルイーザ・キャンピオンの部屋のドアもあいていて、中に人がいないのをたしかめてから、ドロミオは急いで客用寝室へもどった。一瞬ののち、こんどはドルリー・レーン氏が忍び足で廊下を歩きはじめ、すばやく〝死の部屋〟にはいった。

なんの躊躇《ちゅうちょ》もなく衣装戸棚の扉を開き、中へ忍び入った。扉を引き寄せ、部屋の様子が見える程度の隙間をあけておく。廊下も、二階の各部屋も、そしてこの部屋も、まったく物音がしない。室内はみるみる暗くなっていき、衣装戸棚のなかが息苦しくなった。それでもレーンは女物の服が連なる奥へいっそう深く分け入って、吸えるだけの空気を吸い、長時間の見張りに備えて心を落ち着かせた。

何分かが過ぎた。客用寝室のドアの向こうで身をかがめているドロミオの耳には、廊下の話し声や階下のかすかな声がときおり聞こえるが、レーンはこうした外界の物音すら聞きとることができず、完全な暗黒のなかにいる。隠れひそむ部屋にはだれもはいってこなかった。

腕時計の蛍光文字盤が七時五十分を告げたとき、ようやく何かが動く気配があった。レーンは身をこわばらせ、ある種の本能から防御の体勢をとった。前ぶれもなく、部屋に光が満ちあふれる。明かりのスイッチが衣装戸棚の左側、ドアのすぐ横の死角にあることを思い出し、だから部屋にはいってきた者の姿が見えないのだと悟った。けれども、すぐにスミス看護婦の太った体が視界を横切って、疑念は解消した。スミスは絨毯《じゅうたん》をしっかりと踏みつけて、対のベッドの隙間へと進んだ。まばゆい光のなかでレーンがあらためて部屋を見たところ、ていねいに掃除がされていて、空気の入れ換えや片づけもすんでいるのがわかった。犯行の痕跡《こんせき》はひとつ残らず取り除かれている。

スミス看護婦はナイトテーブルへ歩み寄って、ルイーザ・キャンピオンが使う点字盤と金属ブロックを手にとった。振り返ったとき、顔が見えた。疲れた様子で、ため息とともに大きな胸が波打っている。スミスはほかのものには手をふれず、レーンの視界からはずれてドアへ向かった。すぐに明かりが消え、部屋は闇に包まれた。

レーンは緊張を解き、額の汗をぬぐった。

八時五分に、死の部屋はふたり目の訪問者を迎えた。ふたたび明かりがともり、長身のアーバックル夫人が背をまるめて絨毯の上を歩くのが目にはいった。呼吸が荒いのは階段をのぼってきたからだろう。手にした盆には、バターミルクを入れた背の高いグラスと、小さなケーキを載せた皿がある。夫人は盆をナイトテーブルに置くと、顔をしかめて首の後ろをさすり、向きを変えて部屋から出ていった。

だが、今回は明かりがついたままだった。アーバックル夫人の犯した不注意に対し、レーンはあらゆる時代のあらゆる神々に向かって、ことばにならない感謝の祈りを捧《ささ》げた。

それからまもなく、事は起こった。ちょうど四分後の八時九分に、先刻までまったく動かなかった、部屋の向こうの窓のブラインドがわずかに揺れたのに気づき、レーンは緊張した。身を低くかがめて気を引きしめ、扉の隙間をわずかにひろげて視線を窓に釘《くぎ》づけにした。おりていたブラインドが急にあげられ、レーンは待ち受けていた人影が窓の外の張り出しを足場にして立っているのを認めた。張り出しは窓の下にあって、庭に面した二階の外壁に沿って走っている。人影は数秒間そこに立っていたが、やがて軽々と窓を越えて室内の床におり立った。閉まっていた窓が、いまはあいている。

侵入者はすぐさま跳びはねるようにしてドアのほうへ走り、レーンの視界から消えた。明かりをともしたまま、一瞬でもどってきたので、ドアを閉めてきただけにちがいない。それからまもなく暖炉のほうへ向かったが、それはレーンの位置からもかろうじて見えた。少し身をかがめて暖炉のなかへはいり、両脚がさっと上へ消えていく。レーンは高鳴る鼓動を抑えて待った。何秒かたってその姿がまた現れ、手には白い液体のはいった試験管とスポイトが握られていた。レーンが例のゆるんだ煉瓦《れんが》の奥に残したものだった。

侵入者はナイトテーブルへ走り寄った。目を輝かせて、手をバターミルクのグラスへ伸ばす……。レーンはその場に隠れたまま、戦慄《せんりつ》を覚えた。人影は一瞬ためらったのち……心を決めたように試験管の栓を抜き、アーバックル夫人が置いていったバターミルクのグラスへ中身を一気に流しこんだ。

なんとも機敏な動きだった……。ひとっ跳びに窓辺までもどり、庭にすばやく目を走らせてから窓敷居を越え――ブラインドをおろして窓を閉めた。ブラインドは前よりもほんの少し高い位置で止まった。レーンは深く息を吐き、衣装戸棚のなかで脚を伸ばした。その顔は漆喰《しっくい》のようにこわばっていた。

すべてを終えるのに三分しか費やしていない。腕時計を確認すると、きっかり八時十二分だった。

そして幕間《まくあい》……。何も起こらなかった。ブラインドはかすかな揺れひとつ見せていない。レーンはふたたび額をぬぐった。服の下では汗がしたたたっていた。

八時十五分に、レーンはまたしても緊張に襲われた。ふたつの人影が一瞬光をさえぎって、視界を通り過ぎた。ひとりはルイーザ・キャンピオンで、邸内と敷地のあらゆる場所と同じく、ゆるやかながら揺るぎない足運びで歩を進め、あとからスミス看護婦がついてきた。ルイーザは迷わず自分のベッドへ進むと、腰をおろして脚を組み、毎晩の習慣なのか、機械的にナイトテーブルへ手を伸ばしてバターミルクのグラスをつかんだ。スミスは物憂げに微笑んでルイーザの頰をそっとなで、右のほうへ歩いていった。部屋の間取りを覚えていたレーンは、その先が浴室だと知っていた。

レーンはルイーザではなく、侵入者が抜け出した窓を注視した。そしてルイーザがグラスを口へ運んだとき、ブラインドのおりきっていないところに、おぼろげな影が見えた。亡霊のような顔が窓ガラスに押しつけられている。その顔は緊張で青ざめ、気味が悪いほどの真剣さをたたえている……。

ルイーザはいつもの無表情ながら愛らしい顔でバターミルクを静かに飲みほすと、グラスを置いて立ちあがり、服のボタンをはずしはじめた。

その刹那《せつな》、レーンは両目が痛くなるほど強く目を凝らした。窓の外の顔は――レーンには断言できたが――一瞬激しい驚きを見せたあと、ひどく失望した表情を浮かべた。

それから、その顔は玩具《がんぐ》のような軽い動きで消えていった。

スミス看護婦がまだ浴室で湯を出している隙に、レーンは衣装戸棚から慎重に抜け出し、足音を忍ばせて部屋を出た。ルイーザ・キャンピオンはレーンのほうを振り向きもしなかった。

第七場　実験室

六月十九日　日曜日　午後

日曜日の朝、ドルリー・レーン氏の具合はずいぶん――申し分のないほど――回復した。にもかかわらず、ドロミオはこの家で唯一容体を心配しているらしいバーバラ・ハッターにこう伝えた。ドルリーさまは午後まで客用寝室でお休みになるので、邪魔がはいらぬよう取り計らってもらえまいか、と。

バーバラは承諾し、おかげでドルリー・レーン氏はだれにも邪魔されなかった。十一時にデューゼン医師が来て〝患者〟の部屋にこもり、十分後に出てくるや、〝患者〟はほとんど回復したと言い残して帰った。

正午を過ぎてまもなく、レーンは前夜と同じ内密の調査をはじめた。本物の病気だったとしても、これほど憔悴《しょうすい》した姿にはならないだろう。眠れぬ夜を過ごし、レーンの顔はやつれ果てていた。ドロミオの合図があってから、レーンは肩をすぼめて急ぎ足で廊下へ忍び出た。予定だが、きょうの偵察先は〝死の部屋〟ではなく、レーンは実験室へすばやくはいった。予定どおりの迅速さで、ドアの左手にある衣装戸棚へ迷わず向かい、外がよく見えるように扉を細くあけた。そしてふたたび、憂い顔で待ち受けた。

一見、ばかげた無駄な行動だった。暗くてせま苦しい空間にうずくまり、ろくに息もできない。聴力のない耳はどんな大音響も感じられないため、疲れた目で扉の隙間からひたすら見守りつづける。何時間もただただ待ったが、そのあいだに何も起こらず、だれも実験室を訪れず、ほんのわずかな動きさえ目に映らなかった。

その一日が果てしなく長く感じられた。

レーンの思惑がどうあれ、それは怒りと激情と絶望をはらんでいたはずだが、そのせいで警戒の構えがゆるむようなことはなかった。そして午後四時、長い見張りを終えるときが訪れた。

まず最初に、視界を一気に通り抜ける人影に気づいた。それはレーンの死角となっているドアのほうから現れた。ドアを開閉する音が耳に届かなかったのは言うまでもない。何時間ぶんもの疲労がたちまち消え、レーンは扉の隙間へ目を張りつかせた。

前夜の侵入者だった。

ためらう様子はない。すぐさま部屋の左手にある薬品棚へ向かったが、立ち止まった位置がレーンの間近だったので、息をはずませているのが見てとれた。侵入者は棚の下段へ手を伸ばし、残り少ない瓶のひとつへ手を伸ばした。持ち出すとき、赤いラベルに書かれた白い文字が見えた。〝毒物〟とはっきり記されていた。

侵入者はそこに立って、静かに戦利品をながめていた。それから室内をゆっくりと見まわし、部屋の左隅に掃き寄せられた残骸《ざんがい》の山へ近づいて、割れていない空の小瓶を拾いあげた。蛇口の水ですすぎもせずに、そのなかへ毒薬瓶の中身を口まで注いで栓をする。そして毒薬瓶を棚へもどし、用心深く忍び足でレーンのほうへやってきた……。一瞬、レーンは侵入者の燃えるような目を見据えたが……その目はレーンの前を通り過ぎてドアへ向かっていった。

レーンは長らく窮屈な姿勢でうずくまっていたが、やがて立ちあがり、急いで衣装戸棚から出た。ドアは閉まっていて、侵入者の姿はすでにない。

盗まれた毒薬がなんだったかをたしかめる気もないのか、レーンは薬品棚へ近寄りさえしなかった。責任の重圧に押しつぶされた老人さながらに立ちすくみ、ぼんやりとドアを見つめていた。

しばらくして心痛が去り、レーンはもとの老優レーンにもどった。顔色が少し悪く、やや背をまるめた姿は、心臓発作から回復したばかりの紳士にふさわしい。レーンは実験室をあとにし、少し弱々しくはあるが決然たる歩みで侵入者の行方を追った。

警察本部 夕方

本部は静まり返っていた。終業時刻を過ぎて夜勤の警官がいるだけで、廊下には人気《ひとけ》がない。ブルーノ地方検事が靴音高く進み、ドアにサム警視の名が記された部屋へ勢いよくはいった。サムは机にいて、卓上ランプの明かりだけに照らされて犯罪者台帳の写真をながめていた。

「どうだ、サム」ブルーノは声を張りあげた。

サムは目をあげない。「どうって――何がですか」

「レーンさんのことだよ！ 何か連絡があったのか」

「いえ、何も」

「まずいな」ブルーノは渋い顔をした。「許可を出すなんてどうかしていたよ、サム。取り返しのつかない惨事になるかもしれない。あの一家を保護せずにおくなんて……」

「だったら人身保護令状でも配ってまわったらどうです」サムは不機嫌な声で言った。「いったいわれわれが何を失うというんですか。レーンさんには何か考えがあるようだし、こちらは完全に手詰まりなんですよ」写真を脇へ置いてあくびをする。「あの人の流儀は知っているでしょう――確信を得るまでは口を開かない。ほうっておきましょう」

ブルーノはかぶりを振った。「やはり軽はずみだったと思うね。もし失敗したら……」

「もういい、やめてください！」サムは怒鳴った。小さな目が獰猛《どうもう》に光っている。「わたしが不安に思っていないはずがないでしょう？　年寄りの愚痴みたいにくどくど言われなくても――」そこで一驚して唇を噛《か》んだ。卓上の電話のひとつがけたたましく鳴ったからだ。ブルーノも体をこわばらせた。

サムは受話器に飛びついた。

「はい」しゃがれ声を出す。

興奮した通話の声が響く……。聞くやいなや、サムの顔の血管に赤黒い血が充満した。ひとことも発せずに乱暴に受話器を置き、サムはドアへ突進した。

いささか面食らったまま、ブルーノもあとを追った。

第八場　食堂

六月十九日　日曜日　午後七時

その日の午後、ドルリー・レーン氏は控えめな笑みを漂わせつつ、家じゅうの者と話をしてまわった。ゴームリーが早くから来ていたので、当たり障りのない会話を交わした。トリヴェット船長はルイーザとスミス看護婦とともに午後いっぱい庭でのんびり過ごしていた。ほかの者はあてもなくぶらついていたが、まだ互いへの疑念を捨てきれず、ふだんどおりの暮らしに落ち着くのはむずかしいようだった。

レーンが一度も腰をおろさなかったのは注目すべきことだった。老優はひたすら動きまわり、絶え間なく目を配り、あとを追い、観察をつづけた……。

夜の七時十五分前に、レーンは運転手のドロミオへひそかに合図を送った。ドロミオがそっと近づき、ふたりは小声でことばを交わした。その後、ドロミオが静かに屋敷を出た。五分後に笑顔でもどってきた。

七時になると、レーンは愛想よく微笑みながら食堂の隅に腰かけていた。テーブルには夕食の支度が整えられ、家の者たちがいつものように疲れて生気のない様子で集まった。そこへ、サム警視がブルーノ地方検事と刑事の一団とともに、邸内へ乗りこんだ。

レーンが笑みを消して立ちあがり、サムとブルーノを迎えた。一瞬、全員の動きが止まった。ルイーザとスミス看護婦はテーブルについていた。マーサ・ハッターと子供たちはちょうどすわろうとしていた。バーバラはサムが現れたのと同時に、別の入口からはいってきたところだった。コンラッドは、サムが見たところ、隣の図書室で相変わらず酒をあおっていた。ジルの姿はなかったが、トリヴェット船長とジョン・ゴームリーはそこにいて、いまはルイーザの椅子の後ろに立っていた。

だれもが黙していたが、やがてレーンが言った。「ああ、警視さん」一同の顔からこわばった表情が消え、みな無関心なそぶりでそれぞれの席についた。

サムはうなり声で挨拶《あいさつ》をした。すぐ後ろにブルーノをともなってレーンのもとへ行き、きびしい顔でうなずく。三人は食堂の隅へ移動したが、だれも気に留めなかった。食卓についている者がナプキンをひろげたところへ、アーバックル夫人が現れ、女中のヴァージニアが重い盆を持っておぼつかない足どりではいってきた……。

「それで？」サムが声を落として言った。「はい、警視さん」返事はそれだけで、しばし互いに沈黙に陥った。レーンの顔に憔悴の色がもどった。

サムが低い声で切り出した。「あんたの運転手から電話がありましたよ。もはやこれまでだ、どうにもならないとあんたが言っていると」

ブルーノがかすれた声で訊《き》いた。「失敗だったんですか」

「はい」レーンは力なく言った。「失敗しました。お手あげですよ。試みは……うまくいきませんでした」

サムもブルーノもひとことも発しなかった。ただレーンを見つめている。

「これ以上わたしにできることはありません」そう言いながら、レーンはサムの背後へ苦しげに目をやった。「これからハムレット荘へ帰るので、その前にお伝えしたかったのです。それに、もう一度警戒体制が敷かれるまでは、ここを離れるわけにいきませんでしたから――ハッター家の人たちを守るためにも……」

「つまり」サムはきびしい声でもう一度言った。「あんたも歯が立たなかったんですな」

「残念ながら、そうです。きょうの午後までは、かなり希望はありました。しかしいまとなっては……」レーンは肩をすくめた。「ようやくわかってきましたよ、警視さん」ゆがんだ笑みを浮かべる。「わたしはおのれの力を過信していました。去年のロングストリート事件では運がよかったのでしょう」

ブルーノがため息を漏らした。「すんだことを嘆いてもはじまりませんよ、レーンさん。つまるところ、これ以上は無理だったのです。そこまで卑下なさることはありません」

サムは重苦しく首を振った。「ブルーノさんの言うとおりですよ。そんなに気に病まんでください。うまくいかなかったのはあんただけじゃないんですから……」

サムは急にことばを切り、巨大な猫にも劣らぬすばやさで振り向いた。レーンが目にこの上ない恐怖をたたえてサムの背後を凝視していたからだ。

それはほんの一瞬の、どうにも防ぎようがない出来事で、吸った息を吐く間もなく終わっていた。蛇の一撃にも似て、電光石火のごとく相手を麻痺《まひ》させた。

客人たちと同じく、ハッター家の面々も食卓を前にして硬直していた。パンがもっとほしいとテーブルを叩《たた》いていたジャッキーが、目の前のミルクのグラスを手にとり――グラスはテーブルの上にいくつかあって、ジャッキーとビリーとルイーザの前にそれぞれ置かれていたのだが――浅ましいほどの勢いで半分飲みほした。すると、つかんでいた指が突然力を失い、グラスが落ちた。ジャッキーは一度身震いして、喉《のど》の奥で奇妙な音を立て、体を硬く引きつらせた……。椅子に崩れかかり、そのまま鈍い音を響かせて床へ転げ落ちた。

金縛りが解けて、三人は飛び出した。サムとレーンが同時で、ブルーノがあとを追った。ほかの者は恐怖で声も出せず、口をあけて腰かけたままだった。テーブルクロスと口のあいだでフォークが止まり、塩へと伸ばされた手も……。マーサが金切り声をあげ、動かなくなった小さな体のそばにひざまずいた。

「毒よ！　毒を盛られたんだわ！　ああ、なんてことなの――ジャッキー、何か言って――お母さんに返事をして！」

サムがマーサを手荒く押しのけるや、少年の顎《あご》を強くつかんで口を開かせ、喉へ指を突っこんだ。弱々しく喉が鳴った……。「だれも動くな！」サムは叫んだ。「医者を呼べ、モーシャー！　この子は――」

言いかけたことばが唇で消えた。腕のなかの小さな体はいったん激しく反り返ったあと、濡《ぬ》れた衣類の塊のように力を失った。

母親の大きく見開いた目にも、少年が息を引きとったことは明らかだった。

同日　午後八時

二階の子供部屋でメリアム医師が歩きまわっていた。さいわいにも、悲劇のわずか一時間前に週末旅行から帰ったところだった。マーサは半ば呆《ほう》けたようになって見境もなく泣きわめき、幼いビリーの震える体をしっかり抱きしめていた。ビリーは泣いて兄の名を呼びながら、怯《おび》えきった様子で母親にしがみついていた。ほかの家族はベッドに横たわる小さな骸《むくろ》のまわりに集まっていたが、陰鬱《いんうつ》に押しだまって互いに目を合わせなかった。戸口には刑事が数人立っていた……。

階下の食堂には、サム警視と、目に悲痛な色を浮かべたドルリー・レーンがいた。レーンはひどく体調が悪そうに見え、持ち前の演技力を駆使しても、とても隠しきれないようだった。ふたりはことばを交わさなかった。レーンはすっかり力を落として食卓の椅子にすわり、床に落ちたミルクのグラスを見つめている。死んだ少年が最後に飲んだソクラテスの毒杯だ。サムは足音荒く歩きまわり、怒りで顔を上気させて何やらつぶやいていた。

ドアが開き、ブルーノ地方検事がふらつく足ではいってきた。「まずいことになった」と言う。「まずい。困ったよ」

サムは憤怒《ふんぬ》の視線をレーンに投げたが、レーンは顔もあげずにテーブルクロスを手でもてあそんでいた。

「取り返しのつかない失態だな、サム」ブルーノは苦りきって言った。

「だからどうしろと！」サムは嚙みついた。「そんなことよりも、レーンさんが手を引くと言ってるんですよ。この期に及んで。いいですか、レーンさん、ここでやめるわけにはいきませんぞ！」

「手を引きます」レーンは淡々と言った。「そうするしかないのですよ、警視さん」テーブルを前にぎこちなく立ちあがる。「これ以上事件に口出しをする権利はわたしにはありません。あの少年の死は……」乾いた唇を湿らす。「そう。わたしは最初からかかわるべきではなかったのです。どうか帰らせてください」

「しかしレーンさん……」ブルーノが気の抜けた声で何か言いかけた。

「弁明の余地はありません。わたしはとんでもない惨事を引き起こしてしまいました。あの少年の死はわたしの、いえ、わたしひとりの責任です。もはや……」

「わかりました」低い声でサムが言った。怒りは消えていた。「あんたの立場ならやめられるでしょうな、レーンさん。この件で責任を問われた場合、それはわたしが負うことになるんですよ。あんたが説明もせず、何をしていたのか少しも言わずに退散するとなると……」

「申しあげたではありませんか」レーンは生気のない声で言った。「申しあげたばかりですよ。わたしがまちがっていた――それだけのことです。まちがっていたのです」

「いや」ブルーノが言った。「そう簡単に片づけないでくださいよ、レーンさん。もっと深い事情があるはずです。警官を引きあげさせて自分の好きにしたいとサムに願い出たとき、あなたの胸中には確たるものがあって……」

「たしかに」レーンの目のふちには紫の隈《くま》があり、ふとそれに気づいたブルーノを驚かせた。「わたしは新たな犯行を食い止められると思っていました。しかし、できないと知りました」

「ふざけた話だ」サムは憤然と言った。「毒殺未遂は目くらましだと、あんたは断定したんですよ。本気で殺すつもりではないと。それがどうだ！」うめきながら両手で顔を覆う。「はっきりしたんですよ。これは大量殺人です。ここの連中がつぎつぎ消されようとしている……」

レーンは悄然《しょうぜん》と頭《こうべ》を垂れ、何かを言いかけたが、ことばを呑《の》みこんでドアへ向かった。帽子をつかみとろうとさえしなかった。食堂を出て少し立ち止まり、振り返るかどうか躊躇《ちゅうちょ》したが、やがて背筋を伸ばして屋敷をあとにした。ドロミオが道路の端で待っていた。薄闇のなか、新聞記者の一団が群がってきた。

レーンは記者たちを振り払って車に乗りこみ、発進するや両手に顔をうずめた。

エピローグ

〝悪魔が去っても、邪悪そのものは消えぬ〟（『ファウスト』第一部・魔女の厨より）

二か月が過ぎた。

ドルリー・レーン氏はハッター邸を去って以来、事件との縁を切っている。ハムレット荘からの音沙汰《おとさた》はない。サム警視もブルーノ地方検事も新たに連絡をとることはなかった。新聞による警察批判は激烈だった。レーンの捜査協力については一時話題にのぼったものの、事件そのものの動きが衰えるにつれて忘れられていった。二か月がたつというのに調査はいっこうに進んでいない。サム警視の予想ははずれ、犯行がさらに重ねられることはなかった。役所の閉ざされた扉の奥で、捜査はつづけられていた。サムはさんざん叩かれて傷ついたものの、降格などの不名誉をこうむる目には遭わずにすんだ。

そして、警察もついに、そして永遠に、ハッター家の事件から退かざるをえなくなった。新聞による皮肉めいた評言を借りれば、狡猾《こうかつ》な殺人犯にまんまと出し抜かれたというわけだ……。ジャッキー・ハッターの埋葬が終わってまもなく、亡き老夫人の鉄の手で結束させられていたハッター家の人々はいがみ合い、離ればなれになった……。ジル・ハッターは消息を絶って、ゴームリーやビゲローや最新の婚約者、その他多くの崇拝者を途方に暮れさせている。なけなしの自尊心を悲壮な決意で奮い起こしたマーサは、四歳のビリーを連れてコンラッドのもとからひとまず安アパートへ移り、いまは裁定を待つ身だ。エドガー・ペリーは数週間監視がつけられたのちにお咎《とが》めなしとなり、これもまた消息を絶った。ほどなくバーバラ・ハッターの夫となって突然現れ、マスコミや文学界を騒然とさせたが、ふたりがアメリカを発《た》ってイギリスへ向かうや、その騒ぎもたちまちおさまった……。かくして、だれもいなくなった。ハッター邸は閉められ、売りに出されている。

庭をとぼとぼと散策するトリヴェット船長は、老けこんでひとまわり小さくなったように見える。メリアム医師は口の堅い診療をひっそりとつづけている。

事件は葬り去られたままだ。毎年ニューヨークで起こる未解決事件の新たな例が、またしても警察の記録に加えられた。

ただひとつ、ハッター一族らしさを存分に発揮して紙上を騒がせた出来事がある。バーバラ・ハッターとエドガー・ペリーが結婚する三日前、ルイーザ・キャンピオンが昼寝のさなかに息を引きとったのだ。検死医とメリアム医師の所見は、心臓麻痺《まひ》ということで一致した。

舞台裏

〝全体を見て、隅々まであら探しをせよ。それでも取り柄のない者だと、言えるものなら言うがよい〟（チャールズ・チャーチル『名優論』より）

ドルリー・レーン氏は草の上に足を投げ出し、池のほとりの石に寄りかかって黒鳥にパン屑《くず》を投げていた。そこへクエイシーがサム警視とブルーノ地方検事を連れて、小道に姿を見せた。ふたりの男は気まずそうに尻込《しりご》みしている。クエイシーが肩に手をふれたので、レーンは振り向いた。心底驚いた様子ですばやく立ちあがる。

「警視さん！　ブルーノさん！」レーンは叫んだ。

「しばらくです」サムは小さな声で言い、学校の生徒のようにおずおずと前へ進み出た。「ふたりでうかがうことにしましたよ。ブルーノさんといっしょに」

「ええ――はい――そういうことです」ブルーノが言った。

ふたりは身の置き場がなさそうに立っていた。

レーンはふたりをしげしげと見つめていたが、ようやく口を開いた。「いっしょに草の上にすわりませんか」タートルネックのセーターと半ズボンを身につけ、筋肉質の褐色の脚には草の染みがついている。アメリカ先住民のように胡坐《あぐら》をかいてすわった。

ブルーノは上着を脱いで襟のボタンをはずし、安堵《あんど》の息をついて腰をおろした。サムはためらったが、やがてオリンポスの落雷のごとき勢いで地面にすわりこんだ。三人は長いあいだ無言でいた。レーンは池に目を向け、黒鳥が長い首で水面《みなも》のパン屑を巧みにとらえるさまを熱心に見守っていた。

「あの」サムがようやく切り出した。「実はですね……もしもし！」サムが手を伸ばしてレーンの腕を叩《たた》くと、顔が振り向けられた。「レーンさん、お話があるんです！」

「そうですか」レーンはつぶやいた。「どうぞおっしゃってください」

「話というのは」サムは目をしばたたいた。「ブルーノさんもわたしも、あなたにお尋ねしたいことがありましてね」

「ルイーザ・キャンピオンが自然死かどうかということでしょうか」

ふたりは驚いて顔を見合わせた。それからブルーノが身を乗り出した。「そのとおりです」勢いこんで言う。「新聞はお読みでしょうね。われわれは捜査の再開を考えているところですが……どう思われますか」

サムは何も言わず、濃い眉《まゆ》の下からレーンを見つめた。

「たしか、心臓麻痺というメリアム先生の診断にシリング先生も同意なさったはずですが」レーンはつぶやいた。

「はい、そうです」サムはゆっくりと言った。「同意はしました。いずれにしろ、あの聾唖《ろうあ》の女性は心臓にもがたがきていると、メリアム先生は前々から言っていましたからね。診療記録もそれを裏づけています。でも、どうも納得できなくて……」

「たとえば」ブルーノが言う。「痕跡《こんせき》の残らない毒を盛られたのかもしれません。あるいは、不自然に見えずに死を招くようなものを注射されたとか」

「しかし、二か月前にも申しあげましたが」レーンは温和な口調で言いながら、パン屑をまたひとつかみ水面へ投げた。「わたしの役目は終わっていますよ」

「承知しています」ブルーノはサムが反駁《はんばく》の声をあげる前に急いで言った。「それでも、あなたがなんらかの事実をいまもご存じだという気がしてならないので――」

ブルーノはことばを止めた。レーンは横を向いている。口もとにやさしい笑みが残っているが、灰緑色の目は黒鳥に向けられているだけで、それを見てはいなかった。しばらくしてから、レーンは深く息をついてふたりへ向きなおった。

「おっしゃるとおりです」レーンは言った。

サムは草をひとつかみむしりとり、自分の大きな足先へ投げつけた。「やっぱりそうか！」大声で言う。「だから言ったでしょう、ブルーノさん。レーンさんが何かつかんでいて、それがわかれば事件は――」

「事件は解決していますよ、警視さん」レーンは静かに言った。

それを聞いたふたりは衝撃を受け、サムはレーンの腕をきつくつかんでその顔をゆがめさせた。「解決してるって？」しゃがれた叫び声をあげる。「だれが、どうやって、いつ？　それはいったいいつですか。先週ですか」

「二か月以上前です」

一瞬、ふたりは息を止め、口をきくこともできなかった。やがて、ブルーノはあえぎ声を漏らして顔面蒼白《そうはく》になり、サムは子供のように上唇を震わせた。「つまりこういうことですか」ようやくサムがささやき声で言った。「二か月ものあいだ、あんたは殺人犯を野放しにしたまま、口を閉ざしていたと」

「殺人犯は野放しになっていません」

　ふたりは同じ滑車でつながれた操り人形のように、いっせいに立ちあがった。「それはどういう――」

「つまり」この上なく沈んだ声でレーンは言った。「殺人犯は……死んだのです」

一羽の黒鳥が漆黒の翼をはためかせ、きらめく水滴を三人に跳ね飛ばした。

「おふたりとも、どうか腰をおろしてください」レーンは言った。ふたりはなんの抵抗もなく従った。「あなたがたがきょう訪ねてくださって、わたしはある意味ではうれしく思うと同時に、困ってもいます。お話しすべきかどうか、まだ自分でもわからないので……」

　サムが不満そうにうなった。

「いえ、警視さん、あなたが焦《じ》れるのを見て意地悪な喜びに浸ろうというのではありませんよ」レーンは暗い声でつづけた。「これにはきわめて現実的な問題がからんでいるのです」

「しかし、われわれに話せないのはいったいどういう理由があってのことですか」ブルーノが声を張りあげた。

「それは」レーンは言った。「とうてい信じていただけないと思うからです」

ひと筋の汗がサムの鼻から肉づきのよい顎《あご》へ伝い落ちた。

「あまりにも途方もない話ですから」レーンは静かにつづけた。「あなたがたがいまからこの話を聞いて、わたしを池へ蹴《け》落としたとしても、文句は言いますまい。見かけ倒しの嘘つきや、空想家や、異常者同然の変人と見なされてもしかたがありません」声が震える。「〝いかれたハッター家〟と同じくらい頭がおかしくなったと思われたとしても」

「犯人はルイーザ・キャンピオンだったのですか」ブルーノがゆっくりと尋ねた。

レーンは相手の目をじっと見た。「ちがいます」

サム警視が青空に向かって手を振った。「ヨーク・ハッターでしょう」ぶっきらぼうに言う。「はじめからそう思っていましたよ」

「ちがいます」ドルリー・レーン氏はため息をついて黒鳥のほうへ振り返った。パン屑をもうひとつかみ池へ投げ入れてから、ふたたび口を開いた。低いがよく通る、果てしない悲しみを帯びた声だった。「ちがいます」もう一度言う。「犯人は――ジャッキーだったのですよ」

全世界が静止したかのようだった。そよ風が唐突にやみ、三人の視界で唯一動いていた黒鳥も水面を滑るように去っていった。やがて、アリエルの石像のそばで金魚を追いまわすクエイシーの浮かれ声が遠くから聞こえ、呪縛が解けた。

レーンは振り向いた。「信じられないでしょうね」

サムが咳払《せきばら》いをして何か言おうとしたが、声にならず、もう一度咳払いをした。「ええ」やっとのことで言う。「信じられません。とてもそんな……」

「ありえませんよ、レーンさん！」ブルーノが叫んだ。「まったく正気の沙汰《さた》とは思えません！」

レーンはため息を漏らした。「そうお思いにならないとしたら、あなたご自身が正気ではありませんよ」小声で言う。「それでも、わたしがすべてを話し終えるころには、犯人が十三歳のジャッキー・ハッターだったことに、納得なさるはずです。思春期を迎えたばかりでまだあどけなさの残る子供、こうしたことにかけては赤子同然の少年が、ルイーザ・キャンピオンに三度にわたって毒を盛り、ハッター夫人を殴打して死に至らしめ、そして……」

「ジャッキー・ハッター」サムはつぶやいた。「ジャッキー・ハッター」名前を繰り返すことで、事件全体の意味をつかもうとしているかのようだった。「しかし、いったい十三歳の小僧っこがどうやってあんな計画を企てて、それをやってのけたというんです？ そんな――そんなばかな！ だれが信じるものですか！」

ブルーノが思慮深く首を横に振った。「気を静めろ、サム。興奮しすぎだよ。落ち着いて考えたら、少なくともその問題は解決するじゃないか。十三歳の少年が用意された筋書きに沿って犯行を進めるのは考えられないことじゃない」

レーンは軽くうなずき、芝生へ目を向けて考えこんだ。

サムは瀕死《ひんし》の魚のようにあがいた。「ヨーク・ハッターの小説の筋書きか！」と叫ぶ。「これですべてわかったぞ。そうだったのか！　とんでもない悪がきだ……。わたしはてっきりヨーク・ハッターが犯人ではないかと思って――まだ生きているのではないかと思って――死人の足跡を追いかけてみたんだが……」苦い思いと恥ずかしさから、笑いながらかぶりを振った。

「ヨーク・ハッターであったはずがないのです」レーンが言った。「生きていようと、死んでいようと。もちろん、死体の身元確認が完璧《かんぺき》とは言えなかったので、生きている可能性もなかったわけではありません。……。けれども、犯人はジャッキー・ハッターでした。はじめからジャッキー・ハッターでしかありえなかったのです。なぜ、どのようにしてその結論に至ったかをお話ししましょうか」

ふたりは声もなくうなずいた。ドルリー・レーン氏は草の上に仰向けになって頭の後ろで手を組み、雲ひとつない空に向かって、驚くべき話を語りはじめた。

「まず最初に」レーンが言う。「第二の犯行、エミリー・ハッターの殺害事件の捜査からお話ししましょう。当初わたしは、あなたがたがご存じだった以上のことは知りませんでした。手つかずの現場へ、なんの先入観もなくはいっていったのです。わたしが理解し、確信するに至ったことは、ひとえに観察と分析の結果です。では、事実から導き出した推理の道筋をお見せしましょう。あの少年がすべての出来事を引き起こしたと確信し、一方でヨーク・ハッターの悲劇の筋書きを発見するに至った推理の過程を……。

この事件は当初から困難をきわめていました。わたしたちが直面した殺人事件にはまぎれもない証人がいたのですが、その証人というのが、捜査に協力する意思を示したとはいえ、その点については死者も同然の人物でした。三重苦を背負った女性……聴くことも見ることも、さらに厄介なことに、話すこともできないのです。ただし、それはまったく克服不能の問題ではありませんでした。ほかの感覚がまだ残っていたからです。ひとつは味覚、もうひとつは触覚、そして最後に嗅覚《きゅうかく》です。

味覚は役に立ちようがありませんでした。それに期待することはできません。けれども、触覚と嗅覚はちがいました。そして、わたしが真実へたどり着けたのは、ルイーザが犯人に手をふれ、そのにおいを嗅《か》いだことで得た手がかりのおかげと言ってもいいでしょう。

ルイーザの果物鉢の梨に毒を仕込んだ者と、隣のベッドのハッター夫人を殺害した者が同一人物であることはすでに証明しましたね。ルイーザの食べ物に毒を盛ったのは絶命させるのが目的だったのではなく、真の狙いはハッター夫人殺害にあったことも以前説明しました。

ここまではいいでしょう。問題は、毒殺未遂犯と殺人犯が同一人物である以上、あの夜に寝室の暗闇でルイーザが手をふれたのは――そのせいで気絶したのですが――だれだったのかということです。思い出していただきたいのですが、ルイーザは犯人の鼻と頬にふれ、そのとき腕を肩の高さで水平に伸ばしていました。あなたは正しい指摘をなさったのですよ、警視さん」

サムはまばたきをして顔を赤らめた。

「わたしにはよくわかりませんが……」ブルーノがゆっくりと言う。

仰向けの姿勢で空を見ていたレーンには、ブルーノの唇の動きが見えなかった。静かに話をつづける。「警視さん、あなたはそこでこんなことをおっしゃいました。身長のわかっている人間が犯人の頬にふれたのなら、そこから犯人の背丈も割り出せる、と。おみごとです！　あのとき、あなたが決定的な事実をつかんだと思いましたよ。これですぐに真相が、あるいは真相に近いものが明らかになるだろうと。ところがブルーノさんが異を唱えました。犯人が身をかがめていなかったとどうしてわかるのか、と。これももっともなご意見です。もしかがんでいたとしたら、背丈はそのかがみ具合に左右されて当然わかりません。それ以上検討もせずに、あなたもブルーノさんもその手がかりを捨ててしまいました。もしそこであきらめなかったら──実のところ、床に目を落としさえしていたら──わたしのようにたちどころに真実を見抜けたはずなのです」

ブルーノは眉《まゆ》をひそめ、レーンは悲しげな笑みとともに身を起こしてふたりに顔を向けた。

「警視さん、立ってください」

「はい？」サムは困惑した。

「どうぞ立ってください」

サムは怪訝《けげん》な顔で、言われたとおりにした。

「つぎに、爪先《つまさき》立ちになってください」

サムはぎこちなく踵《かかと》を芝生から離し、爪先立ちで体をぐらつかせた。

「こんどは爪先立ちのままかがんで──そして歩いてみてください」

警視は不恰好《ぶかっこう》に膝《ひざ》を曲げて踵を浮かせ、指示に従おうとした。よたよたと二歩進んだだけで、そのあとはバランスを崩した。ブルーノが忍び笑いを漏らす。太りすぎたアヒルそのものだったからだ。

レーンはまた微笑んだ。「その歩き方から何がわかりますか、警視さん」

サムは草を嚙《か》み切ってブルーノをにらみつけた。

「笑うことはないでしょうが!」うなり声で言う。「かがんだまま爪先で歩くのは恐ろしくむずかしいとわかりましたよ」

「そのとおりです!」レーンは歯切れよく言った。「もちろん、やってできないことはありませんが、犯行現場から立ち去ろうとする殺人者がかがんで爪先歩きをする可能性は捨てていいでしょう。爪先歩きだけならわかります。しかし、かがみながらというのはありえません。人間の動作としては場ちがいで不自然ですし、なんの目的も果たせませんからね。それどころか、歩みが遅くなるだけです……。つまり、ルイーザ・キャンピオンが手をふれたとき、犯人が爪先立ちで部屋から出ようとしていたのであれば、同時にかがんでいたかもしれないなどと考える必要はないのです。

床には一部始終がはっきりと描かれていました。ばら撒《ま》かれたタルカムパウダーのなかに残った足跡は、覚えていらっしゃるでしょうが、ベッドからルイーザがふれた位置までは爪先だけでした。そして、その位置で犯人は向きを変えて部屋から走り去っています。そこからの足跡は爪先だけではなく、踵の跡もあって、歩幅もはるかに大きくなっていました……」

「爪先の足跡か」ブルーノがつぶやいた。「そんなことが？　といっても、わたしはこういうことが苦手でしてね。写真のように正確には記憶できないんです。あれは爪先の跡でしたか……」

「まちがいなく爪先の跡でしたよ」サムが不服そうに言った。「だまって聞きましょう」

「さて」レーンは穏やかにつづけた。「爪先の跡だけがあった場所に見られるもうひとつの事実として、それぞれの足跡が四インチしか離れていなかったという点があげられます。考えられる説明はただひとつ。犯人はベッド脇でハッター夫人の頭を殴って体の向きを変え、爪先立ちで――踵を床につけずに――その場を離れるところだった。それは、一連の足跡に四インチの間隔しかなかったことからもわかります。せまい場所で静かに爪先歩きをする場合の、ふつうの歩幅ですからね。つまり、ルイーザ・キャンピオンに手をふれられたとき、犯人はまっすぐ――そう、けっしてかがんだりせずに――立っていました。しかも爪先だけで！」

「ところで」レーンは急いで言った。「いまわたしたちは犯人の身長を割り出すための基準をたしかに手に入れました。少し脇道へそれましょう。ルイーザ・キャンピオンの身長がどの程度かはもちろんわかっています。遺言の発表で家族全員が集まったとき、ルイーザとマーサ・ハッターの背丈が同じで、しかもふたりが家じゅうでいちばん背の低い大人だったことも、同時に明らかです。ルイーザの身長については、後日わたしがメリアム医師を訪ねて診療記録を見せてもらったときに、正確に知りました。五フィート四インチです。もっとも、そこまで正確な数字は必要ありませんでした。ルイーザから話を聞き出すあいだにおおよその見当がついていたからです。あのとき、わたしはわが身と比べてルイーザの身長を目算しました。さあ、問題はここからです」

ふたりはレーンを一心に見つめた。

「人間の頭頂部から肩まではどれくらいの長さがあるでしょうか。いかがですか、ブルーノさん」

「いや――さっぱりわかりません」ブルーノは言った。「そんなことがどうしてはっきりわかるのですか」

「わかるのですよ」レーンは微笑んだ。「体の寸法は人によってさまざまですし、当然男性と女性でもちがいます。わたしはクエイシーからの受け売りでたまたま知っているのですよ。あれはわたしの知るかぎり、だれよりも人間の骨格にくわしい男です……。女性の場合、頭頂部から肩までの長さは九インチから十一インチで、平均身長の女性は十インチと考えていい。ふつうの体格の女性を見れば、ご自分でもたしかめられますよ。

さて、話を進めましょう。ルイーザの指先が犯人の鼻と頰にふれたという事実から、ひとつのことが確実にわかります。犯人はルイーザよりも背が低かった。もし犯人の背丈がルイーザと同じだったら、手は犯人の肩先にふれるはずです。けれども、ふれたのは鼻と頰ですから、犯人はルイーザよりも背が低かったことになります。

犯人の身長をもっと正確に知ることはできるでしょうか。ええ、できます。ルイーザの身長は五フィート四インチ、すなわち六十四インチです。伸ばした腕の高さは身長より十インチ低いのですから、ルイーザがふれた犯人の頬の高さも彼女の身長より十インチ低い位置、つまり床から五十四インチの高さにありました。犯人の鼻先に近い頬が床から五十四インチだとしたら、その身長を知るには、鼻から頭頂部までの寸法を体格から推定すればよいわけです。ルイーザより背が低いとなると、およそ六インチでしょう。つまり、犯人の身長は六十インチ、きっかり五フィートになります。ただし、犯人は爪先立ちになっていたので、ほんとうの身長を知るには、爪先立ちで伸びたぶんを差し引かなくてはなりません。だいたい三インチといったところでしょう。そう、犯人の身長は約四フィート九インチなのです！」

ブルーノもサムも呆然《ぼうぜん》としていた。「やれやれ」サムがうめくように言う。「数学の問題も解かねばならんのですか」

レーンは平然と話をつづけた。「別の方法で犯人の身長を算定することもできますよ。犯人とルイーザが同じ身長なら、いま言ったとおり、ルイーザは犯人の肩にふれていたはずです。腕を自分の肩の高さでしっかり伸ばしていたのですからね。ところが、ふれたのは鼻と頬でした。つまり犯人の身長は、肩から鼻までの寸法をルイーザの身長から引いたものと同じです。肩から鼻までは約四インチ。爪先立ちで伸びた三インチを入れると、合計で七インチ。犯人は五フィート四インチのルイーザよりも七インチ背が低いことになります。だから、犯人の身長は約四フィート九インチ。わたしの計算の答をたしかめるとこうなります」

「いやはや」ブルーノが言った。「たいしたものです。目測を重ねてそこまで正確な数字を出すとは！」

レーンは肩をすくめた。「そう言われるといかにもむずかしそうですし、こうして数字を並べればやはりむずかしく聞こえるのかもしれません。けれども、滑稽《こっけい》なほど単純なことなのですよ。ここで寸法のずれを考えましょう。ルイーザの腕がきっちり水平に伸びていたのではなく、上か下に少し傾いていたとしたらどうか。どちらかに大きく傾くことはありえません。目の見えないルイーザは、歩くときには手慣れたしぐさで腕をしっかり前へ伸ばしていましたからね。とはいえ、ここは一歩譲って上下に二インチずつ幅を持たせてもいいでしょう。すると、犯人の身長は四フィート七インチから四フィート十一インチまでのあいだになります。それでもやはり非常に背の低い人物です……。まだ異議があるようですね──警視さんが挑むような目をしていらっしゃいます。鼻から頭頂部まで、あるいは肩までの寸法の推定が早計すぎるとお感じなのでしょう。ご自分の体でお試しになるといいですよ。ともあれ、ルイーザがふれたのが爪先立ちになった犯人の鼻だったという事実そのものが、犯人がルイーザよりもかなり背が低かったことを示しています。それだけでも、こう言ってのけるのにじゅうぶんでした。ルイーザが手をふれたのはジャッキー・ハッターでしかありえない、と」

レーンはことばを切り、サムが大きくため息をついた。レーンが説明すると、何もかもが単純明快に聞こえる。

「なぜジャッキー・ハッターなのでしょうか」少したってから、レーンは話をつづけた。「理由はごく簡単です。遺言発表で一同が集まったときにわかりましたが、ルイーザとマーサが家族のなかで最も背の低い大人で、ふたりの身長は同じでした。となると、ルイーザがさわった相手は、家族のなかの大人ではありえません。家族以外の同居している大人も除外されます。エドガー・ペリーもアーバックル夫妻もヴァージニアも背が高いからです。外部の者のしわざだとしたらどうでしょう。トリヴェット船長、ジョン・ゴームリー、メリアム医師――いずれも長身ですね。チェスター・ビゲローは中背ですが、中背の男性の身長が五フィートより何インチも低いことはないでしょう。犯人がまったくの部外者だったとも思えません。事件のほかの様相を見ても、犯人がこの家の食習慣や建物の造りなど、邸内のことに精通していたのは明らかです……」

「ああ、そのとおりですよ」サムが陰気そうに言った。「敵はいつも目と鼻の先にいた」

「こんどばかりは意見が一致しましたね」レーンはくすりと笑った。「犯人はジャッキー・ハッター以外に考えられず、本人の身長を目測したところ、わたしが算定した数字にほぼあてはまりました。のちに、メリアム医師のところで診療記録を見て、実際の身長が四フィート八インチだと知ったとき、その推定に誤りがなかったことがわかりました。一インチちがいましたが、たったそれだけです。もちろん、弟のビリーのはずがありません。考えるだけでもばかばかしい話ですが、ビリーは幼児で三フィートの背丈もありませんからね。もう一点あります。すべすべした柔らかい頬だったと、ルイーザは証言しました。そのことからだれでもすぐに女性を思い浮かべます。あなたがたもそうでした。しかし、十三歳の少年の頬もすべすべして柔らかいのですよ」

「なんということだ」サムは言った。

「あの日、寝室でルイーザが証言し、前夜に体験したことを再現するのを見て、わたしはすぐに計算してこの推理に至りました。ジャッキー・ハッターこそが伯母の梨に毒を仕込み、祖母の頭を殴って殺害したのではないかと」

レーンはそこで深く息をつき、黒鳥を見やった。「ただ、あまりに突拍子もない考えだったので、すぐにその推理を捨てました。あんな子供が大人の知性を要する緻密《ちみつ》な犯行計画を練り、しかもそれを実行したのだろうか？　ばかばかしい！　つい先ほどのあなたとまったく同じ状態になったものですよ、警視さん。自分を笑いました。ありえない。どこかで誤ったに決まっている。そうでなければ、後ろで糸を引いている大人がいるにちがいない、と。見たこともない人間が事件の陰にいる可能性さえ考えました。身長四フィート八インチか九インチの、こびとのような大人がね。しかし、それも荒唐無稽《むけい》です。何をどう考えればいいのかわからなくなりました。

もちろん、この推理は自分の胸にしまっておきました。あの時点で自分の考えを披露するのは愚の骨頂です。自分自身が信じていないものをどうして人に信じさせることができるでしょうか」

「だんだんわかってきました――いろいろなことが」ブルーノがつぶやいた。

「そうでしょうか」レーンは小声で言った。「半分も、あるいは四分の一もわかっていらっしゃらないと思いますよ、ブルーノさん。あなたの洞察力はなかなかのものですが……。さて、それからどうなったか。ルイーザ・キャンピオンは、犯人からバニラのにおいがしたと主張しました。バニラ！　子供と関係がないわけでもない、とわたしは内心思いました。バニラについて考えつくかぎりの解釈を試みました。キャンディー、ケーキ、花など。手応えはありませんでした。少しでも手がかりを得ようと、屋敷じゅうを調べましたが、やはりどうにもなりません。そこでついにバニラを子供と関連づけて考えるのをやめ、薬品としてとらえることにしたのです。

わたしは毒物専門家のインガルズ氏を訪ね、多くの皮膚疾患に処方される軟膏《なんこう》の主成分であるペルー・バルサムにバニラの強いにおいがあることを知りました。つぎにメリアム医師に会い、ヨーク・ハッターが腕の皮膚を患っていて、実際にペルー・バルサムを治療薬として使っていたことを聞き出しました。そして、実験室にこの軟膏の瓶があったという記録も見つけたのです……。ヨーク・ハッター！　死んだ人間です。ひょっとしたら死んでいないのでしょうか」

「そこでわたしは行き詰まったんです」サムが鬱然《うつぜん》と言った。

レーンは受け流した。「たしかに生きている可能性はありました。完全に遺体の身元が確認できたわけではありませんからね。あがった遺体がヨーク・ハッターだと推定されたにすぎません……。しかし、身長はどうでしょう。警視さんははじめに遺体の発見の話をわたしになさったとき、身長のことには言及なさいませんでした。仮にそれがヨーク・ハッターのものではなく、本人が偽装を企《たくら》んでいたのだとしても、自分と同じ体格の死体を選んだはずですから、遺体の身長は有力な手がかりになったでしょう。実際にわたしがヨーク・ハッターの身長を知ったのは、メリアム医師の診療記録からでした。五フィート五インチです。したがって、ルイーザがさわった相手はヨーク・ハッターではありえません。犯人はルイーザよりかなり背が低く、どう考えても五フィートを上まわるはずがないのです……。

では、なぜバニラのにおいがしたのでしょうか。犯行当夜のバニラのにおいの正体がペルー・バルサムだったことは疑うべくもありません。それは犯人が毒薬を持ち出した実験室にある薬品で、いつでも棚からとることができました。そして、バニラのにおいの素になるものはほかに見つかっていません。そんなわけで、あの夜のペルー・バルサムのにおいがヨーク・ハッターのものではないと確信したうえで、わたしはほかの人間がその軟膏を使った理由を突き止めようと考えました。当夜、それが使われた理由として唯一考えられるのは、かつてヨーク・ハッターがこの軟膏を使っていたことを警察に知らせるために、犯人がわざと手がかりを残した場合です。けれども、それはあまりにもばかげて感じられました――ヨーク・ハッターはすでに死んでいるのですから。それとも生きているのか。あのときは、そのあたりがわけがわからなかったものです」

レーンは息をついた。「つぎに実験室へ移りましょう。薬品棚に置かれた瓶の配置を覚えていらっしゃいますね。棚は五段あって、それぞれの棚が三つの区画に分かれ、ひとつの区画に二十個の瓶がおさめられていました。そして、どの瓶にも几帳面《きちょうめん》に番号が記されていました。一番の瓶は最上段の棚の左端、第一の区画にあります。警視さん、九番のストリキニーネの瓶が最上段の第一の区画のほぼ中央にあることをわたしが指摘したのをご記憶でしょう？　それから、五十七番の青酸が、これも最上段ですが、第三の区画、つまり右のほうにありましたね。もしわたしがその場にいなくてあなたから話を聞いただけだったとしても、瓶が棚の左から右へ、第一の区画から第二、第三の区画へと番号順に並んでいることがわかったでしょう。そういう順序でなければ、九番と五十七番の瓶がそこにあるはずがないからです……。ここまではよろしいですね。

索引カードによると、ペルー・バルサムは三十番の瓶にはいっていましたが、その瓶は火災と爆発で吹き飛ばされました。けれども、いま申しあげた配置の規則に従えば、その瓶が置かれていた位置は正確にわかります。ひとつの区画に二十個の瓶が隙間なく並べられていましたから、三十番の瓶は最上段の中央区画のほぼ真ん中にあったにちがいありません……。さて、ヨーク・ハッターが湿疹《しっしん》に悩まされていたことを知る人間は、本人を除けば、家族のなかでマーサだけだったという事実を、わたしは探りあてました。そこでマーサを呼んで問いただしたのです。案の定、マーサは義父が軟膏を塗っていたことを知っていました。軟膏の名前はわかりませんでしたが、バニラのにおいがすることは覚えていました。わたしが軟膏の瓶の定位置を尋ねると――最上段中央の区画にはあらかじめ代わりの瓶を並べておいたのですが――マーサは中央の区画へ歩み寄り、まさに三十番のペルー・バルサムが置かれていたにちがいない位置から瓶をとったのです……。ところがそのとき、わたしは重要なことに気づきました。それは、においとまったく関係のないことだったのです」

「なんだったんです?」サム警視は尋ねた。「わたしもその場にいましたが、特段変わったことはなかった気がしますね」

「そうですか」レーンは微笑んだ。「たしかに、あの時点ではわたしのほうに分がありましたからね。あのとき、マーサは棚からどうやって瓶をとったでしょうか。爪先立《つまさき》ちになり、それでやっと瓶に手が届きました。これは何を意味するでしょうか。あの家で最も背が低いふたりの一方であるマーサが、最上段の瓶をとるために爪先立ちで背伸びをしなくてはならなかった。それだけですね。ただ、ここで重要なのは、床に立ったままでもマーサは最上段に手が届いたということなのです！」

「しかし、なぜそれが重要なんですか、レーンさん」ブルーノが眉《まゆ》をひそめた。

「すぐにわかりますよ」レーンの歯が輝いた。「はじめに実験室を探ったとき――あれは火事の前でしたが――棚板のへりが二か所汚れていたのを覚えていらっしゃいますか。どちらも楕《だ》円形《えん》で、明らかに指の跡でした。ひとつ目の汚れは二段目の棚の、ちょうど六十九番の瓶の下に、ふたつ目の汚れも二段目で、こちらは九十番の瓶の下にありました。しかもこの跡はへりの上端までは達せず、中ほどまでしかついていませんでした。ところで、九十番と六十九番、どちらの瓶も事件とはなんの関係もありません。九十番の中身は硫酸で、六十九番は硝酸です。しかし、重要なのは汚れた跡の位置でした。一番目の汚れのすぐ上には六十九番の瓶が置かれていましたが、その真上、ちょうど一段上にあったのは九番の瓶です。二番目の汚れのすぐ上は九十番の瓶で、そのちょうど一段上は三十番。そして、九番と三十番は、どちらも事件に関係の深い薬品でした。九番の中身はストリキニーネで、最初の毒殺未遂事件でルイーザのエッグノッグに混入されたものです。三十番の中身はペルー・バルサムで、ハッター夫人殺害の夜に犯人からそのにおいがしました。どう考えても、これは単なる偶然の一致のはずがありません……。そこで、すぐに別のことに気づきました。三脚椅子が——ほこりのなかにあった三つの跡から、ふだんは実験台のあいだに置かれていたはずなのに——そのときは棚の中央の区画のすぐ前にあったのです。しかも、その椅子には最近使われた形跡が残っていました——座面に傷が多くあり、ほこりの層がまだらになっていたのです。すわっただけでは、あのような斑《むら》はできません。平らに押された跡が残るか、あらかたぬぐわれるか、どちらかでしょう。傷がつくこともありません……。さて、この椅子は本来の場所ではなく、棚の中央の区画にある三十番と九十番の瓶の真下にありました。これは何を意味するのでしょうか。なぜ三脚椅子が使われたのか。すわったのでないとしたら、何をしたのか。傷やほこりの斑から考えると、そのうえに立ったにちがいありません。では、なぜ立ったのか。理由は言うまでもないでしょう。二段目の棚板のへりについた指の跡は、だれかが最上段の九番と三十番の瓶をとろうとしたものの、一段下のへりまでしか指先が届かなかったことを物語っています。瓶を手に入れるために何か踏み台が必要だったので、その人物は三脚椅子を使ったのです。言うまでもなく、その試みはうまくいったのでしょう。瓶の中身が実際に使われたのですから。

ここから何がわかるでしょうか。つぎのことがわかります。だれかが六十九番と九十番の瓶のすぐ下に指跡を残した場合、床から指跡のある棚板までの距離が、その人物が到達できる高さを表しているはずです。もちろんこの場合は身長ではなく、手脚の両方を思いきり伸ばしたときの高さです。というのも、手をふつうに伸ばしてもまだ届かないとき、人は自然に爪先立ちになり、腕を目いっぱいあげるものだからです」

「なるほど」ブルーノがゆっくりと言った。

「そうです。しかし、マーサ・ハッターは椅子に乗らずに最上段の瓶をとることができました。つまり、事件にかかわるすべての大人が、椅子を使わずに最上段のペルー・バルサムに手が届いたことになります。マーサとルイーザは大人のなかではだれよりも背が低いのですから。したがって、棚の二段目のへりに指跡を残し、その後椅子を踏み台にして瓶をとった人物は、マーサよりはるかに背が低く、また大人ではなかったと断定できます……。どのくらい背が低かったのでしょうか。これも簡単に計算できます。警視さん、あなたから折り尺を拝借して棚板の間隔を測ったのですが、最上段から指跡のある下段までがちょうど六インチでした。棚板自体の厚みも測ったところ、一インチありました。そこから概算すると、六インチと一インチ、そして、マーサはもう一インチ上まで手を伸ばして瓶に届きましたから、さらに一インチを加え——指跡をつけた人物はマーサよりおよそ八インチ背が低かったことになります。マーサとルイーザの身長は同じで、ルイーザは五フィート四インチですから、その人物の背丈は約四フィート八インチです！

このことは、わたしの最初の推理をはっきりと決定的に裏づけてくれます——今回も五十六インチの犯人像が浮かびあがりました。またしてもジャッキーです！」

短い沈黙があった。「信じられません」警視がつぶやいた。「どうしても信じられない」

「お気持ちはわかります」レーンは神妙な面持ちで言った。「わたしも一段と憂鬱《ゆううつ》になったものです。信じる気になれない仮説に抜き差しならぬ確証が見つかったのですから。しかし、これは決定的でした。もはや真実から目をそむけることはできません。ジャッキー・ハッターは梨に毒を注入して祖母の頭を殴っただけでなく、エッグノッグに入れるためにストリキニーネを盗み、ペルー・バルサムの瓶へ手を伸ばした人物でもある……どう考えても殺人犯なのです」

レーンはことばを切り、大きく呼吸をした。「わたしはそれを受け入れました。正気の沙汰《さた》とは思えませんが、十三歳のジャッキー少年が実行犯だったのはもうまちがいありません。悪夢のような話ですが、まぎれもない事実なのです！　とはいえ、犯行の手口は複雑で、大人の知性が感じられる巧妙なものでした。いかに早熟であっても、十三歳の少年が自分で考えたとはとうてい思えません。そこで、ごく自然につぎのことに思い至りました。考えられるのはふたつだけです。ひとつは、狡猾《こうかつ》な大人が犯行計画を練って、なんらかの事情でそれを子供に実行させたというもの。つまり、ジャッキーは犯人の手先にすぎなかったという考えです……。

けれども、これにはどう見ても無理があります。大人が子供を手先に使うでしょうか――子供ほどあてにならない者はありません。不可能とはいいませんが、むずかしいでしょう。手先になった子供は、幼さゆえの無分別や、他愛のないいたずら心や虚勢から秘密を暴露するかもしれず、当の大人はそうした途方もない危険を背負うことになります。あるいは、警察から尋問されたとたんに怖《お》じ気《け》づいて、すべてを明かしてしまうかもしれません。もちろん、暴力で脅してだまらせることはできます。そうは言っても、これもまた成功しそうにありません。子供の隠し事はすぐに見透かせるものですが、ジャッキーの態度には、恐怖に駆られた様子がまったくありませんでした」

「その点についてはなんの異論もありませんよ」サムが言った。

「そうでしょう」レーンは微笑んだ。「また、仮に大人があの少年を手先にしていたとすると、犯行計画の実行において、際立った矛盾が見つかります。大人ならけっして考えつかないような――そんなことはぜったいに許すはずのない――ちぐはぐな行動がいくつか見られ、これから申しあげますが、そのどれもが大人ではなく子供の頭脳を思わせるのです。それらの矛盾を根拠に、わたしは大人がジャッキーに犯行を指示したという説を捨てました。それでも、もともとの計画は大人の頭脳が生み出したものだと確信せずにはいられませんでした。そこでつぎの問題に直面するわけです。大人が考えた犯行計画を子供が実行するが、それでいて両者のあいだに共犯関係はない。それはどのような場合か。思いつく答はただひとつ――これがわたしの第二の仮説ですが――子供が大人の書いた筋書きどおりに犯行を重ねるが、当の大人は子供がそうしているのを知らないという場合です（知っていれば即刻警察に知らせたことでしょう）」

「それで、小説のあらすじにたどり着いたのですね」ブルーノが考えこむように言った。

「そうです。こんどはまちがいないと思いましたよ。大人が犯行計画を書いたと考えられる節はあったでしょうか？　ありました。まず第一に、毒薬の知識があってそれを自在に使える人物と言えば、化学者であるヨーク・ハッターが頭に浮かびます。また、バーバラ・ハッターが最初の証言で、父親が小説の執筆に手を染めたことがあると言っていて、その記憶がわたしの脳裏に否応《いやおう》なくよみがえりました。小説！　それに、ペルー・バルサムはヨーク・ハッターだけが使っていたものです……。生死の別はともかく、それらすべてがヨーク・ハッターを指し示していました」

レーンは息を吐いて両腕を伸ばした。「以前、ふたつの手がかりがあるとわたしが申しあげたのをご記憶でしょう、警視さん。あのときはたいそう驚いていらっしゃいましたね。第一の手がかりはバニラのにおいで、これについてはもうお話ししました。第二は、犯行を計画した大人を突き止めるために小説の執筆に取り組んでいたのではないかという推測の正しさが判明し、ヨークが探偵小説の執筆に取り組んでいたのです。バーバラの話から、わたしは大いに納得しました。犯罪を扱うのは探偵小説ですから、書いていたのは探偵小説にちがいないと思っていましたからね。バーバラが知っていたのは、父親があらすじを書いていると告げたということだけでした。だとしたら、あらすじがどこかに残っているかもしれません！　ヨーク・ハッターは架空の話として殺人計画のあらすじを書いたにすぎないものの、自分の死後、現実の犯罪を指南する青写真をはからずもジャッキー少年に提供することになった——わたしはそう確信しました。

ジャッキーはそのあらすじに沿って行動していました。もう捨ててしまったでしょうか。おそらく捨ててはいません。子供の心理から言って、捨てるよりは隠すでしょう。ともかく探してみる価値はあります。隠すとしたら、どこでしょうか。もちろん屋敷のどこかです。しかし邸内はすでに警察が捜索して、それらしいものは出てきませんでした。それでも、十三歳の少年なら——海賊や、カウボーイと先住民や、血まみれの格闘や、ニック・カーターの探偵ものなどに夢中になる年ごろなら——それを隠すにあたって、想像力を刺激しそうな場所を選ぶにちがいないと思いました。少年が暖炉と煙突を通って実験室へ忍びこんだことはすでに突き止めてあります。冒険心を掻《か》き立てるこの侵入経路こそが、同じく冒険心を掻き立てる隠し場でもあるのではないかと見当をつけ、また、いかにも好都合な場所でもあると思ったので、わたしは煙突と暖炉のなかを調べました。すると、仕切り壁より高い部分の壁にゆるんだ煉瓦《れんが》が見つかり、その奥からあらすじを書いた紙が出てきたのです。これはほかの観点から見ても筋が通ります。ふたつの部屋を行き来するこんなすばらしい抜け道を知る者などいるはずがない、ここに隠しておけばぜったいにだれにも見つかるまい、とジャッキーは考えたのでしょう。

煙突について言えば、いたずらで、ひねくれ者で、反抗的なあの少年のことですから、怪物ゴルゴンのように恐ろしい祖母から実験室への出入りを禁じられたために、どうにか忍びこむ方法はないかと屋敷じゅうを探りまわっていたにちがいありません。ときに子供はとんでもないことをしたがるものですが、ジャッキーは寝室側の暖炉のなかを探索しているうちに、仕切り壁がずっと上まではつづいていないことに気づき、そこへよじのぼってみたときに、ドアを通らずに実験室へはいれることを知ったはずです。そして、ジャッキーは実験室を歩きまわりました。棚をあさり、わたしたちが見たときに空だった仕切りのなかから、ヨーク・ハッターが生前に入れておいた原稿を見つけたのでしょう。それからしばらくして、おそらく架空の犯罪計画を実行しようと決めたときだと思いますが、ジャッキーは煙突内の煉瓦をひとつはずしました。あるいはすでにゆるんでいて、都合よくそこを隠し場所にしただけかもしれません……。ここでひとつ重要なことがあります。ジャッキーがあらすじの紙を発見してから第一の毒殺未遂を決行するまで、かなり長い期間がありました。そのあいだに、心躍る殺人計画書をじっくり読み、むずかしいことばを拾い、趣旨をつかみ、おそらく半分も理解できなかったでしょうが、それでも何をすればいいかはわかったはずです。あらすじを見つけたのは第一の毒殺未遂事件の前で、ヨーク・ハッターの死後だということも覚えておいてください」

「ほんの子供が」警視がつぶやいた。「そこまでやるとは……」かぶりを振る。「ああ——なんと言えばいいのかわかりませんよ」

「なら、だまって聞きたまえ！」ブルーノが辛辣《しんらつ》に言った。「つづけてください、レーンさん」

「あらすじに話をもどしますが」レーンは話をつづけたが、こんどは顔に笑みはなかった。「わたしはその紙を見つけても持ち出すわけにはいきませんでした。なくなればジャッキーに感づかれますし、それに、この陰謀が輝かしい成功をおさめていると思わせたほうが好都合です。そこで、原稿をその場で書き写してもとの場所へもどしました。毒薬と思われる白い液体のはいった試験管も見つけたので、安全を期してミルク入りのものとすり替えました。すり替えたのにはもうひとつ理由があるのですが、それは写しをお読みになればわかるでしょう」

古びた上着がそばの芝生にあり、レーンはそれに手を伸ばした。「わたしはこの写しをここ何週間も持ち歩いています」静かな声で言う。「驚くべき文書です。これを読んでいただいてから話をつづけましょう」

レーンは上着のポケットから、鉛筆で書き写したヨーク・ハッターのあらすじを取り出して、ブルーノへ渡した。ふたりの客は夢中で読みふけった。それが終わるまでレーンは無言で待った。ようやく理解できたという顔で、ふたりとも何も言わずに紙を返した。

「先ほども申しあげましたが」あらすじの写しを注意深くしまいながら、レーンは言った。「この事件は練られた計画の周到さとは裏腹に、実際の犯行では珍妙なまでに子供じみた矛盾が目立ちました。捜査のなかで浮かびあがったそれらの矛盾について検討しましょう。

第一の矛盾は毒入りの梨です。ルイーザを殺害する意図がなかったことはさしあたり忘れてください。動機がなんであれ、少なくとも犯人は梨に毒を入れるつもりでした。さて、毒を注入するのに使われた注射器はまさにあの寝室で発見されました。ご存じのとおり、問題の梨ははじめから寝室にあったのではなく、犯人が持ちこんだものでした。言い換えれば、犯人は毒のはいっていない梨を持ってきて、わざわざ犯行現場で毒を注入したのです。なんとばかげたことでしょう！　まったくもって幼稚です！　大人ならそんなことをするでしょうか。犯罪は迅速におこなうものです。見つかったり邪魔がはいったりという危険が付き物ですからね。梨に毒を仕込むのが大人なら、部屋へ行く前に、別の場所で毒を入れたでしょう。そうしておけば、一秒一秒が貴重で、いつ見つかるかもしれないときに、突っ立って果物に注射針を刺す必要などありません。

もっとも、犯人がなんらかの意図で注射器をあえて室内に置いたのなら、毒を仕込むために注射器を持ちこんだとは言いきれず、その場合は、毒を仕込んだのが部屋のなかか外かは当然ながらわかりません。では、とりあえず注射器がわざと部屋に置かれたとして考えてみましょう。その目的は？　考えられるのはひとつだけ——梨に毒がはいっていることを気づかせるためです。しかし、そんな必要はないのですよ。ハッター夫人の殺害は偶発的なものではなく、謀殺だとわかっており、とりわけこれは毒殺未遂事件のあとですから、警察は毒物の形跡をまちがいなく探し、梨に毒が仕込まれていると判明したはずです。現に、サム警視が探しはじめました。ですから、注射器はおそらく置き忘れられたものであり、部屋に持ちこまれた唯一の理由は、そこで梨に毒を注入するためだったと考えることができるのです……。そして、あらすじを読んだときに、この考えは確信に変わりました」

レーンはもう一度上着のポケットからあらすじの写しを取り出してひろげた。「正確にはなんと書いてあるでしょうか。〝梨に毒を仕込み、それをふたつのベッドのあいだにあるナイトテーブルの果物鉢に入れるというもの〟。そしてそのあとに〝傷んだ梨を故意に選んで〟や、〝梨には注射器を使って、実験室にある一六八番の瓶の塩化第二水銀を注入する〟などと書いてあります」レーンは紙を草の上へ投げ出して話をつづけた。「子供の読解力ではあいまいにしかわかりますまい。梨に毒を仕込むのが寝室へ侵入する前かあとかが明記されていないのです。また、注射器を部屋に残すかどうかも書かれていません。大人ならだれでもそうでしょうが、ハッターは犯行現場へ持ちこむ前に梨に毒を仕込むことなど当然と見なしたのでしょう。

そのせいで、あらすじの指示を読みとった人物は字面どおり受けとって殺害現場で梨に毒を注入したのです……。これは子供の思考そのものだと、わたしはすぐに思いました。すなわち、筋立てを考えたのは大人ですが、行動を起こしたのは子供です。そしてその行動には、明確な指示がないときに子供の頭がどう働くかが表れています」

「おっしゃるとおりですな」サムが言った。

「第二の矛盾。実験室のほこりだらけの床に足跡がたくさんありましたが、ひとつとして完全な原形をとどめていなかったのをご記憶ですね。ところで、床のほこりはもとのハッターのあらすじには出てきません。当然ですね――小説のなかではハッター自身がそこで寝起きしてるので、ほこりなど積もっているはずがありません。ですから、足跡やそれにまつわる事実は、どれも現実の犯行にのみ関係しています。実験室でわたしたちが目にしたのは、侵入者がはっきりした足跡をすべて踏み消した形跡でした。子供にしてはなかなか気がきいています。ところが、唯一の出入口であるドアのあたりには、踏み消すも何も、はじめから足跡がひとつもなかったのです！　ほんとうの侵入経路が煙突であることは秘密にしたいのですから、大人ならドアの近くにも忘れずに足跡を残しておいたはずです。そうすれば、警察はドア付近の足跡を見て、侵入者が合い鍵《かぎ》でも使ってドアからはいったと思いこんだでしょう。ドアの近くに足跡がなければ暖炉のほうへ捜査が向かうのは当然です。繰り返し言いますが、これもまた未熟な頭脳のしるしです。自分の行動にどう見ても大きな穴があることに気づいていません。足跡を踏み消すことまで思いついたのですから、大人ならそんな手抜かりをするはずがないのです」

「これもそのとおりだ」サムはしゃがれた声で言った。「まったく、まぬけでしたよ！」

「第三の矛盾ですが、おそらくこの点がどれよりも興味深いものでしょう」レーンの目が一瞬輝いた。「ハッター夫人殺害に使われた不思議な凶器には、おふたりともわたしと同じく困惑なさいました。よりによってマンドリンですよ！　なぜそんなものが？　正直言って、わたしもあらすじを読むまでは、ジャッキーがなぜマンドリンを凶器に選んだのか、皆目見当もつきませんでした。だれの筋書きに従ったにせよ、何か特別な意図があってマンドリンが選ばれたとばかり思っていたのです。持ち主のヨークに嫌疑を向けるためだけだった可能性すら検討しました。しかし、それも筋が通りません」

　レーンはもう一度あらすじを手にとった。「これを見てみましょう。なんと書いてあるでしょうか。マンドリンのことなどどこにもありません！　こう書いてあるだけです――〝鈍器でエミリーの頭を殴って殺害する〟と」

　サムが目を大きく見開き、レーンはうなずいた。「わたしの考えがおわかりになったようですね。まったくもって、子供らしい解釈です。どの子でもいいですから、十三歳の少年に〝鈍器《ブラント・インストゥルメント》〟の意味を尋ねてみてください。知っているのは千人にひとりでしょう。あらすじには、鈍器についての説明はありません。それが重くて鋭利でない武器のたぐいであることは大人ならわからぬはずがないので、ヨーク・ハッターはそのことばをごく自然に使ったのです。それを読んだジャッキーには意味がわかりませんでした。自分は〝ブラント・インストゥルメント〟という得体の知れないものを手に入れて、それを使って大きらいな祖母の頭を殴らなくてはならないのです。子供の頭はどのように働くでしょうか。インストゥルメント――

その語から思いつくのはひとつだけ――〝楽器《ミュージカル・インストウルメント》〟でしょう。ブラント――まあ、これはどうにもなりませんでした。聞いたことがないか、あったとしても意味がわからない。あるいは辞書を引いて、太くてとがっていないもの、鋭利ではなく平たいものだと想像したのかもしれません。ジャッキーはそこですぐにマンドリンを思い浮かべたはずです。バーバラ・ハッターの話によると、それは屋敷にあるただひとつの楽器ですし、おまけに、犯行の筋書きを考えた張本人ヨーク・ハッターのものだったのですから！　これもまた、犯人が子供だと示す強力な証拠です。とんだ大まぬけでもないかぎり、こんなふうに〝鈍器〟の意味を取りちがえる大人はいません」

「驚いた、驚いた」ブルーノの口からは、それしかことばが出てこなかった。

「ジャッキーが実験室で原稿を見つけ、逐一それにしたがって犯行に及んだことはだいたいわかりました。つぎに、あらすじそのものについて考えてみましょう。そのなかでは、ヨーク・ハッター自身が――もちろん、本人を原型とした架空の登場人物のことですが――殺人犯になります。仮に大人があらすじを発見し、その内容どおりに犯罪を実行しようと目論《もくろ》んだとしましょう。小説上ではヨークが犯人だと判明します。けれども、ヨークはすでに死んでいるのです。となれば、その人物はヨークを指し示す手がかりとなる部分をすべて省くのではないでしょうか。当然のことですね。ところが、われらが殺人者はどうしたでしょうか。あらすじどおりにペルー・バルサムを使って、ヨーク・ハッターへ疑惑を向けさせました。ヨーク・ハッター自身が小説で用いるのならば、巧みな手法だと言えましょう。これが犯人を特定する〝におい″の手がかりとなり、その手がかりによって主人公ヨーク・ハッターが最後に捕らえられるのですから。しかし、現実の世界ではヨークは死んでいますから、バニラのにおいでヨーク・ハッターを怪しいと感じさせるのは稚拙な矛盾です……。繰り返しますが、このことから何がわかるでしょうか。書かれた指示を鵜呑《うの》みにして従う程度の頭脳――未熟な知恵です。

第四の矛盾、いや、第五でしょうか。小説のなかではヨーク・ハッター自身が犯人であり、作者がバニラのにおいという、自身につながる手がかりを残すのは当然のことです。これは真の手がかりです。一方、コンラッドの靴は偽の手がかりでして、コンラッドを巻きこんで警察の目を欺こうとする狙いが作中の犯人にはあるようです。

けれども、架空の犯罪計画が本物の犯罪の手本にされ、絵空事ではなく現実の話となれば、事態は変わります。その場合、犯人ヨークを突き止める手がかりとなるバニラのにおいもまた、偽の手がかりとなるのです！　ヨークはすでに死んでいるのですから、もはや話とはなんの関係もありません。では、現実の犯人は、なぜ異なるふたりの人間を指し示すふたつの偽の手がかりを残したのでしょうか。ジャッキーの立場にあるのが大人だとしたら、コンラッドの靴をしかるべき偽の手がかりとして選び、死者を示すバニラのにおいのほうは無視したでしょう。少なくともふたつのうちのどちらかを選び、見境なく両方に手を出すような真似はしなかったはずです。靴のほうを選んだ場合でも、ジャッキーがしたように、履く必要まではないと考えたでしょう。一方の爪先《つまさき》に毒薬を垂らして、コンラッドの衣装戸棚へ置くだけで事足ります。しかし、またしてもジャッキーはあいまいな指示を的確に読みとれず、その靴を履くとはひとことも書かれていないのに、実際に履いてしまいました……。足跡を残すために靴を履いたというのが考えうる唯一の説明ですが、パウダーの箱をひっくり返したのはあらすじに書かれていないまったくの事故ですから、それも成り立ちません……。以上のすべてが、ふつうの大人の常識が必要な場面で適切な判断をできない犯人像を示しています。繰り返しますが、これも子供である証拠です。

そして最後に、火事の件です。あらすじを読む前、わたしはあの火事に頭を悩ませました。それを言うなら、あらすじを読む前にはさまざまなことに頭を悩ませたものです。あれやこれやに理由を見つけようとしても、理由などまったくなかったのですから！　何もかも支離滅裂でした……。火事の話ですが、あらすじには放火の目的が書いてあります。何者かがヨーク・ハッターの命を奪おうとしている印象を与え、ヨークが潔白だと思わせること。しかし、ヨークは死んでいるため、その私室から出火する騒ぎにはなんの意味もなく、大人が犯人であれば、火事の計画そのものを捨てるか、あるいは自分の事情に合わせて改変したでしょう。火もとを自分の部屋にしたり、付近で火事に巻きこまれたり、何かしらの方法はあります。おそらく、完全にやめてしまったでしょうね――ヨークが考えたあらすじのなかでも、これはつまらない仕掛けですから。探偵小説の要素として、特にすぐれたものではありません。

さて、何がわかったでしょうか。架空の犯罪の筋書きが、細部にわたって猿真似同然に実行されたこと。自分なりの判断や選択が必要とされる局面では、実行者がおのれの未熟さ、子供っぽさをことごとくさらけ出してしまうこと。以上から、わたしはジャッキーが殺人犯だという確信を決定的なものにしました。おふたりも同意してくださると思いますが、ジャッキーはあらすじに忠実に従いながらも、その微妙な含意をまったく理解していなかったのです。理解していたのは何をするかと明示されている部分だけで、なぜそうするのかまでは読みとれませんでした。ジャッキーの頭脳が抵抗なく受け入れたのは、こんなことだけだったでしょう。あらすじからヨーク・ハッターが犯人だとわかった。本人は死んでいる。自分が犯人のヨーク・ハッターになってみたらどうか。それゆえジャッキーは、あらすじでヨーク・ハッターすなわちＹがすることを、すべて本人に代わって実行しました。そして、ヨークが自身をあえて犯罪者として破滅させるつもりで書いた数々の指示にまで従ったのです！　けれども、自分の考えで動くときや、明示されていない部分の推測を強いられるときには、いかにも子供らしい反応を見せて幼稚な行動に走り、尻尾《しっぽ》を出しました」

「最初の忌まわしい毒殺未遂ですが」サムがそう言って咳払《せきばら》いをした。「わたしにはどうも……」

「お待ちください、警視さん。いまそれを話そうとしていたところです。あの犯行に殺意があったかどうか、起こった時点では知る術《すべ》もありませんでした。しかし、老夫人殺害事件ののちに、二度目の毒殺未遂には殺意がなかったと判明したのですから、最初のものも殺意がなかったと考えるのが妥当でしょう。計画の発案者がヨーク・ハッターだとは知らぬままにジャッキーが犯人だと考えていたころ、わたしはこう自問しました。〝事故のように思えたが、エッグノッグの出来事で毒殺を未然に防いだのはジャッキーだった。毒入りのエッグノッグを飲んだのが偶然ではなく故意だった可能性はあるだろうか。あるとすれば、その理由は？〟と。二度目だけでなく、一度目の毒物混入にも殺意がなかったとしたら、ルイーザにエッグノッグをひと口も飲ませず、それでいて毒がはいっている事実を明るみに出すためには、犯人はどのような策を弄《ろう》すればいいでしょうか。飲み物に毒を入れ、偶然を装ってこぼしただけでは、毒入りだったことは気づかれずじまいになります。子犬が現れたのはまったくの偶然でした。ルイーザに飲ませるわけにはいかず、しかも毒入りであることを知らせなくてはならないとすると、犯人は思いきった手を打つ必要がありました。ジャッキー自身がいくらかでも飲んだという事実は、本人がなんらかの指示に従っていることを示す明白な証拠です。自分で飲み物に毒を入れ、しかもそれを飲んだのちに嘔吐《おうと》しようなどと、子供のジャッキーが考えつくはずがありません。それをしてのけたのですから、自分で作っていない計画に沿って行動しているというわたしの確信は強まりました。

あらすじを読んだとき、すべてがはっきりしました。小説のなかでYがしようとしたのは、エッグノッグに毒を入れ、自分でひと口飲んで吐き気を催すことでした。そうすれば三つの効果が得られます。ルイーザに害が及ばぬこと、それでいて何者かがルイーザに危害を加えようとしたと思わせること、そして最後に、関係者のなかで最も疑われない立場に身を置くこと――毒殺者が自分の仕掛けた罠《わな》にはまるとは考えにくいからです。これはヨーク・ハッターにとって得策ですが、あくまで小説のなかでの話です。本物の殺人計画となれば、いかに偽装とはいえ、服毒を考えるだけでハッターはきっと尻込《しりご》みをしたでしょう」

レーンは吐息をついた。「ジャッキーはあらすじを読み、Yがエッグノッグに毒を入れて自分で少し飲むのだと理解します。Yの行動として文中に書かれていることはすべてしなくてはいけないと思っていたので、勇気が及ぶかぎり——そして事情が許すかぎり——それを実行しました。第二の毒殺未遂犯および殺人犯がジャッキーだという事実に加え、第一の毒殺未遂でエッグノッグを飲んだのがジャッキー自身だという事実こそが、あの少年が深い意味をまったくとらえずに、異様で突飛な殺人計画にただ闇雲に従ったことをはっきりと示しているのです」

「動機はどうでしょうね」サムが消え入りそうな声で尋ねた。「子供が自分の祖母をなぜ殺したいと思うのか、わたしにはどうもまだ呑《の》みこめません」

「野球をしたかったとか」ブルーノが茶化して言った。

サムがにらみつけたので、ブルーノは言った。「ああいう一族なんだから、それでも不思議はないだろう、サム。どうですか、レーンさん」

「ええ」悲しげな笑みを浮かべてレーンが言った。「答はもうおわかりでしょう、警視さん。あの家族の悪しき傾向が何に由来するのかはご存じですね。まだ十三歳とはいえ、ジャッキーの体には病に冒された祖母と父親の血が流れていました。生まれながら殺人者になる可能性を秘めていたのかもしれません。ハッター一族の遺伝的な弱さを受け継ぎ、そのうえ、わがままでいたずら好きで残忍な気質を具《そな》えていました。子供ならある程度しかたのないことですが、ジャッキーは度を超していました……。幼いビリーに対する異常なまでのいじめ方を覚えていらっしゃいますか？　そして、花を踏みつけたり、猫を溺《おぼ》れさせようとしたりなど、加虐的なことに喜びを感じ、自制心をまったく働かせられないことも。それらのことと、おそらくは事実であろうわが推測とを合わせて考えてみましょう。ハッター家にはひとかけらの愛情もなく、家族間で憎み合うことが家のしきたりと言ってもよいほどです。老夫人は少年をいつも鞭《むち》で叩《たた》き、事件のわずか三週間前にも、ルイーザの果物をひとつ盗んだと言って打ち据えました。老夫人に向かって母親のマーサが〝あんたなんか死ねばいいのに！〟などと言うのを少年は耳にしました。憎しみは脳に満ちた邪悪な血を糧に増殖していきました。あらすじを読んだとき、わが家に居すわる忌まわしい害虫で、母親の敵でもある〝エミリーおばあちゃん〟を殺す計画が立てられていると知り、少年の憎悪は一気に燃え立って標的に向かったのです……」

レーンの顔をたびたびよぎる憔悴《しょうすい》の色が、またしてもその顔を曇らせた。「敵と見なす人間に死をもたらす筋書きに、遺伝と環境にゆがめられたこの少年が飛びついたとしても、さして不思議ではありません。はじめの一歩、つまり毒殺未遂に踏み出して、それが見破られずにすんだとき、もはや途中で引き返す理由はありませんでした。成功したことで犯罪への衝動はふくれあがっていったのです……。

たいがいの犯罪と同じく、ヨーク・ハッターが計画もせず、小さな犯人が予想もしなかった偶然の出来事がいくつか重なり、ちぐはぐな犯行は混迷の度をさらに深めました。ナイトテーブルのパウダーの箱がひっくり返されたこと、爪先立ちでいるときのジャッキーにルイーザが手をふれたこと、犯人の背丈の決め手となった指の跡などです」

レーンがことばを切って息をつくと、ブルーノが待ちきれずに尋ねた。「エドガー・ペリー、いや、エドガー・キャンピオンはどうからんでくるんでしょうか」

「以前、警視さんが答を示してくださいましたよ」レーンは言った。「老夫人エミリーの継子であったペリーは、自分の父親の悲惨な死がエミリーのせいだったとして、強い恨みをいだいていました。何かよからぬことを企《たくら》んでいたのはたしかでしょう。そうでなければ、偽名を使ってあの屋敷で職を得るはずがありませんからね。漠然とかもしれませんが、なんらかの方法で夫人を苦しめたいと考えていたのです。けれども、老夫人が殺されてペリーの立場は危ういものとなりました。だからと言って屋敷を離れるわけにもいきません。もしかしたら、殺人事件が起こるはるか前に、当初の目的を捨てていた可能性もあります――身近にいたバーバラの影響が大きかったでしょうから。ペリーの真意は永遠にわかりますまい」

なんとも奇妙な思案顔でレーンを見つめつづけていたサム警視が尋ねた。「なぜあんたは、捜査のときにあれほど慎重だったんですか。いまお話を聞いたら、実験室を調べた直後に犯人が子供だとわかったというじゃないですか。なぜそのことをだまっていたんですか。われわれに対して公正だったとは言えませんな、レーンさん」

レーンは長らく答えずにいた。ようやく口を開いたとき、その抑制のきいた口調のなかに、サムとブルーノが驚くほどの強い感情がこめられていた。「捜査が進んでいくあいだのわたし自身の心情について簡単にお話ししましょう……。あの少年が犯人だとわかり、確証があいついで得られて、いよいよ疑問の余地がなくなったとき、わたしは由々しき問題に直面しました。

社会学上のいかなる見地に立っても、罪を犯したあの少年に道義上の責任があるとは考えられません。ジャッキーは祖母の罪業の犠牲者です。わたしはどうすべきでしょうか。罪を暴くべきでしょうか。もしそうしていたら、法の遵守を誓うあなたがたはどのように対処したでしょうか。職務に従うほかないでしょう。少年は逮捕されます。おそらく、成年に達するまで拘禁され、その後、責任能力のない年齢で犯した殺人のために裁判にかけられます。仮に殺人罪を免れたとしても、それからどうなるでしょう。最良の場合でも、精神障害を理由に放免されたあと、残りの人生を精神科病院で過ごすことになるのです」

レーンはため息を漏らした。「わたしは司法に対して厳密な誓いを立てた人間ではありません。そこでこう思ったのです。本来あの少年には罪がなく、犯罪の計画も衝動も少年の責任ではない、と。非常に広い意味において、あの子は環境の恐るべき犠牲者なのです……機会が与えられてもよいではありませんか！」

ふたりとも何も言わなかった。レーンは池の静かなさざ波と、水面《みなも》を滑るように行き交う黒鳥に目をやった。「当初、まだあらすじを読んですらいないうちから、わたしは大人が犯行計画を考えたという仮説のもとで調べを進めていましたが、その時点ですでに、ルイーザの命を狙う犯行がもう一度試みられると予想していました。その理由は？　前の二度にわたる毒殺未遂事件が見せかけで、真の目的はハッター老夫人の殺害だったのですから、母親ではなくルイーザを狙ったと確実に偽装するために、犯行を考えた者はもう一度ルイーザへの〝毒殺未遂〟を考えるのが道理でしょう……。犯人がほんとうにルイーザを殺す気でいたら、こんどは未遂ではすまないことになりますが、わたしにはその先が読めませんでした。いずれにしても、もう一度事件が起こるのはまちがいないと感じていました。

煙突の壁の隠し場所で、あらすじのなかでまだ使われていない毒薬、フィソスチグミンのはいった試験管が見つかったことが、この推理を裏づけました。わたしはふたつの理由から、このフィソスチグミンをミルクとすり替えました。危険防止のためと、ジャッキーに機会を与えるためです」

「どういうことかよくわかりませんが——」ブルーノが言いかけた。

「だからこそ、あらすじを見つけたのをお教えできなかったのですよ」レーンはすかさず言った。「あなたがたは手遅れになるまで待っていたりしません。罠を仕掛けて少年を捕らえ、逮捕するでしょう……。どうすればあの子に機会を与えられるでしょうか。それはこうです。わたしが見つけたあらすじには、ルイーザを毒殺する意図はまったくないという趣旨のことが一度ならず書いてありました。読んでおわかりのように、殺してはならないと繰り返されています。わたしは無害な液体がはいった試験管を置き、あらすじの最後の指示である、ルイーザを狙った三度目の偽の毒殺未遂を安全に遂行する機会をジャッキーに与えました。あらすじの指示にジャッキーが最後の最後まで従うと思っていたのです……。わたしは自分に問いかけました。指示どおりにバターミルクに毒を入れたあと、ジャッキーはどうするだろうか、と。あらすじでは、それについて詳述されていません。バターミルクに異状があるなどと注意を引くか、なんらかの手段を使って、ルイーザが毒入りのバターミルクを飲むのをやめさせる、と書いてあるだけです。そこで、わたしは観察しました」

ふたりは緊張して身を乗り出した。「どうなったんです？」ブルーノが小声で言った。

「ジャッキーは外の張り出しから寝室へ忍びこみ、毒がはいっているはずの試験管を取り出しました。あらすじでは、十五滴バターミルクに垂らすとなっていました。ところがジャッキーは、ためらったのちに、試験管の中身をまるごとグラスにあけたのです」レーンはことばを切り、顔をゆがめて空を見あげた。「悪い兆候です。ジャッキーがあらすじの指示に故意にそむいたのははじめてでした」

「それで？」サムがしゃがれた声で言った。

レーンは疲れた目でサムを見返した。「あらすじでは、ルイーザが毒入りのミルクを飲む前に注意を促すことになっているのに、ジャッキーはそれに従いませんでした。ルイーザが飲むにまかせたのです。それどころか、ジャッキーは窓の外の張り出しからずっと様子をうかがい、ルイーザがバターミルクを飲んで具合が悪くならないのを見て、がっかりした顔になりました」

「なんということだ《グッド・ゴッド》」ブルーノが愕然《がくぜん》として言った。

「よき神《グッド・ゴッド》の恩恵があったとは言えませんね、あの哀れな少年にとっては」レーンは物憂げに言った。「そうなると、問題はジャッキーがこの先何をするかです。ジャッキーがあらすじのことばをいくつかの点で無視したのは事実です。では、すべてが果たされたいま、これで満足するでしょうか。もしジャッキーがそこで踏みとどまって、もはやルイーザやほかのだれかに毒を盛ったりしないのであれば、わたしはそれまでの罪については口を閉ざし、おのれの失敗を認めて舞台をおりる覚悟でした。そうすれば、少年には自分の邪心を正す機会が与えられたことになります……」

サムは落ち着かない表情を見せ、ブルーノは一匹の蟻が枯葉の小片を引きずってひたすら蟻塚へ向かうさまをただ見つめていた。「わたしは実験室を見張りました」レーンは抑揚のない声で言った。「もっと毒薬を手に入れたかったら、与えてくれるのは実験室だけですから」しばし黙す。「そして、ジャッキーは手に入れようとしました。実験室に忍びこんで、毒物の標示がある瓶を選びとり、中身を小瓶へ移すのが見えたのです。それからジャッキーは立ち去りました」

レーンは急に立ちあがり、爪先《つまさき》で土くれを蹴《け》った。「ジャッキーはおのれに有罪判決をくだしました。血と殺人への欲望で頭がいっぱいになったのです……。いまやジャッキーは自分の考えで行動し、用意された指示書の内容に忠実に従わなくなったどころか、完全に無視したのです。そのときわたしは、この少年を更生させることは不可能だと悟りました。もしこのまま疑われずに生きていけば、生涯にわたって社会の脅威でありつづけるでしょう。生きる資格のない人間なのです。とはいえ、もしわたしが告発したら、つまるところ社会自体が負うべき罪のつぐないを十三歳の少年がさせられるという地獄絵図が待ち受けています……」レーンはだまりこんだ。

ふたたび話しはじめたとき、その口調は変わっていた。「今回の痛ましい事件は、まさに

〝Yの悲劇〟とでも呼びうるでしょう。ヨーク・ハッター――自称Y――が小説の構想として犯罪計画を立て、自分の孫の心にフランケンシュタインの怪物を作りあげました。その孫が計画を受け継いで実行に移し、Yが小説のなかでさえ意図しなかった凄惨《せいさん》な結果を招いたのです。少年が死んだとき、わたしは悲劇に驚愕《きょうがく》する役柄を装って、本人の罪を暴きませんでした。暴いたところでだれの役に立つでしょうか。関係者全員にとって、少年の罪を公にしないのが得策だったのです。あなたがたの上司や報道陣が解決を迫って騒ぎ立てていたころに、もしわたしが真実を打ち明けていたら、あなたがたもそれを公表せざるをえなかったでしょう……」

サムが何か言いかけたが、レーンはかまわずつづけた。「それに、母親のマーサのことも考えてやらなくてはいけませんし、もっと大切なのは幼いビリーの問題です。あの子にも機会が与えられるべきですから……。とはいえ、警視さん、あなたが大きな痛手をこうむるのを見過ごす気は、わたしにはありませんでした。たとえば、犯人を検挙できなかったせいであなたが降格になるようだったら、汚名を返上して地位を守っていただくためにも、わたしは真相を打ち明けずにはいられなかったと思います。そのぐらいはしないと申しわけが立ちません……」

「それはどうも」サムはそっけなく言った。

「しかし二か月が過ぎて糾弾の嵐はおさまり、おふたりの地位も安泰なのですから、もはや秘密にしておく理由はなくなりました。これは法の番人ではなく、人間としてのおふたりに申しあげているのですよ。わたしの望みは、この恐ろしい事件でのわたしの心境を、人間として理解してくださり、ジャッキー・ハッターの忌まわしい話を内密にしていただくことだけです」

ブルーノとサムは重苦しくうなずいた。どちらも考えにふけって、感情を抑えつけている。サムは何度もうなずいた……。唐突にすわりなおし、たくましい両膝《りょうひざ》を大きな胸に寄せた。「ひとつだけ」さりげなく言う。「終わりのほうでわからないことがありましてね」草を一本むしって嚙《か》んだ。「いったいどういうわけであの少年は最後にまちがいを犯してしまったんでしょうか。ルイーザ・キャンピオンに飲ませるはずだった毒入りのミルクを自分が飲むなんて。どうですか、レーンさん」

レーンは答えなかった。サムから少し顔をそむけると、やにわにポケットに手を入れてひと握りのパン屑《くず》をつかみとり、池の表面へ投げていく。黒鳥たちが優雅に近づいて、パンをついばみはじめた。

サムは身を乗り出して、もどかしげにレーンの膝《ひざ》を叩《たた》いた。「ねえ、レーンさん、聞こえなかったんですか」

ブルーノ地方検事がだしぬけに立ちあがった。サムの肩を乱暴に小突いたので、サムは驚いて顔をあげた。ブルーノの顔は蒼白《そうはく》で、顎《あご》が硬くこわばっている。

レーンはゆっくりと振り返り、苦悩をたたえた目でふたりを見つめた。ブルーノが奇妙な声で言った。「行こう、警視。レーンさんはお疲れだ。そろそろニューヨークへもどったほうがいい」

——幕——

解説

桜庭一樹

生きるべきか、死ぬべきか。――それが問題だ。

十代のころは、名探偵といえば、なんといってもコナン・ドイルの発明したシャーロック・ホームズが真打ちで、ほかに、アガサ・クリスティの書く変わり者のベルギー人、エルキュール・ポアロや、安楽椅子にのんびり腰かけている面白いおばあさん、ミス・マープルも好きだった。でもこの齢《とし》になって、久しぶりにエラリー・クイーンを再読してみて（なんと小学校高学年以来である）、本書に登場する名探偵、ドルリー・レーンの底知れぬ魅力に気づいた。どうして幼かったころのわたしには、これがピンとこなかったのだろうか？　昔も今も、名探偵が大好きなのに。

シリーズ第一作『Xの悲劇』によると、ドルリー・レーンは一八七一年、ニューオーリンズの劇場の舞台裏で、俳優夫婦の子として生まれた。女優だった母親が分娩《ぶんべん》時に亡くなってしまい、父親とともに劇場から劇場に渡り歩く生活を送った。大人になり、自身もシェークスピア俳優として活躍する。数々の栄誉を受けるが、六十歳を前にして引退。ニューヨークのハドソン河畔に建てた「ハムレット荘」で隠遁《いんとん》生活を送り始めた。

その傍ら、持ち前の洞察力を武器として、ニューヨークでつぎつぎと起こる不可解な事件の解決に、素人探偵よろしく協力するのだが……。

現代っ子の警視たちが、事件について相談するためにハムレット荘を訪ねて〝目を疑うような中世風の小塔、石の城壁、銃眼つきの胸壁、異様に古めかしい教会風の尖塔〟に「甲冑の騎士が現れるとでも？」と唸《うな》ってみせる、最初のシーンから興味深い。車で怖々と橋を抜けて、妖精《ようせい》の石像が飾られたおとぎの国のような庭園を走る。そうしてようやく辿《たど》りついた中世の領主館じみたお城に、まるでシェークスピア劇から抜けだしてきたような衣装に身を包んだ老僕に仕えられながら、我らが老優ドルリー・レーンが現れる。

この舞台立てだけでわくわくし始めるが、ドルリー・レーンは警視たちに向かって、〝わたしは舞台の上で幾度となく人間を殺してきました。殺害計画に頭を悩ませ、罪の意識にも苛まれてきました。数あるなかでも高潔の士とは言いがたいマクベスに扮し、ハムレットも演じてきました。そしていま、些細な驚異をはじめて目にした幼子のように、この世にマクベスやハムレットが満ち満ちていることに気づきました〟と滔々《とうとう》と語る。捜査に当たっても、シェークスピア劇の台詞《せりふ》を口にしながら、独特の人間観察を行っては周囲をアッと言わせる……。

本シリーズは、本格ミステリの古典として傑作であると同時に、優れたキャラクター小説でもある、とわたしは思う。老優ドルリー・レーンが登場すると、舞台がきゅっと引き締まり、その一挙手一投足に思わず目が行く。それに、目を閉じてハムレット荘の造形を想像していくだけで、たいへんに楽しい。

しかし、シリーズ第二作である本書『Yの悲劇』には、もうひとつ別の面もある。それこそが本書を傑作にしているのだとわたしは思う。それについては後で記そう。

ニューヨーク、グリニッチ・ヴィレッジの上流階級、ハッター家の一族をめぐる奇怪な事件——。

ジャック・デンプシー（ヘビー級世界チャンピオンのボクサー）そっくりの迫力満点の顎をした、恐ろしい老ハッター夫人、禁酒法をものともせず、闇酒場で飲んでは荒れる長男コンラッド、奇才の詩人として世に知られるバーバラ、美しいが羽目をはずして馬鹿騒ぎしてばかりのジル、そして老ハッター夫人の前の結婚でできた、目も見えず耳も聞こえず、言葉もしゃべれない三重苦の娘ルイーザなど……。

変わり者ばかりの一家では、常に誰かが新聞沙汰《ざた》になってしまう日々で、『不思議の国のアリス』をもじって〝いかれた帽子屋《マッド・ハッター》〟と呼ばれていた。そんなある日、老ハッター夫人の二度目の夫ヨークが、「わたしは自殺するが、精神状態はまったく正常である」という遺書を残して消え、ついで船から海に落ちた死体として発見される。それを始まりとして、ハッター家の屋敷で不可解な殺人未遂事件が起こる。姿の見えない犯人に狙われ続けるのは、三重苦の娘ルイーザ。彼女は、捜査を進めるドルリー・レーンに、点字を駆使してこう告げたのだった。

「犯人からはバニラの臭いがしました」と。そして「犯人の頬に触れました。それはやわらかな頬でした」。さて、このヒントがもたらす真相とは……？

前作『Xの悲劇』から一転して、今作での名探偵ドルリー・レーンは、一人静かに、そして深く苦悩する。犯人は誰か？　動機は？　犯行方法は？「この事件には、まったく異なる何か、常識の範疇を超えた何かがあるのです」「ほとんどなんの理由もないかのような……」と老優は警視に語る。それに呼応するかのように、一族のとある人物も吐露する。「家族はみな、以前からずっとルイーザをきらってきました。憎んでいるんです」「人間にもとから具わっている残忍さでしょう。四肢をもがれた虫を踏み潰したくなる衝動……。ああ、なんと忌まわしい」

呪われた一族、ハッター家のどこかにいるはずのおそろしい殺人者と、老優ドルリー・レーンとの闘い――。

通常、探偵小説における名探偵の役割とは、魅力的で個性的なキャラクターとして颯爽《さっそう》と登場して、事件を追い、名推理を披露する。そして最大の見せ場が終わった後は、たつ鳥あとを濁さず……静かに退場する。せっかくのお手柄は脇役である警視のものになってしまい、本来の主役は、市井のどこかにひっそりと消える。それが、名探偵の〝粋《いき》〟である。

だが今回の事件では、名探偵はその〝様式美〟から離れた動きを見せる。そしてそのことこそが、本作の深いテーマとも繋《つな》がっており、探偵小説の読み手であるわたしたちの胸にも、次第に重たく迫ってくるのだ。

やはり老人となってからの、エルキュール・ポアロのとある事件にも似て、ドルリー・レーンが下した一つの決断。それによって、彼自身もまた変節せざるをえなくなる。なぜなら、エピローグの冒頭で『ファウスト』から引用されたように、〝悪魔が去っても、邪悪そのものは消えぬ〟のだから。悲しみに満ちた老優の静かな視線から、読者のわたしたちもまた、永遠に逃れられないのだろう……。

ラストシーンにある苦悩とセンチメンタルと、それでも消えぬ、人間と世界への希望のようなもの。あぁ、この読後感は、よいハードボイルド小説と出会ったときととても近い、とわたしは感じた。本格ミステリの古典にして、優れたキャラクター小説にして、一人の男と神とが、この世の果てで対峙《たいじ》する瞬間という、ハードボイルドのよき資質も、併せ持つ――。

本書『Yの悲劇』は、さまざまな要素が奇跡的なバランスで複合された、時代によって色褪《いろあ》せることのけっしてない名作である。

本書の中には、「奇異な血筋」「家系に先天性の欠陥がある」など、病気や身体障害、また遺伝について誤った認識に基づく不適切な表現があります。翻訳に際しては十分注意を払いましたが、原著が発表された一九三二年という時代と、著作者人格権の尊重という観点から、作品を成立させるために必要な箇所につきましては、原文どおりにしました。（編集部）

Y《ワイ》の悲《ひ》劇《げき》

エラリー・クイーン　越《えち》前《ぜん》敏《とし》弥《や》＝訳

平成22年 9月25日　初版発行
平成26年 3月10日　再版発行

発行者●山下直久

発行所●株式会社KADOKAWA
〒102-8177　東京都千代田区富士見2-13-3
電話 03-3238-8521（営業）
http://www.kadokawa.co.jp/

編集●角川書店
〒102-8078　東京都千代田区富士見1-8-19
電話 03-3238-8555（編集部）

角川文庫 16459

印刷所●株式会社暁印刷　製本所●株式会社ビルディング・ブックセンター

表紙画●和田三造

Printed in Japan
ISBN978-4-04-250716-1　C0197

角川文庫発刊に際して

角川源義

第二次世界大戦の敗北は、軍事力の敗北であった以上に、私たちの若い文化力の敗退であった。私たちの文化が戦争に対して如何に無力であり、単なるあだ花に過ぎなかったかを、私たちは身を以て体験し痛感した。西洋近代文化の摂取にとって、明治以後八十年の歳月は決して短かすぎたとは言えない。にもかかわらず、近代文化の伝統を確立し、自由な批判と柔軟な良識に富む文化層として自らを形成することに私たちは失敗して来た。そしてこれは、各層への文化の普及滲透を任務とする出版人の責任でもあった。

一九四五年以来、私たちは再び振出しに戻り、第一歩から踏み出すことを余儀なくされた。これは大きな不幸ではあるが、反面、これまでの混沌・未熟・歪曲の中にあった我が国の文化に秩序と確たる基礎を齎らすためには絶好の機会でもある。角川書店は、このような祖国の文化的危機にあたり、微力をも顧みず再建の礎石たるべき抱負と決意とをもって出発したが、ここに創立以来の念願を果すべく角川文庫を発刊する。これまで刊行されたあらゆる全集叢書文庫類の長所と短所とを検討し、古今東西の不朽の典籍を、良心的編集のもとに、廉価に、そして書架にふさわしい美本として、多くのひとびとに提供しようとする。しかし私たちは徒らに百科全書的な知識のジレッタントを作ることを目的とせず、あくまで祖国の文化に秩序と再建への道を示し、この文庫を角川書店の栄ある事業として、今後永久に継続発展せしめ、学芸と教養との殿堂として大成せんことを期したい。多くの読書子の愛情ある忠言と支持とによって、この希望と抱負とを完遂せしめられんことを願う。

一九四九年五月三日